Mit Opa auf der Strada del Sole

Das Buch

Bei den Conradys hängt der Haussegen schon länger schief. Astrid und Thomas, die Eltern, streiten sich häufiger, als sie sich versöhnen können. Der 19-jährige Max ist übergewichtig und unglücklich, weil er keine Chance bei den Mädchen hat. Seine jüngere Schwester Lucie fragt sich, was ihre Eltern je aneinander fanden, träumt aber dennoch von der großen Liebe. Und dann lebt noch Opa Johann bei ihnen, dem es keiner recht machen kann – und der eines Tages einen ungewöhnlichen Wunsch äußert: Zu seinem 80. Geburtstag möchte er noch einmal nach Amalfi reisen.

Süditalien? Alle zusammen, den miesepetrigen Opa im Gepäck? Das kann nicht gutgehen. Aber schließlich stellen sie alle Bedenken hintenan und laden die Koffer in den altersschwachen Citroën. Es kommt wie befürchtet: Eine Katastrophe jagt die nächste, ein Streit reiht sich an den andern, und unterwegs muss mehr als eine Träne getrocknet werden. Dabei zeigt sich der bärbeißige Großvater plötzlich von einer völlig unbekannten, sehr menschlichen Seite. Und auch Astrid und Thomas entdecken neu, was im alltäglichen, mühevollen Kampf des Familienlebens untergegangen war: ihre Liebe zueinander.

Die Autorin

Susanne Fülscher, geboren 1961, widmete sich nach ihrem Germanistik- und Romanistikstudium sehr schnell dem Schreiben. Bisher sind von ihr über 30 Romane und Kurzgeschichten für Jugendliche und Erwachsene erschienen, die mehrfach ausgezeichnet und in viele Sprachen übersetzt wurden. Susanne Fülscher lebt als freie Schriftstellerin und Drehbuchautorin in Berlin.
Von Susanne Fülscher ist in unserem Hause außerdem erschienen:

Leben, frisch gestrichen

Susanne Fülscher

Mit Opa auf der Strada del Sole

Roman

List Taschenbuch

Besuchen Sie uns im Internet:
www.list-taschenbuch.de

Mix
Produktgruppe aus vorbildlich bewirtschafteten Wäldern und anderen kontrollierten Herkünften
www.fsc.org Zert.-Nr. GFA-COC-001278
© 1996 Forest Stewardship Council
FSC

Originalausgabe im List Taschenbuch
List ist ein Verlag der Ullstein Buchverlage GmbH, Berlin.
1. Auflage März 2010

Konzeption: semper smile Werbeagentur GmbH, München
Umschlaggestaltung: bürosüd° GmbH, München
Titelabbildung: Gettyimages
Satz: LVD GmbH, Berlin
Gesetzt aus der Palatino
Papier: Munkenprint von Arctic Paper Munkedals AB, Schweden
Druck und Bindearbeiten: CPI – Clausen & Bosse, Leck
Printed in Germany
ISBN 978-3-548-60919-5

Für Karin und Hans-Jörgen

1.

Astrid stand vorm Badezimmerspiegel und probte Glücklichsein. Das Kinn in die Höhe gereckt, lächelte sie ihrem Spiegelbild zu. Es war ein angespanntes Lächeln, dennoch fand sie, dass sie kein schlechtes Bild abgab. Glücklicher war sie deswegen trotzdem nicht. Dazu hatte sie zu nasse Füße und überdies das Gefühl, in einem Kettenkarussell zu sitzen, das bereits seit Jahren im Kreis sauste und sich nicht anhalten ließ.

Durch die angelehnte Tür drang eine schnarrende Radiostimme, vermischte sich mit einem Klavierkonzert von Bach, das Max heute zum wer weiß wievielten Male hörte. Thomas sprach gedämpft ins Telefon, irgendjemand, vermutlich ihr Schwiegervater Johann, zog mit Getöse Schubladen auf und zu. Im nächsten Moment waren dumpfe Schritte im Flur zu hören. Ihre Kleine hatte die unschöne Angewohnheit, mit den Hacken zuerst aufzutreten, was Astrid schier wahnsinnig machte. Aber Lucie kümmerte das nicht. Sie ging eben, wie sie ging. Und falls das jemanden störe, könne sie auch gerne ausziehen.

Mit den Fingerspitzen wischte Astrid den Staub von Thomas' Aftershaveflasche, kratzte einen Zahnpastafleck vom Waschbeckenrand. Dann beschloss sie, endlich das Chaos im Bad zu beseitigen, sich fürs Barbecue fertigzumachen und danach ein paar Minuten die Beine hochzulegen – ganz egal, was kommen würde.

Das Chaos bestand in einer ausgelaufenen Waschmaschine. Wie Astrid ihr Glück in Bezug auf technische Geräte einschätzte, war die Maschine hinüber. Wie bereits vor kurzem der Toaster. Und davor der alte DDR-Omega-Staubsauger, ein Erbstück ihrer Mutter. Sie hatte es aufgegeben, nach Gründen zu suchen, warum sie und die Technik auf Kriegsfuß standen. Es war nun mal so. Lästig, aber auch kein Weltuntergang. Der bestand vielmehr darin, dass auch Thomas kein handwerkliches Geschick besaß und eine Reparatur zum Nulltarif daher ausfiel.

Ihre Gelenke knackten, als sie in die Hocke ging und den Eimer mit den Putzutensilien unter dem Waschbecken hervorangelte. Der vertrocknete Wischlappen würde kaum die Nässe auffangen, die sich bereits überall verteilt hatte.

»Johann? Lucie? Thomas?«, rief sie. »Ich brauche die Papierrolle aus der Küche! Schnell!«

Doch nichts geschah. Außer dass es wie auf ein geheimes Kommando hin mucksmäuschenstill in der Wohnung wurde. Lieber stellte man sich tot, als ihr mal einen klitzekleinen Gefallen zu tun.

»Wo seid ihr denn alle?« Sie hatte es so satt, dass in ihrem Fünf-Personen-Haushalt immer alles an ihr hängenblieb. Waschen, kochen, putzen, Termine koordinieren, trösten. Sie kam sich manchmal wie der familieneigene Fußabtreter vor.

Als sie sich aufrichten wollte, um selbst in die Küche zu gehen, stieß sie sich den Kopf am Waschbecken. Sterne flirrten ihr vor den Augen. Wie damals im Ferienlager auf Usedom. Beim gemeinsamen Abwaschdienst mit Thomas. Unsanft waren sie mit den Köpfen zusammengerumst, und dann hatte er sie geküsst. Meine Güte, wo war das alles geblieben? Das Früher. Diese gutgewürzten Momente. Glück.

Die Küchenrolle landete neben der Kloschüssel.

»Hast du dir weh getan?« Ihr Schwiegervater lehnte schlaksig, den Rücken gebeugt, am Türrahmen und lächelte sie spöttisch an.

»Geht schon.« Astrid schnappte sich die Papierrolle und kam hoch. »Danke.«

Johann betrat das Bad, die Gummisohlen seiner karierten Hausschuhe quietschten auf den Fliesen.

»Ist noch was?« Astrid nahm kaum an, dass er ihr beim Aufwischen helfen wollte.

»Hätte man euch im Arbeiter-und-Bauern-Staat mal ein bisschen in die hohe Schule der Hauswirtschaft eingeführt, statt eure Arbeitskraft als Kranführer zu missbrauchen«, sagte er, und der Lichtstrahl der Badbeleuchtung ließ seine Haut noch pergamentartiger erscheinen, »dann sähe es im geeinten Deutschland heute bestimmt besser aus.«

»Kranführerin. Ich war Kranführer*in.*« Astrid wickelte rasch die Haushaltsrolle auf, bedeckte den Boden mit dem Papier und drückte sanft darauf, damit es sich vollsaugen konnte.

Johann sah ihr ein Weilchen zu, dann setzte er seinen Monolog fort, indem er seinen Zeigefinger wie einen Dirigentenstab hin und her schwang, doch Astrid hatte bereits auf Durchzug geschaltet. Sie wusste sowieso, was kommen würde. Binsenweisheiten – entweder über den Feminismus, die arbeitende Frau im Sozialismus oder ihre fragwürdige Ehe mit Thomas. Das Arbeiterkind Astrid aus der DDR und der Hannoveraner Thomas – was für eine sonderbare Mischung! Das konnte ja nicht gutgehen! Johann hatte sich darüber oft genug ausgelassen. Angefangen bei Astrids vermeintlichem Ostdialekt, der angeblich klingelnde

Ohrgeräusche bei ihm auslöste, und endend mit dem Berufsstand ihrer längst verstorbenen Eltern: Arbeiter in einem Metallhüttenwerk. Johann selbst hatte es immerhin zum Schalterbeamten bei der Post gebracht, und wäre da nicht der Krieg dazwischengekommen, hätte er studiert und würde sich jetzt mit Herr Doktor anreden lassen.

Astrid tat es ja ausgesprochen leid, dass sich sein so fabelhaft Hochdeutsch sprechender Sohn Mitte der achtziger Jahre bei einer deutsch-deutschen Jugendbegegnung in die rotblonde Astrid verliebt hatte und die beiden einige Jahre später – die Mauer war gefallen – nichts Besseres zu tun hatten, als ihre Schülerromanze aufzuwärmen. Mit dem Resultat, dass sie Eltern zweier mehr oder minder komplizierter Kinder geworden waren, Tag für Tag ihre Kleinkriege ausfochten und sich schon gar nicht mehr vorstellen konnten, wie ein friedfertiges Leben aussah.

Bisweilen war Astrid in Versuchung, Johann zu fragen, ob es ihm lieber wäre, dass sie sich von Thomas trennte, aber dann gäbe es niemanden mehr, der Opas zerschlissene Unterhosen wusch, ihm seine heißgeliebten Frikadellen briet, Gummibärchen kiloweise einkaufte und sein Bett aufschüttelte. Weil sie dann ganz für sich in einer Dachgeschosswohnung im Zentrum leben würde, vielleicht mit Lucie, vielleicht mit beiden Kindern, auf keinen Fall jedoch mit ihrem Schwiegervater. Er konnte von Glück sagen, dass sie ihn vor drei Jahren, nach dem Tod seiner Hilde, im ausgebauten Dachgeschoss ihres Reihenhauses einquartiert hatten. Obwohl die Zimmer eigentlich für die flügge werdenden Kinder gedacht waren und er noch mobiler war als so manch anderer in seinem Alter. Aber allein wäre er eben auch nicht zurechtgekommen. Im Mäkeln war er Meister, doch schon beim Spiegeleierbraten scheiterte er. Die gute Hilde hatte ihm ja mehr als vier Jahrzehnte gedient, ihm alles abgenommen.

Johanns schnarrende Stimme ließ sich nicht länger ausblenden, die Worte drangen ungefiltert an Astrids Ohr. Als er bei der Schilderung seines jämmerlichen Daseins gelandet war, das in erster Linie aus Fernsehgucken und Gummibärchen essen bestand, reichte es Astrid. »Johann, du bist süchtig nach Gummibärchen, und deinen Fernseher liebst du auch über alles. Also lass mich bitte in Ruhe, okay?« Sie schob das nasse Papier zusammen. »Frikadellen stehen im Kühlschrank. Kannst sie dir ja später aufwärmen oder kalt essen.«

Ihr Schwiegervater grinste schief. Fahrig zupfte er an den Freizeithosen, die ihm um die mageren Schenkel schlackerten. Dazu trug er ein verknittertes, etliche Nummern zu großes Karohemd mit kurzen Ärmeln. Astrid hätte sich ja gern bereit erklärt, mit ihm einkaufen zu gehen, einfach damit er sich besser kleidete, aber Johann wehrte sich wie ein bockiges Kind. Er wäre eh nur zu Hause, mal auf dem Sofa, mal in der Küche, selten in seinem Zimmer, das Thomas ihm so liebevoll eingerichtet hatte. Und falls es ihn doch vor die Haustür trieb, landete er entweder im Zeitungskiosk oder in der Tankstelle, wo er Süßigkeiten kaufte, die er noch auf dem Nachhauseweg auffutterte. Schlimmstenfalls lungerte er bei ihnen im Erotikshop herum, wo er in den Regalen stöberte und die Kunden mit Sprüchen wie *Früher hatten wir so was aber nicht nötig* nervte.

»Wie, was, ihr seid zum Abendbrot gar nicht da?«, fragte er.

»Ganz genau.« Astrid drückte das tropfnasse Papier im Waschbecken aus und warf es dann in den Mülleimer.

»Aha! Was habt ihr beiden Turteltäubchen denn vor?«

»Die Beauforts geben eine Grillparty.«

»Die Beauforts?« Er deutete mit dem Daumen nach nebenan.

»Ganz genau, *die* Beauforts. Andere kenne ich auch nicht.«

Johann nickte, und sein Mund öffnete sich leicht. Vermutlich wolle er etwas sagen, zum Beispiel, warum die Beauforts ihn nicht auch eingeladen hätten, er wäre doch ebenso ihr Nachbar und würde immer höflich grüßen, aber dann klappte er den Mund wieder zu.

»Übrigens wäre es nett, wenn du Lucie und Max etwas von den Frikadellen übrig lassen würdest.« Astrid zog sich am Waschbeckenrand hoch und bemerkte beim flüchtigen Blick in den Spiegel, wie sehr sich ihr Gesichtsausdruck innerhalb der letzten fünf Minuten verändert hatte. Das Lächeln war verschwunden und ihre Gesichtszüge kamen ihr gestochen scharf vor, als habe ihr jemand eine überkorrigierte Brille verordnet. Mit dem erschreckenden Resultat, dass sie wie ein hässliches Abziehbild ihrer selbst aussah.

»Also, wenn ich so viel mampfen würde, wie du gerade behauptest, müsste ich aber schon ein bisschen mehr Speck auf den Rippen haben«, verteidigte sich Johann. Wie zum Beweis für seine angebliche Genügsamkeit zupfte er an den schlabberigen Hosenbeinen. Dabei war er nur ein alter Mann, der, so viel er auch aß, kein Fett mehr ansetzte. Oder aber seine Nörgelei verbrannte Unmengen an Kalorien.

»Weiß ich doch«, lenkte Astrid ein. Bitte jetzt keinen Streit, dachte sie. Dafür hatte sie weder Nerven noch Muße.

»Und was nehmt ihr als Gastgeschenk mit?« Johann schien sich vorgenommen zu haben, ihr bis zum bitteren Ende die Zeit zu stehlen. Hauptsache, er musste nicht alleine sein, denn das war etwas, was ihm am allerwenigsten gelang.

»Thomas wollte Sekt besorgen.«

»Sekt? Ihr könnt den Beauforts doch nicht mit schnödem Sekt kommen! Champagner ist ja wohl das mindeste.«

Astrid fand, dass sie das sehr wohl konnten. »Sieh doch mal nach, ob Thomas noch telefoniert«, wechselte sie das Thema, woraufhin sich Johann zu ihrer Überraschung in Bewegung setzte und davonstakste.

Astrid hatte nach drei nervenaufreibenden Jahren eingesehen, dass es keinen Sinn hatte, mit ihrem Schwiegervater zu diskutieren, egal worüber. Es hatte nicht mal Sinn, belanglose Sachverhalte zu verhandeln, was sich kaum vermeiden ließ, wenn man unter einem Dach lebte.

Schritte tapsten über den Flur, dann steckte Thomas seinen Kopf zur Tür herein. »Was gibt's? Ich muss noch wegen der Dessouslieferung telefonieren.«

»Die Waschmaschine ist ausgelaufen.«

Seine Augenbrauen rückten enger zusammen. »Dann hast du sie bestimmt nicht richtig angestellt.«

»Bitte was?«

»Ja! Aus Versehen den falschen Knopf gedrückt.«

»Ich hab den verdammt richtigsten Knopf gedrückt, den man überhaupt nur drücken kann!« Astrid spürte, wie das Blut in ihren Schläfen zu pulsieren begann. »Kannst du nicht erst mal nachgucken, bevor du mir Vorhaltungen machst?«

Leise aufstöhnend, tippte Thomas auf den Tasten seines Handys herum. »Keine Zeit, Liebes ...«

»Ja, ich weiß«, erwiderte sie. »Hast du ja nie. Und Ahnung erst recht nicht.« Ein Gefühl von Hilflosigkeit stieg in Astrid auf, vermischte sich mit Wut, die schon länger in ihr brodelte. »Dann bestell wenigstens einen Fachmann! Oder muss ich hier immer alles machen?«

»Alles?« Er klang höhnisch. »Das ist ja mal interessant.«

Er holte nicht weiter aus, aber Astrid wusste auch so, was er meinte. Den Erotikshop. Der war Thomas' Baby gewesen, eine Schnapsidee, die bei einem Skatabend mit Freunden das Licht der Welt erblickt hatte. Astrid war sofort dagegen gewesen – ohne sie –, doch Thomas hatte ihre Einwände im Eifer des Gefechts schlichtweg überhört. Er hatte damals gerade seinen Job als Programmierer bei einer kleinen Versicherung verloren. Und kaum ein Tag war seinerzeit vergangen, an dem er nicht mit irgendeiner abstrusen Geschäftsidee anrückte, die ihnen todsicher das ganz große Geld bringen würde. So war er schon immer gewesen: voller Hirngespinste, die selten zu etwas führten. Wie beim Erotikshop, den er dank der finanziellen Unterstützung eines Freundes plus eines Kredites zwar zum Laufen gebracht hatte, aber das war's dann auch gewesen. Vom großen Geldsegen keine Spur. Seit nunmehr zwölf Monaten wandelten sie auf dem schmalen Grat zwischen Geschäftsaufgabe oder Durchhalten, was Astrid so fuchsteufelswild machte, dass sie sich mehr und mehr aus dem alltäglichen Geschäft zurückzog. Thomas hatte den Laden haben wollen, also sollte er sich auch bitte schön darum kümmern. Sie sprang nur ein, wenn Not am Mann war, tat sich jedoch nach wie vor schwer damit, Liebesperlen, Dildos und Latex zu verhökern, als wäre es Margarine oder Zahnpasta.

Thomas ging mit langen Schritten zum Fenster und riss es auf. Vielleicht roch es wieder mal nach Schimmel, vielleicht wollte er aber auch nur irgendetwas tun, das ihn von seinem Unmut ablenkte.

Die milde, nach frischem Gras duftende Luft tat Astrid gut. Sie atmete tief durch, und plötzlich kam es ihr so vor, als sei sie gar nicht anwesend, vielleicht nicht mal eine Bewohnerin dieses Planeten. Sie war allenfalls auf Stippvisite und sah einer rotblonden Frau mit zu langem Pony zu, die abwehrend die Hände hob und sagte: »Tut mir leid, aber falls du darauf anspielst, dass ich nicht darauf stehe, dieses ganze Sexspielzeug zu verkaufen ...«

Thomas ging leise schnaubend vor der Waschmaschine in die Hocke, warf einen Blick auf die Anschlussschläuche, drückte eine Taste nach der anderen, doch sein Gesichtsausdruck verriet, dass das Gerät für ihn ein Buch mit sieben Siegeln war. Sich angestrengt über die Stirn wischend, stand er wieder auf und versprach: »Okay, ich rufe gleich beim Service an.«

Astrid nickte ihm dankbar zu und öffnete die Trommel, in der die nasse, aber noch dreckige Wäsche lag. »Was mache ich denn jetzt damit?«

»Waschsalon?« Eine beklemmende Stille trat ein, dauerte eine Weile, doch dann räusperte sich Thomas. »Wenn du willst, erledige ich das morgen.«

Astrid schaute ihren Mann verblüfft an. Selten war er derjenige, der den Kleinkrieg beendete. Vielleicht hatte er eingesehen, dass er mit seinen Anschuldigungen zu weit gegangen war, oder aber er sehnte sich genau wie sie nach einem ruhigen, harmonischen Feierabend. Vor lauter Überraschung vergaß sie sich zu bedanken und schlug vor, dass auch Lucie oder Max das übernehmen könnten.

»Kein Problem. Ich mach das schon.« Thomas verstaute das Handy in der Brusttasche seines Hemdes und gab Astrid einen flüchtigen Kuss. Zärtliche Momente wie diese gab es auch, aber sie kamen so unverhofft, dass Astrid mehr darüber erschrak, als sie zu genießen.

»Wie lange brauchst du noch?« Er sah auf die Uhr. »Wir sollten schon pünktlich sein. Du kennst ja Beauforts.«

»Gib mir fünfzehn Minuten, okay?« Wenn es darauf ankam, war Astrid wie ein Wirbelwind. Das Mutterdasein hatte sie darauf getrimmt, alles im Eiltempo zu erledigen und keine Zeit mit Firlefanz zu vergeuden. Das Beinehochlegen würde nun allerdings entfallen. »Hast du den Sekt kalt gestellt?«

»Sekt?« Thomas schlug krachend das Fenster zu.

»Ja, Sekt.« Ein Wort genügte und die Stimmung kippte. »Das Mitbringsel für Beauforts.«

»Aber wieso, ich dachte, du wolltest ...«

»Thomas, wir haben gestern lang und breit besprochen, dass du auf dem Weg zur Kondomerie den Sekt, Crémont, Champagner, was weiß ich besorgst.«

»Ach, wirklich?« Er lächelte sein Unschuldslächeln.

»Also gut«, entgegnete sie spitz. »Wir haben kein Mitbringsel. Und nun?«

»Gehen wir eben ohne.«

»Das können wir nicht machen! Die Einladung steht seit Wochen!«

Thomas hockte sich auf den Badewannenrand und fuhr sich durch seinen immer noch vollen, graumelierten Haarschopf. Im nächsten Moment schnippte er mit den Fingern, als habe er den Blitzeinfall. »Die Fenchelsalami aus Sizilien!«

»Sizilien«, spottete Astrid. »Soweit ich weiß, ist die vom Discounter.«

Doch Thomas zerstreute ihre Bedenken, indem er versicherte, die Beauforts würden das gar nicht merken, weil sie ohnehin in edlen Feinkostgeschäften und in den Luxusabteilungen der Kaufhäuser einkauften. Astrid hoffte inständig, er würde recht behalten. Vielleicht schafften sie es ja, nur dieses eine Mal, sich nicht bei ihren Nachbarn bis auf die Knochen zu blamieren.

*

Max hatte in der Stadt einen Big Mac verschlungen, danach eine Familienpackung Snickers, und immer noch spürte er ein großes Loch im Magen. Hunger!, schrie es in seiner Leibesmitte. Will mehr! Süß, fettig, salzig – Hauptsache, es fühlte sich gut im Mund an und hatte viele Kalorien. Dabei fand er sich sowieso schon unansehnlich, wenn er denn mal den Mut aufbrachte, sich seinem Spiegelbild zu stellen. Am schlimmsten waren seine Brustansätze, die sich unter T-Shirts, Hemden und Pullovern abzeichneten. Die Rettungsringe hingegen fielen eher in die Kategorie Lappalie, und sein teigiges Kinn ließ sich gut mit einem Dreitagebart kaschieren.

Kind, du musst abnehmen, lag seine Mutter ihm seit seinem elften Lebensjahr in den Ohren. Zum Glück hielt wenigstens sein Vater zu ihm. Er behauptete, früher selbst dicklich gewesen zu sein – auch wenn es keine Fotos gab, die dies belegten –, das habe sich später alles verwachsen, genau genommen mit Anfang zwanzig. Er wisse schon, die erste feste Freundin, Marianne, der Feger mit den roten Haaren … Aber genau da lag der Hund ja begraben. Mit *seinen* Brüsten und *seiner* Wampe würde ihn keine an sich ranlassen, geschweige heiße Feger à la Marianne. Die standen höchstens auf seine Kumpel. Die waren allesamt schlank, muskulös und gegelt, auch wenn ihre Hirnmasse im Vergleich zu ihrer Muskelmasse eher bescheiden abschnitt. Bei Max verhielt es sich genau umgekehrt: wenig Muskeln, dafür umso mehr Hirn. Er war sowohl mit der höheren Mathematik vertraut als auch mit den großen Fragen der Philosophie und Weltgeschichte, außerdem verstand er sich auf das Verfassen von Sonetten, wusste Stilelemente der Barocklyrik im Schlaf runterzubeten und konnte Bach-Akkorde ausspucken wie andere Leute Kirschkerne. Was die Frauenwelt jedoch nicht sonderlich zu beeindrucken schien. Um in der Schule nicht bloß als dicklicher Streber dazustehen, hatte er sich im Laufe seiner Schullaufbahn zum Klassenkasper entwickelt. Die Mädchen lachten auch über seine Witze, doch das bedeutete nicht automatisch, dass sie auch mit ihm ins Bett wollten. Leider. Er hätte schon gewollt. Jeden Tag, zu jeder Stunde.

Im Moment hatte Max nur eins im Sinn: essen. In der Küche wollte er seinen Heißhunger nicht stillen – seine Mutter geisterte noch herum, und ihren mahnenden Blick würde er nicht ertragen können. Und noch mal raus und zum Kiosk rüber? Dort gab es köstliche Lakritzschnecken und Weingummis, die nur darauf warteten, von ihm verspeist zu werden. Es gab Kekse, Schokolade und Chips, außerdem Wiener Würstchen, die von der Chefin, Frau Kleinschmidt-Mühlenthal, warm gemacht wurden und ihm mit einem Klacks mittelscharfen Senf am besten schmeckten.

Er wusste nicht, was im Moment das Beste war. Im Grunde genommen war alles gleich schlecht. Wieder essen hieß, dass er zunehmen und sein Projekt *Frauenaufriss* vielleicht in noch unerreichbarere Ferne rücken würde. Nicht essen hieß Frust, Leere, Endzeitstimmung.

Einen Moment lang stand er unentschlossen in seinem Zimmer und ließ den Blick über die mit totgeschlagenen Mücken befleckten Wände zu der verstaubten Musikanlage und dem Bonbonpapier auf dem Boden gleiten. Seit er sein Abi mit der Glanznote 1,3 bestanden hatte, gab es zwischen ihm und seiner Mutter eine Übereinkunft. Er war von nun an für Sauberkeit und Ordnung in seinem Zimmer zuständig, und obwohl er Schmutz nicht ausstehen konnte, hatte er noch keinen Handschlag gerührt. Das war beschämend. Welches Mädchen wollte schon mit einem dicklichen Typen schlafen, der in einem Dreckloch hauste? Auch wenn er zweimal am Tag duschte, seine Zähne nach jedem Happen putzte und sich einen neuen Duft von einem exzentrischen Japaner zugelegt hatte. Besonders beim Deo-Auftragen ging er penibel vor. Drei Striche rauf, drei runter und einmal im Kreis. Das tat er jedes Mal, bevor er das Haus verließ.

Jetzt zog es ihn in die Küche. Vielleicht war die Luft inzwischen rein. Er schlich zur Tür und drückte vorsichtig die Klinke herunter. Im selben Moment kam ihm in den Sinn, dass der Biedermeier-Sekretär, den Oma Hilde ihm vererbt hatte, sechs kleine Schubladen hatte, in denen sich vielleicht etwas Essbares befinden könnte. Ein vergessener Schokoriegel, ein einsames Gummibärchen, vielleicht eine Tüte gesalzene Pekannüsse, die aus Versehen zwischen seine Abi-Unterlagen geraten war. Max ließ die Türklinke wieder los und hatte es plötzlich eilig, in dem Sekretär zu stöbern. Hastig riss er eine Schublade nach der anderen auf und wurde doch nicht fündig. Er fand nicht mal einen Kaugummi, der seine Gier auf etwas Leckeres zumindest für ein, zwei Minuten gestillt hätte, bis sich die künstliche Süße im Mund wieder verflüchtigte.

Es klopfte.

Max schob wie ertappt die Schublade wieder zu. »Ja?«

Die Tür ging auf, und seine Mutter, seltsam grell geschminkt, schaute herein. »Wir sind dann gleich weg, könnte später werden. Frikadellen stehen im Kühlschrank.«

Frikadellen! Das Wort hatte für ihn den Klang einer Bach-Sonate. »Ich esse also mit Opa und Lucie zu Abend?«

»Macht, wie ihr wollt.« Ein Lächeln umspielte ihren pinkfarben geschminkten Mund. In der Eile hatte sie die Konturen übermalt, wodurch ihr zartes Gesicht etwas Clowneskes bekam. Noch dazu biss sich der Farbton des Lippenstifts mit ihren rotblonden Haaren. »Wie ich Lucie kenne, isst sie sowieso vorm Fernseher.«

Seine Mutter wollte schon wieder gehen, aber Max hielt sie zurück. »Opa hat doch bald Geburtstag.«

»Ja, wieso?« Sie beugte sich runter und musterte die Flusslandschaft der sich schlängelnden Adern auf ihren Waden. »Max, wir sind spät dran.«

Er blies beide Backen auf, ließ die Luft zischend wieder heraus und sagte: »Wollte nur wissen, ob ihm zu Ehren vielleicht eine Party steigt. Ich meine, achtzig ist echt mal ein Anlass. Ihr könntet die ganze Verwandtschaft einladen und ein paar Freunde.«

»Keine Ahnung, ob hier was steigt oder nicht, aber ganz bestimmt keine Party mit der Verwandtschaft.« Sie zwinkerte ihm zu. »Es sei denn, du willst mich vorzeitig ins Grab bringen.«

Es war schon merkwürdig. Ihre Verwandtschaft war nicht sonderlich groß und hatte sich in alle Winde zerstreut, dennoch vermieden die einzelnen Familienmitglieder regelmäßige oder auch nur unregelmäßige Zusammenkünfte. Max wusste nicht mal, warum das so war. Man hatte sich weder zerstritten noch hegte man unausgesprochene Feindschaften. Es ergab sich einfach nicht oder wurde auch nicht forciert, was er aus einem einzigen Grund schade fand: Seine Schwippcousine Amélie hatte ihm auf Oma Hildes Beerdigung so verheißungsvoll zugelächelt, dass er sich seitdem, Tag für Tag, ganze drei Jahre lang, alle Varianten eines möglichen Abenteuers mit ihr ausgemalt hatte, bis ihr Bild langsam verblasst war. Trotzdem hatte er nicht aufgehört, sich Hoffnungen zu machen, eines Tages, irgendwann, irgendwie …

Sein Vorhaben, vor dem Essen noch rasch sein Zimmer aufzuräumen, Staub zu wischen und zu saugen, zerschlug sich gleich wieder, als Lucie ihn und Opa Johann kurz darauf zum Abendbrot rief. Statt den Küchentisch oder den Esstisch im Wohnzimmer zu decken, hatte sie das Essen auf den niedrigen Couchtisch gestellt. Es gab die bereits von seiner Mutter angekündigten Frikadellen, dazu Camembert und jede Menge Weißbrot mit einer goldbraunen Kruste, was Max besonders liebte. Er konnte davon unzählige Scheiben essen, mit Butter, ohne Butter, mit Käse und ohne.

Der Fernseher lief. Wie immer, wenn Lucie das Regiment übernommen hatte. Seine Schwester entwickelte bisweilen divenhafte Allüren und scharte alle, die gerade anwesend waren, wie einen kleinen Hofstaat um sich. Dabei war sie nicht mal auf Unterhaltung aus, sie wollte lediglich, dass alle bei ihr waren, wenn sie ihren Blick auf die Mattscheibe heftete. Lucie liebte den obligatorischen Sonntagabendkrimi. Besonders hatten es ihr Wasserleichen, Obduktionen oder brutale Mordszenen angetan.

Opa Johann thronte bereits auf dem zerschlissenen petrolgrünen Samtsofa und hielt seine Gabel wie ein Zepter. »Schön, dass wir mal unter uns sind.«

»Wieso?«, fragte Lucie, ohne den Blick vom Bildschirm abzuwenden. Sie ließ sich in den Ledersessel plumpsen, der sonst ihrem Vater vorbehalten war. »Willst du etwa dein Testament ändern und uns jetzt fragen, ob wir alles haben wollen?«

Opa Johann lachte schallend auf. »Wer weiß das schon? Das Leben ist tief und unergründlich wie ein vermoderter See.«

Max konnte nur müde schmunzeln. Was hatte sein Opa denn groß zu vererben? Löcherige Socken, eine kleine Münzsammlung und ein Sparbuch, auf dem sich vielleicht schlappe 2000 Euro befanden. Max wusste es nicht genau. Sein Großvater prahlte bei jeder Gelegenheit damit, dass er sich eines Tages eine richtig schicke Schweizer Armbanduhr kaufen würde. Wenn die Zeit für eine schicke Schweizer Armbanduhr eben reif wäre.

»So, ihr Nichtsnutze, lasst uns erst mal essen.«

Max kannte das bereits, so redete er sie häufig an. Wohl um ihnen klarzumachen, dass sie in dieser Familie nichts weiter als Parasiten waren. Was seinem Status als Oberparasit jedoch keinen Abbruch tat.

Max ließ sich nicht zweimal bitten und lud sich fünf kleine Frikadellen, vier Scheiben Weißbrot, ein dickes Stück Käse und Senf, sehr viel Senf, auf seinen Teller. Opa Johann langte ebenfalls kräftig zu, nur Lucie hing dünn und bleich im Sessel – wie üblich ganz in Schwarz, die langen schwarzen Haare unordentlich am Hinterkopf zusammengebunden – und knabberte an einer Scheibe Weißbrot. Max hatte manchmal Angst, seine Schwester könne sich in Luft auflösen, so zartgliedrig wirkte sie.

Im Moment war sie vollauf damit beschäftigt, dem Geschehen im Fernsehen zu folgen, und vergaß darüber, von ihrer Weißbrotscheibe abzubeißen. So etwas war Max unbegreiflich. Er konnte sich keine Situation vorstellen, in der er das Essen vergessen würde.

In dem wohligen Gefühl, nicht unter Beobachtung zu stehen, lehnte er sich zurück, deponierte den Teller auf seinem Speckbauch und futterte drauflos. Keiner sah ihn schräg von der Seite an, niemand kommentierte die Größe der Portion. Und das war wunderbar.

Als die zweite verstümmelte Leiche in der Kantine einer Schule gefunden wurde, stellte Opa Johann seinen Teller so schwungvoll auf dem Couchtisch ab, dass Max zusammenzuckte und eine Frikadelle in seinen Schoß kullerte.

»So, ihr beiden Hübschen. Auch der Fernseher freut sich über eine kleine Verschnaufpause.« Er griff nach der Fernbedienung und stellte den Ton leiser.

»Mann!«, protestierte Lucie, um sich im nächsten Moment nach ihrem Großvater umzudrehen, die Augen schreckgeweitet und ohne Wimpernschlag. »Ist was? Aber bitte nichts Schlimmes!«

»Nein, wieso denn, Kröte?«

»Weil du …«, begann sie und schnappte nach Luft, um dann loszumeckern: »Einen Krimi sieht man von Anfang bis Ende, oder man lässt es ganz bleiben!«

Max verstand nicht, warum Lucie sich so aufregte. Sie sollte ihren Opa doch langsam mal kennen. Er handelte stets nach dem Motto *Ich interessiere mich nur für mich selbst* und fand immer Mittel und Wege, dass alles nach seiner Pfeife tanzte. Genau wie sie selbst. Und notfalls drehte man eben den Ton weg.

»Na komm, kannst gleich weitergucken.« Großvater Johann wischte mit dem Zeigefinger den Teller ab, was unappetitlich genug aussah, aber als beim Ablecken auch noch Senf auf seine

Hose kleckerte, sah Max weg und packte sich zwei weitere Frikadellen auf den Teller. Seine Mutter machte extrakleine Fleischbällchen. Zwei mehr würden seiner Figur schon nichts anhaben. Zumindest wären sie nicht schuld, falls aus seinem Vorhaben, in absehbarer Zeit seine Unschuld zu verlieren, nichts werden würde. Die Zeit drängte. So wie er die Lage einschätzte, war er ohnehin der letzte Mensch auf diesem Planeten, der immer noch nicht zum Zuge gekommen war.

»Also was ist nun, Opa?«, drängelte Lucie.

Max guckte vorsichtshalber nicht hin, er hörte nur Opa Johanns Stimme krächzen: »Ihr wolltet doch schon immer mal an die Amalfiküste, stimmt's?«

»Amalfiküste?«, echote Lucie. »Wo ist denn das?«

»Süditalien.«

»Aha.« Sie kniff die Augen zu Schlitzen zusammen. »Und was soll da sein?«

»Kröte, du kannst Fragen stellen! Sonne, Meer, Mandelkekse, Kaffee, Giftmüll, Fisch, steinharte Betten, Tempel, Blumen, süße Törtchen, Vespas«, begann er wahllos aufzuzählen.

»Opi, nun sag endlich, was du willst«, forderte Lucie. »Kommt woanders eine Doku, die du unbedingt sehen willst?«

Max biss von dem Käse ab, dann riskierte er einen Blick zu seinem Großvater, der bedächtig den Kopf wiegte und mit dem Zeigefinger seine Ohrmuschel entlangfuhr. »Die Küste da unten ist wunderwunderschön. War mal in den Fünfzigern dort … mit meinem Freund Hans. Herrlich war das! Männerurlaub in Amalfi.« Er grinste breit. »Da will ich mit euch hin. Zu meinem Achtzigsten.«

Von draußen drang ab und an Gelächter herein. Max' Blick

wanderte zum gekippten Fenster, vor dem sich die Gardine bauschte. Lucie gab grunzende Geräusche von sich.

»Wie, mit uns?«, fand sie ihre Sprache wieder. »Du meinst, mit mir und Dicki?« Ihre Stimme hatte einen helleren Klang als sonst.

»Ja, und mit euren Eltern.«

Lucie setzte sich in eine bequemere Position. »Wie denn? Mit dem Auto? Das ist doch ewig weit weg!«

Opa Johann zuckte bloß mit den Achseln und schüttelte das Sofakissen auf.

»Opa, das ist jetzt aber nicht dein Ernst«, meldete Max sich zu Wort.

»Doch, mein voller Ernst.«

»Du spinnst. Kannste vergessen!« Sein Großvater glaubte ja wohl nicht, dass sie zu fünft in Urlaub fahren würden. Das hatten sie noch nie getan. Und würden es in diesem Leben ganz sicher nicht mehr tun. Weil es einfach undenkbar war. Die freie Zeit im Sommer war dazu da, um sie irgendwie und ohne großes Tamtam über die Runden zu bringen. Alleine, zu zweit oder zu dritt, oder man blieb eben ganz zu Hause, wie in dem Jahr, als Oma Hilde gestorben war. Weil man weder Geld noch Lust hatte zu verreisen.

Im ersten Jahr nach ihrem Tod hatte Opa Johann das Haus gehütet, und Lucie war mit den Eltern zum FKK-Urlaub an die Ostsee gefahren. Max hatte sich erfolgreich vor dem Alptraum aller Urlaubsformen gedrückt, indem er sich freiwillig in einen Intensivlateinkurs bequemt hatte. Im letzten Jahr waren seine Eltern mit Opa Johann nach Sylt gejettet, während er und Lucie das Haus gehütet hatten. Gar nicht wegzufahren erschien da zweifelsfrei als die bessere Variante. Man blieb einfach dort, wo man sich auskannte, der Kühlschrank gefüllt und die CD-Sammlung verfügbar war.

Vor Max' innerem Auge zog die Trostlosigkeit einer niemals enden wollenden Autofahrt vorüber. Er, Lucie und Opa hinten, seine Eltern mit einem Vorrat an Spucktüten vorne.

»Du weißt doch, Opa«, sagte er, mit der Zunge einen Frikadellenrest aus seinem Backenzahn pulend, »wir fünf ständig zusammen … das bedeutet Mord und Totschlag.«

Opa Johann kicherte. »Solange ich zu denen gehöre, die nicht ermordet werden, soll's mir recht sein.«

Keiner lachte. Lucie kratzte dunkelblauen Lack von ihrem Daumennagel. »Also ich würde Italien schon irgendwie cool finden«, räumte sie nach einer Weile ein. »Wenn's sein muss, auch mit euch.« Ihr Handy piepste, und sofort wanderte ihre Hand in die Gesäßtasche ihrer Jeans. Ohne Handy war Lucie ein Nichts und Niemand. Die dünnen Beine links und rechts über die Lehnen hakend, klickte sie eine SMS auf.

Max vermutete, dass irgendein Typ dahintersteckte. Vielleicht ihr Langzeit-Simser Jonathan. Er kannte dieses wie eingemeißelt wirkende Grinsen. Am meisten schmerzte ihn, dass er, der Ältere, es in Liebesdingen nicht halb so weit wie seine Schwester gebracht hatte.

Opa Johann schob Lucie die Fernbedienung rüber, doch die war noch mit ihrer SMS beschäftigt. »Ich werde achtzig«, erklärte er, als würde er ein Staatsgeheimnis verraten.

»Sagtest du bereits«, erwiderte Max.

»Und anlässlich dieses Jubeltages«, fuhr Opa Johann ungerührt fort, »möchte ich eben mit meinen Lieben verreisen. Also tut mir den Gefallen und freut euch gefälligst ein bisschen. Wenn eure Eltern das schon nicht tun werden.«

»Sie wissen es noch gar nicht?«, hakte Max mit einem unbehaglichen Gefühl im Magen nach, wurde jedoch von Lucie übertönt, die ihre Arme in die Luft riss, mit den Beinen strampelte und immer wieder *Yippie!* rief.

Max war sich nicht im Klaren darüber, was er davon halten sollte. Natürlich klang Amalfiküste verlockend, doch war es zu Hause nicht genauso schön? Zumal Opa Johann wirklich nicht der Reisepartner war, den man sich erträumte. Schon hier im vertrauten Umfeld hatte er ständig was zu meckern und brachte besonders seine Mutter mit seinen Marotten auf die Palme. Wie sollte das erst im gemeinsamen Urlaub werden?

»Mama und Papa wissen also noch nichts von ihrem Glück?«, wiederholte Max.

Opa Johann machte eine müde Handbewegung. »Ich muss den richtigen Moment abpassen, um es ihnen zu sagen. Du weißt ja, sie sind manchmal ein bisschen komisch.« Er schabte einen vom letzten Winter übriggebliebenen Wachsfleck vom Couchtisch. »Hört mal, ihr Nichtsnutze«, sagte er dann, die Stirn in tiefe Falten gelegt, »wie wäre denn ... Also eigentlich könntet ihr doch ...«

»Vergiss es!«, ging Max dazwischen. Er hatte die beiden Wörter so energisch hervorgestoßen, dass sein Großvater ein Stückchen von ihm abrückte.

Auch Lucie schüttelte den Kopf und sagte: »Nö, Opi, das musst du schon selbst machen.«

»Aber ihr würdet mitkommen?« Er fiepte wie ein aus dem Nest gefallenes Vogeljunges.

»Klar«, sagte Lucie, »warum nicht?«

»Und du, Max?«

»Keine Ahnung. Eigentlich ...«

»Eigentlich ist das eine ganz hervorragende Idee!«, fuhr sein

Großvater ihm über den Mund. »Da unten kann man fabelhaft essen, und die Frauenzimmer sind eins a. Das schwöre ich bei allem, was mir heilig ist.«

Max fühlte den Blick seines Großvaters auf sich ruhen und schüttelte langsam den Kopf. Selbst wenn die Mädchen in Süditalien tatsächlich hübscher als sonst wo auf der Welt waren, hatte er keine Lust auf die Reise. Hübsche Mädchen hatten ohnehin nichts mit ihm im Sinn. Andererseits konnte sein jungfräulicher Zustand nicht ewig andauern. Er wollte es endlich wissen. Ob es die Sache tatsächlich wert war, dass alle ein Riesentamtam darum machten. Ob es mehr war, als Bach zu hören. Denn dann wäre es ziemlich nahe am Himmelreich.

2.

Der Frühsommer verschnaufte.

Von Westen kommend, schoben sich dicke Wolkenberge vor die Sonne und sorgten dafür, dass die Partygesellschaft fröstelte. Zumindest die Frauen, die in ihren Spaghettiträger-Kleidchen mit einem Glas Champagner in der Hand herumstanden und dem grillenden Hausherrn bewundernde Blicke zuwarfen.

Astrid hatte für solche Rituale nichts übrig und fühlte sich wie in einer Zeitmaschine ins letzte Jahrhundert zurückversetzt. Nur dass die Oberarme der Damen definiert und die Bärte der Männer – wenn sie denn welche trugen – akkurat in Form gebracht waren.

Thomas stand knapp einen Meter vom Grill entfernt und reichte einen Teller mit blutigen Steaks an. Er machte seine Sache wirklich gut, und eine Frau mit einem mahagonifarbenen Pagenkopf schien ihn dafür zu bewundern. Das Leben konnte so einfach sein, wenn man sich nur an gewisse Spielregeln hielt. Aber Astrid kannte diese nicht oder wollte sie nicht kennen. Jedenfalls sah sie keinen Grund, den Männern wegen ihrer Fertigkeiten beim Grillen zu applaudieren. Vielleicht war sie ja auch längst aus der Zeit gefallen. Dass man schnödes Grillen neuerdings Barbecue nannte, wusste sie erst seit ein paar Tagen. Und dass Fenchel en vogue war – mit der Salami hatte Thomas einen Volltreffer gelandet –, war gänzlich an ihr vorbeigegangen.

Gleich bei der Begrüßung hatte Christine Beaufort von jüdischem Fenchelgebäck erzählt, das es in einer Bäckerei in Venedig zu kaufen gab. Wenn man vom Bahnhof aus Richtung Rialtobrücke ging und sich nach dem Überqueren der ersten großen Brücke links hielt, Richtung Ghetto ... Astrid war noch nie in Venedig gewesen. Sie kannte weder das Ghetto noch die erste große Brücke, geschweige denn jüdisches Fenchelgebäck. Sie kannte auch keine sardische Fenchelpasta, von der ihr eine Freundin der Gastgeberin vorschwärmte. Nur Fencheltee war ihr vertraut. Den trank sie wegen ihres nervösen Magens in rauen Mengen. Was jedoch kaum half. Selbst ein gehäufter Teelöffel Fenchelsamen auf eine Tasse war zu schwach, um aus Thomas einen anderen zu machen, um Johann auszuquartieren und ihre Kinder in gefügige Wesen zu verwandeln.

Immerhin gab Max wenig Anlass zur Sorge. Im Frühsommer hatte er einen exzellenten Schulabschluss hingelegt. Wenn alles glattlief und er mit seinem Durchschnitt zu den Abiturbesten Berlins zählte, würde er im Herbst mit dem Medizinstudium beginnen und vielleicht später mal in der Charité arbeiten. Kopfzerbrechen bereitete ihr lediglich, dass er sich den ganzen Tag zu Hause vergrub, Bach hörte und in nicht nachvollziehbare Gedankenwelten abtauchte. Er hatte kaum Freunde, zumindest kam ihn, mal abgesehen von Benjamin, mit dem er fürs Abi gelernt hatte, nie jemand besuchen. Geschweige denn ein Mädchen.

Das war bei Lucie, der wilden Göre mit den toupierten Haaren, ganz anders. Ebenso wilde Mädchen mit Tattoos und Piercings gingen bei ihnen ein und aus. Manchmal waren auch Jungs dabei. Ihre Kleine schloss dann die Tür hinter sich ab, aber Astrid vermutete, dass da nichts lief, was über Petting hinausging – dafür war die Zeit einfach zu knapp. Oder ließ man sich heutzutage keine Zeit mehr für die Liebe? Grundsätzlich hatte sie nichts gegen Sex unter ihrem Dach. Zumindest nicht, solange sich ihre Kinder an gewisse Regeln hielten, die da hießen: Verhütung, kein Übernachtungsbesuch und pinkeln nur im Sitzen. Das Wichtigste war sowieso, dass Lucie wieder regelmäßig zur Schule ging, nachdem sie im letzten Jahr kurz vor Weihnachten beschlossen hatte, alles hinzuschmeißen, um mit ihrer besten Freundin Hannah auf Weltreise zu gehen. Später würde sie dann irgendwas Cooles mit Tieren machen, ein langweiliger Job käme für sie nämlich nicht in Frage, das sei ja wohl klar. Als Astrid hatte wissen wollen, was das denn sein solle, irgendwas Cooles mit Tieren, hatte Lucie keine Antwort gewusst. Das wiederum fand Astrid ziemlich uncool. Ausnahmsweise waren Thomas und sie in diesem Punkt einmal einer Meinung gewesen und hatten Lucie die Reise kurzerhand verboten.

Die Nachwehen des Kleinkriegs unter dem Motto *Lucie gegen den Rest der Welt,* der daraufhin ausgebrochen war und einen ganzen Monat andauerte, setzten Astrid heute noch zu. Tagelang hatte Lucie nicht mit ihr geredet, hinter verschlossener Zimmertür geheult und getobt. Jeden Gang zur Toilette hatte sie genutzt, um ihre Mutter zu beschimpfen: Sie würde ihr das Leben versauen, sie der Möglichkeit berauben, sich weiterzuentwickeln, *so* könne sie keinesfalls glücklich werden und mit ihnen schon gar nicht. Möglicherweise sah sie es immer noch nicht ein, dass es alles andere als *cool* war, abgerissen und ohne Schulabschluss von einer Weltreise zurückzukehren und eine Hartz-IV-Karriere anzupeilen, aber sie trabte wieder jeden Morgen zur Schule, machte ihre Hausaufgaben und schrieb passable Noten. Dennoch war die

Stimmung zwischen ihnen gereizt. Lucie hatte es sich nicht verkneifen können, bei ihrer Mutter den Finger auf die Wunde zu legen: Was bitte schön hast du denn aus deinem Leben gemacht? Aushilfe in einem unrentablen Pornoladen. Eine wirklich tolle Karriere!

Das tat weh. Immer noch. Weil Lucie recht hatte. Vibratoren in Regale einzuräumen war erbärmlich. Ebenso wie den Kundinnen deren Handhabung zu erklären. Dabei hatte sie richtig Großes vorgehabt. Kinderärztin. Das hatte jedoch im deutschen Arbeiter-und-Bauern-Staat nicht geklappt, da sie irgendwie die falschen Freunde gehabt haben musste, außerdem einen Onkel, der ausreisen wollte, nicht zu vergessen die vielen unbequemen Fragen, die sie in Staatsbürgerkunde gestellt hatte. Später im Westen war ihr Herzenswunsch, Medizin zu studieren, erneut aufgeflammt, doch nach den ersten Wochen als Gasthörerin an der Uni hatte sich Max angekündigt. Für andere Frauen vielleicht kein Hinderungsgrund, aber die Übelkeit hatte Astrid außer Gefecht gesetzt. Später, als Max auf der Welt war, stand erst mal alles Kopf. Stillen, Windeln wechseln, das Schreibaby herumtragen. Und als sie die schlimmste Phase hinter sich hatte, war es in der Krabbelgruppe und beim Babyschwimmen so heimelig gewesen, dass der Hörsaal in immer weitere Ferne gerückt war.

Der Champagner tat gut. Er hüllte sie in einen weichen, warmen, tröstenden Nebel und ließ sie ihren nervösen Magen vergessen. Vielleicht war sowieso alles nur Einbildung. Vielleicht würde es ihr sehr viel bessergehen, wenn sie soff, schwatzte, sich ungefragt in den Mittelpunkt drängte. Die anderen taten es doch auch, hemmungslos und ohne jeden Selbstzweifel. Oder waren sie dafür automatisch besser qualifiziert, weil sie nur ihre Zeugnisse aus dem Aktenordner zu nehmen brauchten, wo schwarz aufweiß vermerkt war, was sie galten. Weil sie sich tagtäglich durch die mit Autos verstopfte Stadt in ihre Büros quälten, Papierstapel hin und her schoben, mit untergeklemmtem Hörer telefonierten, am Fließband Mails verschickten, tausendfach ihre Maus anklickten und mittags in die umliegenden Restaurants ausströmten. Danach wieder zurück in die zweite Runde des Büro-Dschungels eilten, verhandelten, tratschten, intrigierten und die Ellbogen zum Einsatz brachten. Astrids Urwald hatte bloß fünf Bewohner, und manchmal fand sie, dass schon das zu viel war.

Eine Frau in einem rot-weiß-gemusterten Wickelkleid kam auf sie zu. Sie war schlank, die Arme sehnig, die Schultern muskulös gerundet. Als Astrid ihr ins Gesicht blickte, wurde ihr klar, dass sie sehr viel älter sein musste, als es von weitem den Anschein gehabt hatte. »Ihr Glas sieht so leer aus«, sagte die Frau. »Wollen Sie gar nichts mehr trinken?«

»Doch, gerne.«

Bevor Astrid sich dazu durchringen konnte, sich um Nachschub zu kümmern, pfiff die Frau den für den Abend engagierten Studenten wie einen Hund herbei. »Die Dame hätte noch gern Champagner!«

Wenig später war ihr Glas wieder aufgefüllt, doch Astrid wusste nicht, was schlimmer war: dass die Frau den jungen Mann so selbstbewusst, ja herrisch herbeizitiert hatte oder dass sie nicht selbst in der Lage gewesen war, sich mit einem Getränk zu versorgen.

Unbehaglich scharrte sie mit ihren Pumps im Rasen. Sie fühlte sich fehl am Platze, in ihren weiten Sommerhosen so gar nicht mehr en vogue. Zudem waren die Absätze ihrer Schuhe abgelaufen, was umso mehr auffiel, da die anwesenden Frauen ausnahmslos Plateausandaletten trugen, die in diesem Sommer in waren. Die Frau in dem Wickelkleid redete so leichtzüngig über das Essen, die anwesenden Gäste, das wechselhafte Wetter, dass Astrid nichts anderes übrigblieb, als dem Champagner in ihrem Glas beim Perlen zuzusehen. Ab und zu warf sie ein paar Allgemeinplätze ein wie *Da mögen Sie wohl recht haben. – Regen? Na ja, nicht schön, aber was soll's? – Rotes Fleisch kommt bei uns auch nur selten auf den Tisch.* Doch das Gefühl, nicht smalltalkkompatibel zu sein, blieb.

Astrid fröstelte und leerte ihr Glas viel zu hastig. Noch einmal den Studenten zu rufen erschien ihr unpassend, gleichzeitig hoffte sie, dass auch die Frau nicht auf die Idee kommen würde, ihn erneut zu bemühen.

Thomas winkte ihr von seinem Grillposten aus zu. Er sah fröhlich aus, als sei es ein Riesenspaß, Teller mit Fleisch zu balancieren. Astrid prostete ihm zu. Sollte er ruhig glauben, sie amüsiere sich prächtig. Vielleicht tat sie es ja auch und war sich dessen bloß nicht bewusst, weil ihr immer wieder bleischwere Gedanken in die Quere kamen, die sie davon abhielten, den Moment zu genießen.

»Christine hat mir kürzlich von Ihrem Geschäft erzählt«, meinte die Frau plötzlich zu ihr, wobei sie unwillkürlich näher rückte.

»Aha? Na ja, der Laden ist ja eher das Projekt meines Mannes«, beeilte sich Astrid richtigzustellen. Sie kehrte ihr für einen Moment den Rücken zu, um sich einen Käsehappen zu organisieren und tief durchzuatmen. Sie würde sich nie daran gewöhnen, immer auf die gleichen Dinge angesprochen zu werden: den

Erotikshop, ihre Kindheit und Jugend in der DDR, ihre Karriere als Kranführerin, auch wenn diese bloß drei Monate gedauert hatte und nunmehr über zwanzig Jahre zurücklag.

»Arbeiten Sie auch dort?«, ließ die Frau nicht locker.

»Hin und wieder.« Wo steckte bloß der Student mit dem köstlichen Champagner? Vielleicht fiel ihm ja gar nicht auf, wie viele Gläser sie bereits getrunken hatte.

»Sex von morgens bis abends, das ist ja auch nichts mehr in unserem Alter.« In den Augen der Frau blitzte es ironisch, was Astrid ärgerte. Sogar sehr. Die Frau in dem auffälligen Kleid war mindestens zehn, fünfzehn Jahre älter als sie. Oder aber sie hatte keine Gelegenheit ausgelassen, sich der Sonne auszusetzen, so dass sie inzwischen einem Grillhühnchen glich.

»Da mögen Sie wohl recht haben«, sagte Astrid, um Gelassenheit bemüht. Im nächsten Moment schnippte sie mit den Fingern nach dem Studenten und rief: »Hallo! Hallo, Sie!« Er war sofort zur Stelle und schenkte ihr smart lächelnd nach.

Als er sich wieder entfernte, fuhr die Frau fort: »Obwohl … mit *so einem* Exemplar lägen die Dinge vielleicht anders, oder?«

Statt darauf etwas zu erwidern, schweifte Astrids Blick über die Partygesellschaft und blieb an den knorrigen Obstbäumen im hinteren Teil des Gartens hängen. Wie gerne wäre sie wie in Kindertagen darin herumgeklettert – einfach um ihre Kraft und ihre Geschicklichkeit zu testen und das Gefühl von Freiheit zu genießen. Jetzt saß sie in der Falle. War einer Unterhaltung ausgeliefert, die sie weder weiterbrachte noch amüsierte. Was sollte sie tun? Niemand würde sie retten, wenn sie um Hilfe rief. Sie blickte sich um, doch wohin sie auch sah, überall fand sie nur Gründe, sich noch elender zu fühlen: die Gastgeberin, die mit falschem

Lächeln herumstolzierte, deren Fleisch grillender Gatte mit seinem Wohlstandsbäuchlein, die gutsituierten Partygäste in ihren Designerfummeln, die ihnen kaum Raum zum Atmen ließen, die Kinder, die mit ihren Nintendos auf edel gebeizten Holzbänken lümmelten und gelangweilt Häagen-Dazs-Eis aus großen Bechern löffelten.

Die Frau in dem rot-weißen Kleid ließ sich nicht von Astrids Einsilbigkeit abschrecken und wollte wissen: »Und was tun Sie denn sonst, wenn Sie nicht bei Ihrem Mann im Laden mithelfen?«

»Zu Hause arbeiten … also ich arbeite zu Hause.« Sosehr sie sich auch bemühte, die Worte wollten ihr nicht flüssig über die Lippen kommen.

»Sie reden jetzt aber nicht von der Wäsche?« Die Frau warf Astrid einen entsetzten Blick zu, so als habe sie gesagt, sie würde anschaffen gehen. Ihr starrer Blick war kaum zu ertragen, also presste Astrid unwohl hervor: »Nein, ich schreibe Erzählungen.« Das war eine Lüge. Astrid konnte überhaupt nicht schreiben; schon in der Schule hatte es ihr nicht behagt, mit Wörtern zu jonglieren. Doch was hätte sie antworten sollen? Dass sie die Unterhosen ihres Schwiegervaters wusch? Frikadellen briet? Jeden Tag Staub saugte, weil eine Familie eben mehr Dreck in die Wohnung trug als ein Single, der den ganzen Tag nicht zu Hause war? Und dass ihre einzigen Auszeiten darin bestanden, im nahe gelegenen Park joggen zu gehen?

Die nicht existierende Schriftstellerei schien mächtig Eindruck zu machen, denn die Frau, die sich als Dscholli oder Jolie vorstellte, begann ungefragt von ihrer Tätigkeit als erfolgreiche Mikrobiologin zu erzählen. Selbstverständlich war sie erfolgreich. Anderenfalls hätte sie kaum davon angefangen. Doch während sie über Bodenprotozoen der Kieler Bucht dozierte, blinzelte Astrid heimlich in den Himmel. Die Wolkendecke war zwar aufgerissen, ließ aber keinen einzigen Sonnenstrahl hindurch. Vielleicht war die Sonne ja auch ganz verschwunden. Vielleicht hatte sie sich an dem Nachmittag, als ihre Gesprächspartnerin über Boden-sonst-was schwadronierte und die Kinder sich mit ihren Nintendos zu Tode gelangweilt hatten, einfach auf und davon gemacht, und demnächst würde die Erde abkühlen und sie alle wären tot.

»Ich langweile Sie, stimmt's?«

»Nein, keinesfalls«, log Astrid.

»Habt ihr denn keinen Hunger?« Ein Mann mit einem gestutzten Ziegenbart trat zu ihnen, schlang seine Arme um die Frau, zwinkerte Astrid zu und stellte sich als Klaus Weniger vor.

»Astrid Conrady«, sagte Astrid. »Essen ... ja ... eine hervorragende Idee. Das Fleisch ist bestimmt längst fertig.«

Obgleich sie vorhatte, sich schnellstmöglich von dem Paar loszueisen, setzte sie sich mit den beiden in Bewegung. Dscholli oder Jolie erklärte ihrem Lebensgefährten, dass Astrid die Frau des Nachbarn sei, also von dem mit dem entzückenden Erotikshop.

»Ach ja?« Seine Mundwinkel wanderten nach oben, als er sich nach Astrid umwandte. Als wäre sie ein ganz besonders frivoles Früchtchen, mit ihrem Mann und diesem entzückenden Erotikshop. »Kann man denn gut davon leben?«, erkundigte er sich.

Weder leben noch sterben, dachte Astrid, und sich schon gar keine schicken neuen Schuhe leisten.

»Aber was frage ich so dumm!«, rief Klaus Weniger, bevor sie antworten konnte. »Sex sells. War ja schon im alten Rom so.«

Dann lief er los – wohl um der Erste am Grill zu sein und die besten Fleischstücke zu ordern.

Die Mikrobiologin hatte ihren Schritt verlangsamt und stakste neben Astrid her. »Was mich schon immer brennend interessiert hat, Astrid. Ich darf Sie doch Astrid nennen?«

Astrid nickte.

»Das ist mir jetzt etwas unangenehm, aber nun ja … Gibt es irgendwas Spezielles, das jede Frau in der Nachttischschublade haben sollte?«

»Ich verstehe nicht ganz«, stellte sich Astrid dumm.

»Na, Sie wissen schon … eine nette Kleinigkeit aus Ihrem Sortiment.«

»Sie meinen Dessous?« Astrid genoss es nunmehr, die Frau verlegen zu sehen.

»Sextoys.« Es klang wie Sexboys.

»Ach, das meinen Sie. Warum sagen Sie das nicht gleich?« Astrid tat, als müsse sie angestrengt nachdenken. »Hm, das ist jetzt schwierig, ich meine, was schwebt Ihnen da so vor? Dildos? Doppeldildos? Plugs? Vibratoren? Fistfun?« Zum Glück hatte sie genug getrunken, um die anrüchigen Begriffe ohne zu zögern auszusprechen.

Dschollie oder Jolie schien mit einer derartigen Antwort nicht gerechnet zu haben. Sich das Haar ohne ersichtlichen Grund ordnend, meinte sie mit gedämpfter Stimme: »Da bin ich jetzt auch überfragt. Am besten, ich schaue mal bei Ihnen im Laden vorbei.«

»Ja, tun Sie das.«

Astrid nannte ihr die Adresse, lächelte knapp, dann trat sie zu Thomas, der nun statt des Tellers mit den blutigen Steaks ein

Schnittchen auf der Handfläche balancierte und ihr Zeichen gab, die sie nicht verstand.

»Du hättest mich ruhig mal erlösen können«, beschwerte sie sich. »Die Frau hat mich in Grund und Boden gequatscht.«

Hatte sie gehofft, Thomas würde sie bemitleiden, ein ganz klein wenig nur, so wurde sie enttäuscht. Grob packte er sie am Arm und schob sie über den Rasen mit den akkurat gestutzten Kanten. »Herrje!«, schimpfte er leise, »musste das denn sein?«

»Wieso, was meinst du?« Astrid war sich keiner Schuld bewusst.

»Fistfun! Warum um Himmels willen drehst du dieser Frau Fistfun-Artikel an! Und dann noch in so einer Lautstärke! Wir sind hier, um uns zu amüsieren!«

Astrid blickte ihren Mann an, der ihr in diesem Moment wie ein Fremder erschien, und entgegnete milde lächelnd: »Das kapiere ich nicht ganz. Ich dachte, *Fistfun* wäre dazu da, sich zu amüsieren.« Sie beugte sich vor und schnupperte an einem wildwuchernden Rosenbusch. »Oder habe ich da etwa was falsch verstanden? Klär mich auf!«

»Astrid, du hast zu viel getrunken.«

»Das ist nun mal so auf Partys. Und was sollte ich deiner Ansicht nach sonst tun? Du hängst ja die ganze Zeit bei diesem Beaufort rum. Peinlich, euer steinzeitliches Männergehabe.«

Thomas rupfte eine Rosenblüte ab und betrachtete sie befremdet. Dann atmete er tief durch und sagte: »Das Einzige, was wirklich peinlich ist, ist deine negative Einstellung zu allem und jedem. Wieso kannst du nicht einfach ausgehen und Spaß haben? Warum gibst du den Leuten keine Chance? Aber klar. *Du* wirst natürlich in Grund und Boden gequatscht! Du armes wehrloses Opfer!«

Astrid verspürte eine beißende Wut aufsteigen. »Glaubst du, mir macht's Spaß, ständig auf deinen Laden angesprochen zu werden? Und wenn ich dann sachgemäß antworte, ist es auch wieder verkehrt.«

Thomas schnaubte leise. »Du könntest ja zur Abwechslung mal Kundschaft akquirieren, statt sie zu vergraulen.«

»Hab ich. Dschollie oder Jolie wird schon kommen und sich ausführlich von dir beraten lassen.« In einem Anfall von Gier beugte sie sich vor und biss von dem Kanapee ab, das Thomas immer noch mit spitzen Fingern festhielt.

»Dann nimm es bitte ganz.« Ruppig drückte er ihr das Schnittchen in die Hand, Mayonnaise tropfte ihr auf die weiße Bluse.

»Pass doch auf!«

»Selbst schuld, wenn du einfach abbeißt.«

»Ich will's ja gar nicht. Entschuldige, dass ich dir was weggegessen habe.« Sie gab Thomas das Schnittchen zurück und bekam nicht mehr mit, ob er sich auch mit Mayonnaise bekleckerte, weil sie bereits wütend zur Gartenpforte stapfte. Thomas holte sie ein, als sie gerade die Klinke herunterdrücken wollte. Mit einem Ruck schob er seinen athletischen Körper zwischen sie und den Zaun. »Du kannst jetzt nicht einfach gehen.«

Sie sah zu den Gästen hinüber, die in Grüppchen zusammenstanden und sich angeregt unterhielten. »Ich lasse mir aber nicht von dir vorschreiben, was ich wann, wie und warum zu sagen habe.«

»Bitte, Astrid«, schlug Thomas einen versöhnlichen Ton an. »Mach jetzt keine Szene. Der Abend war doch bisher ganz nett.«

»Für dich vielleicht.« Ihr fiel es schwer, ihre Aggressionen im Zaum zu halten. »Du musstest dich ja auch nicht mit dieser unmöglichen Person unterhalten.«

Thomas lächelte – zwar zaghaft, aber es war ein Lächeln. Trotzdem zögerte Astrid. Groll und die Sehnsucht, sich wieder zu vertragen, lösten sich im Sekundentakt ab.

»Na, komm schon. Die Steaks sind bestimmt ausgezeichnet.« Er stupste sie an, woraufhin Astrid schließlich die Klinke losließ und ihm zur Terrasse folgte.

Die Partygesellschaft hatte von ihrem Disput nichts mitbekommen. Oder aber man tat bloß so, als wäre man mit anderen Dingen beschäftigt gewesen.

Astrid blieb noch zwei Stunden. Sie aß kleine Tortillas mit exotischem Gemüse, probierte Krebsfleischsalat und Frühlingsrollen mit Garnelen. Zum Nachtisch genehmigte sie sich Schokokekse und Limettenparfait. Irgendwie verging die Zeit. Sie redete mal mit diesem, mal mit jenem und ließ sich immer wieder Champagner nachschenken. Dabei lächelte sie dem Studenten zu, der ebenso nett zurücklächelte. Alles war perfekt, und doch gelang es ihr nicht, das Spiel namens *Party* mitzuspielen. Je gelöster die Menschen um sie herum wurden, je mehr der Alkohol ihre Zungen löste, desto deutlicher bahnte sich ein erst noch vages, dann immer deutlicher werdendes Gefühl seinen Weg: Nicht nur, dass sie auf der falschen Party war, sie befand sich auch mit dem falschen Mann im falschen Leben. Das war so niederschmetternd, dass ihr übel wurde und sie sich in das Blumenbeet mit den rosaroten Rosen erbrach.

*

Als sie nach Hause zurückkehrten, hatte die Nacht sich wie ein schwarzes Tuch über die Siedlung gelegt. Astrid fühlte sich immer noch hundeelend. Es war alles ein bisschen viel gewesen –

der Alkohol, Dschollie oder Jolie, die Auseinandersetzung mit Thomas. Von ferne drangen noch Stimmengewirr und Gelächter zu ihnen rüber. Die Feier war längst nicht zu Ende, nur hatte selbst Thomas eingesehen, dass es besser war, nach Hause zu gehen. Das Rosenbeet vollgekotzt zurückgelassen – wie peinlich das war, kam ihr in ihrem immer noch benebelten Zustand nur vage zu Bewusstsein.

Thomas stiefelte wie ein Soldat neben ihr und drosch mit Worten auf sie ein: »Ich versteh dich nicht, Astrid, beim besten Willen nicht. Wie kann man sich nur vollllaufen lassen? Auf einer Party bei den Nachbarn … Das ist so … widerlich! Einfach schrecklich. Was sollen die jetzt von uns denken? Dass wir Alkis sind? Asoziale? Geht's vielleicht auch mal normal mit dir? Nur ein einziges Mal!«

Astrid war zu schwach zur Gegenwehr. Was sollte sie auch entgegnen, um seine Attacke abzuwehren? Egal, was sie ins Feld führen würde, sie hatte alles schon hundert-, ja tausendfach gesagt, und dennoch drang nichts davon zu ihrem Mann durch.

Obwohl sie sich wieder nüchtern fühlte, zitterten ihr die Finger, als sie den Schlüssel ins Schloss bugsieren wollte.

»Lass mich mal.« Thomas nahm ihn ihr aus der Hand, doch auch er stocherte blindlings an dem nur schwach beleuchteten Zylinder herum. In der Ferne maunzte eine Katze, ein Flugzeug dröhnte am Nachthimmel, dann wurde die Tür von innen geöffnet.

»Vater, was machst du hier?«

Johann stand barfuß in seinem gestreiften Sommerschlafanzug im Flur, das schüttere weiße Haar zerzaust.

»Auf euch warten.«

»Geht's dir nicht gut?«, erkundigte sich Astrid besorgt. Er wirkte zwar quicklebendig, aber warum sonst trieb er sich zu so später Stunde auf dem Flur herum? In der Regel ging er um neun, halb zehn schlafen.

»Doch. Alles bestens. Wollte euch nur was sagen.«

Astrid spürte Thomas' Hand auf ihrem Rücken. Mit sanftem Druck schob er sie ins Haus. »Hat das nicht bis morgen Zeit?«

»Nein, kommt mit«, brummelte Johann. O-beinig eilte er voraus in die Küche, wo er drei Flaschen Bier aus dem Kühlschrank nahm.

»Für mich bitte nicht.« Astrid sah ihren Schwiegervater gespannt an. Wenn er ihnen keine Hiobsbotschaft verkünden wollte, dann ausnahmsweise mal etwas Positives? Vielleicht würde er ihnen zerknirscht mitteilen, dass es für ihn an der Zeit wäre auszuziehen. Endlich. Weil sie, Thomas und die Kinder ein Recht auf ein eigenes Familienleben hätten und er im Übrigen eine so wunderbare Alters-WG aufgetan hätte, dass er einfach nicht habe ablehnen können. Sie wären doch hoffentlich nicht böse ...

Aber Johann schien es nicht eilig zu haben, mit seiner Nachricht rauszurücken. Er öffnete die erste Bierflasche und reichte sie Thomas. Als er sich an der zweiten versuchte – was ihm zunächst nicht gelingen wollte –, sagte er: »Auf jeden Fall könnt ihr euch schon mal freuen, ihr beiden Herzchen.«

»Und worüber?«, hakte Astrid gereizt nach.

»Eine Reise steht ins Haus«, verkündete er mit getragener Stimme, so als würde er den Spruch aus einem chinesischen Glückskeks vorlesen.

»Eine Reise? Wieso? Wohin?« Statt zu trinken, strich Thomas mechanisch über das Etikett seiner Bierflasche.

»Haltet euch fest.« Johann verschnaufte kurz, dann schmetterte er: »Wir fahren an die Amalfiküste! Ihr wisst schon, wo ich damals mit Hans war.«

»Wie bitte? Wann denn?«, stammelte Astrid.

»An meinem Geburtstag. Ist das nicht fabelhaft?«

Einen Moment sagte niemand etwas. Nur der Kühlschrank surrte monoton vor sich hin.

»Lucie freut sich übrigens schon wie verrückt. Wir alle fünf, das wird ein Riesenspaß!«

Astrid spürte das Blut in ihren Schläfen pulsieren, irgendetwas in ihrem Kopf fuhr Karussell. Was sollte das? War das wirklich ihr Leben? Ein niemals enden wollender Riesenspaß? Und wenn ja, warum lief er nur so schrecklich verquer?

»Thomas?« Johann sah seinen Sohn forschend an.

»Also ich weiß ja nicht«, erwiderte dieser überrumpelt. »Das kommt jetzt ziemlich überraschend. Astrid und ich hatten noch gar keine Reisepläne.«

»Umso besser.« Johann trank gluckernd sein Bier. Bestimmt würde er gleich rülpsen.

In dem Bedürfnis, ihre wirren Gedanken abzuschütteln, erhob Astrid sich, schwankte einen Augenblick, dann erklärte sie: »Bevor das hier jetzt eine längere Diskussion wird … Ihr könnt gerne fahren, aber ohne mich.«

Einen Pulsschlag später zog sie die Küchentür hinter sich zu und hoffte, dass sie auch mal einen Riesenspaß erleben würde. Und zwar einen, der ihren eigenen Vorstellungen entsprach.

*

Lucie lag im Bett und zählte die Sterne auf ihrem nachtblauen Stoffhimmel. Durch die Wand hörte sie ihre Eltern streiten. Sie stritten oft und heftig, und eigentlich hatte es auch keinen Sinn, sich immer wieder darüber aufzuregen. Die beiden konnten ja kaum wie normale Menschen miteinander umgehen, und manchmal fragte sie sich, warum sie sich nicht längst getrennt hatten. Ab und an mal kampffreie Zone, mehr erwartete sie ja nicht. Aber die Konflikte gärten, harsche Worte flogen schon beim Frühstück wie Kampfgeschosse durch die Luft, die Atmosphäre war vergiftet.

Lucie reichte es, endgültig und überhaupt. Außerdem sah sie schon lange nicht mehr ein, schuld an den Auseinandersetzungen ihrer Eltern zu sein, auch wenn ihre Mutter ihr das auf subtile Weise einzuflüstern versuchte. Das war sie nämlich nicht. Sie war sie, das hätten sich ihre Alten besser mal vor ihrer Zeugung klarmachen sollen. Aber sie hatten sicher nur das Baby vor Augen gehabt, das bis zum Sankt-Nimmerleins-Tag putzig, süß und willenlos bleiben würde.

Bestimmt ging es um die Italienreise. Ihr Großvater war ja gar nicht mehr zu bremsen gewesen. Im Geiste hatte er schon die Koffer gepackt und die Stullen für unterwegs geschmiert. Jetzt hörte es sich ganz danach an, dass einer der beiden keine Lust hatte, Opa an seinem runden Geburtstag den Gefallen zu tun. Wahrscheinlich ihre Mutter. Das wiederum verstand Lucie nicht. Opa Johann war manchmal zwar unausstehlich, er roch nach billigem Rasierwasser, aber er hatte lustige buschige Augenbrauen und ein gutes Herz. Letzteres konnte sie von ihren Eltern nicht gerade behaupten. Damals die Sache mit dem Meerschweinchen. Ihnen war ja richtiggehend ein Stein vom Herzen gefallen, als

Pollie, halb von Maden zerfressen, endlich das Zeitliche gesegnet hatte. Zumindest hatten sie nicht gerade Mitgefühl gezeigt. Ganz im Gegensatz zu ihrem Großvater, der die ganze Zeit an ihrer Seite gewesen war, als sie sich bei der Beerdigungszeremonie im Garten die Augen ausgeheult hatte. Ihre Eltern hatten ja Besseres zu tun gehabt. Lucie nahm es ihnen heute noch übel, dass sie sich in die Küche gesetzt und in aller Seelenruhe Lammkoteletts gegessen hatten.

Gegen eine Reise zu fünft hatte sie jedoch nichts einzuwenden. Warum auch? Sie unternahmen viel zu selten etwas zusammen. Jeder in der Familie zog sowieso immer nur sein eigenes Ding durch. Max verkrümelte sich in seinem Zimmer, hörte Klaviergeklimper, las und stopfte dabei alles in sich hinein, was kalorienreich war. Ihr Vater, ein Workaholic, puzzelte sogar über die Ladenschlusszeit hinaus in seinem Pornoshop. Ihre Mutter wiederum vergeudete ihre Lebenszeit damit, sauberzumachen, und falls sie mal nicht den Putzlappen schwang, joggte sie bis zum Umfallen. Da war Opa Johann ja noch der Normalste von allen. Er las Zeitung, schaute Fernsehen und hortete Süßigkeiten unter seinem Bett, was Lucie eigenartig, aber auch verständlich fand. War ihre Mutter erst mal im Putzwahn, entsorgte sie oft Dinge, die man eigentlich noch behalten wollte. Zeitschriften, löcherige Socken, angebissene Kekse – Opa Johann hatte eine ganz eigene Strategie zur Rettung seiner kleinen Schätze entwickelt. Ansonsten sah er besser zu, dass er sich möglichst unsichtbar machte. Ihre Mutter war nämlich gar nicht gut auf ihn zu sprechen, was garantiert nicht nur an den Bartstoppeln lag, die er nie aus dem Waschbecken wegspülte. Es waren auch nicht seine manchmal frauenfeindlichen Sprüche oder die Tatsache, dass er die Butter nicht in den Kühlschrank zurückstellte. Opa Johann war immer anwesend – wahrscheinlich störte genau das ihre Mutter. Und wenn er gerade mal auf einen Sprung zur Tankstelle schräg gegenüber war, um seine heißgeliebten Gummibärchen zu kaufen, erinnerte trotzdem alles an ihn: die karierten Hausschuhe im Flur, seine Strickjacke mit den dünngescheuerten Ärmeln über der Stuhllehne, die Sitzdelle auf dem Sofa, der Kölnischwasser-Geruch, der in jedem Zimmer hing.

Lucie fand, all das gehörte nun mal dazu. Opa Johann gehörte dazu, doch je mehr ihre Mutter seinetwegen zu meckern hatte, desto weniger lief sie Gefahr, selbst in die Schusslinie zu geraten. Der Streit wegen der Schule hatte sich, seit sie wieder den Unterricht besuchte, zum Glück in Wohlgefallen aufgelöst. Dafür drehte sich jetzt alles um das Thema Handyrechnung. Was auch kein Wunder war. Die vielen SMS, die sie täglich tippte, schlugen eben zu Buche. Aber der Halbengländer Jonathan, von dem sie ihrer Mutter bisher nichts erzählt hatte, war es wert. Allein schon weil er diesen wunderschönen, englisch ausgesprochenen Namen trug, und auf dem Foto, das er ihr gemailt hatte, phantastisch aussah. Bernsteinfarbenes, lockiges Haar, dunkle Augen, ein Mund, der zum Küssen einlud.

Ihre Freundin Hannah redete ihr zwar täglich ein, das Foto könne ebenso gut gefälscht sein, im Netz tummelten sich ja bekanntlich die übelsten Gestalten. Natürlich wusste Lucie das auch, aber Jonathan war nicht einer von dieser Sorte. Fotos konnten lügen, Worte nicht. Er hätte schon ziemlich ausgebufft sein müssen, um all die Details seiner Lebensgeschichte zu erfinden. Adoptivkind, mit Hang zur Katastrophe. Gerade mal zwei Jahre alt, hatte er einen Kessel mit kochendem Wasser vom Herd gerissen und sich verbrüht. Wenig später war seine Adoptivmutter verunglückt, vom Bus überrollt. Seit diesem Zeitpunkt schlug sich sein Adoptivvater, Filialleiter in einem Supermarkt, allein mit ihm durch. Aber Jonathan war trotz aller Tiefschläge optimistisch geblieben und hatte sich neben seinen Hobbys Jonglieren, Freeclimbing und Fechten ganz der Rettung herrenloser Tiere verschrieben. Das alles war Grund genug, ihn nach vier langen Wochen virtueller Freundschaft und Liebesgeplänkel endlich kennenlernen zu wollen. Fand Lucie jedenfalls. Und dafür war ihr im Zweifelsfall kein Weg zu weit.

3.

Die Waschmaschine hatte sich über Nacht wie von selbst repariert und lief wieder einwandfrei. Astrid glaubte zwar nicht an Hexerei, aber vielleicht hatte ja doch eine höhere Macht Einsehen gehabt und wollte sie vor einer weiteren Verschuldung bewahren. Umso absurder war die Idee mit der Italienreise. Ihr Budget reichte allerhöchstens für ein verlängertes Wochenende an der Ostsee, nicht jedoch für einen Urlaub an der Amalfiküste. Und es war auch nicht absehbar, dass Thomas in nächster Zeit containerweise Dildos verkaufen würde. Trotzdem hatte er es sich in den Kopf gesetzt zu verreisen. Sein armer alter Vater … Und wenn es nun mal sein Herzenswunsch sei …

»Herzenswünsche haben wir alle«, gab Astrid bitter zurück. »Und wer erfüllt sie uns? Niemand. Weil wir nicht das Geld dafür haben.«

»Er greift uns unter die Arme. Hat er doch gesagt.«

»Ach ja, was kann er schon beisteuern? Bei seiner bescheidenen Rente.«

»Vater hat Ersparnisse.«

»Wie viel?«, höhnte sie. »Tausend Euro? Zweitausend? Die soll er mal besser sparen, falls wir ihn eines Tages in eine Pflegeeinrichtung geben müssen. Oder meinst du, Lucie zahlt das dann von ihrem Taschengeld?«

Thomas hielt dagegen, dass es besser sei, den Moment zu leben, statt an Katastrophen in ferner Zukunft zu denken, die dann womöglich niemals eintrafen. »Das macht nur Kummer. Und Kummer macht Falten. Und das bringt dir noch mehr Kummer.«

Sicher hatte Thomas recht. Johann sollte ja auch gerne sein nicht gelebtes Leben nachholen, nur bitte schön nicht auf ihre Kosten. »Warum fährt er nicht mit einer Reisegruppe?«, ereiferte sie sich. »Ich möchte nämlich auch den Moment leben. Und zwar nach meinem Gusto.«

»Liebes, es geht um eine einzige Reise! Zwei Wochen, vierzehn Tage!«

»Du kennst doch deinen Vater. Er wird uns in einer Tour nerven, und am Ende kommen wir gestresster zurück, als wir losgefahren sind.« Sie bemühte sich, ihre Stimme zu dämpfen. »Und warum überhaupt Amalfiküste? Was will er denn da? Bestimmt wimmelt es dort nur so von Touristen.«

Es waren endlose, zermürbende Diskussionen, die sie zumeist abends vor dem Schlafengehen führten. Astrid wollte viel lieber ihren Krimi lesen, aber selbst wenn ihr schon die Augen zuklappten, fiel Thomas noch das eine oder andere Argument ein. Mit dem Resultat, dass sie immer weniger erpicht darauf war, mit Opa im Gepäck loszufahren. Sie hatte ihr eigenes Leben und mochte sich auch nicht zur barmherzigen Samariterin aufschwingen. Also schlug sie Thomas vor, er solle doch mit Lucie und seinem Vater allein verreisen. Sie und Max, der ebenfalls keine Lust auf die Spritztour hatte, würden lieber in Berlin bleiben und sich um Haus und Garten kümmern. Sie hatte die Idee ohne jeden Vorwurf vorgetragen, sachlich, fast schon freundlich, doch für Thomas war dies Grund genug, sich sein Bettzeug zu schnappen und bis auf weiteres aus dem gemeinsamen Schlafzimmer auszuziehen.

Sollte er nur. Astrid war es egal. Es las sich ohnehin viel konzentrierter, wenn niemand neben ihr röchelte. Und wie ein Blitz durchzuckte sie der Gedanke, ob ihre Liebe vielleicht gerade dabei war, sich zu verflüchtigen. Womöglich hatte sie es sowieso schon längst getan und existierte nur noch auf gelbstichigen Fotos in den Alben, die in einem Karton auf dem Dachboden vor sich hin staubten.

*

Zwei Wochen vergingen, in denen Johanns Reisewunsch nicht weiter thematisiert wurde. Lucie ging jeden Morgen zur Schule – da alle Klausuren geschrieben waren und die Zensuren feststanden, köchelte der Unterricht nur noch auf Sparflamme –, Max hatte sich eine neue Aufnahme der Klavierkonzerte von Bach zugelegt, die er von morgens bis abends hörte, Thomas hockte im Erotikshop, und Astrid setzte alles daran, den Laden möglichst weiträumig zu umschiffen. Sie hatte sich vorgenommen, das Haus gründlich zu putzen, sprich: alle Bücher aus den Regalen zu nehmen, zu entstauben und wieder neu einzusortieren.

Johann schien das überhaupt nicht in den Kram zu passen. Das merkte Astrid an seinem waidwunden Blick, der sie manchmal traf, wenn sie ihm auf dem Flur oder in der Küche über den Weg lief. Verständlich. Im Wohnzimmer war es mit all den ausgeräumten Büchern unordentlich und staubig. Und da die Sonne immer noch auf sich warten ließ, konnte er sich auch nicht in den Liegestuhl unter die Birke legen und die alten Zeitschriften durchblättern, die er dem Verkäufer im Tankstellenshop abgeschwatzt hatte. Also blieb ihm nichts anderes übrig, als sich in sein Zimmer zu verkriechen, was er als Strafe empfand. Dabei hatte er dort das Paradies auf Erden. Ein am Kopfteil verstellbares Bett, Sessel und Fußablagehocker im dazu passenden Muster, einen Fernseher mit Flachbildschirm, Kunstblumen, die wie echt aussahen, ein Glöckchen zum Klingeln, falls ihn nach irgendetwas gelüstete. Doch Johann schien sein kleines Paradies nicht zu gefallen. Lieber schlich er den ganzen Tag im Haus herum und raubte allen mit seinen Kommentaren den letzten Nerv.

»Warum gehst du nicht in ein Café?«, fragte ihn Astrid eines Morgens. Sie war bereits eine Runde joggen gewesen und hatte sich noch vor der ersten Tasse Kaffee darangemacht, sämtliche Parfümflakons – Johanns Kölnischwasser-Flaschen inklusive – zu entstauben. Sie wollte ihren Schwiegervater einfach aus dem Haus haben.

»Weil ich dort genauso wenig erwünscht bin wie hier«, knurrte er.

»Du *bist* hier erwünscht.«

»Papperlapapp! In euren Augen bin ich nichts weiter als ein Strolch! Ein Herumlungerer und Faulpelz!«

Astrid musste lachen, weil ihr Schwiegervater die Worte so trotzig hervorgestoßen hatte. »Stimmt nicht, Johann, du bist bloß ein Meister im Nörgeln«, erwiderte sie. »Und manchmal hast du ziemlich komische Ansichten.«

»Und wenn schon. Schnurz!« Er saugte seine ohnehin schon hohlen Wangen nach innen. »Fakt ist, du willst nicht mit mir verreisen.«

»Johann, jetzt mach kein Theater!« Er benahm sich ja fast wie

Lucie, wohlgemerkt: Lucie vor ein paar Jahren, als sie zu pubertieren begann.

Also drückte sie Johann zwei Euro in die Hand und trug ihm auf, an der Tankstelle Gummibärchen kaufen zu gehen, sie sei vom Putzen schon völlig unterzuckert. Das war gelogen, aber nur ein paar Minuten ohne ihren Schwiegervater waren gute Minuten.

Johann gab sich geschlagen, wechselte seine Hausschuhe gegen hellbraune Halbschuhe mit Lochmuster, dann zog er von dannen.

Erleichtert riss Astrid die Fenster auf und fuhr mit der Hausarbeit fort. Nach einer Stunde begann sie sich zu wundern, dass Johann sich heute so viel Zeit ließ. Vielleicht hatte er jemanden getroffen, einen Nachbarn oder Bekannten, mit dem er ins Plaudern gekommen war. Oder aber er drehte trotz des Nieselregens eine kleine Runde im Park. Aber auch nach zwei Stunden war er nicht wieder zurück. Das war ungewöhnlich, doch Astrid verdrängte den Gedanken, dass ihm vielleicht etwas zugestoßen sein könnte. Als er eine weitere Stunde später immer noch nicht wiederaufgetaucht war, rief sie Thomas im Laden an. »Dein Vater ist weg«, verkündete sie ohne Umschweife.

»Weg? Wie weg? Was soll das heißen?«

»Dass er eben weg ist!«, entgegnete sie angespannt. In ihren Ohren pfiff es, als würde sich ein Tinnitus ankündigen. »Er wollte bloß ein paar Gummibärchen kaufen gehen. An der Tankstelle.«

»Hast du's auf seinem Handy probiert?«

»Hat er gar nicht mitgenommen.«

»Alles kein Problem«, beruhigte Thomas sie. »Beim Gummibärchenkaufen ist noch niemand verlorengegangen. Vielleicht hat er sich bloß mit dem Tankwart verquatscht.«

»Drei Stunden lang?«

»Oder er ist noch zum Kiosk rüber. Ich glaube, er hat ein Auge auf Frau Kleinschmidt-Mühlenthal geworfen.«

Astrid hielt das für unwahrscheinlich, und eine Kette beklemmender Gedanken setzte sich in Gang: Vor ihrem inneren Auge sah sie ihren Schwiegervater verunglückt irgendwo im Straßengraben liegen, zu schwach, um Hilfe zu rufen, und schließlich sterben, nur weil sie ihn aus dem Haus gejagt hatte.

Sie beendete überstürzt das Gespräch, zog die Regenjacke über und machte sich auf den Weg zur Tankstelle. Doch Johann war nirgends zu sehen. Nicht an einer der Zapfsäulen, nicht an der Waschanlage, wo er manchmal herumlungerte, weil es ihn zu faszinieren schien, wie aus Dreckschleudern sauber glänzende Schlitten wurden. Der Shopverkäufer erinnerte sich zwar daran, dass er Weingummis gekauft hatte, zwei Tüten, aber wo er danach hingegangen war, entzog sich seiner Kenntnis. Astrid bedankte sich und lief zum Zeitungskiosk, doch auch hier hatte sie keinen Erfolg. Die studentische Aushilfe konnte sich nicht an einen alten Mann erinnern und hatte auch niemanden draußen am Fenster vorbeilaufen sehen.

In dem verzweifelten Versuch, ihren Fauxpas auszubügeln, hastete Astrid zwischen Tankstelle und Neubausiedlung hin und her, sah in Kneipen und Cafés nach, graste die überschaubare Grünfläche ab, aber ihr Schwiegervater blieb wie vom Erdboden verschluckt. Thomas, den sie zwischendurch telefonisch auf den neuesten Stand brachte, blieb zu ihrem Erstaunen die Ruhe selbst und machte ihr nicht mal Vorhaltungen. Sein Vater sei weder ein kleines Kind noch senil, er werde schon wieder auftauchen. Spätestens, wenn er Hunger habe.

Doch auch als der Zeiger der Uhr auf 19 Uhr vorrückte und Astrid den Tisch aus einem diffusen Schuldgefühl heraus mit den edelsten Konserven, die im Vorratsschrank zu finden waren, gedeckt hatte, tauchte Johann nicht auf. Je später es wurde, desto sicherer war sie sich, dass etwas passiert sein müsse, und bestand darauf, die umliegenden Krankenhäuser abzutelefonieren. Thomas fand das zwar übertrieben, nahm ihr jedoch die undankbare Aufgabe ab. Den Hörer untergeklemmt, spulte er monoton seinen Text ab und bekam stets dieselbe Auskunft: Kein Johann Conrady war eingeliefert worden. Nirgends. Zudem hatte sich der Himmel schwefelgelb gefärbt, von Westen zogen schwarze Wolken heran, bedrohlich wie Kriegsschiffe. Wenige Minuten später zuckte der erste Blitz über den Himmel, gefolgt von einem krachenden Donner. Kurz darauf prasselte der Regen, von Windböen gepeitscht, gegen die Wetterseite des Hauses.

Astrid warf Thomas einen ängstlichen Blick zu, aber auch er schien inzwischen seinen Optimismus verloren zu haben.

»Wir gehen ihn gleich noch mal suchen«, schlug er vor, um Beherrschung bemüht. »Lass uns erst was essen. Vielleicht ist das Gewitter ja schnell vorbei.«

Astrid verspürte keinen Hunger. Sie sah ihrer Familie dabei zu, wie sie spanischen Fasan, griechische Riesenbohnen und italienische Oliven aßen. Lucie spießte eine Olive auf die Gabel und nagte sie vorsichtig ab, genauso verfuhr sie mit den Bohnen. Max verputzte in der gleichen Zeit einen vollbeladenen Teller. Es war ein Drama. Gerade mal neunzehn und passte in keine Jeans mehr. Wenn er in diesem Tempo weiteraß, würde er mit dreißig Diabetiker sein und verengte Gefäße haben.

Es klingelte. Noch bevor Thomas seine Gabel beiseitelegen konnte, war Astrid aufgesprungen und eilte zur Tür.

Johann stand klitschnass auf der Fußmatte, den seitlich am Haus angebrachten Briefkasten umklammernd.

»Wo um Himmels willen hast du gesteckt?«

Er ließ den Briefkasten los, taumelte einen Schritt nach links und hielt sich nun an einem dünnen Zweig im Gebüsch fest. »Seemannsbraut ist die See … denn nur ihr kann er treu sein!«, schmetterte er. »Wenn der Sturmwind sein Lied singt … Mich trägt die Sehnsucht fort in die blaue Ferne …«

»Johann, komm rein.« Astrid packte ihren Schwiegervater am Arm und zog ihn ins Haus. Er war betrunken. Sternhagelvoll.

Mittlerweile war auch Thomas zur Haustür gekommen, aber als er seinen Vater in dem desolaten Zustand sah, schüttelte er lediglich den Kopf und machte auf dem Absatz kehrt. Astrid hätte am liebsten genau das Gleiche getan. Einzig aus dem Grund, weil sie sich an dem Besäufnis in gewisser Weise schuldig fühlte, hatte sie ein Einsehen und brachte Johann in sein Zimmer. Sie streifte ihm die Schuhe von den Füßen, half ihm ins Bett, dann deckte sie ihn zu und löschte das Licht.

Ein Zittern überkam sie, als sie zu Thomas und den Kindern zurückkehrte. Was war nur mit ihrer Familie los? Doch sie ließ sich nichts anmerken, wünschte nochmals guten Appetit und lud sich wie Max den Teller voll.

*

Am nächsten Tag verlor keiner ein Wort über Johanns Entgleisung. Er war in einer Kneipe ein paar Straßen weiter versackt, alles in der Absicht, Astrid eins auszuwischen. Er formulierte es zwar nicht so, nur war es die einzig mögliche Erklärung. Abgesehen von einem alkoholfreien Feierabendbier, trank Johann nichts. Keine Schnäpse, keinen Wein, nichts.

Eine Woche später – kurz vor den Sommerferien – wachte Astrid frühmorgens auf und fühlte sich wie betäubt. Eine Weile spürte sie dem sonderbaren Gefühl nach, aber sie wusste nicht, woher ihr Unwohlsein rührte. Erst als sie kurz darauf Kaffee kochte, erinnerte sie sich, dass sie etwas geträumt hatte. Nur was? Ein alter Mann war darin vorgekommen, allerdings nicht Johann. Je angestrengter sie sich zu erinnern versuchte, desto rascher verflüchtigte sich der Traum, und irgendwann hatte der Tag die Nacht endgültig abgelöst.

Da Thomas zu einer Erotikmesse gefahren war, musste sie ihn wohl oder übel im Laden vertreten. Schon der Geruch, den die Duftlampe verströmte, war ihr zuwider, noch mehr aber hasste sie es, den Kunden den Gebrauch von Sexspielzeugen zu erklären, die sie selbst nicht mal mit spitzen Fingern anfassen würde. Doch sie hatte Glück. Es kamen nur wenige Kunden an diesem sonnig warmen Tag, und diejenigen, die sich trotz der abstoßenden Auslagen in den Laden verirrt hatten, wollten bloß Kondome. Eine Frau verlangte nach roten Dessous.

»Eine gute Wahl«, beglückwünschte Astrid sie, als die Unterwäsche nach einer halbherzigen Beratung in der Kabine in Seidenpapier einschlug. Thomas hatte ihr den Satz wieder und wieder eingeimpft. Man sollte die Kunden glauben lassen, dass sie im Gegensatz zu allen anderen Käufern einen ausgesprochen erlesenen Geschmack hätten. Als die Kassenlade aufsprang, fiel Astrid plötzlich wieder ihr Traum ein. Es war um einen *besseren Menschen* gegangen, eine Phantasiegestalt, die den wild schimpfenden Johann huckepack trug. Obwohl der bessere Mensch unter seiner Last stöhnte und ächzte, lächelte er wie beseelt. Weil es ihn glücklich machte, ihren Schwiegervater zu tragen.

Astrid konnte über sich und ihren bizarren Traum nur den Kopf schütteln. Doch als sie später die Haustür aufschloss und Johann schmal und hohlwangig, mit um die Beine schlackernden Cordhosen, vor ihr stand, geriet sie ins Grübeln. Ihr Schwiegervater war alt. Und er wollte an die Amalfiküste. Wohin er ohne Thomas und sie niemals mehr kommen würde. Es war Zeit, die Dinge neu zu überdenken.

4.

Sie starteten am 24. Juni um fünf Uhr morgens.

Im gleichen Maße, wie Johann seit dem Moment der Entscheidung sein miesepetriges Gesicht abgelegt hatte, waren Max' Mundwinkel immer weiter nach unten gewandert. Astrid betrachtete ihren Sohn beim Verladen des Gepäcks in die alte Familienkutsche. Er sah wie Johann als junger Mann aus, vorausgesetzt man ließ seine Körperfülle außer Acht. Das fliehende Kinn, die großen Augen mit den langen Wimpern, die schmalen, zusammengepressten Lippen. Die frühe Uhrzeit schien nicht gerade zu einer Verbesserung seiner Laune beizutragen. Astrid verstand das. Ihr ging es ja selbst nicht anders. Zwar hatte sie letztlich den Startschuss für die Reise gegeben, aber das war nichts weiter als ein Akt der Nächstenliebe gewesen.

Bereits bei der Planung hatte sich ein Hindernis nach dem anderen aufgetan. Astrid wollte fliegen – die lange Strecke in dem altersschwachen Citroën behagte ihr nicht –, doch so kurz vor der Haupturlaubszeit gab es nur noch teure Linienflüge. Das gleiche Spiel bei den Hotels, Apartments und Pensionen, die Astrid im Internet recherchiert hatte. Alles teuer, nichts für ihr schmales Budget. Am Ende verabschiedete sie sich von Amalfi und buchte ein Apartment knappe fünfzig Kilometer südlich von Salerno in dem kleinen Örtchen Santa Maria di Castellabate. Auf den Fotos sah es ebenso malerisch wie an der Amalfiküste aus, und sie hatten, was sogar Max ein Lächeln entlockte, drei kleine Balkone mit Blick aufs Meer. Einer für die Kinder, einer für Thomas und seinen Vater, einer für sie selbst – so malte sie sich das in ihrer Phantasie aus. Dort würde sie bei einem Glas Wein sitzen und von einem anderen, besseren Leben träumen.

Ein letztes Mal hatte sie sich dann durch die Angebote der Billigflieger geklickt und war prompt fündig geworden. Der Flug ging zwar über Mailand, war aber dennoch bezahlbar. Kaum hatte sie die Daten der Mitreisenden eingetragen und ihre Kreditkarte rausgekramt, stand ihr Schwiegervater in der Tür, sein Mund eine sichelförmige Linie.

»Vergiss es, Astrid-Schatz«, erklärte er. »Ich setze mich auf meine alten Tage ganz bestimmt nicht in ein Flugzeug, das womöglich abstürzt. Wozu haben wir das Auto?«

Astrid war sprachlos. Wie konnte sich ihr Schwiegervater erdreisten und darauf bestehen, auch noch kutschiert zu werden?

»Also gut, dann fahren wir eben nicht«, beschloss sie. Sie war ohnehin nicht erpicht darauf, die angeblich schönste Zeit des Jahres mit dem alten Miesepeter zu verbringen.

Johann verlegte sich daraufhin aufs Betteln und Bitten, und vermutlich nur weil Astrid hart blieb, lenkte er am Ende ein und versprach, in diesen gottverdammten Flieger zu steigen. Wenn er sowieso bald sterben müsse, so seine plötzliche Überlegung, wäre ein Flugzeugabsturz zumindest ein spektakulärer und ihm würdiger Abgang.

Astrid nickte zufrieden – auch in ihrem Leben gab es Tage, an denen sie nichts gegen einen Flugzeugabsturz einzuwenden gehabt hätte – und tippte ihre Kreditkartenummer ein. Sie drückte auf *senden* und wollte sich schon entspannt zurücklehnen, als auf dem Bildschirm eine Fehlermeldung erschien. Wütend auf das Web, schickte sie Johann zum Briefkastenentleeren und kehrte auf die Startseite der Fluggesellschaft zurück, doch als sie die Daten erneut eingeben wollte, waren die Flüge bereits weg. Just in dem Moment, als Johann ihr mit seinem Genöle auf die Nerven gegangen war, hatte sie ihnen jemand weggeschnappt.

Also musste das Apartment umgebucht werden – wegen der voraussichtlich zwei Zwischenübernachtungen würden sie zwei Tage später eintreffen, dafür aber zwei Tage länger bleiben –, und der alte Citroën, der sie bereits seit so vielen Jahren treu von A nach B brachte, musste startklar gemacht werden. Astrid fuhr gerne, zum Einkaufen, in den Park, wo sie dann ein paar Runden joggte, aber die lange Strecke nach Italien behagte ihr nicht. Thomas besaß keinen Führerschein – bei der ersten Prüfung mit knapp zwanzig war er durchgefallen, und aus Angst vor einer weiteren Blamage hatte er sie nie wiederholt. Johann fuhr seit einem leichten Herzinfarkt vor knapp zehn Jahren nicht mehr, und Max rebellierte jedes Mal, wenn er sich ans Steuer setzen sollte. Er hatte den Führerschein nur gemacht, weil Astrid ihn gedrängt hatte. Aufheulende Motoren und Pferdestärken waren nicht seine Welt.

»Wird's denn bald mal?«, trieb Astrid Thomas und Max zur Eile an. Seit einiger Zeit mühten sie sich damit ab, die vielen Gepäckstücke im Kofferraum zu verstauen. Es war bereits hell, und die Vögel zwitscherten in ihrem morgendlichen Elan um die Wette.

»Ja, gleich«, kam Max' Stimme dumpf aus den Tiefen des Kofferraums.

Astrid und Thomas hatten sich in weiser Voraussicht auf eine gemeinsame Reisetasche beschränkt, doch neben den Koffern und Rucksäcken der anderen kamen noch Lucies Skates, Thomas' Schnorchelausrüstung, Johanns Spezialkopfkissen für die Halswirbelsäule und jede Menge Proviant hinzu.

Thomas zerrte eine Tasche aus dem Kofferraum. »Leute, so wird das nichts. Wir kriegen nicht alles mit.« Sich den Rücken massierend, umrundete er das Auto und rief ins Wageninnere, wo Lucie es sich bereits bequem gemacht hatte: »Spatz, deine Skates müssen hierbleiben, die passen nicht mehr rein.«

Lucie entgegnete etwas, das wie »Bissubekloppt?« klang.

»Spatz, tu, was dein Vater sagt«, griff Astrid ein.

»Und was ist mit Papas Schnorchelausrüstung?«

»Die muss auch hierbleiben.«

»Und Opas Kopfkissen?«, quengelte Lucie weiter.

»Dein Opa hat Probleme mit der Halswirbelsäule«, erklärte Astrid geduldig. »Das Kissen muss mit.«

»Opa, stimmt das?«

Johann saß hinter dem Fahrersitz, seine pergamentartigen Lider waren halb geschlossen, und er murmelte etwas im Halbschlaf.

»Also, wenn ihr jetzt hier lange diskutieren wollt, sind wir um elf noch nicht los«, meinte Astrid, während Thomas, ohne Rücksicht auf das Gejaule seiner Tochter, die Skates und die Schnorchelausrüstung wieder auspackte und zum Haus trug.

Eine Viertelstunde später war alles verstaut und Johann, dessen große Reise ja nun endlich begann, eingeschlafen, Lucie eingeschnappt, Max sowieso, nur in Thomas' Augen blitzte plötzlich die pure Abenteuerlust, als Astrid den Motor anließ.

»Gute Reise«, sagte er.

»Gute Reise«, gab sie zurück und fuhr los.

*

Johann saß Ellbogen an Ellbogen neben Max, den linken Oberarm ans Fenster gequetscht, und blinzelte in die vorüberfliegende Landschaft. Das, was er sah, machte ihn schwindelig, Bruchstücke von sommerlich grünen Wiesen, Tannen, Windrädern, die im morgendlichen Sonnenlicht ein absonderliches Ballett aufführten.

Astrid fuhr zu schnell. Viel zu schnell! Wie oft hatte er ihr gesagt, sie solle nicht so rasen, doch schon jede kleine Spritztour ins nahe gelegene Einkaufszentrum nutzte sie, um hemmungslos auf die Tube zu drücken. Hatte wohl einiges nachzuholen, das arme Ding. In ihrer Kindheit war sie bestimmt nur lahm im Trabi oder Wartburg dahingezuckelt. Vielleicht lag es aber auch an den Hormonen. Es war ja bekannt, dass Frauen ab einem gewissen Alter plötzlich eigenartig wurden. Manche legten sich waghalsige Hobbys zu, andere einen Liebhaber, und seine Schwiegertochter gab eben Gas. Dabei war es langsam an der Zeit, einen Gang runterzuschalten. Sowohl hier im Auto als auch im Alltag. Schließlich war sie keine fesche Biene mehr, der die ganze Welt offenstand. In erster Linie war sie die bessere Hälfte seines Sohnes und hatte die Aufgabe, sich um die Kinder zu kümmern, bevor sie flügge wurden und aus dem heimischen Nest flatterten.

Dass dies bald passieren würde, lag auf der Hand. Lucie hatte zwar immer noch gewisse Teenagerallüren, aber Johann traute ihr zu, dass sie schon bald Dinge tun würde, von denen sein Sohn und seine Schwiegertochter nicht die geringste Ahnung hatten.

Max war da anders gestrickt. Dicklich, träge, wie ein Mehlwurm im Küchenschrank. Thomas würde ihn eines Tages rauswerfen müssen, so viel stand fest. Ein Mehlwurm ging nicht von allein, schon gar nicht, wenn er von vorne bis hinten bemuttert wurde. Der Junge konnte sich ja nicht mal eine Stulle schmieren! Den hätte er mal als Soldat sehen mögen, so verweichlicht und verzärtelt, wie er war. Wahrscheinlich wäre er schon bei der ersten Schießübung zusammengebrochen. Um den Wehrdienst hatte er sich gedrückt, mit seinem angeblich angeborenen Herzfehler, der sich komischerweise immer nur dann bemerkbar machte, wenn der Kühlschrank leer und er zu faul war, für Nachschub zu sorgen. Und jetzt saßen sie zu fünft im Auto, um ihren ersten und wahrscheinlich auch letzten gemeinsamen Urlaub zu verbringen. Das musste man sich mal vorstellen! Eine Familie, die bisher nie zusammen verreist war. Wohl weil jeder meinte, zu modern, zu abgeklärt, zu weiß der Himmel was zu sein, um sich den Traditionen zu verschreiben. Aber dieses Mal – und das entlockte Johann ein kleines Grinsen – hatte er sie alle rumgekriegt. Er wollte nach Amalfi, klare Sache. Mit Familienanhang, ebenso klare Sache. Ohne sie wäre es zwar genauso gut gewesen, doch auf eigene Faust hätte er sich nicht getraut. In seinem Alter, mit all den Zipperlein von A wie Arthrose bis Z wie Zahnfleischbluten. Da musste nur mal was passieren, ein kleiner Schwächeanfall oder gar Schlimmeres, und er wäre ganz auf sich allein gestellt. Im Fünferpack fühlte er sich hingegen sicher. Er wurde kutschiert, man sorgte dafür, dass er satt wurde, dass im Hotel alles an Ort und Stelle war, und falls nicht, würde sein Sohn schon an die Rezeption stapfen und in geschliffenem Englisch drauflosschimpfen. Was nur gut war, denn Johanns Englisch war irgendwo in seinem Hirn versandet, vielleicht auch im Laufe der Jahre weggebröselt, und des Italienischen war er schon gar nicht mächtig. Wie er sich mit Giuseppina verständigen sollte, wusste er im Moment noch nicht. Doch dann fiel ihm ein, dass sein sprachliches Unvermögen damals auch kein Hindernis gewesen war. Ganz im Gegenteil. Sie hatten eben mit Händen und Füßen geredet und später … na ja, da hatten sie eben nicht mehr viele Worte gebraucht. Ein Schluck Wein aus der Pulle, die er mitgebracht hatte, und sie waren in leidenschaftlicher Umarmung in den Sand gesunken.

Sein italienisches Mädchen war wild gewesen. Und schön. Und hatte nicht genug von ihm kriegen können. Dummerweise war ihr Vater noch wilder gewesen. Er hatte ihnen bloß wenige Tage ihres Glücks gelassen, dann hatte er sie beide, die Schrotflinte im Anschlag, am Strand aufgescheucht. Und wäre sein Freund Hans nicht dazwischengegangen, wer weiß, vielleicht würde er schon lange nicht mehr auf dieser Erde weilen.

Und doch würde er einiges darum geben, die Romanze, Liebschaft, große Liebe, wie auch immer man es nennen wollte, noch einmal zu erleben. Einen Tag mit Giuseppina, vielleicht auch nur eine Stunde – dafür nahm er einiges in Kauf. Die Reise, Kabbeleien mit seiner Schwiegertochter, sein schmerzendes Kreuz … Dumm nur, dass er keine zwanzig mehr war, denn dieser winzige Unterschied von rund fünf, nein sechs Jahrzehnten ließ sich nicht einfach vom Tisch wischen. In guten Momenten blendete er seine Bedenken aus, schließlich war er immer noch ein Mann. Der Motor stockte zwar bisweilen, hatte ihn aber noch nie völlig im Stich gelassen. Und weil ihn plötzlich so etwas wie Glück durchströmte, lächelte er aus dem Fenster. Dankbarkeit, Neugier,

Sehnsucht – kunterbunte Gefühle wirbelten, wie vor eine Windmaschine geraten, durcheinander.

*

Vor Astrid breitete sich die hügelige Thüringer Landschaft aus. Es war, als würde sich ein Theatervorhang heben und sie in ihre Vergangenheit eintauchen. Ihre Geburtsstadt Eisenach lag zwar etliche Kilometer entfernt, dennoch war alles so vertraut: die huckelige Straße, der Wechsel von Laub- und Nadelwäldern, sogar die Sonne, die gerade durch hohe Tannen blinzelte. Nur waren damals noch keine BMWs und Mercedes-Coupés mit zweihundert Sachen über die Autobahn gebrettert.

Um den Anflug von Melancholie zu verscheuchen, drückte sie aufs Gaspedal, doch sosehr sie sich auch anstrengte, mehr als 150 waren aus der alten Karre nicht rauszuholen. Ab und zu, wenn es bergab ging, zitterte die Tachonadel bei 160, um bei der nächsten kleinen Anhöhe sofort wieder auf 150 zurückzufallen.

Johann rüttelte an ihrer Kopfstütze. »Himmel noch mal, Astrid, nun fahr doch nicht wie eine Halbstarke!«

»Er hat recht. Du bist zu schnell«, kam es von Thomas.

»Ich bin eben eine rasante Frau«, erwiderte Astrid nonchalant. Um so schnell wie möglich an dem stinkenden Laster vorbeizukommen, der rechts neben ihr fuhr, presste sie zusätzlich ihren Bauch gegen das Lenkrad, nur ließ sich das Auto davon kein bisschen beeindrucken. Es fuhr eben, wie es fuhr.

»Das kann ich nur bestätigen«, sagte Thomas ohne jede Ironie. »Trotzdem sind hundertsechzig Stundenkilometer zu schnell. Hast du nicht das 120-Schild gesehen? Möchte nicht wissen, was das kostet, wenn wir geblitzt werden.«

»Werden wir schon nicht, keine Sorge.«

»Diese ostzonalen Ordnungshüter warten doch nur auf Raser wie dich«, meldete sich Johann, mit einer Tüte raschelnd, von der Rückbank zu Wort. »Die lauern am liebsten hinter unübersichtlichen Baustellen und Kurven. Und dann – zack – schnappt die Falle zu.«

»Mensch, Opa!«, schaltete sich Max ein. Offenbar hatte er nicht geschlafen, sondern dem Disput mit geschlossenen Augen gelauscht. »Es gibt keine Ostzone mehr. Und deswegen auch keine ostzonalen Ordnungshüter.«

»Schlaumeier.« Im Rückspiegel sah Astrid, wie Johann ihrem Sohn das Knie tätschelte.

»Warum sagst du nicht besser Streber?«, provozierte Max.

»Weil du das nicht bist und auch nie warst. Dein super Abitur hast du allein deiner Intelligenz zu verdanken. Und die …«, er klopfte sich selbst auf die Schulter, »hast du natürlich von mir geerbt.«

»Na klar doch!« Thomas lachte schallend, und Astrid beschloss, bei der nächsten Raststätte rauszufahren. Frische Luft tanken, einen Kaffee trinken. Auch wenn ihnen dadurch Zeit verlorenging. Mit ein bisschen Glück würden sie es noch heute bis ins Trentino schaffen. Denn mehr als zwei Zwischenübernachtungen waren beim besten Willen nicht drin. Knausern, knickern, geizen lautete das Motto der Reise. Johann hatte zwar ein paar hundert Euro von seinem Sparbuch abgehoben, doch wenn er glaubte, damit die ganze Reise allein tragen zu können, hatte er sich getäuscht. Seine Währung war wohl immer noch die D-Mark von vor fünfzig Jahren. Dass sich die Zeiten geändert hatten und das bisschen Geld für eine fünfköpfige Familie lediglich ein Taschengeld war, ging nicht in seinen Kopf.

Johann ließ sich nicht beirren und schwadronierte weiter von seiner überbordenden Intelligenz, die er zugegebenermaßen nie richtig hatte unter Beweis stellen können, aber wenn, dann hätte er entweder eine umwälzende Erfindung gemacht, den Nobelpreis bekommen oder ein Stück weit die Welt verbessert.

»Und du bist jetzt mal ein Stück weit still, Johann«, unterbrach Astrid seinen Sermon und schaltete das Radio ein. Es rauschte und knisterte eine Weile, dann fand sie einen Sender mit Schlagermusik und drehte ohne Rücksicht auf die anderen laut.

»Mami, wer soll denn das ertragen?«, beschwerte sich Lucie.

»Tut mir leid, Spatz, ich kann nichts anderes finden. Die Frequenzen wechseln ständig.«

»Dann mach's aus!« Im Rückspiegel sah Astrid, wie Lucie ihren Bruder zwickte. »Max, sag doch auch mal was.«

»Mir egal.«

»Von mir aus müssen wir keine Musik hören«, mischte sich Thomas ein. »Die Fahrgeräusche sind eh schon laut genug.«

Seufzend machte Astrid das Radio wieder aus. Alle schwiegen. Der Motor brummte, Sonnenlicht flimmerte durch den Wald und zwang ihre Pupillen, sich im Zehntelsekundentakt anzupassen. Hell. Dunkel. Hell. Dunkel. Nach wenigen Kilometern endete das Waldstück abrupt, und abgemähte Felder breiteten sich in Gelb- und Ockertönen bis zum Horizont aus. Bei jedem wie mit einem dicken Pinsel in die Landschaft getupften Haus, bei jeder Dorfkirche überlegte Astrid, ob ihr die Ortschaft möglicherweise bekannt vorkam, doch dann musste sie sich eingestehen, dass sie nie hier gewesen war. Ein McDonald's-Schild tauchte in der Ferne auf, das hatte es früher nicht gegeben, genau wie die Windräder, die sich unermüdlich und in gleichmäßigem Tempo drehten. Im nächsten Moment verschwand die Sonne hinter einem grauen Wolkenschleier, und sie fuhren durch eine neblige Schattenlandschaft.

»Mami, mir ist schlecht«, klagte Lucie, als Astrid sich gerade mit der Monotonie des Fahrens anzufreunden begann.

»Nun mach mal einen Punkt. Die Musik ist aus. Wie du es wolltest.«

»Aber so wie du fährst!«, jaulte sie weiter. »Ist ja kein Wunder.«

Sofort war Johann wieder in seinem Element und rief, mit einer Tüte raschelnd: »Mein Reden, Kröte! Mein Reden!« Als Astrid sich nach ihm umblickte, sah sie, dass er sich eine Dörrpflaume nach der anderen in den Mund schob. Dabei waren die Trockenfrüchte für Italien gedacht. Pizza, Pasta, Eis – da konnte die Verdauung schon mal streiken.

»Wenn ihr mir hier weiter den letzten Nerv raubt, kehren wir gleich wieder um«, machte Astrid ihrem Herzen Luft. »Ich kann mich auch auf der Terrasse im Liegestuhl erholen. Und Lucie, dir wird ja nicht mal in der Achterbahn schlecht. Also was soll das Theater?«

Trotzdem fuhr Astrid bei der nächsten Raststätte raus. Sie musste tanken, und vielleicht würde auch dem Nörgelverein auf der Rückbank eine kleine Pause guttun.

Benzingeruch schlug ihr entgegen, als sie die Autotür aufstieß. Sie drückte Thomas die Autoschlüssel in die Hand, bat ihn zu tanken, dann steuerte sie, Lucie im Schlepptau, den Rasthof an.

Vor der mit grellbunten Blumenaufklebern verzierten Glastür parkte ein Karmann Ghia, aus dem sich eine blondierte Dame in einem Chanelkostüm schälte. Vermutlich waren deren Bewegungen niemals plump oder linkisch, so wie sich Astrid die meisten

Tage im Jahr vorkam. »Schatz, beeil dich«, rief die Frau ins Wageninnere, doch statt eines Ehemanns oder Liebhabers hopste ein Dalmatiner von der Rückbank und sprang, freudig mit dem Schwanz wedelnd, an ihr hoch.

Lucie kicherte glucksend. »Hast du die Kissen auf den Rücksitzen gesehen? Dalmatiner-Muster! Bestimmt trägt sie auch Dalmatiner-Unterwäsche.«

»Was aber alles nichts nützt, wenn ihr schickes Auto noch vor der nächsten Ausfahrt schlappmacht«, amüsierte sich Astrid, froh darüber, dass Lucie plötzlich wieder so guter Dinge war. Sie zog Lucie in den Flachbau, wo bereits im Gang zur Toilette eine komplette Busladung Frauen anstand.

»So ein Scheiß, was ist das denn!«, kippte Lucies Stimmung sogleich wieder.

»Spatz, reg dich nicht auf«, beschwichtigte Astrid sie. Auf keinen Fall wollte sie umkehren und die nächste Raststätte ansteuern, um dort womöglich auf eine andere Gruppe Urlauberinnen zu stoßen.

»Das ist doch Höchststrafe!« Wie ein Kleinkind stampfte Lucie mit dem Fuß auf. »Und es stinkt wie Hölle!«

Astrid kramte in ihrer alten Ledertasche vom Flohmarkt nach Taschentüchern. »Du darfst auch als Erste.«

»Na super.« Lucies schwarzgetuschte Wimpern flatterten, dann sah sie Astrid plötzlich mit Bettelblick an. »Mami?«

»Ja?«

»Wollte mal was fragen.«

»Dann frag!«

Um Lucies Mundwinkel zuckte es, als versuche sie, ein verräterisches Grinsen zu unterdrücken.

»Nun sag schon, Spatz.« In einer Aufwallung von Zärtlichkeit strich Astrid über die zarte, blasse Wange ihrer Tochter. Aber Lucie schien sich schwerzutun, ihr Anliegen vorzutragen. Mit dem Fuß scharrend, sah sie drei Frauen nach, die gleichzeitig den Toilettenraum verließen. Automatisch wurden sie einen Meter weitergeschoben, standen nun schon an der Tür und konnten so einen Blick auf die Waschbecken samt der fleckigen Spiegel erhaschen. Eine blondierte Frau mühte sich mit Hilfe ihres Taschenspiegels ab, ihren Hinterkopf zu frisieren.

»Mami, wir fahren doch über den Brenner?«

»Klar. Wieso?«

»Weil … ich meine …« Lucie wippte auf und ab. »Wir müssen doch irgendwo übernachten.«

Astrid nickte. »Am liebsten wäre mir Norditalien. Falls wir's bis dorthin nicht schaffen sollten, irgendwo in Österreich.«

»Und warum eigentlich nicht in Bayern?« Lucies Stimme hatte etwas Unterwürfiges. »Da sind die Pensionen bestimmt viel billiger.«

»Mag schon sein, aber wir müssen doch ein bisschen was von der langen Strecke schaffen.«

Ihre Kleine zog eine Schnute, dann fing ihr Kinn an zu zittern, als würde sie gleich in Tränen ausbrechen.

»Was willst du überhaupt in Bayern? Weißwurst essen?«

»Nein«, erwiderte Lucie ernst. »Jemanden treffen.«

»Aha? Und wen?«

»Jonathan.« Lucie sprach den Namen englisch aus und spuckte beim *th*.

Wer um Himmels willen war Jonathan? Und was sollte das überhaupt? Sinn und Zweck dieser Reise war es, Opa Johann nach Amalfi zu kutschieren, nicht, irgendeinen Jonathan zu besuchen, den Lucie bisher kein einziges Mal erwähnt hatte.

Eine Hitzewelle überflutete Astrid, du meine Güte, ging das etwa jetzt schon los? Sie war doch viel zu jung dafür! Fünf Kabinen wurden gleichzeitig frei, und Astrid war froh, sich endlich erleichtern zu können.

Als sie kurz darauf mit Lucie zur Zapfsäule zurückkehrte, hatte Max den Wagen bereits zum Parkplatz gefahren. Die drei Männer standen wie Zinnsoldaten aufgereiht da und machten sich gerade über den Proviant her.

»Spätestens wenn wir beim Auto sind, bin ich über alles informiert«, zischte Astrid ihrer Tochter zu. »Wer ist Jonathan? Woher kennst du ihn?«

»Mami, das ist doch total unwichtig«, wich Lucie aus.

»Gut, dann fahren wir jetzt weiter, aber ich will nie wieder was davon hören.«

»Bitte!« Lucie verlangsamte das Tempo, drehte sich um und ging ein paar Schritte rückwärts.

»Ja? Ich höre?«

»Ich kenne ihn aus einem Chat«, murmelte sie in ihr schwarzes Kapuzen-T-Shirt. Sie nahm die Bänder in den Mund und kaute darauf herum.

»Lass das, Lucie.«

»Noch was?« Angewidert spuckte sie die Bänder wieder aus.

»Verdammt, Lucie, was denkst du dir eigentlich? Dass wir wegen irgendeiner deiner Chatbekanntschaften einen Abstecher nach Bayern machen? Ich glaub's ja wohl nicht!«

»Er ist nicht irgendeine Chatbekanntschaft.«

»Nein? Was denn?«

Ihre Tochter wurde rot, dann brach es aus ihr hervor: »Noch nie was von … wie heißt diese komische Sache gleich … Liebe, glaub ich. Noch nie was von Liebe gehört?« Sie schnappte nach Luft. »Aber klar! Das, was dir bei Paps abgeht, ist ja auch eher das Gegenteil davon. Nur Gemecker, Streit und Folter.«

Die Worte hallten dumpf in Astrids Kopf wider. Gemecker, Streit und Folter. Warum sagte Lucie so was? Gaben sie und Thomas wirklich so ein jämmerliches Bild ab? Weil sie nicht wusste, was sie erwidern sollte, lachte sie höhnisch auf. So wie Johann das immer tat, wenn er ihnen klarmachen wollte, dass nur er den Durchblick hatte.

Thomas kam ihnen, die Thermoskanne schwenkend, entgegen. »Wollt ihr auch Kaffee?«, rief er.

Astrid nickte und spürte ein dumpfes Gefühl im Magen. Warum war es nur so schwierig zwischen ihr und Lucie? Bestimmt hatte sie Fehler gemacht, jede Mutter tat das, aber sie war doch wohl nicht einen grundsätzlich falschen Kurs gefahren.

»Wo habt ihr denn so lange gesteckt?« Wind war aufgekommen und wirbelte Thomas' Haare durcheinander.

»Ein Reisebus«, erklärte Astrid knapp. Sie nahm die Thermoskanne und zwei eingewickelte Brote entgegen, dann legte sie den Arm um Lucies knochige Hüfte und sagte, an Thomas gewandt: »Wir müssen eben noch was besprechen.«

»Das wollen wir aber auch hören!«, verlangte Johann, der auf quietschenden Sohlen herangetreten war.

»Ich glaube kaum, dass euch unsere Menstruationsprobleme interessieren. Komm, Spatz.«

Nur widerwillig folgte Lucie ihr zu den von Insekten umschwirrten Mülleimern. »Ach so, jetzt haben wir also unsere Tage«, brummte sie.

»Warum hast du nicht mal früher von Jonathan erzählt?« Astrid wickelte die Brote aus, aber Lucie wollte keins.

»Weil's dich nicht die Bohne interessiert hätte!«

»Das ist nicht wahr.«

Lucie sagte nichts, bündelte nur ihre Aggressionen in einem Gesichtsausdruck, aus dem nichts als Gehässigkeit sprach. Die Augen zusammengekniffen, begann sie wieder demonstrativ an den Bändern ihrer Kapuze zu lutschen und den Lack von ihren Nägeln zu knibbeln.

Und das sollte ihr kleines Mädchen sein, das noch bis vor kurzem mit Barbie, Ken und Plüschtieren gespielt hatte? Jetzt war sie verliebt. In einen virtuellen Jungen. Die Zeiten hatten sich geändert, und Astrid war plötzlich unsagbar froh, in Lucies Alter echte Jungen aus Fleisch und Blut geküsst zu haben.

»Spatz …«

»Und ob das wahr ist!«, begehrte Lucie auf. »Damals bei Jack … Erinnerst du dich nicht mehr? Klar! Hast du bestimmt vergessen.«

Nein, das hatte sie nicht. Mit gerade mal elf war Lucie eine Zeitlang Feuer und Flamme für einen amerikanischen Schauspieler im besten Mannesalter gewesen. Astrid hatte es nicht weiter ernst genommen, wohl ein Fehler, wie sich nun herausstellte. »Lucie, das ist urlange her, und seitdem …«

»Hab ich dir überhaupt nicht mehr gesagt, in wen ich verliebt war. Wozu auch? Du schnallst es sowieso nicht!«

Das überraschte Astrid nun doch. Sie hatte immer geglaubt, Lucie habe sich nach und nach von ganz alleine *entliebt* und sich seitdem auf Wichtigeres konzentriert. Tierschutz, schwarze Klamotten, ihre Freundin Hannah.

»Ach so, wie viele waren es denn?«, wollte sie wissen, zerknirscht darüber, dass sie ihre Tochter offenbar so wenig kannte.

»Einige.« Lucie betrachtete ihre abgeknabberten Nägel mit den Nagellackresten. Wollte sie so etwa ihrer großen Liebe begegnen?

»Jetzt hör mal zu, Spatz«, schlug Astrid einen bestimmteren Ton an.

»Ja, ich höre!«

»Das mit Jonathan … Du kennst ihn doch gar nicht.«

»Und ob! Sehr gut sogar. So gut kennst du Paps noch nicht mal!«

»Aha? Aber du hast ihn noch nie gesehen.«

Lucie ließ ihre langen schwarzen Haare nach vorne fallen und versteckte ihr Gesicht dahinter. »Dafür schreiben wir uns.«

»Seit wann?«

Sie hob den Kopf und blinzelte in die Sonne. »Seit zwei Monaten. Fünf Mails täglich. Manchmal auch mehr. Das macht … Moment … mindestens dreihundert Mails. Dazu die zigtausend SMS.«

In Lucies Welt waren zwei Monate ein halbes Leben.

»Hast du ein Foto von ihm?«

Statt zu antworten, lächelte Lucie und wirkte in diesem Moment nun doch wieder wie ein kleines, schutzbedürftiges Mädchen. Dieser Jonathan musste ja ein fabelhafter Kerl sein.

»Kommt ihr langsam mal?«, rief Thomas ungeduldig.

Astrid blickte über die Schulter. Ihr Mann stand breitbeinig wie ein Cowboy da und winkte sie zu sich.

»Ja, sofort!«, rief sie zurück. Die Pausen waren in der Tat nicht dazu da, um Lucies pubertätsgebeutelte Gedankenwelt bis in alle Verästelungen zu durchdringen. Zudem roch es so penetrant aus dem Mülleimer, dass Astrid längst der Appetit vergangen war.

»Fräulein, noch mal zum Mitschreiben«, erklärte sie und wickelte den Stullenrest wieder ein. »Wir übernachten ganz sicher nicht in Bayern.«

Lucie wollte etwas entgegnen, aber Astrid ließ sie nicht zu Wort kommen.

»Ende der Diskussion. Diese Reise ist kein Wunschkonzert.«

»Igitt, du bist ja voll autoritär!«, stänkerte Lucie, machte auf dem Absatz kehrt und trottete mit gesenktem Kopf zurück zum Auto.

»Alles klar?« Thomas lächelte sein Showlächeln, das er in der Kondomerie bei den Kunden aufsetzte.

Astrid ersparte sich eine Antwort und bat Max weiterzufahren.

»Ich?« Er schob sich den Rest eines Kuchenstücks in den Mund, das Astrid mit Sicherheit nicht eingepackt hatte.

»Ja, Schatz, ich bin ein bisschen erschöpft.«

»Also, wenn der fährt, steige ich nicht ein.« Trotzig verschränkte Lucie die Arme vor der Brust.

»Auch gut. Bleibst du eben hier«, meinte Astrid, ihren Sohn mit einem festen Griff um die Hüfte zur Fahrerseite schiebend. »So sparen wir Benzin.« Sie selbst stieg hinten ein, zitierte Johann an ihre Seite, dann gab auch Lucie ihren Widerstand auf und quetschte sich neben ihren Großvater.

»Auf geht's«, ermunterte Thomas seinen Sohn. »Good luck.«

Die Autotüren klappten zu, die Fenster wurden hochgekurbelt und Max startete den Motor.

*

Max wusste, dass er all das nicht war, wofür seine Mutter stand. Weder hatte er ihre Energie, noch packte er gerne zu, noch stand er ständig unter Strom. Er war eher von der gemütlichen, ruhigen Sorte. Manche mochten ihn für träge halten, er selbst jedoch hätte gesagt, wäre er befragt worden, er ruhe in sich selbst. Umso mehr stank es ihm, dass seine Mutter ihn so übereilt als Fahrer eingeteilt hatte. Zwar war von Anfang an klar gewesen, dass auch er irgendwann ranmusste, aber während der Pause an der Raststätte hatte er sich darauf gefreut, sich gemütlich in seine Ecke zu kuscheln, den iPod aufzusetzen und dem Geschmack des Kirschsandkuchens nachzuspüren, den er im Tankstellenshop gekauft hatte. Vielleicht würde er auch irgendwann einschlafen und von Sex mit einem No-Name-Mädchen träumen.

Seine Mutter hatte dafür gesorgt, dass die Seifenblase vorschnell zerplatzt war. Dicht hinters Steuerrad geklemmt, setzte Max den Blinker, um den Wagen auf die Autobahnauffahrt zu lenken. Ein Laster kam von hinten herangedonnert, schweißgebadet und mit rasendem Puls scherte Max einen knappen Meter nach rechts aus und ließ ihn vorbei. Er gab erneut Gas und sah sich schon gegen die Leitplanke brettern, fünf Menschen tot, fünf frische Gräber, Blumen, vielleicht würde es ein paar Menschen geben, die um sie weinten … Aus dem Augenwinkel bemerkte er, wie sein Vater wild gestikulierte: Na los! Fahr schon!, schien er sagen zu wollen, und Max fädelte sich im allerletzten Moment in den fließenden Verkehr der Autobahn ein.

Nur langsam beruhigte sich sein Puls wieder – abgesehen von seinem Vater, schien das waghalsige Manöver niemanden irritiert zu haben –, doch seine Hände blieben feucht am Steuer. Er konnte nicht mehr zurück, saß in der Falle. Sein Unvermögen, sich einfach zu weigern, hatte ihn auf die Autobahn getrieben, und nun blieb ihm nichts anderes übrig, als sich in sein Schicksal zu fügen. Mieses Schicksal! Mit dem Gedanken, dass am Abend eine Belohnung in Gestalt einer leckeren Pizza oder eines goldbraungebackenen Schnitzels winkte, setzte er sich hinter einen Laster und versuchte, der Situation etwas Positives abzugewinnen. Geschwindigkeitsrausch, Nervenkitzel, was auch immer. Leider ohne Erfolg. Fahren war für ihn nichts weiter als eine lästige Pflichtübung.

Anders als seine Freunde hatte Max den Führerschein lediglich gemacht, weil es irgendwie dazugehörte und er seit der Konfirmation darauf gespart hatte. Er posaunte es nicht herum, aber Autos interessierten ihn nicht, und die unendlichen Blechlawinen auf den Straßen waren ihm regelrecht zuwider. Seit nunmehr sieben Monaten hatte er den Wisch in der Tasche, war jedoch kaum gefahren, was sich natürlich negativ auf seine Fahrpraxis auswirkte. Im Grunde war sie gleich null, doch seine Mutter schien das nicht wahrhaben zu wollen.

Statt sich aufs Bett oder eine Liege auf der Terrasse zu fläzen, saß er jetzt am Steuer ihres unheimlich brummenden Wagens und klebte am Hinterteil eines Lasters. Noch dazu steuerte er ein Ziel an, auf das er nicht mal Lust hatte. »Zum Teufel, Junge, was hast du eigentlich gegen Italien?« Sein Großvater hatte sich das schüttere Haar gerauft. »In deinem Alter will man doch genau das! Sonne, Meer und jede Menge Weiber!«

Das stimmte schon. Besonders gegen Letzteres hätte Max nichts einzuwenden gehabt. Nur warum begriff sein Großvater nicht, dass es kein Vergnügen war, sich als käsiger Fettklops am Strand zu entblättern? Schon möglich, dass die Weiber ihn dann anstarrten, aber ganz bestimmt nicht, weil sie sich nichts sehnlicher wünschten, als mit ihm ins Bett zu steigen. Er war wie eine Jahrmarktsfigur, die man, ohne einen Cent zu zahlen, ausführlich begaffen durfte.

Die Sonne lugte zwischen weißgeränderten Kumuluswolken hervor und verwandelte den Wagen im Nu in eine Sauna. Max schwitzte, wenn auch nicht mehr vor Angst. Er kurbelte das Fenster einen Spalt runter. Sein Vater fand, dass das eine hervorragende Idee sei, und öffnete sein Fenster ebenfalls ein Stückchen, dann vertiefte er sich wieder in den Katalog mit Erotikspielzeug.

»Zieht!«, tönte Opa Johann.

»Nur kurz durchlüften«, beruhigte ihn Thomas. »Wir wollen doch nicht ersticken.«

Max riskierte einen knappen Blick nach rechts auf den Katalog. Er fand die Sachen darin ausnahmslos abstoßend. Zwar hatte er schon das eine oder andere Mal mit dem Gedanken gespielt, heimlich etwas aus dem Erotikshop seiner Eltern zu entwenden, zum Beispiel die Gummi-Seemannsbraut, wenn auch nur, um daran für den Ernstfall zu üben. Am Ende hatte jedoch stets die Scham vor sich selbst überwogen.

»Zieht immer noch!«, meldete sich der Großvater erneut.

»Ja, gleich!«, gab Max genervt zurück.

Doch Johann ließ nicht locker. »Eine Lungenentzündung ist das Letzte, was ich jetzt gebrauchen kann!«

»Max, Thomas – ihr macht jetzt bitte sofort die Fenster zu«, forderte seine Mutter in einem Tonfall, der sich auf dem schmalen Grat zwischen Kicheranfall und Nervenzusammenbruch bewegte.

Max hatte keine Lust auf Stress und kurbelte die Scheibe wieder hoch. Sein Vater tat hingegen, als habe er nichts gehört, zumindest rührte er sich nicht, blätterte den Katalog durch, indem er den Mittelfinger seiner rechten Hand anleckte.

Einen Moment lang herrschte Ruhe, Zeit genug, um den Blick über abgemähte Kornfelder gleiten zu lassen, dann bohrte sich ein Finger in Max' Rücken, und Lucie orgelte: »Gib mal ein bisschen Gas, Dicki! Sonst kommen wir ja nie an!«

»Lucie hat recht«, schlug sich seine Mutter auf ihre Seite. »Du musst ja nicht rasen, aber achtzig ist wirklich ein bisschen lahm.«

»Nun lasst mich doch mal!«, wehrte Max ab. »Oder ihr könnt zusehen, wie ihr in euer blödes Italien kommt.« Er drehte am Radio und fand schließlich einen Sender mit klassischer Musik. Bruckner oder Mahler, auf jeden Fall waren die Paukenschläge bombastisch genug, um die inhaltsleeren Gespräche zu übertönen.

Sein Vater warf einen Blick nach hinten, wobei ihm der Katalog von den Knien glitt. »Max hat recht. Wenn er fährt, bestimmt er auch das Tempo.«

»Verstehe«, sagte seine Mutter. »Bloß wenn ich am Steuer sitze, dann dürft ihr euch alle über meinen Fahrstil beschweren.«

Max hatte genug. In einem Anflug von Aggression trat er aufs Gaspedal, zog links rüber und steigerte das Tempo kontinuierlich, bis der Wagen mit 144 Sachen dahinschnurrte. Er preschte an einem senfgelben Karmann Ghia vorbei, hörte Lucie vergnügt quieken, als würde sie Achterbahn fahren. Sein Vater klammerte sich am Haltegriff fest, seine Mutter und Johann schwiegen. Wenige Sekunden später war sein Ausbruch aus Raum und Zeit auch schon wieder vorbei und er lenkte den Wagen auf die rechte Spur.

»Na also, Max«, befand seine Mutter. »Geht doch.«

Opa Johann ruckelte an der Lehne des Vordersitzes. »Trotzdem«, sagte er. »Unter einem echten Mann stelle ich mir was anderes vor.« Seine Hand tauchte mit den dick hervortretenden Adern auf Max' Schulter auf. »Einmal schnell fahren macht aus einem Schwächling noch keinen Helden, stimmt's?«

»Vielen Dank, Opa.«

»Vater, bitte! Max muss sich aufs Fahren konzentrieren.«

»Ich finde ja bloß«, fuhr er mit schnarrender Stimme fort, »dass man den jungen Männern von heute – und ich meine damit nicht nur Max – einfach mal ein bisschen Dampf machen muss. Damit sie nicht zu Schlappschwänzen verkommen. Winterschlaf ist schön und gut, nur irgendwann ist es Zeit aufzuwachen. Ich als junger Mann …«

»Ja, deine Helden-Geschichten kennen wir«, unterbrach seine Mutter den Großvater. »Ihr wart allesamt hartgesottene Kerle, habt Hunger und Entbehrung erlitten, alles fürs Vaterland, und weil ihr so eine aufopferungsvolle Generation wart, später auch noch die Republik aufgebaut.«

»Die jetzt grade den Bach runtergeht, weil es keine jungen Männer mehr gibt, die das Zepter in die Hand nehmen. Was tun sie stattdessen? Kuchen essen und klassisches Geklimpere hören. Wie euer Herr Sohn.«

»Jetzt lass den Jungen doch mal in Ruhe fahren!«, bat Thomas.

Max dankte ihm mit einem knappen Seitenblick. Manchmal wünschte er sich, seinen Großvater wie eine Lampe ausknipsen zu können. Vielleicht würden dann auch seine Eltern weniger nerven, und alles wäre friedlich und wunderbar still.

5.

Kurz hinter Hof herrschte endlich Ruhe. Der Wagen glitt majestätisch dahin. Johann schlief mit offenem Mund, Lucie hörte über Max' iPod Musik, Thomas krümmte sich in seinem Sitz zusammen, den Kopf gegen die Scheibe gelehnt, aber Astrid bekam mit, dass er die Augen nicht geschlossen hatte, sondern heimlich Max beobachtete. Das piepende Geräusch, das sich bereits kurz nach ihrer ersten Rast in Astrids linkem Ohr eingestellt hatte und ihre Gedanken wie Bienenschwärme umherschwirren ließ, kam bloß noch in Intervallen, bis es schließlich ganz verschwunden war. Also konnte es auch friedlich bei ihnen zugehen, oder waren sie alle nur von den Streitereien erschöpft?

Astrid blickte über die zum Takt der Musik wippende Lucie hinweg nach draußen. Der Wind hatte dunklere Wolken herangetragen. Gott sei Dank, denn damit erübrigte sich die Diskussion *Fenster zu – Fenster auf – Fahrtwind ja – Fahrtwind nein.* Zwar war es stickig im Wagen, doch das lag an dem Gemisch von Johanns körperlichen Ausdünstungen und seinem Kölnischwasser. Überhaupt war Astrid die körperliche Nähe zu ihrem Schwiegervater unangenehm, und sie beschloss, Max beim nächsten Halt abzulösen.

Er hatte sich gut geschlagen, seine Prüfung mit Bravour gemeistert. Seine Hände lagen ruhig auf dem Lenkrad; die anfängliche Nervosität, die bei der Auffahrt auf die Autobahn geradezu in Hektik ausgeartet war, schien gänzlich verflogen zu sein.

Ausgebufft, wie Astrid war, hatte sie Max absichtlich ins kalte Wasser gestoßen. Auch wenn sie Johann nur ungern recht gab, ihr Sohn war tatsächlich ein bisschen lethargisch. Dass er ein gutes Abi hingelegt hatte, verdankte er lediglich der Tatsache, dass ihm das Lernen leichtfiel und er eigentlich nichts lieber tat, als sich stundenlang in Bücher zu vergraben. Dabei musste er nämlich weder sein Zimmer verlassen noch sich fortbewegen. Lernen konnte man im Liegen mit einer Tüte Chips auf dem Bauch. An die frische Luft ging er kaum. Wozu auch? In den eigenen vier Wänden war es kuschelig warm, draußen lauerten überall Gefahren, lauter unkalkulierbare Risiken.

Man musste Max schon anstupsen, damit er sich mal aufraffte, da waren Thomas und sie ausnahmsweise einer Meinung. Dabei durfte man jedoch nicht plump vorgehen, sonst erreichte man womöglich nur das Gegenteil. Wie so oft war Astrids mütterliches Fingerspitzengefühl gefragt. Also hatte sie spontan entschieden, Max ohne Ankündigung zum Fahrdienst abzukommandieren. Ein verstecktes Signal an ihn, dass sie ihm vertraute. Vielleicht war es riskant gewesen – was, wenn er es doch nicht schaffte, in Panik geriet, gar einen Unfall baute? –, aber irgendetwas hatte ihr gesagt, dass Max genau diese Art von Herausforderung brauchte. Die Rechnung war aufgegangen. Er schien nicht mal gemerkt zu haben, dass er überlistet worden war.

Auch bei der Planung seiner Zukunft hatte Astrid den richtigen Impuls gegeben. Ihr Sohn war überdurchschnittlich intelligent, da war ein Medizinstudium die logische Folge. Max sah das offenbar ganz genauso, oder hatten sie und Thomas nur oft genug auf ihn eingeredet, so dass er am Ende die Bewerbungsunterlagen verschickt hatte? Jetzt hoffte er auf einen Studienplatz in Berlin, damit er zu Hause wohnen bleiben konnte. Doch nach dem Quantensprung von heute traute Astrid ihm auch zu, es in einer anderen Stadt zu schaffen, wo ihm keine Mama die Sachen hinterherräumte und das Essen kochte. Und vielleicht würde er auch endlich eine Freundin finden. Dass er schwul war, wie Thomas vermutet hatte, glaubte sie nicht. Außer Max' ehemaligem Schulkumpel Benjamin, der sich gerne als Flatrate-Säufer und Mädchenaufreißer hervortat, gingen überhaupt keine jungen Männer bei ihnen ein und aus. Mit Benjamin lief ganz sicher auch nichts. Dazu war der Junge viel zu sehr ein Frauenheld und Macho.

»Ich muss mal«, sagte Lucie plötzlich und nahm die Ohrstöpsel heraus.

Astrid musterte ihre Tochter argwöhnisch. Sie hatte kaum einen Schluck getrunken. Vielleicht wollte sie bloß einen erneuten Versuch starten, sie umzustimmen. Lucie war eine geborene Trickserin – vermutlich das Erbe ihres Großvaters.

»Mammmiichmmmusss!«, wiederholte sie wie ein Kleinkind.

»Max, fahr bitte die nächste Ausfahrt raus«, bat Astrid. »Wenn du willst, kann ich dich dann auch wieder ablösen.«

»Nicht nötig«, entgegnete Max überraschenderweise. Er blinzelte ihr im Rückspiegel zu. »Ich muss doch für Italien üben. Wo sie alle wie die Henker fahren.«

»Max, das ist diskriminierend«, warf Thomas ein.

»Was heißt denn hier diskriminierend?« Johann war mit einem Schlag hellwach. »Die Italiener fahren doch wirklich wie die Henker. Ist hinlänglich bekannt.«

Astrid blinzelte in den vorbeifliegenden Blätterwald.

»Nur zu, Johann. Bitte noch ein paar mehr Vorurteile. Wie wär's mit: Alle Italiener gestikulieren wild, sind laut, fressen Spaghetti, haben Liebhaberqualitäten, von denen die Deutschen nur träumen können, klauen wie die Raben, ach nein, das waren ja die …« Bevor sie weitersprechen konnte, tat es auf einmal einen gewaltigen Schlag. Lucie schrie auf, Bremsen quietschten, im nächsten Moment zersplitterte die Windschutzscheibe, bis sie bloß noch ein Mosaik winziger Kristalle war, gleichzeitig geriet der Wagen ins Schlingern. Astrid breitete ihre Arme wie Schwingen aus und presste die Hände links und rechts gegen die Lehnen der Vordersitze. So würde sie Lucie und Johann Schutz bieten, das war das Einzige, was sie noch denken konnte …

Wenige Sekunden später war der Spuk vorüber. Wie von einer guten Fee geleitet, hatte Max es geschafft, den Wagen auf den Seitenstreifen zu lenken und zu bremsen. Jetzt umklammerte er das Lenkrad wie einen Rettungsring, ein Zittern ging durch seinen Körper.

»Wir könnten alle tot sein! Tot! Scheiße, wie ist das denn passiert?«, heulte Lucie los.

Das Entsetzen über den Unfall, den Max nicht zu verantworten hatte, war zu groß, als dass einer von ihnen auf Lucies Frage hätte antworten können. Ihr Emotionsausbruch verebbte, was blieb, war ein klägliches Wimmern. Gedanken flatterten wie aufgeschreckte Vogelschwärme durch Astrids Kopf, während sie nach der Hand ihrer Tochter tastete und sie schließlich auch fand. Sie war heiß und schwitzig und viel kleiner, als sie sie in Erinnerung hatte. Astrid sah die blutigen Tücher vor sich, die eine Schwester nach Lucies Geburt hinausgetragen hatte, sie sah das

Bündel Mensch, oder war es Max, der mit seinen kleinen stämmigen Beinchen so sehr gestrampelt hatte, als weigerte er sich, in dieser Welt anzukommen? Sie sah die schwarzen Haare ihrer ersten Puppe Nadja, den Tretroller, mit dem sie über den Hof der Plattenbausiedlung geflitzt war, sie sah ihren Lieblingslehrer Herrn Schuh, sein immer zerzaustes Haar, und wusste auf einmal, wie die Schutzhülle ihres Heftes gerochen hatte.

»Mami?« Erst nach einer Weile merkte sie, dass Lucie ihre Hand so sehr quetschte, dass es schmerzte. »Alles okay?«

»Ja, Spatz.«

Thomas' Arm ruhte auf Max' Schulter, jetzt drehte er sich zu ihnen um. »Alles in Ordnung?«

Astrid gab die Frage an Johann weiter, dessen sichelförmige Lippen sich öffneten, dann jedoch nur einen undefinierbaren Laut entließen.

»Johann?«

»Ja, alles gut.« Sein Atem ging rasselnd. »Aber was zum Henker war das?«

Thomas vermutete, dass ein Fahrzeug auf der Gegenfahrbahn einen Stein hochgeschleudert hatte, der wie ein winziger Meteorit gegen ihre Frontscheibe geknallt war.

»Ich muss raus«, stöhnte Max, dann stieß er die Tür auf, hechtete um den Wagen herum und übergab sich über die Leitplanke. Wie auf ein geheimes Kommando hin begann die Windschutzscheibe zu knirschen und zu knistern und rieselte schließlich in tausend kleinen Teilen über die Motorhaube.

»Lässt du mich mal?«, bat Astrid und schubste Lucie aus dem Wagen. Trotz des Schreckens breitete sich so etwas wie eine geheime Freude in Astrid aus, dass die Reise ein vorschnelles Ende genommen hatte. Niemand war verletzt, das war gut. Nun musste der Wagen schnellstmöglich repariert werden, und sie würden nach Hause fahren können. Urlaub auf der Terrasse im Liegestuhl, wie herrlich.

Der Geruch von Erbrochenem hing in der Luft, als Astrid zu Max trat. Thomas strich ihm mit mechanischen Bewegungen über den Rücken.

»Das hast du großartig gemacht, Max«, sagte Astrid und zog ihn an sich. Sein ganzer Körper war steif, als versuche er sich gegen die Liebkosung zu wehren. Im nächsten Augenblick machte er sich los und heulte, die Hände vors Gesicht schlagend, auf: »Ich fahr nicht mehr! Das könnt ihr euch abschminken!«

»Aber das war doch nicht deine Schuld«, versuchte Thomas ihn zu beruhigen. »Das hätte deiner Mutter auch passieren können.«

Max standen Tränen in den Augen. »Trotzdem ... Wenn ihr glaubt, ihr könnt mich noch mal zwingen zu fahren, habt ihr euch ... also, ohne mich!«

Aufgebracht stapfte er ein Stückchen den Seitenstreifen entlang. Es sah aus, als wollte er übers Feld abhauen, doch dann machte er schließlich kehrt. Einige Meter vorm Auto blieb er stehen, um sich ausführlich zu recken und zu strecken.

»Max, komm her, das ist gefährlich«, rief Astrid ihm zu, doch er tat, als wäre er taub.

»Lass ihn einfach. Der kriegt sich schon wieder ein.« Thomas' Atem war so warm und vertraut an ihrem Ohr, dass sie sich für einen Moment gegen ihn lehnte.

Johann und Lucie waren inzwischen ausgestiegen und brachen, die Hände mit Taschentüchern umwickelt, die kläglichen

Reste der Frontscheibe aus der Zierleiste. Johann stand vornübergebeugt und ging mit kräftigen, konzentrierten Handgriffen vor. Er wirkte viel energiegeladener als in seinem Alltagstrott, der mit Fernsehgucken, Gummibärchen kaufen und Herummeckern eher adrenalinfrei verlief. Lucie half ihm schweigend.

»Was machen wir denn jetzt?«, sagte Astrid. Es war mehr eine Überlegung als eine Frage, doch Thomas antwortete, ohne zu zögern: »Na, was schon? Wir fahren die nächste Ausfahrt raus, suchen uns eine Autowerkstatt und lassen die Scheibe austauschen.«

Astrid nickte und wischte sich einen Schweißtropfen von der Schläfe. Sie hatte nicht mal bemerkt, wie sehr sie schwitzte. »Vielleicht können wir ja heute noch zurückfahren.«

»Zurückfahren? Wohin?«

»Nach Hause.«

»Wieso denn?« Thomas machte ein verständnisloses Gesicht.

»Weil wir zufällig einen Unfall hatten und alle mit den Nerven am Ende sind?«

»Aber es geht uns allen gut«, sagte er. »Oder fehlt dir was?

Astrid schüttelte vage den Kopf.

Sicher hatte er recht, doch fragte sie vielleicht mal jemand, wie sie sich bei all dem Stress fühlte? Und wenn Max jetzt streikte, würde sie nonstop am Steuer sitzen müssen.

»Liebes!« Thomas strich ihr den verschwitzten Pony aus der Stirn. Früher hatte er sie bei jeder Gelegenheit so genannt. Im Laufe der Jahre war er mit dem Kosewort sparsamer geworden, um es schließlich nur noch zu benutzen, wenn er Sex oder irgendetwas anderes von ihr wollte. »Wir sind doch nicht vierhundert Kilometer gefahren, um einfach wieder umzukehren«, fuhr er fort. »Das mit der Scheibe ist keine große Sache. Die Werkstatt erledigt das im Nu, und mit ein bisschen Glück sind wir heute Mittag schon wieder startklar. Alles kein Problem!«

»Dass Max nicht mehr fährt, ist schon ein Problem«, erwiderte sie. »Die ganze Strecke alleine … das packe ich nicht!«

»Vielleicht überlegt er es sich ja noch mal.« Thomas spielte mit dem Zeigefinger in ihrem Haar. »He … Das kannst du Vater doch nicht antun. Er freut sich so.«

Astrid sah zu Johann hinüber, er winkte und lachte ausgelassen, als wäre der Unfall eine wirklich tolle Sache gewesen. Etwas, wovon er noch dem Shopverkäufer an der Tankstelle und Frau Kleinschmidt-Mühlenthal würde erzählen können.

»Los, einsteigen«, forderte Astrid die anderen auf, »und setzt bitte eure Sonnenbrillen auf.« Dann klemmte sie sich in freudiger Erwartung all der Insekten, mit denen sie gleich Bekanntschaft machen würden, hinters Steuer.

*

Thomas bewunderte Astrid dafür, dass sie so unbeeindruckt, ja regelrecht gelassen fuhr, obwohl ihnen Fliegen, Wespen, alle möglichen Insekten entgegengeflogen kamen. Auch wenn er seine alte Ray Ban auf der Nase hatte, die mit den plötzlich wieder modernen Pilotengläsern, kniff er die Augen zusammen. Für den Fall, dass sich doch das eine oder andere Getier hinter seine Brillengläser verirrte. Lucie und sein Vater hatten ein nervtötendes Gejammer angestimmt, das erst endete, als Lucie unfreiwillig eine Fliege verschluckte. Max war die ganze Zeit über still. Seinen Kapuzenpulli um den Kopf gewickelt, saß er wie ein Buddha da. Thomas verstand das. Der Unfall schien ein ziemlicher

Schock gewesen zu sein. Trotzdem musste der Urlaub deswegen nicht gleich unter einem schlechten Stern stehen. Das Ganze war nichts weiter als ein dummer Zufall, der ihnen jederzeit und auch mit Astrid am Steuer hätte passieren können. Also sah er auch keinen Grund, die Reise abzubrechen, wie es seine mimosenhafte Gattin, die Dinge wie üblich dramatisierend, gewollt hätte. Aber Astrid machte ja um alles ein Riesenbohei. Womit sie sich und ihren Mitmenschen nur das Leben erschwerte. Die Windschutzscheibe gab es nicht mehr – sei's drum. Man würde eine neue einsetzen lassen und dann weiterfahren. So einfach war seine Welt. In Astrids Universum blinkten dagegen etliche Alarmlichter gleichzeitig auf und vermeldeten: Tragödie! Weltuntergang! Supergau! Thomas befürchtete, dass Max in diesem Punkt nach seiner Mutter kam, vielleicht war es aber auch bloß das Resultat ihrer Erziehung. Schade eigentlich. So würde er nie die Chance haben, mit einer gewissen Unerschrockenheit, ja Naivität durchs Leben zu gehen. Meine Güte, wie viele Bruchlandungen hatte er selbst im Laufe der Jahre hingelegt und war doch als wahres Stehaufmännchen immer wieder auf die Beine gekommen. Jetzt reizte ihn Süditalien, dieses unbekannte Fleckchen Erde – sein Vater hatte seine Neugier geweckt. Das war der eine Grund, weshalb er um keinen Preis zurückfahren wollte. Der andere war Max, auch wenn er es nicht laut aussprach. Natürlich gönnte er seinem Vater die Reise – zumal er sich immer noch bester Gesundheit erfreute –, aber sein Sohn hatte es sehr viel dringender nötig, aus seinen vier Wänden herauszukommen und ein bisschen Abenteuerluft zu schnuppern. Die Matthäuspassion war schön und gut, und Thomas erfüllte der erlesene Geschmack seines Sohnes mit Stolz, doch es gab auch noch andere

Dinge im Leben: Mädchen, Clubs, Kumpels, lauter normale Sachen, die man mit neunzehn eben tat.

Am Autobahndreieck Bayreuth setzte Astrid den Blinker, und der Wagen tauchte in eine hügelige Landschaft ein. Rechter Hand erstreckten sich abgemähte, von der Sonne beschienene Felder, auf denen Heuballen ein bizarres Muster bildeten.

»Was gibt's denn so zu grinsen?« Astrid schielte über den Rand ihrer Sonnenbrille hinweg zu Thomas rüber.

Was sollte er ihr antworten? Dass er sich trotz der Insekten auf seiner Jacke glücklich und frei wie früher auf seinen Motorradreisen mit seinen Schulfreunden fühlte? Dass ihn ein Hauch von Abenteuer umwehte, wie er es, seit die Kinder auf der Welt waren, von Jahr zu Jahr mehr vermisst hatte? Astrid würde es nicht verstehen und ihn womöglich für verrückt halten. Dies hier war doch alles nur eine Last für sie. Mit Opa Johann nach Italien. Schlimmer: mit Opa Johann, ihm und den Kindern – was für eine explosive Mischung. Also schwieg er, genoss den Ausblick, die zwangsverordnete Frischluft und versuchte zu überhören, dass Max zwei Wörter, *Mist* und *Reise,* wie ein Mantra vor sich hin murmelte.

Erst eine knappe Stunde später fanden sie eine Autowerkstatt. Schuld an der Verzögerung waren erneute Uneinigkeiten – Astrid hatte diese Abfahrt nehmen wollen, Thomas jene, Johann bestand darauf, mitten auf der Landstraße ein Auto anzuhalten und nach einer Werkstatt zu fragen, Lucie jammerte einem Klo hinterher, das es nicht gab. Am Ende gelangten sie über kreuz und quer führende Landstraßen in eine kleine Ortschaft, wo Thomas, ganz Chef der Familie, einen Mann auf einer Vespa ansprach, der neben ihnen an der Ampel hielt. Das Visier seines Helms hochklappend, brummelte er: »Scheibe weg, was?«

»Allerdings«, entgegnete Thomas.

»Müssen Sie wohl eine neue einsetzen lassen.«

»Ja, aber …«

»Shit. Kostet bestimmt eine schöne Stange Geld.«

Die Ampel sprang auf Grün, die Vespa brauste davon, und Thomas fühlte Astrids vorwurfsvollen Blick auf sich ruhen. Sag jetzt nichts, bitte, sei einfach still, dachte er noch, als seine Frau zielsicher die nächste Straße rechts abbog und zehn Meter weiter auf den Hof einer Autowerkstatt rollte. Und dann sagte sie doch etwas. Nur fünf Wörter, aber die waren demütigender als ein heftiger Wutausbruch: »So macht man das, Thomas.«

Lucie krabbelte über ihren Großvater hinweg und war als Erste aus dem Wagen. »Klo … Wo ist hier das Klo?«, rief sie einem jungen Mann mit blondierten Haarspitzen zu, vielleicht der Lehrling, und verschwand im nächsten Augenblick in dem an die Werkstatt grenzenden Flachbau.

Während sich Max und Johann die Insekten aus den Kleidungsstücken schüttelten und Astrid die Sitze mit einem Eiskratzer notdürftig säuberte, kam ein Mann in einem blauen Overall aus der Werkstatt. Er grüßte nicht, sondern umkreiste gleich den Citroën wie ein Tiger seine Beute. »Steinschlag?«

»Guten Morgen«, begrüßte Astrid ihn kühl. Mit dem Eiskratzer in der Hand sah sie, jetzt, mitten im Sommer, ziemlich komisch aus. »Wie schnell können Sie das reparieren?«

»Hm … Alte Kiste.«

»Das ist ein Citroën. Baujahr 89.«

»Eben. Mein Reden. Sehen Sie hier irgendwo eine Frontscheibe für Ihr Fahrzeugmodell, Baujahr 89, rumliegen? Ich nicht. Und Glaserei Huber ist im Urlaub.«

»Können wir uns auf heute Nachmittag einigen?« Astrid stand in Kampfposition, die Arme angewinkelt, als könne sie jederzeit zu einem Magenschwinger ausholen.

Der Automechaniker, der mit starrem Blick zugehört hatte, wickelte seelenruhig einen Kaugummistreifen aus, dann lachte er leise und sagte: »Also vor morgen wird das nix. Wenn Sie Pech haben, dauert's zwei Tage.«

Die entschiedene Auskunft schien Astrid sprachlos zu machen. Wie verloren stand sie da und strich über ihr vom Wind zerzaustes Haar.

»Jetzt hören Sie mal zu«, mischte sich Thomas ein. »Wir wollen heute noch nach Italien.«

»Ja, Italien!«, echote sein Vater und schnippte ein Insekt aus Max' Haar.

»Herrschaften, *wollen* und *können* sind zwei verschiedene Paar Schuhe. Und hexen kann ich nun mal nicht. Tut mir leid.« Der Mechaniker beschrieb Kreise in der Luft. »Aber ich möchte Sie nicht davon abhalten, noch eine andere Werkstatt zu konsultieren. Ist Ihr gutes Recht.«

Natürlich wollte niemand von ihnen eine andere Werkstatt *konsultieren*. Erneut in der Gegend herumirren, um dann womöglich auf ähnliche Probleme zu stoßen, das kostete bloß Zeit und Nerven.

»Also gut«, gab sich Astrid geschlagen. »Und was machen wir mit unserm Gepäck?«

»Was Sie brauchen, nehmen Sie mit. Den Rest lassen Sie im Kofferraum. Eine Pension finden Sie zwei Seitenstraßen weiter. Rosen vorm Haus.«

»Das sehen wir dann ja.« Frostig lächelnd, folgte Astrid dem

Mann in den Flachbau, um die Formalitäten zu erledigen. Wenn sie so ein Gesicht zog, war ihre Laune auf dem Tiefpunkt. Es versprach ein heiterer Abend zu werden.

*

Max spürte nichts mehr. Keine Freude, keinen Ärger, keine Angst, nicht mal Hunger hatte er. So war das also, wenn man anderen einen Gefallen tat. Es zahlte sich nicht aus. Jetzt saß er mit seiner Familie in einem Oma-Café mit kleinen Plastiksträußchen auf dem Tisch – einen Garten oder Stühle auf der Straße gab es nicht –, und während seine Familie belegte Brötchen und Kuchen futterte, als gäbe es kein Morgen, beobachtete er das Treiben um sich herum. Eine Kellnerin mit weißem Schürzchen spazierte vorüber, aber Max sah sie nur wie durch einen Nebel. Ihre Bewegungen waren verlangsamt, vielleicht war sie bloß eine Erscheinung? Ebenso wie die kleinen Mädchen, die kichernd hereinkamen und Rosinenbrötchen kauften. Sein Kopf fühlte sich an wie ein ausgehöhlter Kürbis, und alle Gesetze, die sonst in seinem Leben Bestand hatten, schienen außer Kraft gesetzt worden zu sein.

»Junge, das Leben geht weiter«, hatte sein Großvater ihn aufgemuntert. Eine wirklich mal neue Erkenntnis. Nur zu dumm, dass er jetzt nicht duschen konnte und auch seine Zahnbürste nicht griffbereit hatte. Der Zeiger der Uhr rückte unaufhörlich weiter und scherte sich kein bisschen darum, was gerade passiert war: dass er geglaubt hatte, das sei das Ende, eine falsche Reaktion und seine Familie wäre ausgelöscht, für immer. Dass dies nicht passiert war, kam einem Wunder gleich, und dennoch nahm Max es völlig emotionslos zur Kenntnis. Nicht mal ein lapidares *Schwein gehabt* wäre ihm über die Lippen gekommen.

Und wenn er doch tot war und sich schon am Ort der Verdammnis befand? Vielleicht sah es in der Hölle eben nicht wie auf Hieronymus Boschs Gemälden aus, sondern wie hier, in diesem miefigen Café, Inbegriff der Spießigkeit, in dem er bis in alle Ewigkeit ohne Hunger, ohne Bach und ohne Aussicht auf den ersten Sex seines Lebens ausharren musste.

»Max, willst du wirklich nichts essen?« Seine Mutter kam so nahe, dass er ihren süßen Kuchenatem riechen konnte. Bienenstich.

»Max?«

»Danke. Will nichts.«

»Dann bestell dir wenigstens einen O-Saft. Von mir aus auch einen frisch gepressten.«

»Nun lass ihn doch«, sagte sein Vater. »Sonst beschwerst du dich immer, dass er zu viel isst.«

»Aber er trinkt nicht mal!«, fügte seine Mutter hinzu, und eine Inselgruppe roter Flecken breitete sich in ihrem Dekolleté aus.

Nein, er war nicht tot. Er konnte riechen, und seine Eltern trugen wie immer ihre Wortgefechte aus. Es sei denn, in der toten Daseinsform war man dazu verdammt, nach dem alten Strickmuster weiterzumachen.

Den Blick auf das Hinterteil der Kellnerin geheftet, sagte sein Großvater: »Damals nach dem Krieg mussten wir den ganzen Tag mit ein paar Kartoffeln auskommen. Wenn wir denn überhaupt welche hatten. Und sind auch nicht gleich verhungert.«

»Die Zeiten haben sich aber geändert«, erwiderte Max' Mutter und bestellte einen Kaffee. Zur Beruhigung der Nerven, wie sie der Kellnerin mit dem sexy Po mit auf den Weg gab. Max fragte sich zwar, warum sie nicht besser auf Kamillentee umstieg, aber irgendwie war es ihm auch egal. Seine Eltern waren ohnehin Wesen, die er nicht verstand. Kaum war das Thema Kartoffeln in der Nachkriegszeit beendet, zankten sie sich darüber, ob sie sich in der Pension anmelden sollten oder nicht. Seine Mutter war dagegen (der Wagen würde heute auf jeden Fall noch fertig werden), sein Vater dafür (der Wagen würde heute auf keinen Fall mehr fertig werden). Opa Johann schien das alles äußerst amüsant zu finden und schnippte in hohem Bogen Kuchenkrümel vom Tisch. Nur Lucie saß wie üblich mit ihrem Handy spielend da und schien in eine völlig fremde Welt abgetaucht zu sein. Die Glückliche. So bekam sie nichts von den ermüdenden Diskussionen mit. Als hätte Max sie mit seinen Gedanken aufgeweckt, hob sie plötzlich den Kopf, biss einmal von ihrem Käsebrötchen mit der vertrockneten Gurkenscheibe ab und sagte kauend: »Mami, kommst du mal mit raus?«

»Wieso?«

»Bitte!« Etwas Flehentliches lag in ihrem Blick.

»Schon wieder Frauenprobleme?«, flachste Opa Johann, sich mit der Zunge über die Lippen leckend.

»Lucie, wir sind hier unter uns. Du kannst uns alles sagen.«

»Stimmt ja gar nicht. Ihr regt euch doch bloß wieder auf!«

»Keine Sorge, Kröte.« Opa Johann wiegte den Kopf. »Machen wir nicht. Ganz bestimmt nicht.«

Lucie fotografierte mit ihrem Handy das Käsebrötchen, dann räusperte sie sich und verkündete mit piepsiger Stimme: »Okay, ihr habt es nicht anders gewollt. Jonathan kommt.«

Einen Moment lang war es still. Die Kellnerin mit dem sexy Po servierte den Kaffee. Als sie wieder weg war, hakte seine Mutter nach: »Was soll das heißen, Jonathan kommt? Wohin? Und vor allem wann?«

»Wer ist Jonathan?«, wollte sein Vater wissen.

»Lucies Dauer-Simser«, klärte Max ihn auf und erntete überraschte Blicke. Weil er doch noch sprechen konnte? Oder weil er von Jonathan wusste? Er war ja nicht mal besonders begierig darauf gewesen, in die Liebesplänkeleien seiner Schwester eingeweiht zu werden. Aber Lucie hatte die Sache eben doch nicht für sich behalten können und ihn ins Vertrauen gezogen. Im selben Atemzug hatte sie ihm strengstes Redeverbot auferlegt. Würde er auch nur einen Ton sagen, dann wäre er mausetot.

Während seine Mutter nervös an ihrem Kaffee nippte, setzte sein Vater ein Allerweltsgesicht auf und sagte: »Aha! Interessant. Trotzdem verstehe ich das nicht ganz. Du simst dir mit einem Jungen und der kommt gleich hier vorbei? Wohnt er denn in der Nähe?«

Lucie ließ ihre schwarzen Haare wie einen Vorhang vors Gesicht fallen. »*Hier* nicht direkt. Mit dem Bus braucht er eine Stunde. Er ist übrigens schon unterwegs.«

»Dann kannst du ihn gleich wieder abbestellen.« Max merkte seiner Mutter an, wie sehr es in ihr brodelte. »Wenn uns das Schicksal gewogen ist, sind wir nämlich in zwei Stunden schon wieder auf der Autobahn.«

»Sind wir nicht.«

»Das entscheidest nicht du, mein Kind!«

»Du bist so fies! Und missgünstig! Alles nur, weil du …« Sie brach ab und wandte sich an den Vater. »Paps, sag doch auch mal was! Es war abgemacht, dass wir hier übernachten.«

»Falls der Wagen tatsächlich fertig werden sollte … Wovon ich im Moment allerdings nicht ausgehe …« Thomas strich nachdenklich über seinen Dreitagebart. »Aber wenn doch, fahren wir ganz sicher weiter.«

Lucies Kinn begann zu beben. »Das könnt ihr nicht machen! Das lass ich mir nicht gefallen!«

»Und wir lassen es uns nicht gefallen, dass du deinen SMS-Lover hierherbestellst, ohne uns überhaupt zu fragen, ob das klargeht.« Seine Mutter sah aus, als würde sie jeden Moment explodieren und im Universum verglühen. »Ich hab dir schon mal gesagt, diese Reise hier ist kein Wunschkonzert!«

»Klar! Dafür aber eine echte Folter-Reise!«, schrie Lucie und rannte unter den teils belustigten, teils erschrockenen Blicken der Gäste aus dem Café.

Opa Johann zog eine Grimasse. »Arme kleine Kröte. Mit ihren Folter-Eltern auf Folter-Reise in einem Folter-Auto. Wieso gönnt ihr Lucie nicht das kleine Rendezvous?«

»Ich gönne Lucie alles«, fuhr Astrid ihm über den Mund, »wirklich alles, aber das hier geht eindeutig zu weit.«

»Wir haben es doch nicht eilig.« Der Großvater kicherte leise. »Vielleicht könnte Lucie ja ein paar lustige Kondome aus eurem Sortiment mitnehmen. Ihr habt doch diese neuen mit Schoko- und Pfefferminzgeschmack. Oder war's Zimt? Waldmeister?«

»Sehr komisch, Johann.« Astrid blitzte ihn wütend an. »Ich will in diesem Leben noch mal irgendwo ankommen, wo es sich auch anzukommen lohnt.«

»Und wer ist jetzt dieser Junge?« Thomas' Blick wanderte zwischen Max und Astrid hin und her. »Abgesehen davon, dass sich die beiden simsen.«

»Keine Ahnung«, antwortete Max. Nach und nach schienen

alle wichtigen Körperfunktionen wie Zuhören, Sachverhalte einordnen und Sprechen wieder ihren Dienst aufzunehmen. Vielleicht würde er auch bald wieder Appetit bekommen, denn ein Leben ohne Essen war ein trauriges Leben. »Ist das wichtig? Lucie schwärmt ständig für irgendwelche Typen, und letztlich sind sie alle gleich.«

»Ich weiß auch nichts Genaues«, räumte seine Mutter ein und fügte hinzu, dass es ihr im Moment ohnehin ziemlich egal wäre, wodurch sich Lucies SMS-Schreiber auszeichnen würde. Sie stieß einen Laut der Empörung aus. »Selbst wenn er ein kleiner Gott ist, vertrödele ich seinetwegen ganz bestimmt nicht meine Zeit.«

Damit war das Thema für sie erledigt. Lucie ließ sich nicht mehr blicken, und während Opa Johann – wohl aus Langeweile – ein Fleischsalatbrötchen bestellte, sprachen die Eltern über irgendwelchen Erwachsenenkram. Max hörte bloß mit einem Ohr hin, schnappte jedoch auf, dass sie vielleicht doch einen Eigenanteil würden zahlen müssen. War das ein Grund, jetzt ein schlechtes Gewissen zu haben? Kurz bevor der Stein gegen die Frontscheibe geflogen war, hatte er den Siebentonner, der auf der Gegenspur im Überholmanöver war, heranbrausen sehen und für einen kurzen Augenblick in Erwägung gezogen, abzubremsen und auf die rechte Spur zu wechseln. Ob aus Angst vor den Kommentaren seiner Familie oder aus Trägheit – er hatte es eben nicht getan. Und nun saßen sie in diesem gottverlassenen Kaff fest, ohne realistische Hoffnung, in absehbarer Zeit von hier wegzukommen.

Der erlösende Anruf erreichte sie eine gute Stunde später. Max hatte sich inzwischen dazu überreden lassen, etwas zu essen, was ihm zwar nicht geschmeckt, ihn aber dennoch auf gewisse Weise befriedigt hatte. Die Ersatzscheibe wäre überraschend geliefert und eingesetzt worden, der Wagen stünde zum Abholen bereit. Seine Mutter stieß einen spitzen Schrei aus, doch Max registrierte sehr wohl ihren besorgten Blick, als Lucie, die den Emotionsausbruch durch das geöffnete Fenster des Cafés mitbekommen hatte, nun panisch zu ihnen hereinspähte. Es war klar, was das bedeutete. Weiterfahren. Jonathan adieu. Und jede Menge Tränen.

Seine kleine Schwester tat ihm leid. Wie musste sie sich nur fühlen, aber auch seine Mutter war nicht die Hartgesottene, die sie immer vorgab zu sein. So oft sie und Lucie auch aneinanderrasselten, tief im Innern ging es ihr bloß darum, dass ihr Schäfchen Nummer zwei nicht vom richtigen Weg abkam und sich verirrte. Irgendein Jonathan aus Bayern, den Lucie gerade mal vom Handy und aus E-Mails kannte, konnte nur der falsche Weg sein. Max war da ganz ihrer Ansicht.

»Gut, dann mal los«, blies seine Mutter zum Aufbruch. »Wer sagt es Lucie?«

»Ich zahl eben«, zog sich sein Vater blitzschnell aus der Affäre.

»Max?«

Max wusste nicht, ob dies ein Befehl war, den seine Mutter bloß zur Tarnung mit einem Lächeln auf den Lippen ausgesprochen hatte. Eigentlich amüsierte es ihn, dass seine Mutter ihn aus Angst vor neuem Stress mit Lucie vorschickte.

Seine Schwester stand auf dem Bürgersteig und schien sämtliche Bodenhaftung verloren zu haben. Nicht mal das Handy gab ihr noch Halt. Als sie Max sah, schossen ihr Tränen in die Augen.

»Das können die nicht machen!«, rief sie verzweifelt, und es klang, als würden die Konsonanten an ihrem Gaumen kleben bleiben.

»Ich fürchte, schon.« Max streckte seine Hand aus, um Lucies Arm zu streicheln, doch es wurde lediglich eine ungeschickte Bewegung daraus.

»Aber dieser Widerling von Mechaniker hat gesagt, dass die Scheibe heute nicht mehr fertig wird!«, jaulte sie. »Was soll ich denn nun machen?«

Max zuckte unbeholfen mit den Schultern. »Nichts. Du kannst nichts machen. Außer das Treffen abblasen.«

Er hatte es nur so dahingesagt und war erstaunt, dass Lucie nahezu besänftigt nickte. Sie sank auf einen Mauervorsprung, zögerte jedoch, eine SMS einzutippen. Max ging neben ihr in die Hocke.

»Ist dir dieser Typ wirklich so wichtig?«

Lucie nickte.

»Lebenswichtig?«

»Sozusagen.«

»Ohne ihn würdest du sterben?«

»Quatsch, natürlich nicht.«

»Dann ist er auch nicht *lebens*wichtig.«

Lucie rempelte ihn an. »Du kennst dich mit solchen Sachen doch gar nicht aus.«

»Seit ich ein paar Bücher gelesen habe, schon.« Er nahm einen flachen Stein und schleuderte ihn quer über die Straße. »Weißt du, Lucie, das sind diese Dinger zwischen zwei Pappdeckeln. Von denen du grade mal zwei Stück besitzt und in die du noch nie reingeguckt hast.«

Lucie zog eine Schnute. »Bücher sind Bücher und Leben ist Leben. Verlieb du dich erst mal, dann sprechen wir uns wieder.«

Max hob den Blick und sah den Sturzflügen der Schwalben zu.

Der Himmel stand tintenblau über ihnen, und für den Bruchteil einer Sekunde flackerte ein Glücksgefühl in ihm auf. Vielleicht würden es ja doch noch schöne Ferien. Trotz Unfall. Trotz Hölle. Trotz Lucies Liebeskummer. Aber in dem Moment wurde die gusseiserne Tür des Cafés aufgestoßen, seine Mutter kam herausgestolpert und erklärte: »Wir bleiben. Opa hat Durchfall.«

6.

Astrid schlug der Geruch von fauligen Kartoffeln entgegen, als sie ihr Pensionszimmer betrat. In was für eine schäbige Absteige waren sie nur geraten! Die Tapete wellte sich, löste sich an manchen Stellen gleich ganz von den Wänden. Der Linoleumboden erweckte mit seinen gräulichen Flecken den Eindruck, als sei er seit Jahrzehnten nicht mehr gewischt worden. An der Stirnseite des kleinen Zimmers standen zwei schmale Betten, wie in einer Jugendherberge Kopf an Kopf. Astrid riss das Fenster auf und starrte in einen Schacht, der ins Bodenlose zu führen schien.

»Hier schlafe ich nicht«, erklärte sie mit fester Stimme und schloss das Fenster gleich wieder.

Thomas redete ihr gut zu, so schlimm sei es ja nun wirklich nicht, doch Astrid blieb hart.

»Es ist mehr als schlimm. Unzumutbar.« Sie schleppte ihren Koffer zurück auf den Flur. »Wir suchen uns jetzt ein schönes Hotel. Egal, was es kostet.«

»Astrid, ich fürchte ...« Thomas strich ihr flüchtig übers Haar. »Vater sitzt schon wieder auf dem Klo. Er schafft es nirgends mehr hin.«

»Wieso muss er auch alles durcheinanderfuttern! Und dann noch die ganze Tüte Dörrpflaumen. Opa ist manchmal schlimmer als ein kleines Kind.«

Astrid ließ sich auf die schmale Pritsche sinken, auf der eine grüne Häkeldecke lag. Es quietschte ganz erbärmlich, auch das noch. Der Wagen war wieder flott, und trotzdem konnten sie nicht weiterfahren. Sie konnten überhaupt nichts tun. Außer darauf warten, dass sich Johanns Darm wieder beruhigte. Und Lucie ihren Spaß gönnen. Sie war ihrem Großvater ja regelrecht um den Hals gefallen – *danke, Opi, dass du so unvernünftig warst* –, hatte Thomas um ein paar Euro für den Bus angebettelt und war mit grellgeschminkten Lippen abgezwitschert.

»Spätestens um neun bist du zurück«, hatte Astrid ihr mit auf den Weg gegeben, war sich jedoch nicht sicher, ob Lucie sie überhaupt noch gehört hatte. Proportional zu den Kilometern, die sich Jonathan auf der Autobahn näherte, hakte ihr Verstand Stück für Stück aus.

»Was machen wir denn jetzt?« Astrid zog an einem losen Faden, und die Decke begann sich aufzuräufeln.

»Wir besorgen Vater ein paar Kohletabletten, dann sehen wir uns ein bisschen im Ort um und genießen einfach das schöne Wetter.«

Astrid war einverstanden, doch schon auf dem Weg zur Apotheke – Max wollte auf seinem Zimmer bleiben und lesen – flammte erneut Streit auf. Thomas hatte in irgendeinem belanglosen Zusammenhang, der Astrid kurz darauf gleich wieder entfallen war, seinen Standardspruch *Alles kein Problem* von sich gegeben, was ausreichte, um sie auf die Palme zu bringen. Zu oft in ihrem Leben hatte sie diese Phrase gehört.

»Wir sitzen hier in der Pampa fest, Johann hockt mit Durchfall auf dem Klo, unsere Kleine vergnügt sich vielleicht grade mit irgendeinem halbseidenen Typen, und du findest, das ist alles kein Problem?«

»Mach dir doch nicht immer so viele Sorgen! Vater wird morgen wieder auf den Beinen sein, und Lucies Freund ist vielleicht gar kein halbseidener Kerl, sondern ein ganz netter. Das Schlimmste ist höchstens die Pension, aber die eine Nacht werden wir schon überleben.«

Astrid taxierte ihren Mann von der Seite. Er war immer noch attraktiv – großgewachsen, schlank, volles Haar –, trotzdem konnte sie in diesem Moment nicht einfach nur stolz auf ihn sein. Vielmehr ärgerte sie sich darüber, dass er sich eben im Pensionszimmer nicht rasch rasiert hatte.

»Merkst du eigentlich gar nicht, dass du immer alles verharmlost?«

Er zuckte mit den Achseln. »Vielleicht. Dafür liebst du es, zu dramatisieren.«

»Komischerweise liege ich mit meiner Einschätzung meistens richtig. Ganz im Gegensatz zu dir. Bestes Beispiel ist ja wohl dein Laden.«

Sie kamen an einer Gaststätte vorbei, die Pizza mit Leberkäse anbot. Allein bei der Vorstellung wurde Astrid übel.

Thomas stöhnte. »Was ist denn jetzt schon wieder damit?«

»Mit dem Laden nichts, aber mit dir.« Sie blieb vor einem Geschäft mit Haushaltswaren stehen und betrachtete die Auslagen.

»Wäre dir so was lieber gewesen?«, fragte er und drückte die Nase an die Scheibe. »Mixer, Bügelbretter, Gummihandschuhe?«

»Mir wäre ein Mann lieber gewesen, der nicht noch mit Ende vierzig Luftschlösser baut. Zu glauben, dass der große Erfolg, das dicke Bankkonto, dass das alles schon noch kommen wird, eines Tages, in ferner Zukunft … Das ist lächerlich!«

»Du meinst also, ab einem gewissen Alter darf man keine

Träume mehr haben, sondern steckt lieber den Kopf in den Sand und wartet nur noch aufs Ende?« Er schnellte zurück; auf der Scheibe verblasste nach und nach ein kleiner feuchter Fleck.

»Nein!« Warum musste er immer gleich sarkastisch werden? Sie so gründlich missverstehen?

Sie lief weiter, bog rechts in ein kopfsteingepflastertes Gässchen ab und blickte sich suchend um. Die Pensionswirtin, eine üppige Matrone in Leggins, Ballerinas und geblümtem Trägerkleid, hatte sie wegen der Apotheke in diese Richtung geschickt, doch außer geduckten Häusern mit Geranientöpfen auf den Fensterbänken war kein Laden, kein Geschäft, kein Mensch, absolut nichts zu sehen.

»Die dumme Nuss wollte uns wohl veräppeln.« Astrid kehrte um und Thomas folgte ihr auf dem Fuße.

»Wir finden schon noch eine Apotheke. Notfalls fahren wir kurz in den nächsten Ort.«

»Ich fahre ja wohl. Du nicht.«

Thomas' Gesicht bekam einen schmerzlichen Ausdruck, dann kam er erneut auf das Gespräch von eben zurück. »Und was ist die Alternative? Ruhig auf dem Sofa dem Ende entgegendümpeln?«

»Ach, Thomas! Natürlich darfst du noch Hoffnungen und Träume haben. Nur solltest du realistisch bleiben. Deine Sprüche vom großen Geld zum Beispiel, die waren schon immer lächerlich.« Ihre Hand fuhr durch die Luft. »Und heute sind sie es auch noch.«

Er blieb stehen. Die Wahrheit schien ihn getroffen zu haben, doch dann sagte er zu ihrer Überraschung: »Sprüche vom großen Geld? Ich? So ein Quatsch.«

Fassungslos über den ignoranten Menschen an ihrer Seite, zog Astrid das Tempo an, aber Thomas hatte sie im Nu eingeholt. »Sag doch mal, Liebes ... Ich weiß wirklich nicht, was du meinst.«

»Das glaube ich jetzt nicht.« Sie bemühte sich, alles Aggressive aus ihrer Stimme zu nehmen, möglichst neutral zu klingen. »Damals, als wir mit Andreas Degenhart und Matti im Kulo waren ... Der Caipirinha-Abend ...«

»Ach so.« Thomas nickte vage. »Das war doch ... Moment ... War das nicht nach der letzten Stunde von meinem Managerkurs?«

»Pseudo-Managerkurs«, korrigierte Astrid ihn. »Du hast groß getönt, mit Mitte dreißig müsse man es geschafft haben, spätestens. Wer bis Mitte dreißig nicht das ganz große Geld gemacht hat, ist ein Loser.« Aus dem Augenwinkel sah sie, dass Thomas getroffen zu Boden blickte, und verkniff es sich, den Rest der Geschichte aufzuwärmen. Wie Astrid dagegen argumentiert hatte, als einzige Frau gegen drei angetrunkene Männer, und der Streit derart eskaliert war, dass sie vorübergehend auf der Couch geschlafen hatte. Seine Stammtischsprüche und Plattitüden – das war nicht ihr Niveau.

Eine Spur versöhnlicher fügte sie hinzu: »Mit einem kleinen Pornoladen kann man nun mal keine großen Sprünge machen. Die Konkurrenz ist einfach zu groß.«

»Erotikshop«, gab Thomas kleinlich zurück.

»Von mir aus auch das. Macht doch keinen Unterschied.«

»Hättest du eine bessere Geschäftsidee gehabt?«

Nein, das hatte sie nicht. Ihre ganz persönliche Geschäftsidee, Medizin zu studieren und als Kinderärztin ihren Herzenswunsch zu verwirklichen, hatte sie ja vor vielen Jahren torpediert, indem sie sich erfolgreich eingeredet hatte, sich vorerst, und zwar ausschließlich, um die eigenen Kinder kümmern zu müssen. Ein wenig Bequemlichkeit war mit von der Partie gewesen, vielleicht auch verspätete Auflehnung gegen ihre berufstätige Mutter, die nie Zeit für sie gehabt hatte.

Thomas schob seine Hand in Astrids, was sie sofort versöhnte und auch rührte. »Ich schaffe das, Astrid, vertrau mir. Irgendwann sind wir aus den Miesen raus, dann …« Er sprach nicht weiter.

Dann was? Ein Leben in Saus und Braus? Das war so unwahrscheinlich wie ein Sechser im Lotto und machte den Verzicht auf ihr Studium auch nicht wett. Astrid glaubte ohnehin nicht mehr daran, dass sich ihr Leben noch ändern würde. Es war eben, wie es war. Familie. Haushalt. Johann. Und irgendwann würde sie alt sein.

Eine knappe halbe Stunde später fanden sie dann doch noch eine Apotheke. Sie lag keine fünf Minuten von der Pension entfernt, die Wirtin hatte sie wohl aus Versehen in die falsche Richtung geschickt. Oder aber sie und Thomas hatten das Fränkische falsch verstanden.

Als sie in die Pension zurückkehrten, lungerte Johann in dem kargen Vorraum herum. »Da seid ihr ja, meine Lieben!«, rief er ihnen entgegen. »Durchfall ist weg. Können weiterfahren.«

»Na, du machst uns Spaß«, erwiderte Astrid und warf ihm mit einem *hepp!* die Kohletabletten zu. Sie würden kaum ohne Lucie abreisen können. Außerdem hatten sie ihre Zimmer bereits bezogen, die Toiletten benutzt, und Astrid war nicht bereit, für ein Bett zu bezahlen, in dem sie nicht mal geschlafen hatte.

Thomas schlug vor, da nun alles geregelt sei, eine kleine Spritztour in die umliegenden Ortschaften Thurnau, Kulmbach, vielleicht noch Bayreuth zu machen, das Wetter sei doch so herrlich. Aber Astrid ließ die Männer – inklusive Max, den sie aus dem Zimmer scheuchte – allein fahren. Mit dem Bus. Sie gab vor, in der Nähe der Pension bleiben zu wollen, falls Lucie überraschend zurückkäme. Das stimmte nicht. Sie sehnte sich lediglich danach, allein zu sein, einfach dazusitzen und mit niemandem reden zu müssen. Wo dieses Plätzchen sein würde, wusste sie schon. Beim Gang durchs Dorf hatte sie am Rande einer Reihenhaussiedlung eine Streuobstwiese mit einer verwitterten Holzbank erspäht. Ein Feldweg führte dorthin und mündete einen knappen Kilometer weiter in einen Nadelwald,

Es war angenehm warm, nicht mehr so heiß wie noch vor einer Stunde, als Astrid die Bank erreichte. Sie blinzelte in die Baumkrone über sich, dann rutschte sie ein Stückchen nach vorne, legte den Hinterkopf auf die Lehne und tat einen so tiefen Seufzer, dass ein paar Vögel, die in den Zweigen hockten, erschreckt aufflatterten. Vor ihr lag endloses, mit rotem Klatschmohn betupftes Grün, am Horizont zeichneten sich Tannen und Fichten ab. Für diesen einen Moment hatte sich die Reise bereits gelohnt, schöner konnte es nicht mal im Paradies sein.

Ihr Handy klingelte. Thomas war dran und klang so aufgeräumt, als hätten sie sich nie gestritten. Sie seien gerade auf der Plassenburg in Kulmbach und ob Astrid nicht mit dem Auto nachkommen wolle, die Festung sei wirklich sehenswert. Außerdem könne sie sie dann gleich abholen.

Astrid pflückte eine Mohnblume und betrachtete sie, als habe sie nie zuvor ein so schönes Exemplar gesehen. Es freute sie ja, dass Thomas an sie gedacht hatte – auch wenn die Idee, sie als

Taxi zu missbrauchen, schon wieder typisch für seinen Egoismus war –, nur wollte sie lieber hierbleiben, die Ruhe und die gute Luft genießen. Thomas versuchte, sie mit Eis, Cappuccino oder einem Bummel durch die Altstadt zu ködern, aber Astrid ließ sich nicht von ihrer Bank weglocken. Sie wunderte sich ohnehin über seinen plötzlich liebevollen Ton. War er in sicherer Entfernung von ihr einfach nur entspannter, oder arbeitete er an einem Plan, um ihre Ehe zu retten? Insgeheim hatte sie schon öfter daran gedacht, sich von ihm zu trennen, eines fernen Tages, wenn Lucie einen Schulabschluss – egal welchen – hatte und in der Ausbildung war. Über kurz oder lang würde das passieren, und dann, das dachte sie in verwegenen Momenten, hatte ihre Stunde geschlagen. Vielleicht würde sie noch mal von vorne anfangen, sich zur Heilpraktikerin ausbilden lassen, was auch immer. In weniger verwegenen Momenten, und die überwogen im Alltagstrott, kamen ihr gleich wieder Zweifel. Wie sollte sie etwas schaffen, das sie schon als junge Frau nicht angegangen war? Ohne finanzielles Polster. Ohne Eltern, die ihr unter die Arme greifen würden. Auf Thomas konnte sie nicht zählen, der musste den Kredit abzahlen, zudem schuldete er einem Freund Geld. Und falls doch mal ein Cent übrig sein sollte, würde er automatisch in die Ausbildung der Kinder fließen. Also begrub sie ihre Träume besser gleich und sah sich in nicht allzu ferner Zukunft frustriert mit ihrem verschuldeten Ehemann auf dem petrolgrünen Sofa sitzen und im Zeitraffer altern.

Dabei war es nicht mal so, dass sie ihm andere Männer vorgezogen hätte. Sie liebte ihn schon noch, zumindest auf ihre Weise, nur als Paar harmonierten sie nicht mehr miteinander. Wie es dazu gekommen und was im Einzelnen passiert war, hätte sie nicht zu sagen gewusst. Sie waren doch noch immer dieselben. Die Gesten, das Lächeln – nichts hatte sich grundlegend geändert. Astrid erinnerte sich, wie sie und Thomas in ihrer Anfangszeit voller Begierde übereinander hergefallen waren. Vielleicht war die Dosis Leidenschaft, die das Leben für sie vorgesehen hatte, einfach verbraucht, oder aber sie war dem Alltag, dem täglichen Überlebenskampf, zum Opfer gefallen.

Astrid begann zu frösteln. Die Sonne stand tiefer und hielt sich hinter einer langgestreckten Wolkeninsel versteckt. Die Adressliste ihres Handys rauf- und runterscrollend – eigentlich wollte sie es nur kurz bei Lucie probieren –, machte sie sich langsam auf den Rückweg. Aus unerfindlichen Gründen blieb sie bei »K« hängen, bei Kristina. Kristina Schulzendorf war damals, als Astrid sie als Gasthörerin an der Uni kennengelernt hatte, alles für sie gewesen. Enge Freundin, Beraterin, Stütze und Sinnbild einer großen Zukunft. Kristina lebte inzwischen mit ihrem Mann Pius, einem gebürtigen Urner, in der Schweiz, wo sie als Chirurgin im Kantonsspital Uri arbeitete. Zumindest war das so gewesen, als sie das letzte Mal miteinander telefoniert hatten – es musste zwei Jahre her sein. Damals hatte Kristina überglücklich verkündet, dass Pius nun auch endlich eine Stelle als Anästhesist im gleichen Krankenhaus gefunden habe. An weitere Einzelheiten konnte sich Astrid nicht mehr erinnern. Es spielte auch keine Rolle, im Moment fragte sie sich nur, warum ihr einst regelmäßiger telefonischer Kontakt nach und nach eingeschlafen war. Astrid hatte Kristina mehr als jede andere Freundin gemocht und bewundert. Sie war so resolut und willensstark, ohne dass dies je auf Kosten ihrer emotionalen Seite gegangen wäre. Stundenlang hatten sie am Telefon ihre Beziehungen analysiert –

psychologisch war Kristina genauso bewandert wie im Umgang mit dem Skalpell. Astrid hatte sehr viel Kraft aus diesen Gesprächen geschöpft, umso bedauerlicher, dass Kristina mittlerweile nichts weiter als eine Nummer in ihrer Adressliste war, eine schöne Erinnerung aus einem fernen Leben. Sie wollte ja gern Thomas die Schuld geben, weil er kaum genug verdiente, um die Familie zu ernähren, und teure Telefonate in die Schweiz eben nicht drin waren. Doch je länger Astrid darüber nachdachte, desto dürftiger kam ihr diese Ausrede vor. Sie hätte ihre Freundin bitten können, sie zurückzurufen – als Doppelverdiener ohne Kinder schmerzten sie und ihren Mann die Telefonkosten sicher nicht –, oder zumindest den E-Mail-Kontakt pflegen können. Wer Wert auf regelmäßigen Austausch legte, fand Mittel und Wege. Andererseits hatte Kristina ebenfalls keine Versuche unternommen. Wurde sie im Krankenhaus so sehr beansprucht, oder war etwas zwischen ihnen vorgefallen, von dem Astrid nicht mal etwas ahnte?

Thomas, Max und Johann waren gerade von ihrem Ausflug zurückgekehrt, als Astrid in der Pension eintraf. Von Lucie keine Spur, und ihr Handy hatte sie natürlich ausgestellt. Thomas fand das nicht weiter beunruhigend. Astrid habe ihr doch selbst gestattet, dass sie erst gegen neun zurück sein müsse. Sie hinterließen ihr eine Nachricht auf der Mailbox, man würde jetzt irgendwo einen Happen essen gehen, und falls Lucie frühzeitig zurückkäme, solle sie es doch auf einem der Handys probieren. Dann brachen sie auf.

Nach einem kleinen Rundgang durch den Ort fanden sie ein bisschen abseits eine Gaststätte, in der sie hausgemachte Leberknödelsuppe, Fränkische Schäufele und Würstchen bestellten.

Max hatte wieder Appetit. Sosehr sich Astrid zum einen darüber freute, so erfüllte es sie zum anderen mit Sorge, denn er schaufelte die fettigen Speisen nur so in sich hinein. Auch Johann war bester Dinge – von Unpässlichkeit keine Spur mehr – und berichtete von ihrer Spritztour auf die Plassenburg. In erster Linie erwähnte er dabei die vielen schönen Frauen, die in der Fränkischen Schweiz herumliefen, was Astrid zu der Überlegung brachte, dass der kleine Ausflug womöglich Erlebnis genug war, um morgen zurück nach Hause zu fahren und Großvaters Geburtstag in trauter Umgebung zu feiern.

Doch sie hatte sich geirrt. Kaum hatte er aufgegessen, packte er auch schon den Reiseführer aus und begann, eifrig darin zu lesen.

»Nach Paestum würde ich gerne«, verkündete er. »Und nach Pompeji. Natürlich auch in die Grotten von Palinuro. Und nach Ravello. Wie heißt das hier gleich?« Er blätterte wie wild hin und her. »Villa Cimbrone … Von dort oben soll man einen herrlichen Ausblick haben.«

Astrid erkundigte sich, ob er sich nicht etwas zu viel vornehme, immerhin sei er nicht mehr der Jüngste. Aber bevor er antworten konnte, stand Lucie im Lokal, die Haare wirr und die Augen verschmiert. Sie hatte geweint – oder doch nur heftig geknutscht?

»Liebes, was ist passiert?« Kaum ausgesprochen, fiel Astrid ein, wie sehr Lucie es hasste, mit Fürsorglichkeit überschüttet zu werden. Als *Glucke* beschimpfte sie ihre Mutter dann, doch zu spät.

Mit verschlossener Miene ließ sich Lucie neben Max auf die Holzbank sinken und zurrte die Bänder ihrer Kapuze straffer.

Irgendetwas musste vorgefallen sein, nur was? So wie Astrid ihre Tochter kannte, würde sie nicht damit rausrücken.

»Warum hast du nicht angerufen?«, wollte Thomas wissen.

Lucie wischte mit der Hand durch die Luft. Frage abgeschmettert.

»Hunger, meine kleine Kröte?«, versuchte es jetzt Johann.

Statt zu antworten, ließ Lucie ihr Kinn auf die Brust sinken und schaukelte sanft hin und her. Astrid wollte schon sagen, dass sie sich doch bitte wenigstens die Karte ansehen solle, sicher wäre das eine oder andere leckere vegetarische Gericht dabei, verkniff sich aber einen weiteren mütterlichen Übergriff. Je mehr sie in sie drang, das wusste sie aus leidvoller Erfahrung, desto eher schnappte Lucie wie eine Muschel zu und war nicht mehr ansprechbar.

»Willst du uns nicht erzählen, was passiert ist?«, startete Thomas einen weiteren Versuch.

Lucie hörte mit dem Geschaukel auf. »Kann ich meinen Zimmerschlüssel haben?«

»Der hängt am Schlüsselbrett an der Rezeption«, sagte Astrid.

»Nee, tut er nicht.«

Max, der noch beim Nachtisch, einem Stück Käsekuchen, war, wühlte in seiner Hosentasche. Einen Augenblick später holte er den Schlüssel mit dem goldenen Aluminiumanhänger heraus und ließ ihn vor Lucies Nase baumeln, als wolle er sie hypnotisieren.

Lucie schnappte ihn sich. »Ich geh schlafen. Wann fahren wir morgen los?«

»Um sieben ist Frühstück. Halb acht starten wir. Wer verschläft, bleibt hier.« Thomas hatte zum Spaß den Befehlston angeschlagen, doch niemand lachte.

»Ich begleite Lucie«, erklärte Johann und erhob sich mit gebeugtem Rücken. »Der Tag war hart.«

Ja, das war er. Aber es würden noch viel härtere Stunden auf sie zukommen, da war sich Astrid sicher.

*

»Kröte, nicht so schnell!« Johann musste sich anstrengen, um mit dem jugendlichen Tempo seiner Enkelin Schritt zu halten. Er hechelte, seine Gelenke knirschten und seine Hüfte schmerzte, doch Lucie rannte die Straße entlang, als wäre der Leibhaftige hinter ihr her. Keine Frage, er war noch gut in Schuss, aber eben auch kein flinkes Wiesel mehr, das musste dem Mädchen doch klar sein. Er kickte ein Steinchen von sich, verfehlte knapp Lucies Hosenbein, trotzdem schien sie ihn verstanden zu haben und blieb endlich stehen.

Herrje, die Kleine konnte einem ja richtiggehend leidtun! Sah aus wie das Leiden Christi in Person. Bleich und dürr genug war sie allemal. Natürlich konnte er sie verstehen. Wegen Giuseppina, seiner großen Liebe, hatte er unbeschreiblich gelitten. So wenige Schäferstündchen ihm auch vergönnt gewesen waren, in seiner Erinnerung waren sie so lebendig, als habe sich seine Liebste eben noch in seine Arme geschmiegt, jung, schön und unversehrt. Dabei lag das amouröse Abenteuer etliche Jahrzehnte zurück, und er bedauerte jeden Tag mehr, nie wieder den Kontakt zu ihr gesucht zu haben. Am Anfang war es die Angst vor ihrem werten Herrn Papa gewesen, aber auch die Tatsache, dass er kaum einen Pfennig Geld gehabt hatte. Und später war eben die gute Hilde in sein Leben getreten.

»Lass mich da mal ran.« Johann zog ein zerknittertes Stofftaschentuch aus seiner Hosentasche, schüttelte es wie ein Staubtuch aus und begann, unter Lucies lautstarkem Protest, in ihrem Gesicht herumzuwischen. »Heulen und Liebeskummer, das ist eine Sache«, erklärte er streng. »Trotzdem muss man deswegen nicht wie eine halb verwilderte Straßengöre rumlaufen.«

»Wieso denn Liebeskummer?«, fragte Lucie. »Hab ich gar nicht. Außerdem ist dein Taschentuch eklig.«

»Verstehe, Kröte. Du hast also vor lauter Glück geweint.«

»Nenn mich nicht Kröte!«

»Nein, mein Krötchen. Mach ich nicht mehr. Das schwöre ich bei meiner Rotzfahne, die mir heilig ist.«

Sie liefen weiter, Lucie mit zusammengepressten Lippen, als würde sie nie wieder ein Wort von sich geben. Johann musste also stärkere Geschütze auffahren, um sie aus der Reserve zu locken.

»Oder hat er mit dir … wie sagt ihr heute gleich dazu … dieses Wort, das wie Popcorn klingt …«

»Opi!«, unterbrach Lucie ihn empört. »Wehe, du sagst jetzt poppen!«

Er lächelte. »Würde ich niemals tun. Unsere Ausdrücke dafür waren früher sowieso viel schöner.«

»Will ich gar nicht wissen.«

Ein kleiner schwarzer Hund lief ihnen vor die Füße, und Lucie sprang erschrocken zur Seite. Johann legte schützend einen Arm um seine Enkelin. »Ist deine Liebesmission denn jetzt … sagen wir … abgeschlossen?«, wollte er nun wissen. Irgendwann würde Lucie schon die Katze aus dem Sack lassen. So wie er die Weibsbilder kannte, brauchten sie stets ein paar Anläufe, aber dann plapperten sie munter drauflos und waren am Ende gar nicht mehr zu bremsen.

»Kapier ich nicht. Wie meinst du das?«

»Ob es mit deinem Jonathan vorbei ist.«

»Opi, das heißt *Dschonnäthän.*«

»Du weißt ja, ich kann kein Englisch.«

»Dann gib dir gefälligst mal Mühe!«

»Gerne.« Er strich ihr über den Kopf. So seidig fühlten sich nur die Haare von echten Prinzessinnen an. »Als Gegenleistung musst du noch ein wenig mit mir flanieren. Die gute Landluft genießen. Und?«

Lucie nickte, und Johann rieb sich insgeheim die Hände. Jawoll, Käpt'n! Sein Goldschatz hatte angebissen. Zumindest reagierte sie nicht so bockig wie bei seinem Sohn und seiner Schwiegertochter. Das gab ihm das gute Gefühl, auf seine alten Tage noch gebraucht zu werden. Ein bisschen als Seelenklempner, ein bisschen als moralische Stütze.

Der Ort machte zwar nicht viel her, um sich zu amüsieren, doch nachdem sie die letzten Häuser hinter sich gelassen hatten und den würzigen Duft der schon feuchten Wiesen erschnupperten, bog rechter Hand ein schmaler Feldweg ab, der zu einer Bank führte. Johann zeigte mit dem Finger in die Richtung, und Lucie lief begeistert los. Die Sonne war bereits untergegangen, aber der Horizont stand noch in Flammen.

»Tut mir leid, dass ich dir keine Disco und auch sonst kein Halligalli bieten kann.«

»Macht nichts. Ist voll schön hier.« Lucie sah ihn aus ihren klaren Jungmädchenaugen an. Dann kippte ihr Kopf zur Seite und sie lehnte sich gegen seine Schulter. Er und Lucie durch dick und dünn – so hatte er sich das ausgemalt, als die kleine Kröte, mit gerade mal zwei Jahren, ihn so keck angelacht hatte. Schon damals war klar gewesen: Das ist ein Mädchen zum Pferdestehlen. Nur wie sie sich mittlerweile anzog und zurechtmachte, behagte ihm ganz und gar nicht. Immer dieses Schwarz! Diese wild toupierten Haare! Dabei war sie so ein bildhübsches Mädchen, dem auch eine adrette Bluse gut stehen würde.

Einen Moment später zuckte Lucie zurück. Schluss mit der trauten Zweisamkeit. »Opa … also damit eins klar ist«, erklärte sie. »Jonathan und ich, wir haben nicht … falls du das jetzt denkst.«

»Weiß ich doch«, erwiderte Johann. »Ich wollte dich nur ein bisschen necken.« Er zog das Taschentuch aus seiner Hosentasche und schnäuzte sich. »Wie ist er denn so, dein Jonathan mit dem Tiätsch?«

»Süß.« Sie heftete ihren Blick auf den Horizont. Dort, wo das Rot nach und nach verblasste und einem Grauschwarz wich. »Eigentlich.«

»Eigentlich heißt, dass er eigentlich schon so ist, wie du ihn dir vorgestellt hast?«

»Ja! Also eigentlich schon.« Ihr Lachen klang glockenhell.

»Mit anderen Worten, es gibt auch eine Kehrseite der Medaille? Ein *uneigentlich*, etwas, das dich an ihm stört?«

»Ja«, bestätigte Lucie.

»Lass mich raten. Er ist ein bisschen einfältig? Einfach gestrickt?«

»Nein.«

»Dann … stinkt er wie ein Iltis nach Feierabend?«

»Opi, nein!«

»Lass mal überlegen … Er wollte dich bloß vernaschen?« Eine Mücke umsurrte ihn so penetrant, dass er wild nach ihr schlug und somit Lucies spontane Reaktion verpasste. Als er mit ein paar Sekunden Verzögerung zu ihr rübersah, schabte sie mit verschlossenem Gesichtsausdruck Nagellack von ihren Nägeln.

»Also hab ich recht, stimmt's?«

»Ja, hast du.« Lucies Stimme klang kratzig.

»Hah!«, machte er. »War ja mal wieder klar.«

»Wieso war das klar?«, empörte sie sich.

»Bin zufällig ebenfalls von der Gattung Mann, meine Kleine.« Auch wenn das so gesehen kein bisschen komisch war, musste er kichern.

»Igitt, du warst auch so einer? Erst rumsäuseln und einlullen, damit man so schnell wie möglich losgrabschen kann?«

»Na ja, vielleicht nicht ganz«, räumte Johann ein. Die Versuchung, sich vor seiner Enkelin als ehemaliger Herzensbrecher zu präsentieren, als Don Juan, dem die Frauen zu Füßen gelegen hatten, war groß. Andererseits wollte er um keinen Preis, dass das Bild, das sie von ihrem fabelhaften Opi hatte, Risse bekam. Also antwortete er unter weltmännischen Gesten: »Man liest und hört doch so einiges über den Mann im Allgemeinen. Über seinen Hormonüberschuss, sein Jagdverhalten und all das.«

»Du meinst, Jonathan sieht mich nur als Beute?«

»Keine Ahnung, mein Krötchen, ich kenne ihn ja nicht.« Er rückte ein Stückchen von Lucie ab. »Worüber habt ihr denn so geredet? Falls ihr überhaupt geredet habt.«

»Natürlich haben wir das! Die ganze Zeit! Bis er dann in den Park wollte …«

»Was ja grundsätzlich nicht verkehrt ist. Wegen der frischen Luft und so.«

Lucie gab ein quiekendes Geräusch von sich. »Aber dass er

gleich diese fiesen Dinger … du weißt schon … rausgeholt hat – das ist verkehrt!« Ihre Augen glitzerten. Weinte sie jetzt? Was für ein merkwürdiges Alter, in dem einen Pariser zum Weinen brachten. Auch wenn Johann das so nicht sagen konnte, fand er den jungen Mann reichlich verantwortungsbewusst. Ob er damals in dem gleichen Alter Überzieher parat gehabt hätte? Vermutlich wäre er einfach so der Stimme der Natur gefolgt, ohne an mögliche Folgen zu denken. Wie einst bei Giuseppina.

Irgendetwas klingelte, und Lucie war schneller an ihrem Handy, als Johann das Geräusch auch nur zuzuordnen vermochte.

»Ja?!« Hoffnung flackerte in ihrem Blick auf, doch im nächsten Moment war sie wieder das kleine Häuflein Mensch, das zutiefst verletzt worden war. »Wir kommen ja schon … Ja! … Max soll sich abregen, okay? … fünf Minuten!«

Sie klickte das Gespräch wieder weg und maß Johann mit einem genervten Blick. »Mama. Sie denkt, wir sind überfallen worden. Und Max spult sich auf, weil ich unseren Zimmerschlüssel habe.«

Johann bedauerte es, dass ihr vertrauensvolles Zusammensein ein so abruptes Ende genommen hatte. Und alles bloß wegen Max und seiner Schwiegertochter. Er hätte noch ewig mit Lucie dasitzen, den Wiesenduft schnuppern und plaudern wollen.

Aber mit Astrid war nun mal nicht gut Kirschen essen. Und da sie schon so nett war, ihn in den Süden zu kutschieren, hielt er den Ball lieber flach. Also standen sie auf, sagten tschüs zur schönen Natur und liefen in den Ort zurück. Nicht dass seine gestrenge Schwiegertochter am Ende noch einen Flitz kriegte und morgen tatsächlich wieder umkehrte. Dann wäre seine Mission gestorben, endgültig. Und das wollte er keinesfalls riskieren, wo die Idee fünf Jahre lang in ihm gereift war, bis er endlich den Entschluss gefasst hatte: auf zu Giuseppina, seiner Perle.

»Liegt dir denn jetzt noch was an deinem Jonathan mit englischem Tiätsch?«, wollte Johann wissen, kurz bevor sie die Pension erreichten. Mit Mühe und Not hatte er Lucie entlocken können, dass sie und Jonathan sich mit einem liebevollen, vielleicht aber auch nur neutralen Küsschen auf den Mund verabschiedet hatten und sie nun überhaupt nicht wisse, woran sie sei.

»Keine Ahnung. Ja. Nein.« Sie kniff die schmalgezupften Augenbrauen zusammen, dann funkelte sie ihn böse an. »Ja, natürlich, was denkst du denn, Opa!« Ein Wunder, dass sie ihn nicht gleich als Volltrottel beschimpfte, der von Liebesdingen nicht das Geringste verstand. Gern hätte er ihr noch etwas Tröstliches gesagt, doch zu viele wirre Empfindungen stiegen in ihm auf: Mitleid mit Lucie ... Neid auf all das, was sie noch vor sich hatte ... Die Vorfreude auf Giuseppina, die blitzschnell in Angst umschlug, sie womöglich gar nicht anzutreffen – vielleicht war sie längst verstorben – oder gar von ihr abgewiesen zu werden.

In seiner Hilflosigkeit drückte er Lucie kurz, aber fest an sich. »Krötchen, das wird sich alles finden. In der Liebe regeln sich die Dinge meist von ganz allein.«

Ja, er war schon ein großer Philosoph, ein Kenner des Lebens, deswegen hatte er auch die letzten zwei Jahre stumpf vor sich hin brütend und ohne seine große Liebe Giuseppina an seiner Seite verbracht.

7.

Am nächsten Morgen war Lucie wie verwandelt. Lächelnd kam sie in den Frühstücksraum, in dem Astrid seit gerade mal knapp fünf Minuten neben Thomas auf der Eckbank saß, hatte endlich saubere Nägel, und die Haare fielen ihr duftig und untoupiert über die Schultern. Ein gutes Zeichen.

Sie blieb am Büfett stehen und überblickte das Angebot. Es gab fränkisches Gewürzbrot, Brötchen, auf den Punkt gekochte Eier, Käse vom Stück, Schinken in hauchdünnen Scheiben, Honig aus dem Tontopf, selbstgemachte Erdbeermarmelade und reife Pfirsiche, wie bei einem Stillleben übereinandergeschichtet, dazu frisch aufgebrühten Kaffee in einer Blümchenmuster-Kanne. Astrid war so angetan, dass sie die Nacht auf der quietschenden Pritsche augenblicklich vergaß.

»Morgen, Spatz«, begrüßte Astrid ihre Tochter. »Alles klar?«

»Was soll denn nicht klar sein? Außer dass es hier nicht mal Nutella gibt.«

»Probier mal die Erdbeermarmelade. Sie ist köstlich.«

Lucie machte eine uneindeutige Geste, legte zwei Pfirsiche und ein trockenes Brötchen auf ihren Teller und setzte sich dann zu ihnen.

»Wie war's denn nun gestern?«, wollte Astrid wissen. »Hat sich dein kleiner Ausflug … gelohnt?«

Lucie schenkte ihre Tasse so voll, dass ein wenig überschwappte. »Teilst du die Welt immer in Sachen ein, die sich lohnen, und solche, die man besser vergessen sollte?«

»Lucie, deine Mutter hat eine ganz normale Frage gestellt«, mischte sich Thomas ein. »Da hat sie auch eine normale Antwort verdient.«

Astrid dankte ihm, indem sie ihm über die Hand strich.

»Ja, hat sich gelohnt«, entgegnete Lucie knapp und biss in das trockene Brötchen. Astrid fand, dass das immer noch keine ausreichende Antwort war. Sie nahm sich vor, später mit Lucie zu reden – vielleicht an der nächsten Raststätte zwischen Toilettengang und Luftschnappen, spätestens aber in Italien. Unter vier Augen war sie womöglich zugänglicher. Astrid wollte nicht eine dieser Mütter sein, die sich später vorwerfen mussten, im Laufe der Jahre den Draht zu ihren Kindern verloren zu haben, aus Bequemlichkeit, Unfähigkeit, Egozentrik – warum auch immer. Womit hatte ihr Schwiegervater, der meistens dummes Zeug von sich gab, es nur verdient, dass Lucie so vertraut mit ihm war? Manchmal saßen die beiden da, steckten die Köpfe zusammen, und Lucie wirkte so aufgeräumt wie sonst nur, wenn sie mit einer ihrer Kicherfreundinnen zusammen war.

Kurz darauf trudelten auch Johann und Max ein, und während sie sich die Teller vollluden, drang Thomas darauf, die Reiseroute zu besprechen. Die Deutschlandkarte vor sich ausgebreitet, fuhr sein Finger Schlangenlinien auf dem Papier. Er nannte Autobahnnummern und Städte – München, Innsbruck, Brenner, und schon wären sie in Italien. Astrid fühlte Magensäure aufsteigen und kämpfte angestrengt dagegen an. Sie kam nicht mehr drum herum: Sie musste es ihm sagen. Früh am Morgen, Thomas lag noch zur Schnecke eingerollt im Bett, hatte sie mit der Karte auf den Knien eine neue Route erarbeitet und detailliert aufgeschrieben. Nun schob sie Thomas den zusammengefalteten Pensionsbriefbogen wie einen Spickzettel hin. »So fahren wir.« Wie zur Bekräftigung trommelte sie mit den Fingern auf die Tischplatte. »Du musst nur ablesen und mich leiten.«

Thomas faltete den Bogen auseinander und starrte darauf. Seine Augen weiteten sich, dann flog sein Blick zwischen ihr und den Notizen hin und her. »Kreuz Neufahrn auf die 92, Kreuz München-Feldmoching auf die 99, bei Gräfeling Richtung Landsberg, Memmingen? Soll das ein Schleichweg sein?«

»Ich hab kurzfristig umdisponiert. Wir nehmen die Strecke über die Schweiz.« Sie setzte sich aufrecht hin.

»Und warum?« Thomas sah nicht mal verärgert aus, er war einfach nur überrascht.

»Wahrscheinlich, weil die Berge in der Schweiz *bergiger* sind«, merkte Lucie gelassen kauend an. »Mami ist doch so ein Naturfreak.«

»Ja, und die Kühe sind gefleckter«, alberte Max. »Mum, der Weg ist viel länger! Wir wären echt bescheuert, wenn wir …«

Johann unterbrach seinen Enkel und sagte mit hochgezogenen Brauen: »Das verstehe ich auch nicht, Astrid-Schatz. Gestern hast du noch einen Aufstand gemacht, weil wir nicht schnell genug vorankommen, und jetzt nimmst du diesen Umweg in Kauf? Willst mal leckere Rösti essen, was?« Sein Adamsapfel hüpfte beim Schlucken auf und ab. »Auch gut. Bei der Gelegenheit könnte ich endlich nach einer schicken Uhr Ausschau halten.«

Da alle Blicke auf sie geheftet waren, konnte sie nicht länger ausweichen und verkündete: »Wir fahren bei meiner alten

Freundin Kristina im Kanton Uri vorbei. Das ist schon fast am Gotthardtunnel, und morgen sind wir dann ruck, zuck in Italien.

»Kristina?«, hakte Johann nach. »Wer ist Kristina?«

»Eine Freundin vom Studium.«

»Ist sie wenigstens hübsch?« Er grinste süffisant.

»Allerdings, aber sie steht nur auf Männer, die Schweizerdeutsch sprechen«, gab Astrid zurück.

»*Du* hast mal studiert, Mami?«, fragte Lucie, als läge das außerhalb ihrer Vorstellungskraft.

»Ach, Lucie, das hab ich doch schon so oft erzählt!«

»Aber wieso sollen wir …«

Astrid ließ sie nicht ausreden. »Wir haben gestern Abend spontan miteinander telefoniert. Kristina meinte, wenn wir schon mal nach Italien fahren, müssen wir unbedingt bei ihr vorbeischauen. Uri liegt sozusagen auf dem Weg.« Um sich weiteren Diskussionen zu entziehen, stand sie auf. »Frühstückt in Ruhe zu Ende, ich zahle schon mal und lade das Gepäck ein.« Kauend verließ sie den Frühstücksraum und wunderte sich, wie leicht Thomas es ihr machte. Keine Widerworte – nichts. Er schien die neue Reiseroute einfach zu schlucken.

Noch am Abend hatte Astrid ihrer alten Freundin aus einer Laune heraus eine SMS geschickt: *Bin auf dem Weg nach Italien. Musste an Dich denken. Bald mal wieder telefonieren?* Nur ein paar Minuten später – sie war gerade im Bad – hatte ihr Handy geklingelt und Kristina sie so euphorisch begrüßt, dass alles vergessen war: die vielen Monate Funkstille, das Wieso, Warum, Weshalb. *Wie geht es dir? Was treibst du so? Was machen die Kinder? Tut mir leid, dass ich mich nie gemeldet habe, aber … Ach, ich weiß auch nicht, es gibt keine Entschuldigung. Wir müssen uns tref-*

fen! Versprich mir, dass wir uns ganz bald sehen! Die alte Vertrautheit war mit einem Schlag wieder da gewesen, und Astrid hatte so viel Zuneigung und Wärme gespürt, dass sie die Einladung zum Fondue nicht hatte ausschlagen können. An die alte Freundschaft anknüpfen, vielleicht ein paar Minuten mit ihr allein sein, es gab nichts, was sie sich im Moment sehnlicher wünschte.

Astrid hockte vor ihrer Reisetasche und mühte sich mit dem Reißverschluss ab, als Thomas ins Zimmer platzte. Er sah im Bad und in den Schränken nach, ob sie auch nichts vergessen hatten, dann ging er hinter ihr in die Knie und strich ihr über den Rücken. »Kluger Schachzug«, sagte er.

»Wie meinst du das?« Astrid richtete sich auf, dabei kippte Thomas nach hinten und landete auf seinem Po.

Er lachte. »Eine Gratisübernachtung, ist doch großartig. Bleibt uns umso mehr Geld für Italien.«

»Moment, Kristina will für uns kochen. Von einer Übernachtung hat sie nichts gesagt.«

»Nein?« Thomas starrte sie an. »Aber dann können wir uns den Umweg sparen.«

»Nein, können wir nicht.«

Enttäuscht lief sie die knarrenden Treppen hinunter, das Tragen des Gepäcks sollte bitte schön Thomas übernehmen. Ihr kurzes Hochgefühl war übereilt gewesen. Thomas hatte über Nacht keine wundersame Wandlung vollzogen. Er war immer doch derselbe Egoist, dem die Bedürfnisse seiner Frau egal zu sein schienen. Lediglich wenn es darum ging, einen Cent zu sparen, war er zu Kompromissen bereit. Aber Astrid war wild entschlossen, sich den Abstecher in die Schweiz nicht nehmen zu lassen. In ihrer Familie machte ohnehin jeder, was er wollte. Abgesehen von Max vielleicht, der auch mal freiwillig zurücksteckte.

»Vielen Dank fürs gute Frühstück«, rief sie der Pensionswirtin zu, die heute in knallengen weißen Jeans steckte, dann trat sie nach draußen, wo ein wolkenloser Himmel sie zu einem wunderschönen Tag einlud.

*

Es war Pech, aber kein Drama. Der Stau, in dem sie seit gut einer Stunde steckten, die Hitze im Auto, Opa Johanns Gefasel, das Unvermögen seines Vaters, die auf einen Bogen Papier geschmierte Reiseroute abzulesen und mit der Karte abzugleichen. Max hätte es vermutlich ebenso wenig hingekriegt und verstand auch nicht, warum seine Mutter deswegen so ein Theater machte. Vielleicht war es nur Gewohnheit. Kein Tag ohne Zoff. Und wenn es erst mal losging, stieg sein Vater sofort darauf ein, wohl um mit seiner Frau mitzuhalten. Max durchblickte ihr kompliziertes Beziehungsgeflecht nicht so ganz und würde es in diesem Leben wohl auch nicht mehr tun. Zum Glück hatte er seinen iPod dabei; dieses Mal retteten ihn die Goldberg-Variationen vor dem Overkill in seinem Hirn. Abstecher in die Schweiz oder nicht – es war ihm völlig schnuppe. Hauptsache, ihn zwang niemand, sich ans Steuer zu setzen.

Er drückte die Nase an die Fensterscheibe, als würde er sich so unsichtbar machen können, und kaum dass es wieder zügiger voranging, blickte er interessiert in die Landschaft. Fuhren sie noch durch Österreich? Oder waren sie womöglich schon in der Schweiz? Der Name Liechtenstein war ebenfalls gefallen, aber Max hatte nicht mitbekommen, ob sie das kleine Fürstentum bloß streiften oder durchfuhren. Es spielte auch keine Rolle. Die Berge, die er live und in Farbe noch nie gesehen hatte, überwältigten ihn. Wiesen breiteten sich wie hügelige Fußballfelder, von schneebedeckten Gipfeln umrahmt, vor ihm aus. Sie überquerten Gebirgsbäche, passierten kleine Ortschaften, die im Niemandsland zwischen Tal und Berg zu kleben schienen.

Er hätte immer so weiterfahren mögen. Auch wenn der Wagen knöterte, spuckte und fauchte, als beschwere er sich über die anstrengende Reise, Opa Johann penetrant nach Rasierwasser roch, seine Eltern sich bei jeder Gelegenheit zankten und Lucie beim Simsen den Ellbogen ausfuhr und ihn dabei immer wieder – wenn auch aus Versehen – anrempelte. Jedes Mal wenn er zu ihr rüberschaute, lächelte sie selig in sich hinein. Die Glückliche. Vermutlich war es mit ihrem bayerischen Freund doch nicht so übel gelaufen, vielleicht hatte sie sogar was mit ihm gehabt. So richtig, mit allem, was dazugehörte.

Max befühlte die Speckrolle, die über seinen Hosenbund quoll. Was für eine Demütigung, wenn seine kleine Schwester *es* eher hingekriegt haben sollte als er. Sex. Mit jemandem in die Kiste. Ab in die Horizontale – die Sprüche seiner Kumpel kannte er zur Genüge. Mit neunzehn noch Jungmann sein war peinlich. Entweder landete er bald einen Coup, oder er konnte sich gleich einsargen lassen.

Heute Morgen im Frühstücksraum hatte er ein Mädchen gesehen, mit der er es sich hätte vorstellen können … Sie war schlank wie seine Schwester, wirkte dabei jedoch nicht so zart, als würde sie jeder Windhauch gleich umpusten. Aber wenn er ehrlich war, konnte er es sich nicht nur mit der von heute Morgen vorstellen, sondern mit fast allen weiblichen Wesen auf diesem

Globus, sofern sie nicht total abstoßend waren oder die dreißig überschritten hatten. Bei Frauen über dreißig, so meinte sein Freund Benjamin, welkte das Fleisch wie ein Salatkopf in der Sonne. Er musste es ja wissen.

Bei einem Zwischenstopp in einem Schweizer Dorf – Opa Johann wollte sich wegen Thrombosegefahr die Beine vertreten – lief Max ein bisschen umher. Nur weg von seinen sich schon wieder angiftenden Eltern. Am Ortsausgang entdeckte er einen Internet-Point und ging hinein, um seine Mails zu checken. Vielleicht hatte ihm ja irgendeine heiße Mieze geschrieben: *Komm zu mir, ich erwarte Dich zur blauen Stunde, nackt, nur in BH und mit halterlosen Strümpfen …* Bevor seine Phantasie noch unanständigere Kapriolen schlug, klickte er sich in seinen E-Mail-Ordner und bereute es sogleich, sich in diesen Laden verirrt zu haben. Er hatte drei neue Nachrichten, eine von Benjamin, eine Viagra-Spam, die dritte war von der ZVS, eine Benachrichtigung, dass der Bescheid heute mit der Post rausgegangen sei. Max' Herz galoppierte, Schweiß trat ihm aus allen Poren, vermutlich lief er auch noch rot an und die Leutchen hier würden gleich den Notarzt rufen. Dass die ZVS ihm schrieb, konnte nur eins bedeuten: Es hatte geklappt. Der Medizin-Studienplatz war ihm sicher. Bei Absagen würden sie sich kaum die Mühe machen, vorab Mails zu verschicken. Sollte er jetzt jubeln? Er hätte allen Grund dazu gehabt, doch nach der ersten Erregung spürte er nichts. Weder Freude noch Enttäuschung noch Genugtuung. Lediglich eine immense Leere wie nach dem Unfall.

Oberflächlich betrachtet, ging Medizin schon in Ordnung – Leistung bringen, in neue Fachgebiete eintauchen, sich mit anderen messen, das lag ihm –, nur konnte er sich beim besten

Willen nicht vorstellen, später einmal in einem weißen, über dem Bauch spannenden Kittel Patienten zu behandeln. Aber was er sonst machen sollte, das wusste er auch nicht.

Pech nur, dass er so ein exzellentes Abi hingelegt hatte und sich – vielleicht aus Bequemlichkeit, vielleicht weil seine Mutter gedrängelt hatte – um einen Medizinstudienplatz beworben hatte. Für ihn war es ein Spiel gewesen, nichts weiter. Berlin, Freiburg, Greifswald – auf die drei Studienorte hatte er blind mit dem Finger getippt und in seine Bewerbung geschrieben, in der Hoffnung, dass es schon nicht klappen würde und seine Mutter endlich aufhörte, ihm ins Gewissen zu reden. Doch jetzt war da diese verwirrend-verhängnisvolle Mail in seinem Postfach. Er klickte Benjamins Mail ungelesen weg, dann kehrte er zum Auto zurück. Opa Johann saß – Thrombose hin, Thrombose her – schon wieder auf der Rückbank und futterte Gummibärchen im Akkord.

»Max, ist dir nicht gut?« Seine Mutter schwenkte eine Wasserflasche.

»Doch, wieso? Alles paletti«, nuschelte er.

»Du musst trinken. Bei Hitze muss man viel trinken!« Sie richtete die Flasche wie einen Colt auf ihn, und bloß um sie zu beruhigen – er könnte ja theoretisch verdursten und unter ihren Händen wegsterben –, nahm er ein paar Schlucke.

Das Frühjahr war in ganz Europa verregnet gewesen, doch nun, da sie in den Süden fuhren, hatte sich die Großwetterlage geändert. Max mochte keine Hitze. Dreißig Grad im Schatten waren für ihn schon eine Zumutung. Er wagte sich nicht auszumalen, wie sich erst 35 bis 40 Grad anfühlten, und ob sein Großvater damit überhaupt zurechtkommen würde, blieb abzuwarten.

Aber es war ja seine Entscheidung gewesen, also hatte er kein Mitleid mit dem alten Nörgler.

»Willst du's nicht doch noch mal probieren?«, fragte seine Mutter mit verdächtiger Beiläufigkeit.

»Was?«, stellte Max sich dumm.

Sie deutete aufs Lenkrad.

»Nein, danke. Kein Bedarf.«

»Sicher?«

»Mum, bitte!«

Zum Glück insistierte sie nicht weiter. In dem plötzlichen Bedürfnis, seiner Mutter von dem Studienplatz zu erzählen, es *irgendjemandem* zu erzählen, stieg er ein, bremste sich jedoch im letzten Augenblick. Er ersparte sich viel Stress, wenn er die Neuigkeit nicht herausposaunte. Und wieso wollte er es überhaupt tun? Um das stolze Gesicht seiner Mutter zu sehen? Oder ihre Enttäuschung, wenn er sie sogleich mit der Wahrheit konfrontieren würde, nämlich, dass er sich im Moment keinesfalls sicher sei, ob er das Studium überhaupt aufnehmen würde. Er wusste schon, was dann kommen würde: *Max, das ist die Chance deines Lebens! Verbau dir doch nicht deine Zukunft! Du wirst es eines Tages bitter bereuen! Weißt du denn gar nicht, wie viele dich um dein Glück beneiden?*

Lucie schwenkte ein Eis wie eine Trophäe, als sie einstieg.

»Und ich?«, fragte Max.

»Falls es dich beruhigt, das ist von meinem Taschengeld, nicht aus der Familienkasse«, stellte sie klar und zog das Eis aus der Verpackung. Genüsslich begann sie, an der Schokohülle zu knabbern.

Max zwang sich, nicht hinzusehen. Er hatte schon vergessen,

wie gut Eis schmeckte, und tröstete sich mit einem Apfel. Ein zugegebenermaßen schwacher Trost, aber vielleicht war es an der Zeit, dass er sein Leben endlich umkrempelte. Heute? Warum nicht hier und jetzt, inmitten der Schweizer Berge?

*

Lucie starrte ins Nirgendwo. Ein Nirgendwo, das aus riesenhaft aufragenden Bergkolossen bestand, die ihr Angst einflößten. Was, wenn so ein Brocken plötzlich auseinanderbröckelte und auf ihr Auto krachte? Dann war es vorbei mit dem Liebeskram, der sich laut Opa Johann angeblich von ganz alleine regelte. Doch irgendwie traute sie ihm zu, dass er von diesen Dingen mehr wusste als ihre Chaos-Eltern. Die hatten sich doch nie richtig geliebt. Allenfalls waren sie damals, als Paps mit seiner Jugendgruppe in die DDR gereist war, scharf aufeinander gewesen. Einige Jahre später hatten sie sich dann – was man sich besser gar nicht erst ausmalte – ins Bett verirrt und dabei wohl eher aus Versehen Max gezeugt.

Seitdem waren sie eben nicht mehr auseinandergegangen. Weil sie noch ein Fünkchen Verantwortungsbewusstsein in ihren sonst so kranken Hirnen hatten. Von wegen heile Familie … Lucie rechnete es ihnen hoch an – nur ungern hätte sie auf Mutter oder Vater verzichtet –, aber bloß, weil sie alle vier mit Opa Johann unter einem Dach lebten, waren sie nicht automatisch eine heile Familie. Vielmehr ein bunt zusammengewürfelter Haufen, der frei nach dem Motto *Jeder für sich und keiner für alle* funktionierte. Ein Wunder, dass sie Opa überhaupt den Gefallen getan und sich auf die Reise eingelassen hatten. Vielleicht ja nur, so ging es ihr durch den Kopf, weil es sich vor

Publikum besser stritt, oder aber – was noch übler gewesen wäre –, um ein bisschen Sommer zu tanken, bevor der Herbst sie wieder mit seinen grauen nassen Regentagen in den Klammergriff nahm.

So wie ihre Eltern würde sie nicht enden wollen, niemals. In Lucies Lebensmodell gab es keinen Sex ohne Liebe und ohne Liebe kein gemeinsames Leben. In aller Konsequenz hieß das, dass man sich eben auch trennen musste, falls die Liebe sich klammheimlich auf und davon gemacht hatte.

Was Jonathan betraf, wusste sie sich keinen Rat. Ja, er sah genauso gut aus wie auf dem Foto; ihr Herz war bei seinem Anblick wie eine Tüte Mais im Popcornmaker aufgeploppt. Nur eine knappe Berührung und sie war sich sicher gewesen: Das ist der Mensch, für den es sich lohnt aufzustehen. Sie hatte es auch noch geglaubt, als sie Eis essen gegangen waren und er ihr die Verbrennungen an seiner Schulter und auf seinem Unterarm gezeigt hatte. Also stimmte es. Er war kein Lügner. Keiner, der sich mit einer falschen Identität im Netz herumtrieb und wahllos Mädchen aufriss. Doch das, was sich später im Park abgespielt hatte ... Wie ging das zusammen, über Tierschutz reden und grabschen? Sich als Edelmensch wichtigtun und Gummis rausholen? Alles ruck, zuck und ohne Rücksicht auf sie, Lucie Conrady. Aus dem Augenwinkel hatte sie noch bemerkt, wie er die goldene Verpackung mit den Zähnen aufgerissen hatte, angriffslustig wie ein Tier, da war sie aufgesprungen und hatte ihn angebrüllt. Gemeine Wörter waren es, die sie bereits in dem Moment bereute, als sie ihr über die Lippen kamen. Sie liebte ihn doch! Hatte sich so lange nach diesem Moment verzehrt! Und nun fühlte sich alles so schrecklich verkehrt an.

Das Fluchen ihrer Mutter drang in ihr Bewusstsein. Der Wagen wollte nicht so wie sie, zuckelte seit geraumer Zeit nur noch mit achtzig Stundenkilometern dahin.

»Wenn das so weitergeht«, klagte sie, »kommen wir erst Weihnachten bei Kristina an.«

»Himmel, und wo finden wir dann noch ein Hotel?«, jammerte nun auch Opa Johann. »Bestimmt finden wir keins. Müssen im Wagen schlafen! Mein Rücken! Wie soll ich das aushalten?«

»Kein Problem«, beschwichtigte ihr Vater. »Das lässt sich schon irgendwie regeln.«

Opa Johann gab einen brummenden Laut von sich, im nächsten Augenblick beugte er sich zu Lucie rüber und flüsterte ihr zu: »Alles klar mit deinem Tiätsch-Bürschchen?«

Lucie nickte. Natürlich war alles klar. Soweit etwas klar sein konnte, was so verworren war wie die Sache mit Jonathan.

»Schreibt ihr euch wieder Kurzbriefe?«

»SMS heißt das!«

Opa Johann kicherte und sagte so laut, dass es alle im Wagen hören konnten: »Was, Kröte? Ihr seid schon bei Sadomaso-Spielchen? Also zu meiner Zeit …«

Ihr Vater drehte sich um. »Also hör mal, du hast auch schon mal bessere Scherze auf Lager gehabt.«

»Jetzt hörst du mir mal zu, Thommilein. Wer von uns betreibt denn diesen schmutzigen Laden? Ich oder du? Bevor du ihn aufgemacht hast, war mir SM noch gar kein Begriff. Und da war ich immerhin schon stolze fünfundsiebzig.«

»Opi, SMS heißt Short Message Service«, erklärte Lucie.

»Danke, Kröte.« Er tätschelte ihr den Kopf. »Tut mir leid, dass dein Opa alt und ein bisschen blöde ist.«

Das Gespräch versickerte. Der Wagen brummte durchs Tal, mal verschwand er in neblig-trüben Tunneln, mal durchquerte er Viadukte. Lucie kämpfte gegen den Impuls an, sich wieder und wieder ihre Begegnung mit Jonathan ins Gedächtnis zu rufen. Seit sie sich an der Bushaltestelle in dem namenlosen bayerischen Dorf getrennt hatten, musste sie ständig daran denken. Sosehr sie sich auch anstrengte, der Lucie-Jonathan-Film in ihrem Kopf war nicht zu stoppen. Vielleicht ließen sich die Details ja neu verlinken, so dass Jonathan am Ende in einem besseren Licht dastand, aber die Fakten sprachen nach wie vor eine eindeutige Sprache. Gleich beim ersten Mal hatte er mit ihr schlafen wollen. Komisch nur, sie liebte ihn trotzdem oder glaubte zumindest, es war Liebe, wenn man sich so nach einem Menschen sehnte, dass es im ganzen Körper weh tat.

Seit sie von ihm weggefahren war, hatte er ihr drei SMS geschickt. In der ersten stand: *Luciemaus, schön, dass es geklappt hat. See you soon?* In der zweiten: *Wenn Du eine Pflanze wärst, wärst Du eine luftig-leichte Pusteblume.* In der dritten: *Fahr gleich zu meinem Onkel. Schweine schlachten. Handy ist aus. Vielleicht erschreckt es die Viecher ja, wenn es piepst. Dein Jonathan.*

Bei der letzten Nachricht war sie zusammengezuckt. Wie konnte er so etwas tun? Ein Schwein töten oder auch einfach nur zusehen? Und was erschreckte das Tier wohl mehr? Die sich nähernde Elektrozange oder das Piepsen eines Handys?

Lucie wollte nicht mehr. Weder denken noch leiden noch durch die bergige Landschaft zuckeln. Es ging ihr auf die Nerven, in dieser Kiste eingepfercht zu sein und Jonathan *nicht* simsen zu können. Weil der es vorzog, Schweine zu schlachten, statt ihre SMS zu lesen.

Sie beugte sich vor und rüttelte am Vordersitz. »Mami, wann sind wir denn endlich da? Dauert's noch lange?«

»Lucie-Liebes, ich weiß doch auch nicht.« Ihre Mutter drehte sich kurz zu ihr um. »Die alte Karre will eben nicht schneller. Da kann man nichts ...«

Ein dumpfer Knall ließ ihre Stimme ersterben, und sie stieg auf die Bremse. Lucie hörte irgendjemanden stöhnen – war es Max oder Opa Johann? – und wurde von einer Welle der Übelkeit überrollt. »Was war das?«

»Keine Ahnung!« Ihre Mutter fuhr unbeeindruckt weiter, aber auch die anderen taten, als wäre nichts Besonderes vorgefallen.

Lucie blickte nach hinten, und dann sah sie es: ein immer kleiner werdender unförmiger Haufen. Fell, Blut, Eingeweide.

»Halt an!«, schrie sie. »Sofort!«

»Kann nicht! Die Autos!«

»Du hast einen Fuchs überfahren! Einen wehrlosen kleinen Fuchs!«

Sie spürte eine Hand auf ihrem Bein. Opa Johanns Hand. »Krötchen, das kann passieren.«

»So was darf aber nicht passieren!« Alles in ihr fühlte sich taub und stumpf an. Sie spürte nicht mal die Tränen, die ihr über die Wangen liefen.

»Lucie-Liebes, das war doch keine Absicht! Ich hab das Tier nicht gesehen«, hallte die Stimme ihrer Mutter dumpf in ihren Ohren wider.

Ihr Vater fuhr herum und sagte: »Außerdem hätte sie sowieso nicht mehr bremsen können, ohne einen Auffahrunfall zu riskieren. Das war Pech. Oder Schicksal.« Er zuckte mit den Achseln.

So einfach machten sie es sich also. Man überfuhr ein Lebewesen, das war eben Pech oder Schicksal. Eine dunkle Ahnung von Schuld beschlich Lucie. Sie hatte sich so elend gefühlt und auch nicht mehr an ihren Schweine schlachtenden Freund denken wollen. Nur deshalb hatte sie am Vordersitz gerüttelt. Also war sie womöglich selbst schuld. Es war ihr eigenes Schicksal, das hier gerade in die Filmrolle gelegt und abgespult worden war. Ein finsteres, grausames Schicksal. Und wahrscheinlich hatte es noch nicht mal seinen Höhepunkt erreicht.

*

Lucies Gewimmer schmerzte in Astrids Ohren. Sie winselte und jaulte, und das seit einer geraumen Stunde. Alles bloß wegen des Fuchses ... Herrje, vielleicht hatte er Tollwut oder wäre bei irgendeiner Jagd ohnehin erschossen worden oder ein Adler hätte ihn getötet. Aber Lucie wollte nichts davon wissen, selbst das Argument, dass der niedliche Fuchs im nächsten Moment womöglich ein noch viel niedlicheres Kaninchen gefressen hätte und wie Lucie das denn mit ihrem Gewissen hätte vereinbaren können, schmetterte sie ab. Sie drückte sich in ihre Ecke, die Arme vor der mageren Brust verschränkt, und schien sich vorgenommen zu haben, sie mit ihrem Gegreine zu quälen.

Astrid blickte zu Thomas rüber, der schlief oder sich schlafend stellte. Gereizt wisperte sie seinen Namen.

»Was denn?« Er schlug die Augen auf und schaute sie verwundert an, so als sähe er sie zum ersten Mal.

»Kannst du deine Tochter bitte mal ruhigstellen?«

Irgendwas in ihrem Blick musste so furchteinflößend sein, dass sich Thomas umdrehte und mit plötzlich wacher Stimme drohte: »Lucie, wenn du nicht auf der Stelle still bist, halten wir beim nächsten Parkplatz an und setzen dich aus.«

Das Gejammer verstummte, allerdings hielt die Idylle bloß gefühlte zwei Sekunden an, dann näselte Lucie: »Bescheuert, oder was?!«

»Bescheuert ist hier nur eins. Dass du dich wegen des Fuchses oder was immer das für ein Lebewesen war, so anstellst. Täglich werden Tausende von Tieren in Schlachthöfen getötet.«

»Was ja wohl Horror genug ist!«, empörte sich Lucie.

»Andere Tiere wiederum werden in freier Wildbahn von ihren natürlichen Feinden umgebracht«, fuhr Thomas unbeirrt fort, »und wenn das alles so schlimm für dich ist, dann bleib besser zu Hause und verpass dein Leben.«

»Ihr seid ja so was von grausam!«

»Nein, wir sind nur realistisch«, entgegnete Thomas. »Stell dir vor, wir verpesten gerade diese wunderschöne Landschaft mit Autoabgasen, dabei überfahren wir unentwegt Würmer und andere kleine Lebewesen. Denk mal dran, wie viele Insekten gestern in unserem Wagen verendet sind und auch jetzt ... guck dir die Scheibe an, alles tote, zermatschte Insekten.«

»La, la, la, la!«, ertönte es von hinten. »La, la, la, la, la!«

»Lucie, dein Vater hat recht«, ging Astrid dazwischen, weil der Singsang nicht weniger nervtötend als das Gejaule war. »Und jetzt halt bitte den Mund, ich muss mich auf den Verkehr konzentrieren.«

»Na klar, ihr müsst immer! Euer Leben besteht ja sowieso nur aus *Ich muss dies, ich muss das.* Alles vorgeschoben. In Wirklichkeit seid ihr alle bloß auf euren bescheuerten Egotrips. Hauptsache, euch geht's gut. Scheißegal, ob der Rest der Menschheit oder die Tierwelt dabei krepiert!«

Astrid stellte das Radio an und ihre Ohren auf Durchzug. Für heute hatte sie genug von Lucies Launen. Tierschutz war schön und gut, man konnte es allerdings auch übertreiben. Doch Lucie schien ebenso am Ende ihrer Kräfte zu sein. Ihr Kopf kippte zur Seite, und kurz darauf war sie eingeschlafen.

8.

Altdorf war ein verschlafenes Städtchen, das den Eindruck erweckte, als habe es, eingekeilt zwischen gigantischen Bergmassiven, kaum Luft zum Atmen. Nur der dramatische Abendhimmel, eine Farbexplosion in Rot-Orange bis Schwefelgelb, ließ vermuten, dass die Welt hinter den Bergen noch nicht zu Ende war. Astrid folgte den Hinweisschildern Richtung Zentrum. Dort, nicht unweit vom berühmten Tell-Denkmal, wohnte Kristina in einem hellgelb getünchten Bürgerhaus – so hatte sie es Astrid am Telefon beschrieben. Nur wo genau? Und wie kam sie am schnellsten dorthin? Astrid nutzte die Gelegenheit und schlüpfte in eine gerade frei werdende Parklücke.

»Was'n? Sind wir da?«, lallte Max schlaftrunken.

»Jepp! Endstation.« Astrid griff nach ihrer abgewetzten Ledertasche zu Thomas' Füßen, in der irgendwo ihr Handy stecken musste, und als sie wieder aufblickte, sah sie Kristina auf dem Rathausplatz stehen, den Blick auf die Berge geheftet, als sähe sie sie zum ersten Mal. Vielleicht genoss sie aber auch bloß das außergewöhnliche Farbenspiel am Himmel.

Astrid ließ die Tasche zwischen ihre Beine gleiten. Ihr wurde schwummerig, gleichzeitig durchflutete sie ein seit vielen Jahren vermisstes Wohlgefühl. Als sei sie nach einer Krankheit genesen oder würde ihre Kinder zum ersten Mal seit langer Zeit wiedersehen. Kristina schien sich nicht wesentlich verändert zu haben, und doch sah sie anders aus als früher. Woran mochte das liegen? Ganz sicher nicht an ihrer immer noch zierlichen Figur. Auch nicht an ihren feinen blonden Haaren, die sie wie zu Studentenzeiten zum Pferdeschwanz gebunden hatte. War es ihre Körperhaltung? Kerzengerade wie an der Ballettstange stand sie da, Brust raus, Bauch rein, die Schultern entspannt. Vermutlich war sie einfach nur reifer, selbstbewusster geworden, nicht mehr das unsichere Hascherl von damals.

Astrid verhedderte sich in den Henkeln ihrer Tasche, als sie die Wagentür aufriss und Kristina rief. Sie erschrak, wie laut ihre Stimme gellte, da fuhr der Kopf ihrer Freundin herum.

»Astrid!«

Sie hatte dasselbe Lachen wie früher, so offen, so warmherzig, und schon im nächsten Moment lagen sie sich in den Armen.

*

Kristina und ihr Mann Pius lebten in einer geräumigen, edel eingerichteten Maisonette-Wohnung. Aus welchem Fenster man auch blickte, überall ragten in nicht allzu weiter Ferne gewaltige Berge auf. Astrid fand das reizvoll und bedrückend zugleich, vielleicht war es auch bloß ungewohnt für jemanden, in dessen eigener Stadt Plattenbauten die einzig nennenswerten Erhebungen waren. Sie musste sich anstrengen, keine Neidgefühle aufkommen zu lassen, als Kristina sie durch die Wohnung führte – Pius, ein schmaler Mann mit klassischen Gesichtszügen, trottete samt dem Rest der Familie hinterher. Nussbaum-Parkett, bodentiefe Fenster, im offenen Wohn-Ess-Bereich standen ein in Weiß eingedeckter Holztisch, ein cremefarbener Sekretär und eine weiße

Sofalandschaft, die so makellos aussah, als wäre sie gerade eben erst geliefert worden. Keine Kratzer auf dem Parkett, keine Sitzdellen oder gar Flecken auf dem Sofa, keine umhertanzenden Wollmäuse. Als würde hier nie jemand essen, lesen, sich auf der Couch fläzen oder auch nur atmen.

Für ihr Zuhause konnte sie sich nur schämen. Die Möbel hatten schon bessere Tage gesehen. Astrid kam – obwohl sie ständig irgendwo mit dem Lappen rumwischte – kaum mit dem Putzen hinterher, und dass überall zerfledderte Zeitungen, Pizzaschachteln oder muffige Klamotten, von wem auch immer, herumlagen, war Normalzustand. Wenn sie vor die Wahl gestellt worden wäre, hätte sie das sterile Luxusleben ihrer Freundin vorgezogen. Es bereicherte ihren Alltag nicht besonders, den anderen ewig hinterherräumen zu müssen.

»Wie macht ihr das, Kristina?«, fragte Astrid, als sie das Schlafzimmer betraten. Die weiße Satinbettwäsche mit dem silberfarbenen Ornamentmuster auf dem Kingsize-Bett blendete sie. Ihre Blicke huschten umher und blieben an dem Bild über dem Bett, einer rot-gelben Farbfläche mit grauen, verschieden breiten Strichen, hängen.

»Was denn?«

»Dass es so aussieht, wie es eben aussieht. So …« Sie wollte *steril* sagen, verschluckte das Wort jedoch im letzten Moment. Auch wenn es durchaus positiv gemeint war, vielleicht hätte ihre Freundin es als Kränkung empfunden. Sie wusste ja nicht, in was für einem Leben sie gestrandet war, was sie dachte, wie sie tickte.

Kristina hob entschuldigend die Schultern. »Unsere Haushaltshilfe kommt einmal die Woche. Ansonsten … Wir sind ja kaum hier.«

Astrid hatte es geahnt. Hier mangelte es zwar nicht an Geld, aber an Zeit. Die beiden arbeiteten, so erzählte Kristina beinahe beschämt, rund um die Uhr. Ein glücklicher Zufall, dass sie heute freihätten.

»Schöne Wohnung. Ich bin beeindruckt.« Thomas betrat mit einer Selbstverständlichkeit den Raum, als wäre er bereits seit Jahren mit Kristina und Pius befreundet. Das war er nicht. Nicht mal Astrid war das, auch wenn es ihr schon eher zustand, sich Kristinas Schlafzimmer anzusehen.

Johann hatte bereits am Esstisch Platz genommen, als sie in den Wohnbereich zurückkehrten, und lugte vorwitzig in den Fondue-Topf. »Riecht ganz schön streng«, ließ er grinsend verlautbaren. »Ein bisschen nach Käsefüßen, oder?«

Astrid fand das kein bisschen lustig, aber Kristina lachte. Ihre Zähne waren immer noch schief – der wohl einzige Makel in ihrer sonst so makellosen Welt.

»Stellen Sie sich vor, Herr Conrady«, erklärte sie, »da ist auch reichlich Käse drin, Emmentaler und Greyerzer. Mein Mann hat schon mit mir geschimpft, Schweizer essen im Sommer nämlich kein Käsefondue, aber ich dachte mir …«

Sie hielt inne, als Lucie und Max ins Zimmer trödelten.

»Boah, lecker, Fondue!«, rief Lucie, und Max verrenkte sich fast den Hals, um in den Topf mit der blubbernden Masse zu spähen.

»Ihr kommt bestimmt um vor Hunger«, meinte Pius an die Kinder gewandt. »Geht sofort los.«

Während sie sich setzten, sah Astrid ihrer Freundin dabei zu, wie sie geschickt eine Flasche Weißwein entkorkte. Trotz der geöffneten Fenster war es schwül, und mit jedem Millimeter, den sie in ihrem Art-déco-Stuhl tieferrutschte, fiel die Anspannung der Autofahrt ein kleines bisschen mehr von ihr ab und hinterließ eine bleierne Müdigkeit. Vielleicht erschlug sie aber auch der Luxus, die pure Verschwendung, die sich in jeder keimfreien Zimmerecke offenbarte. Sosehr sie es genoss, hier bei Kristina zu sein – es war immer noch dieselbe Zuneigung, dieses Maß an Vertrautheit, das man zumeist nur bei alten Freunden hatte –, so empfand sie ihre Familie als Eindringlinge in dieser intakten Welt. Doch die Gastgeber ließen sich nichts anmerken. Sie waren ganz normal. Normal freundlich, normal aufgeschlossen, den schmalen Grat zwischen Offenheit und Zurückhaltung treffsicher ausbalancierend.

Kristina erhob ihr Glas. »Auf euch! Schön, dass ihr da seid!«

Sie stießen miteinander an, dann gab Pius den Startschuss zum Essen. Alle langten heißhungrig hin, allen voran Max, und der Riesling aus dem Kanton Aargau, von dem auch die Kinder kosten durften, lockerte rasch ihre Zungen.

»Wäre Pius nicht gewesen«, sagte Kristina und schob ihre kleine, aber kräftige Chirurginnen-Hand zu ihrem Mann rüber, »ich glaube, ich wäre hier wie eine Primel eingegangen.« Mit der anderen Hand griff sie nach der Fondue-Gabel, spießte ein Stück Weißbrot auf und versenkte es im Topf. »Versteht mich nicht falsch, die Urner sind ausgesprochen freundlich, ja herzlich, aber Freundschaften …« Sie schüttelte bedächtig den Kopf. »Ein schwieriges Kapitel.« Sie schien eine Weile in Erinnerungen abzutauchen, dann fuhr sie fort, dass zumindest Pius' Freunde sie, die Ausländerin, die nicht Mundart sprach, mit offenen Armen empfangen hätten. Ihr Blick glitt zu Astrid. »Eine Freundin wie dich habe ich allerdings bis heute nicht gefunden.« Während sie den Spieß mit dem tropfenden Käse wieder aus dem Topf zog, brach sich eine warme Welle in Astrids Magen. Der Moment hielt nicht mal eine Sekunde an und reichte doch aus, dass ihr klarwurde: Sie bereute nichts. Weder die Reise mit Opa im Gepäck noch den Abstecher ins Kanton Uri, auch wenn sie ihre Lieben im Schlepptau hatte, die bisweilen ausgesprochen peinlich werden konnten. Noch benahmen sich alle zivilisiert, doch wer garantierte ihr, dass dies auch so blieb? Dass Thomas nicht seine angeberischen fünf Minuten bekam, Johann dummes Zeug redete oder sie mit schlechten Tischmanieren blamierte, Lucie sich über das Bündner Fleisch beschwerte, das die Gastgeber liebevoll auf einem Holzbrett angerichtet hatten, und Max mehr aß, als angemessen war.

»Danke, Kristina.« Sie zog die Freundin flüchtig an sich.

Pius räusperte sich und fragte: »Wo übernachtet ihr eigentlich? Im Goldenen Schlüssel?«

Astrid schoss die Hitze ins Gesicht. Die neue, aufregende Situation hatte sie so gefangen genommen, dass sie die Übernachtungsfrage schlicht verdrängt hatte, und auch Thomas war es wichtiger gewesen, seinen Magen zu füllen und sich, wie üblich, um nichts zu kümmern. Sie machte eine vage Geste. »Wir müssen uns erst noch ein Hotel suchen.« Bevor es peinlich wurde, wich sie den Blicken ihrer Gastgeber aus und sah aus dem Fenster. Die Dunkelheit spannte sich wie ein schwarzes Tuch über die Berge, im Ort brannten bereits die Straßenlaternen. »Kannst du uns den … Goldenen Schlüssel denn empfehlen?«, hörte sie sich fragen.

»Kommt ja gar nicht in Frage«, entgegnete Kristina mit einer Bestimmtheit, die keinen Widerspruch duldete. »Ihr bleibt selbstverständlich hier.«

»Aber wir sind zu fünft!«, wandte Astrid ein, während Thomas ihr unter dem Tisch einen diskreten Tritt verpasste.

»Das ist mir nicht entgangen.« Kristinas Hände schwebten einen Moment über dem Fondue-Topf. »Macht aber nichts. Du und Thomas, ihr könnt zum Beispiel mit Lucie im Gästezimmer schlafen. Dann würden wir für Max und deinen Schwiegervater Matratzen aufblasen und ins Wohnzimmer legen.« Ihr scheuer Blick wanderte zu Johann. »Wenn Sie lieber im Bett schlafen wollen, kriegen wir das auch irgendwie geregelt.«

»Danke, das ist sehr lieb von dir, aber wir möchten euch wirklich keine Umstände bereiten«, erwiderte Astrid, wenn auch halbherzig. Sie war nicht wie Thomas, dem es bloß ums Geld ging, sie war einfach zu erschöpft, um jetzt noch Hotels durchzutelefonieren oder gar abzuklappern.

Doch Kristina nahm ihr die Bedenken, indem sie ihr ein Luftküsschen zuhauchte, und als noch Pius meinte, es wäre ihnen eine Freude, sie zu Gast zu haben, lenkte Astrid schließlich ein. Dass Johann sich beharrlich weigerte, im Sitzen zu pinkeln und ständig was danebenging, ignorierte sie ebenso wie die Tatsache, dass Thomas' Schnarchen bisweilen Betonmauern durchdrang.

»Noch Wein?«, fragte Pius und öffnete, da alle unentschieden vor sich hin guckten, mit seinen feingliedrigen Pianistenfingern eine Flasche Wein.

Astrid war bloß froh drum, sie brauchte noch ein Glas, bis auch sie gelöster wurde und nicht jeden Satz, den Johann, Thomas oder eins der Kinder von sich gab, insgeheim zigfach analysierte. Am meisten redete ohnehin Kristina. Nachdem sie Johann, Thomas und den Kindern einige präzise, jedoch nicht zu neugierige Fragen gestellt hatte, kam sie auf ihr Studium zu sprechen.

Sie erzählte von den vielen Prüfungen, die sie schier in den Wahnsinn getrieben hätten. Ebenso die Arbeitsbedingungen später am Krankenhaus. Aus diesem Grund war sie auch in die Schweiz übersiedelt. Was Astrid damals zwar bedauert, ihr jedoch nicht übelgenommen hatte. Ihre Freundin hatte sich eben für das Land entschieden, in dem es sich besser arbeiten ließ.

»Und du möchtest auch Arzt werden?«, wandte sich Pius an Max. Astrid hatte es nur beiläufig erwähnt, der brillante Notendurchschnitt, seine Bewerbung und dass man jetzt eben abwarten müsse, was daraus werden würde.

Max war die ganze Zeit schweigsam gewesen, hatte kaum ein Wort gesagt, lediglich mit sichtlich großem Appetit Käsehappen, Fleisch und saure Gürkchen vertilgt. Nun legte er den Spieß mit dem zäh heruntertropfenden Weißbrot-Käseklumpen auf den Teller und starrte Pius an. »Ja ... also vielleicht ... wobei«, stotterte er.

Max stotterte öfter mal. Allerdings eher, wenn sich hübsche Mädchen in seiner Nähe aufhielten. Dies hier war neu, und Astrid konnte es sich nicht verkneifen, ihrem Sohn aufmunternd den Arm zu drücken. Es dauerte keine zwei Sekunden, und Max machte sich ruppig los. Seine Blicke grasten hektisch den Tisch ab, als suchten sie einen Anker, irgendetwas, das ihm Halt gab.

»Du hast dich also noch nicht entschieden, welche Richtung du mal einschlagen möchtest?«, erkundigte sich Kristina. Sie sprach betont sanft, so als wolle sie Max die Scheu nehmen. Doch die Frage schien ihn bloß noch mehr zu verstören. Blitzschnell breiteten sich rote Flecken an seinem Hals aus. Er stieß einen heiseren Laut aus, fuhr wie eine Rakete hoch und lief ohne ein weiteres Wort aus dem Zimmer. Lucie blickte ihm verwundert nach, dann stand sie auf und ging ebenfalls hinaus.

»Hab ich was Falsches gesagt?« Kristina sah bestürzt aus.

»Nein, nein. Vielleicht ist es noch wegen gestern.« Astrid schob die Krümel auf der Tischdecke zusammen und barg sie in der hohlen Hand. »Wir hatten einen Unfall.«

»Das sagst du erst jetzt?« Pius' Augen weiteten sich erschrocken.

»Halb so schlimm«, wiegelte Astrid ab. »Es ist ja alles glimpflich ausgegangen.«

Kristina gab sich damit aber nicht zufrieden, sondern wollte wissen, was genau passiert war.

»Ein Stein ... irgendwas in der Art ... ist uns in die Windschutzscheibe gekracht, und dann ...«

»Klack hat's gemacht, und die Scheibe war hinüber!«, rief Johann, wohl um dem Ganzen mehr Dramatik zu verleihen.

»So was kann böse ausgehen«, murmelte Kristina in ihre Serviette. »Neulich erst hatte ich jemanden auf dem OP-Tisch, der mit dem Wagen gegen die Leitplanke geknallt ist.«

Thomas entgegnete, seine Fingerkuppen gegeneinanderpressend: »Max hat hervorragend reagiert, den Wagen sofort auf den Seitenstreifen gelenkt.«

»Nur ist er seitdem ziemlich neben der Spur«, ergänzte Astrid. »Ich fürchte, er setzt sich nie wieder ans Steuer.«

»Was man ja auch verstehen kann«, sagte Kristina.

Eine Pause entstand. An seinem Wein nippend, lächelte Pius seine Frau, wie Astrid bemerkte, zärtlich an. Ihr Blick ging zu Thomas, der einen letzten Weißbrothappen in den Fondue-Topf tunkte. Warum sah er sie eigentlich nie so an? Warum saßen sie hier wie Bewohner unterschiedlicher Sonnensysteme, die zufällig zwei Kinder miteinander hatten und gezwungen waren, gemeinsam mit dem Großvater auf Reisen zu gehen? Weil sie selbst schuld an ihrem Schicksal waren? Oder hatte der Alltag sie zu diesen zwei Menschen gemacht, die sich zwar nicht fremd waren, aber kaum mehr miteinander anzufangen wussten, als gemeinsam zu frühstücken und abends nebeneinander einzuschlafen?

Astrid lauschte in die Wohnung. In der Toilette ging die Spülung, im nächsten Moment hörte sie Lucie und Max auf dem Flur miteinander flüstern.

»Ich sag euch jetzt mal was«, meldete sich Johann zu Wort. »Und ihr werdet es nicht gerne hören.«

Bitte nicht, Johann, flehte Astrid im Stillen. Lass es einfach. Doch er fuhr bereits fort: »Max ist schon lange ein Fall für den Nervenarzt. Hatte er schon mal eine Freundin? Nein, hatte er nicht. Immer nur lernen und dieses Klassikgedudel, das ist auf Dauer ungesund.«

»Klassikgedudel?«, fragten Kristina und Pius wie aus einem Munde.

»Max liebt Bach«, antwortete Astrid und war froh, dass Johann ihn nicht als Mehlwurm bezeichnet hatte. »Ab und zu hört er auch Telemann und Vivaldi.«

»Aber das ist doch wunderbar!«, sagte Kristina. »Was beklagt ihr euch?«

»Ich beklage mich ja gar nicht.« Astrid drehte an ihrem Ehering, der, seit sie unterwegs waren, auf unheimliche Weise enger geworden zu sein schien, dann warf sie ihrem Schwiegervater einen bedeutungsschwangeren Blick zu. »Johann, das gehört jetzt nicht hierher.«

»Aber wieso nicht?«

»Kristina und Pius interessieren sich ganz sicher nicht für die Marotten unserer halbwüchsigen Kinder.«

Zum Glück schmunzelten ihre Gastgeber, was irgendwie befreiend wirkte. Pius bekannte, früher selbst ein Spätzünder gewesen zu sein. Seine erste Freundin habe er erst mit zweiundzwanzig gehabt, was aus ihm noch lange keinen verkorksten Menschen gemacht habe.

Da die Weinflasche schon wieder leer war, holte Kristina eine neue aus der Küche und entkorkte sie mit einem Plop. »Vielleicht ist Max ja auch mit allem etwas überfordert«, mutmaßte sie. »Man kennt das doch … Je lockerer und aufgeklärter die Eltern mit dem Thema Sexualität umgehen, desto prüder und restriktiver ist oft die Sexualmoral der Kinder.«

»Tja, dann ist wohl unser Erotikshop schuld«, warf Thomas lapidar ein, doch Astrid merkte ihm an, dass er sich angegriffen fühlte.

»Nicht schuld«, entgegnete Kristina sachlich, »aber der Laden könnte schon einen gewissen Einfluss auf seine Einstellung zu Dingen wie Sex haben.«

Thomas lachte gurgelnd auf. »Du meinst, ich soll das Geschäft dichtmachen, damit Max sich endlich mal entspannt eine Freundin zulegen kann?« Seine Zunge war bereits vom Wein schwer. »Der Laden ernährt rein zufällig mich und meine Familie.«

»Versteh mich nicht falsch, so hab ich das nicht gemeint.« Kristina spießte ein Stück Weißbrot auf und schabte damit auf dem Boden des Fondue-Topfs herum. Sie schien von dem fettigen Käse Unmengen vertilgen zu können, wohingegen sich Astrids Magen schon seit geraumer Zeit wie mit Beton ausgefüllt anfühlte. Hinzu kam noch das unschöne Gefühl, mit dem falschen Mann am falschen Ort zu sein. Wieso konnte Thomas nicht einfach mal ganz normal nett sein? Wieso musste sie immer fürchten, dass es peinlich wurde? Oder war sie wieder mal schuld, wie damals beim Grillabend bei den Beauforts?

Lucie steckte ihren Kopf zur Tür hinein. »Mami, wir wollen noch ein bisschen raus. Gucken, was hier so abgeht.« Max war nirgends zu sehen.

»Ich muss euch warnen«, sagte Pius mit einem schalkhaften Zug um den Mund. »Um diese Uhrzeit geht hier gar nichts mehr ab. Wahrscheinlich sind sogar die Trottoirs hochgeklappt.«

Lucie schenkte ihm ein höfliches Lächeln, doch ihr war anzusehen, dass sie, warum auch immer, bloß wegwollte. »Macht nichts. Sollen wir später klingeln?«

Kristina nickte, und Astrid bat Lucie, ihr Handy für den Fall der Fälle mitzunehmen. Aber bitte eingeschaltet.

»Ja, mach ich«, brummelte Lucie unwillig, Max murmelte etwas aus dem Hintergrund, das wie *tschüs* klang, dann zogen die beiden los.

»Ihr wollt bestimmt ein bisschen unter euch sein«, meinte Pius an Kristina gewandt, nachdem die Haustür ins Schloss gefallen war. »Vorschlag: Ich räume ab und koche Kaffee, und ihr zieht euch zurück.« Er zwinkerte Thomas und Johann zu. »Wir Männer amüsieren uns auch ohne die Damen, oder?«

»Damen können durchaus eine angenehme Unterhaltung sein«, ließ Johann, bereits ein bisschen angetütert, verlauten. »Besonders wenn sie blond sind und ein so bezauberndes Lächeln wie Ihre Frau haben.«

Lass gut sein, Opa, dachte Astrid. Hörte das denn nie auf, dass die Männer balzten, Süßholz raspelten, nur um zu zeigen, was für tolle Kerle sie waren? Dennoch freute sie sich, dass Pius so sensibel war, ihr und Kristina ein wenig Zeit zu schenken. Kostbare

Minuten, in denen sie alles würden nachholen können, was sie die letzten Jahre versäumt hatten.

*

Er war satt, schrecklich satt, und fürchtete, das Klettergerüst, auf dem er mit Lucie saß und die Beine baumeln ließ, zum Einstürzen zu bringen. Das Fondue war so köstlich gewesen, dass er mehr verputzt hatte, als sein ohnehin schon geweiteter Magen vertrug. Er hatte getunkt, geschlemmt und gekaut und dabei versucht, das Gerede dieser Leute an sich vorbeirauschen zu lassen. Eigentlich waren sie ja ganz nett, wenn nicht alles so keimfrei wie auf einem OP-Tisch gewesen wäre. Ständig musste man Angst haben, sich danebenzubenehmen. Ein Weinglas umzustoßen, zu kleckern, aufzustoßen, was auch immer. Irgendwie passten er und seine Familie nicht in diese Wohnung. Sein Paps und sein Großvater hatten wie Bauern auf einer Cocktailparty gewirkt, die vergessen hatten, ihre Gummistiefel auszuziehen. Und dann seine Mutter! Wie gestelzt sie geredet hatte. Als wären sie bei Adeligen und müssten durch vornehmes Getue kaschieren, dass sie bloß Gummis und peinliches Sexspielzeug verkauften. Das alles wäre noch zu ertragen gewesen, hätte dieses Ärzte-Ehepaar nicht mit dem leidigen Thema Medizinstudium angefangen. Was ging sie das überhaupt an? Nur weil seine Mutter mit der blonden Frau ein paar Tage ihres Lebens in einem Hörsaal gehockt hatte, war dies noch lange kein Freischein dafür, in seine Psyche einzudringen.

»Komm, Max, wippen!«, rief Lucie und sprang geschickt vom Holzgerüst. Nach ihrer Flucht aus der antiseptischen Wohnung waren sie zunächst durch den Ort geirrt, um am Ende auf diesem menschenleeren Spielplatz zu stranden.

Max kletterte ihr nur widerstrebend hinterher. Die Erde schien zu beben, als er aufsetzte, dann folgte er seiner Schwester tumb und schwerfällig wie ein Elefant. Sie hatte ja keine Ahnung … Wenn er mit seinen fast zwei Zentnern mit ihr wippte, würde sie wie ein Flummi in die Höhe schnellen, schlimmstenfalls die Kontrolle verlieren, davonfliegen und von den sich schemenhaft am Horizont abzeichnenden Bergen verschluckt werden.

»Dich soll einer kapieren«, sagte sie und hockte sich auf das saubere Ende der Wippe. »Du wärst so ein cooler Onkel Doc!«

Unterwegs hatte er ihr von dem Studienplatz erzählt. Warum auch nicht? Lucie hielt dicht – zumindest, wenn man sie darum bat.

»Und woher willst du das wissen?« Er setzte sich auf das andere Ende der Wippe, das voller Sand und Ölflecken war. Bestimmt würde seine Mutter meckern, wenn er mit eingesauter Hose zurückkam. Die gute Sommerhose, die extra auf den letzten Drücker für den Urlaub gekauft worden war, weil die alte vom Vorjahr nicht mehr zuging. Und auf die weiße Couch in der Keimfrei-Wohnung würde er sich damit schon gar nicht hinlümmeln können.

Wie vorausgesehen, flog Leichtgewicht Lucie in die Höhe, sie juchzte und kreischte, und weil es ihr zu gefallen schien, ließ Max sie oben zappeln.

»Ich glaub«, keuchte sie, »ich hätte voll Vertrauen zu dir.«

»Weil ich der plumpe Dicki bin?«

»Weil du Max bist. Mein Superbruder.«

»Aber es hat ganz sicher mit meinem Body-Mass-Index zu tun.« Warum benutzte er so ein kompliziertes Wort für einen einfachen Sachverhalt? Er war fett. Übergewichtig. Aus dem Leim gegangen.

»Ja, bemitleide dich nur selbst. Dann geht's dir garantiert besser.« Lucie zappelte kräftiger mit den Beinen, wollte runter, aber Max tat, als würde er es nicht bemerken.

»Wann wirst du es Mami und Paps sagen?«

»Keine Ahnung. Ist doch egal.«

»Ich finde schon, dass sie es wissen sollten.«

»Na toll. Und wie lange hast du ihnen nichts von Jonathan erzählt?«

»Lass ihn aus dem Spiel, klar?«, rief Lucie mit durchdringender Stimme. »Das ist was völlig anderes!«

Max beließ es dabei, denn eigentlich war ihm dieser Typ auch schnuppe. Er fand nur, dass seine Schwester etwas Besseres verdient hatte. Jemanden, der ihr die Sterne vom Himmel holte, nicht bloß ab und zu eine halbherzige SMS schrieb. Max hasste diese reduzierte Art der Kommunikation. Wenn nicht damit die abendländische Kultur zugrunde ging, womit dann?

Lucie tat, als würde sie die Luft dort oben genießen, erst als es ihr langweilig zu werden begann, bat sie: »Lass mich runter, Dicki!«

»Kannste vergessen.« Er brauchte seine Füße bloß mit leichtem Druck in den Sand zu drücken, um seine Schwester bis in alle Ewigkeit dort oben schmoren zu lassen. Einen Moment lang genoss er es, Macht über jemanden zu haben. Auch wenn es bloß seine kleine, manchmal etwas schräge Schwester war.

»Okay, ich schreie den ganzen Ort zusammen!«, quiekte sie.

»Mach doch.«

In der nächsten Sekunde kreischte sie tatsächlich los. Max kam es vor, als würde ihre Stimme die Berge aus dem Schlaf reißen und zum Grollen bringen. Ein paar Sekunden lang war es still, bis es plötzlich ganz in der Nähe raschelte und eine schlanke, hochgewachsene Gestalt mit ausholenden Schritten näher kam. Einem spontanen Impuls folgend, hob Max seinen Po an und Lucie sauste herunter. Sie kam so hart auf, dass sie sich lautstark beschwerte, aber Max war vollauf damit beschäftigt, die herbeieilende Person ins Visier zu nehmen. Sein Herz begann schneller zu klopfen, vielleicht hätten sie doch besser auf Nummer sicher gehen und im Ort bleiben sollen. Der Spielplatz war unbeleuchtet, bloß der Mond, der ab und an zwischen den Wolken hervorkam, spendete spärliches Licht.

Die Gestalt verlangsamte ihren Schritt, wodurch sie für einen kurzen Augenblick in den Lichtkegel des Mondes geriet. Es war ein Mädchen. Sie hatte langes blondes Haar, ein rundliches Gesicht mit schmalen Lippen und trug, obwohl es immer noch warm war, einen knielangen Mantel. Ein, zwei Sekunden rieb sie ihre Schuhsohle im Sand, als wolle sie ein festklebendes Blatt oder einen Kaugummi entfernen, dann rief sie mit schweizerisch gefärbter Stimme: »He, du! Brauchst du Hilfe?«

»Nein, alles okay!«, erwiderte Lucie. »Mein Bruder hat bloß Spaß gemacht.«

Das Mädchen kam näher und ihre Gesichtszüge entspannten sich. Ob auch sie Angst gehabt hatte? Vor ihm? Wie absurd! »Was macht ihr hier mitten in der Nacht? Ihr seid doch nicht von hier, oder?«, wollte sie schließlich wissen.

Sie blickte Max herausfordernd an, doch er wandte seinen Blick ab und tat, als sei er vollauf damit beschäftigt, von der Wippe zu steigen. Dann stand er da und wusste nicht wohin mit sich und seinem unförmigen Körper. Von nahem war das Mädchen überirdisch schön; sie hatte einen kleinen Leberfleck über der Oberlippe und Augen, so dunkel wie Schokolade. Bitte nicht stottern, flehte er insgeheim, bitte versau's nicht.

Zum Glück hatte er Lucie an seiner Seite. Sie übernahm gern die Regie, und ihr verschlug es auch nur selten die Sprache. So plapperte sie drauflos, sie wären auf der Durchreise nach Süditalien und würden hier im Ort bei Bekannten ihrer Mutter übernachten. Da sich die alten Herrschaften jedoch gerade ganz fürchterlich mit Wein zulaufen lassen würden, hätten sie und ihr Bruder es vorgezogen, ein bisschen die Gegend zu erkunden.

»Süditalien!«, rief die schöne Unbekannte. »Dort muss es herrlich sein! Nehmt ihr mich mit?« Sie lachte, aber Max dachte, dass er jederzeit seine ganze Familie verschachern würde, bloß um mit dieser Lichtgestalt bis ans Ende der Welt zu reisen. »Und du?«, wandte sie sich Max zu. »Bist du stumm?«

Max schüttelte den Kopf. Nicht mal ein Nein wollte ihm über die Lippen kommen. Hätte er nur mehr Wein getrunken, dann würde er jetzt womöglich nicht so hölzern dastehen.

»Das ist Max, ich bin Lucie«, half ihm seine Schwester aus der peinlichen Situation. So divenhaft sie sich oft auch gab, im Grunde war sie die Einzige in der Familie, die seine Not begriff. Dafür liebte er sie über alles.

»Hoi mitenand. Ich heiße Cosima.«

»Wie Cosima Wagner?«, fragte Max. Erst als die drei Wörter ausgesprochen waren, wurde ihm bewusst, dass er es ganz ohne zu stottern hingekriegt hatte.

»Ganz genau.« Ihr Kopf kippte zur Seite, und sie lächelte Lucie an. »Dein Bruder könnte gut Synchronsprecher sein. Bei dieser schönen Stimme.«

»Was? Schöne Stimme? Ist mir noch gar nicht aufgefallen«,

meinte Lucie kichernd, und Max spürte, wie ihm das Blut ins Gesicht schoss. Er ließ sich nicht gerne veräppeln, aber irgendwie hatte sie auch nicht so geklungen.

»Deine Eltern Wagnerianer?«, schob er hölzern nach.

»Meine Mutter.« Cosima nickte, begeistert, dass Max das erraten hatte. »Mein Vater steht mehr auf Gustav Mahler und wollte eigentlich, dass ich Alma heiße. Wie Mahlers Ehefrau. Die später mit Walter Gropius, Franz Werfel und Oskar Kokoschka, also mit lauter berühmten Künstlern, geschlafen hat.« Sie lachte auf. »Aber mal ehrlich … Da heiße ich doch lieber Cosima.«

Max lachte höflich mit. Sexuelle Ausdrücke aus ihrem Mund – das war ihm peinlich.

Lucie sagte: »Mein Bruder liebt Bach über alles. Hört er von morgens bis abends. Die Passionen, die Kantaten, das Klaviergedudel … einfach alles!«

»Ach, wirklich?«

Cosimas Blick traf ihn wie ein Fausthieb, und er hoffte, dass das Rot seiner Wangen von der Dunkelheit verschluckt werden würde.

»Bach ist einer der ganz Großen, das sehe ich ganz genauso.«

»Oje«, ereiferte sich Lucie. »Sag bloß, du bist auch so ein Klassikfreak.«

»Freak, wie sich das anhört. Aber gut, dann bin ich wohl einer.«

»Zwei Klassikfreaks in der Nacht!«, sang seine Schwester nach der Melodie von *Strangers in the Night.*

Es klang grauenhaft falsch, doch Cosima schien das unglaublich komisch zu finden. Als Lucie sich am Ende galant vor ihr verbeugte, sagte sie: »Nach der Matura … also in einem Jahr … werde ich Geige studieren.«

Während seine Schwester weitere Details erfragte, wo, wann, wie, wusste Max nichts zu sagen. Sein Kopf fühlte sich wie in Watte gepackt an, und schuld daran war, dass das Mädchen nicht nur rattenscharf, sondern auch noch anders war. *Rattenscharf anders.* Wie aus dem Nichts war sie mitten in der Nacht auf einem Spielplatz im Schweizer Nirgendwo aufgetaucht. Sie lächelte wie eine Mischung aus Engel, Prinzessin und Mädchen von nebenan, duftete nach der Veilchenseife, die bei seiner Oma früher im Gäste-WC gelegen hatte, und sie liebte auch noch klassische Musik. Das war das Maximum. Mehr ging nicht. Warum hatte er eigentlich keine Ringe dabei? Edelstahl mit kleinen Diamanten. Dann hätte er ihr einen Heiratsantrag machen können, jetzt, auf der Stelle, und dann würden sie glücklich bis ans Ende ihrer Tage zusammenleben, Bach, Wagner und Mahler hören, und selbst an die beklemmenden Berge ringsum würde er sich irgendwann gewöhnen. Aber die Realität war eine andere. Er war dick, stotterte und brachte nicht mal Allgemeinplätze wie *Ach, tatsächlich?* oder *Ist ja toll* über die Lippen. Ihm fiel überhaupt nichts ein. Er stand bloß da und starrte mit vor Schreck geweiteten Augen in die Dunkelheit.

»Wollen wir uns nicht setzen?«, schlug Cosima vor. »Oder müsst ihr schon zurück?«

»Nein, nein«, beeilte sich Max zu sagen und bemerkte bei einem verstohlenen Blick zu Lucie, dass sie grinste. Ging doch. Sogar ohne zu stottern. Einzelne Wörter oder Halbsätze waren generell ungefährlicher. Sie bargen nicht so viele Stolpersteine wie komplizierte Schachtelsätze.

»Da vorne ist eine Bank!« Cosima lief vor und setzte sich wie selbstverständlich in die Mitte. Dabei klaffte ihr Mantel auf, und während Max sich neben sie fallen ließ, stellte er fest, dass sie gar nicht so dünn war, wie er zuerst angenommen hatte. Das beruhigte ihn auf gewisse Weise, denn so nett sie auch sein mochte, sie würde ihn sowieso nicht ranlassen. Weil er auch gar keinen Vorstoß wagen würde. Dazu war sie viel zu schön und er zu unerfahren, zu fett, zu sehr auf der Durchreise, zu was auch immer. Hätte er sich wenigstens beim Fondue zurückgehalten. Dann gäbe es jetzt nicht diese grummelnden Geräusche in seinem Bauch. Peinlich, wenn sie das mitbekam.

»Was machst *du* hier eigentlich so spät?«, wollte Lucie wissen.

»Bin öfter abends hier. Nachdenken …«

»Worüber?«

Sie raffte den Mantel über ihren Beinen zusammen. »Über das Leben?«, sagte sie nach einem Moment des Schweigens, ließ den Satz jedoch wie eine Frage klingen.

»Ist das nicht gefährlich?«, hakte Max leise nach.

»Das Nachdenken?« Sie lachte rau auf.

»Nein, du … du … weißt schon«, begann er wie ein Depp zu stottern.

»Wenn nicht gerade zwei komische Deutsche hier ihr Unwesen treiben, eigentlich nicht.« Sie lächelte Max mit in den Nacken gelegtem Kopf an, was er kaum ertragen konnte. Ein so schönes Mädchen zum Greifen nahe und doch Lichtjahre von ihm entfernt. »Nein, im Ernst. Man kennt sich hier. Da passiert nichts. Sagt mal … Habt ihr Zigaretten?«

Lucie schüttelte den Kopf. »Wir haben mit Rauchen aufgehört«, scherzte sie.

Cosima schien das für bare Münze zu nehmen. »Ich rauche auch nur hin und wieder. Manchmal macht's mir einfach Spaß, besonders wenn ich mich mit Leuten wohl fühle.«

Max war noch dabei, das Kompliment auf sich wirken zu lassen – es war ja wohl ein Kompliment? –, als sie fortfuhr: »Habt ihr denn gar keine Laster? Sex, Drugs and Rock 'n' Roll?« Sie lachte wieder auf diese unnachahmliche Art. Barfrau. Kettenraucherin. Drei Whiskeys am Tag.

»Ich verliebe mich grundsätzlich in die falschen Typen«, hallte Lucies Stimme in der Nacht.

»Das ist übel, aber kein Laster!« Cosima stieß Max mit ihrem Knie an, was ausreichte, seine Hormone in eine extreme Schieflage zu bringen. »Und du? Erzähl mal.«

Essen, dachte Max, und dann sagte er plötzlich selbstsicher und mit fester Stimme: »Ich finde es Quatsch, die Welt in Schwarz und Weiß, in Laster und Tugenden einzuteilen. Man tut doch immer Dinge, die okay oder weniger okay sind, Hauptsache, alles hält sich die Waage.«

»Ups. Philosoph im Nebenjob?«

Max musste lachen. Selten sagte er Dinge, die andere klug fanden.

»Genau deswegen gönne ich mir ja auch ab und zu eine Zigarette«, erklärte Cosima. »Ohne schlechtes Gewissen. Aber ein Bonbon ist ersatzweise auch okay.« Es raschelte, dann hielt sie ihm eine Tüte Ricola hin. Er hatte weder Appetit noch Lust auf den süßen Geschmack im Mund, trotzdem griff er ganz automatisch zu. Kürzlich war im Fernsehen eine Reportage über Bonbonherstellung gelaufen, und nun referierte er, von einigem Gestotter torpediert, die Fakten. Egal, was er sagte, er wollte einfach nur am Ball bleiben, die Unterhaltung nicht abreißen lassen. Als er bei dem Restwassergehalt von Hart- und Weichkaramellen angelangt war, sprang Lucie auf. »Max, kommst du mal?«

»Wieso?« Er wollte bleiben, wo er war. Am besten für immer.

»Max!« Lucie duldete keinen Widerspruch.

»Wartest du mal einen Moment, Co … Cosima? Bin gleich zurück.«

Max folgte seiner Schwester nur unwillig. Als sie nach rund zwanzig Metern endlich stehen blieb, fauchte er: »Was zum Teufel soll das? Es lief gerade wie geschmiert!«

»Eben.« Lucie verwuschelte seine Haare. »Und damit's gleich noch viel geschmierter läuft, hau ich jetzt ab, und du machst die Schnecke klar.«

Alles, was ihm dazu einfiel, war ein heiseres: »Bitte was?«

»Okay, sie ist keine Schnecke«, dämpfte Lucie ihre Stimme, »aber sie steht auf dich.«

»Quatsch, auf mich steht niemand. Und schon gar kein schönes Mädchen.«

»Zieh den Bauch ein bisschen ein, sag was mit deiner tollen Synchronsprecher-Stimme und sei einfach nur intelligent.« Lucie strich ihm über die Speckrolle. »Dann wird das schon.«

»Lucie, das kannst du nicht machen!«, sagte er leise und fühlte Panik in sich aufsteigen. Wann hatte er zuletzt ein Deo benutzt, sich die Zähne geputzt?

»Kann ich wohl. Tschau, Dicki.«

»Lucie, geh nicht allein! Es ist stockfinster!«

»Hat es nachts so an sich.«

»Wenn du überfallen wirst …«

»Fahrt ihr morgen eben ohne mich weiter.«

Und bevor Max ein womöglich noch schlagkräftigeres Argument aus dem Hut zaubern konnte, war Lucie in der Dunkelheit verschwunden, er hörte noch ihre Schritte, dann war es still.

Selbst die Blätter schienen nicht mehr im Wind zu rauschen. Jetzt war er allein mit seiner ihm immer im Weg stehenden Verklemmtheit – und mit Cosima.

»Max?«, hörte er sie rufen.

»Ja! Ich komme!« Er hatte keine andere Wahl. Sich aus dem Staub zu machen, wäre feige gewesen und er hätte es auch nicht gewollt.

Also kehrte er zurück, spürte das Blut in jeder Zelle seines Körpers pulsieren, und als er sich neben Cosima auf die Bank sinken ließ, griff eine warme Hand nach seiner.

*

Astrid redete und redete. Von ihren Problemen mit den Kindern, vom Stress mit Thomas und von ihrem Alltag, der aus stereotypen Versatzstücken bestand: Wäsche waschen, Vibratoren verkaufen, Frikadellen braten, Staub saugen, vielleicht ein bisschen joggen und abends das Glück vorm Fernseher suchen. Es tat gut, die Freundin neben sich zu spüren und zu wissen, dass sie geduldig zuhörte.

In einer Atempause beugte sich Astrid über die Brüstung und bemerkte erst jetzt, dass der Balkon wie eine Gondel über der Rasenfläche schwebte. Die angrenzenden Beete waren mit Sträuchern – vielleicht Johannisbeeren – und üppig blühenden Sommerstauden bepflanzt. Ihr Blick glitt in die Ferne, aber die Nacht hatte die nahen Berge verschluckt. Nur hier und da zeichneten sie sich noch als schwärzliche Schatten am Himmel ab.

Es war so still und friedlich, dann und wann läutete in der Ferne ein Glöckchen. Vielleicht ein einsames Schaf, das nicht den Weg nach Hause fand?

Obwohl ein kühler Wind wehte und Astrid fröstelte, wollte sie am liebsten ewig hier sitzen bleiben. Sie vermisste nichts. Weder ihre Kinder, die sich seit ihrem überstürzten Abflug immer noch draußen herumtrieben, noch Thomas und Johann, deren alkoholisiertes Gelächter ab und an zu ihnen herüberdrang. Sie konnte sich leibhaftig ausmalen, was da drinnen vor sich ging. Johann erzählte Altherrenwitze, die auch Thomas zum Brüllen komisch fand. Pius saß vermutlich höflich lächelnd daneben. So wie Astrid ihn einschätzte, war er viel zu kultiviert, um sich auf das Stammtischniveau der beiden Männer herabzulassen.

Als das Glöckchengeläut verstummte, griff Kristina nach ihrem Weinglas, das von dem flackernden Windlicht auf dem Tisch erleuchtet war und eigenwillige Muster an die Wand warf. Sie ließ den Zeigefinger auf dem Glasrand kreisen, dann wollte sie wissen: »Liebst du ihn eigentlich noch?«

Die Frage kam so unvermittelt, dass sie im ersten Moment nichts erwidern konnte. Wie in einem Bienenstock schwirrten ihr die Worte durch den Kopf. *Ich liebe ihn … Ich liebe ihn nicht … Vielleicht ja doch … Vielleicht ist es längst vorbei … Natürlich liebe ich ihn … so wie man Thomas eben lieben kann …*

»Tut mir leid, ich wollte dir nicht zu nahe treten«, ruderte Kristina zurück, wohl weil Astrid immer noch schwieg. Dabei fehlten ihr bloß die richtigen Worte, um ihre verqueren Gedanken auszudrücken.

»Doch, ich glaube schon«, erwiderte sie. »Also zumindest irgendwie.« Obwohl ihr kalt war, fühlte sich ihr Gesicht heiß wie bei Fieber an.

»Aber du bist nicht glücklich mit ihm.«

»Nein. Nicht glücklich.« Das war ihr schon ganz leicht über die Lippen gekommen.

»Weil er nicht so ist, wie du ihn gerne hättest? Oder weil er so ist, wie …« Sie nippte am Wein. »Wie er nun mal ist.«

»Wahrscheinlich beides. Vielleicht ist es ja auch ein und dasselbe.«

Drinnen schien jemand einen Witz erzählt zu haben; die Männer grölten vor Lachen.

»Bist du bloß noch wegen der Kinder mit ihm zusammen?«, nahm Kristina den Gesprächsfaden wieder auf.

»Ja und nein.«

»Schlechte Antwort.«

»Ich weiß.« Sie dachte einen Moment nach, schob die Gedanken wie Schachfiguren hin und her. »Natürlich bin ich wegen der Kinder mit ihm zusammen. Aber auch ohne Lucie und Max … Ich weiß nicht … Vermutlich hätte ich ihn nicht verlassen.«

»Dann kannst du *so* unglücklich nicht sein.«

»Vielleicht hat mir einfach der Mut gefehlt. Ich war schon öfter kurz davor, meine Sachen zu packen.«

Kristina strich ihr tröstend über den Arm.

»Und überhaupt«, fuhr Astrid fort, »was heißt schon glücklich sein? Bist du dauerhaft mit Pius glücklich?«

Kristina zögerte. »Sagen wir zu … fünfundachtzig Prozent. Mehr kann man vom Leben nicht erwarten.«

»Und was ist mit den restlichen fünfzehn Prozent?«

»Da geht er mir mit seinem Ordnungswahn auf die Nerven. Er hat in dem Punkt ganz klar einen Fimmel, will es aber nicht wahrhaben.«

So wie sie Kristina in Erinnerung hatte, war diese immer pingelig, ja geradezu pedantisch gewesen. Dass Pius sie in diesem Punkt noch übertraf, erstaunte sie. Schlimm fand sie es nicht. Sie selbst hätte sich nach einem Mann gesehnt, dem Spinnweben an der Zimmerdecke oder Flecken auf den Kacheln ein Dorn im Auge waren.

Kristina griff nach der Weinflasche und schenkte nach. »Was stört dich an Thomas?«, fragte sie. »Ist es noch das Problem von damals?«

»Welche der zahlreichen Baustellen meinst du?« Sie wusste auf Anhieb nicht, was sie meinte.

»Mister Großkotz, der lieber Phrasen drischt, als die Dinge auf die Reihe zu kriegen.«

»Großkotz? So hab ich das formuliert?«

»O ja.«

Die Erkenntnis, dass Thomas sich in all den Jahren nicht weiterentwickelt hatte und sie sich selbst offenbar auch nicht, wenn sie seine Defizite wie eh und je hinnahm, traf Astrid mit voller Wucht. Ein Schmerz flackerte in ihrer Brust auf, wanderte höher, bis er sich in ihren Schläfen bemerkbar machte.

»Um Himmels willen, hab ich was Falsches gesagt?« Kristina nahm ihre Hand und drückte sie.

»Nein, nur die Wahrheit.« Astrid griff mit der anderen Hand nach ihrem Glas und trank zügig. Ihr war es egal, dass sie bereits angesäuselt war. Falls sie morgen noch nicht wieder nüchtern sein sollte, musste eben Max ans Steuer. »Dieser Erotikshop«, sagte sie und merkte, wie schwer ihr das Artikulieren fiel. »Ich hab mir den Mund fusselig geredet. Was für eine idiotische Idee das ist. Thomas musste einen Kredit aufnehmen und sich noch zusätzlich Geld pumpen … Und jetzt – o Wunder – läuft der Laden nicht. Das ist unser Ruin, Kristina! Was wird aus der Ausbildung der Kinder? Und was ist mit mir? Ich ertrage es nicht länger, hinterm Tresen zu stehen und dieses widerwärtige Zeug zu verkaufen!« Tränen stiegen auf, aber sie schluckte tapfer dagegen an.

Kristina ließ die Worte auf sich wirken. Eine Weile drehte sie das Windlicht hin und her, dann fragte sie: »Wie ist Thomas überhaupt darauf gekommen? Ich meine, hat er eine spezielle Vorliebe für …«

»Nein, hat er nicht!«, unterbrach Astrid sie. »Das ist ja das Bizarre. Ich glaube, sein Freund Andreas hat ihn drauf gebracht.«

»Andreas? Moment …« Kristinas Blick glitt ins Nirgendwo. Die Berge waren inzwischen nicht mal mehr als Schemen zu erkennen. »Der war doch damals mit beim Italiener. Du, Thomas und mein damaliger Freund …« Sie geriet ins Stocken, und Astrid half ihr auf die Sprünge: »Harry.«

»Genau. Harry Hermann.« Kristina lachte. »Hatte doch glatt seinen Namen vergessen.«

»Ich weiß sogar noch, dass er Nudeln mit Trüffeln bestellt hat und das Aroma ziemlich gewöhnungsbedürftig fand«, sagte Astrid mit matter Stimme.

»Dann erinnerst du dich ja bestimmt noch an Thomas' Monolog.«

Astrid zuckte mit den Schultern. Sie hatte nicht die geringste Ahnung. Und eigentlich wollte sie es sich auch nicht ins Gedächtnis rufen. Sicher war es nichts als testosterongeschwängerter Unsinn gewesen.

»Er hat gemeint, dass die Karriere das Wichtigste im Leben ist. Geld scheffeln und sich dann ein geiles Motorrad kaufen.«

Astrid lachte höhnisch. *Geiles Motorrad … Bis Mitte 30 muss man es geschafft haben* … Anscheinend hatte Thomas seine Sprüche jedes Mal vom Stapel gelassen, wenn sie in gemütlicher Runde zusammensaßen.

»Das fand dieser Andreas übrigens auch«, fuhr Kristina fort. »Soweit ich mich entsinne, war er damals Pizzabote. Weißt du zufällig, was aus ihm geworden ist?«

Astrid schüttelte den Kopf. »Ich weiß nur, was aus Thomas geworden ist, nämlich nichts, und das ist schlimm genug.«

»Nicht nichts«, beschwichtigte Kristina.

»Aber nicht genug, als dass ich es vor mir rechtfertigen könnte, dass ich seinetwegen meine eigene Karriere …« Vor lauter Groll auf Thomas, auf sich selbst, sogar auf die Kinder, deren Popos sie jahrelang abgewischt hatte, blieben ihr die Wörter im Halse stecken. Ihr Herz raste, dann stolperte es, als könne es sich nicht zwischen Trab und Galopp entscheiden.

»Alles in Ordnung mit dir?« Kristinas Stimme drang wie von ferne an ihr Ohr.

»Ja«, log Astrid.

»Ich verstehe nicht ganz … dachte immer … War es nicht so, dass du ganz bewusst auf das Studium verzichtet hast? Weil dir die Kinder wichtiger waren?«

Astrid nickte und pickte Chipskrümel aus der Schale, die Kristina auf den Tisch gestellt hatte. Natürlich war es so gewesen. Hätte sie einen anderen Mann als Thomas an ihrer Seite gehabt, einen, der ihr bei der Kindererziehung, im Haushalt, bei allem, was eben so anfiel, ganz selbstverständlich unter die Arme griff, vielleicht wäre dann alles anders gekommen. Oder aber auch nicht. Weil sie es niemals fertiggebracht hätte, Lucie und Max frühzeitig in die Krippe zu geben. Weil sie ihre mit Lebensangst gepaarte Trägheit nicht hätte überwinden können. Und weil sie weder den Adrenalinausschüttungen während der vielen Prüfungen noch den späteren Anforderungen im Beruf gewachsen gewesen wäre.

Kristina betrachtete sie mit wachem Blick. »Sag nicht, du bereust es.«

Astrid fiel es nun nicht mal schwer, ehrlich zu antworten. »Irgendwie schon. Ein bisschen.«

»Tut mir leid.«

»Muss es nicht. Du kannst nichts dafür. Ich hab mein Leben ganz allein vermasselt.« Sie wollte lächeln, doch um ihre Mundwinkel zuckte es bloß.

»Vielleicht hast du gar nicht viel verpasst«, entgegnete Kristina. »Im Krankenhaus ist es auch kein Zuckerschlecken.« Sicher meinte sie es nur gut, als sie begann, die Nachteile ihrer Arbeit aufzuzählen. Die langen Schichten, ständig sei sie unausgeschlafen oder leide – noch schlimmer – unter Jetlag, dann die Angst, einen kapitalen Fehler zu begehen, womöglich ein Menschenleben auf dem Gewissen zu haben, aber Astrid vermochte das in diesem Moment kaum zu trösten.

»Weiß ich ja«, stieß sie gepresst hervor und schaffte es nun doch nicht mehr, die Tränen zurückzuhalten. Sie liefen ihr über die Wangen, tropften auf ihre Bluse und in ihr Weinglas. Kristina reichte ihr ein Taschentuch. In der Ferne läutete wieder das Glöckchen.

»Wenn es dich wirklich so sehr quält …«, mumelte Kristina. »Vielleicht kannst du ja immer noch …« Bezeichnenderweise beendete sie den Satz nicht. Natürlich konnte Astrid *nicht*, selbst wenn sie gewollt hätte. Ein Studienplatz war utopischer als eine

Reise zum Mars, und selbst wenn sie auf geheimnisvolle Weise einen ergattern sollte, wer finanzierte ihr die Ausbildung? Thomas mit seinen lustigen Lakritz- und Erdbeerkondomen?

»Verstehe. War dumm von mir«, schwenkte Kristina um, und mit einer verstörenden Zärtlichkeit in der Stimme fügte sie hinzu: »Was machen wir denn jetzt mit dir?«

Astrid schnäuzte sich. »Ich schätze, mir wird nichts anderes übrigbleiben, als mein kleines, bescheidenes Leben wie bisher weiterzuleben und mich dabei anzustrengen, dies so gut wie möglich zu tun. Besser, ich male mir nicht aus, wie es für mich als Medizinerin geworden wäre.« Die Idee mit der Heilpraktikerausbildung behielt sie für sich. Es war zu viel für den heutigen Abend. Sicher würde es nun, da sie ihre Freundschaft wieder aufgefrischt hatten, noch etliche Gelegenheiten geben, darüber zu reden.

Kristina seufzte leise und ergriff ihre Hand. »Dafür hast du deine beiden großartigen Kinder.« In ihrer Stimme schwang mit, dass sie es bedauerte, nicht zwei Exemplare wie diese zu haben.

»Großartig?«, schlug Astrid einen flapsigen Tonfall an. »Du hast sie doch nur bockig und völlig neben der Spur erlebt.«

»So wie Teenies nun mal sind.« Kristina lächelte amüsiert. »Trotzdem ... Sie werden schon ihre Qualitäten haben. Da bin ich mir ziemlich sicher.«

Astrid nickte.

»Sonst hättest du sie ja auch unterwegs irgendwo aussetzen können. An einer Raststätte zum Beispiel. Die Gelegenheit wäre günstig gewesen.«

Sie lachten, und Astrid fühlte sich für einen Moment wie befreit. Kristina hatte recht. Trotz aller Schwierigkeiten waren Max und Lucie das Beste, was ihr je widerfahren war. Unter dem Strich hatten sie schöne Jahre mit den Quälgeistern verlebt, und sie dauerten immer noch an.

Kristina hielt die Flasche hoch. »Noch einen Schluck?«

»Besser nicht. Ich muss morgen fahren.«

Ihre Freundin ließ die Flasche wieder sinken und verzichtete darauf, sich selbst nachzuschenken. »Schade, dass ihr dann schon wieder weg seid«, bedauerte sie. »Ich hätte gern viel mehr Zeit mit dir verbracht. Dir alles hier gezeigt … mein kleines Schweizer Paradies.«

»Ich doch auch«, seufzte Astrid. »Stattdessen muss ich meinen anstrengenden Schwiegervater …«

»He, he!« Kristina zog geräuschvoll die Nase hoch und suchte verzweifelt nach einem Taschentuch. Astrid hatte sich offenbar das letzte genommen. Sie mit ihrem Das-Leben-ist-ein-Jammertal-voll-Tränen-Dasein. »Hör zu, ich habe eine Idee«, fügte sie hinzu. »Sofern du deinen anstrengenden Schwiegervater irgendwo zwischenparken kannst …«

Astrid zog ein zerknülltes, jedoch nicht benutztes Taschentuch aus der Gesäßtasche ihrer Jeans und reichte es ihr.

»Komm mich bald wieder besuchen. Nur du! Ohne Anhang. Zum Beispiel in den Herbstferien. Ich nehme mir frei, und wir fahren ein paar Tage nach Luzern und Zürich. Oder einfach in die Berge.«

»Und was sagt Pius dazu?«

»Pius sagt, was er sagt, und das ist mir herzlich egal.« Kristina beugte sich vor und gab ihr einen Kuss auf den Mund. Astrid war zu überrascht, um darauf zu reagieren. Im nächsten Moment entzog sich ihre Freundin auch schon wieder und Astrid wusste nicht, ob es ein kleiner Trost für ihr so verkorkstes Leben sein sollte oder vielmehr ein Versprechen. Dass noch ganz andere Dinge möglich waren, als sie im Moment für möglich hielt.

*

Der Abend zog sich in die Länge. Nachdem die Kinder im Abstand von je einer halben Stunde eingetrudelt waren – hatten sie sich unterwegs womöglich gestritten? –, gesellten sich Astrid und Kristina auf einen Absacker zu den Männern ins Wohnzimmer.

Keine gute Idee. Johann hing mit wirrem Fusselhaar und offen stehendem Hosenstall auf einem Bauhaus-Stuhl und wirkte so deplaciert wie ein Landstreicher im Hilton. Thomas hatte – wohl weil die Socken von der langen Autofahrt qualmten – seine Schuhe ausgezogen und blickte ihnen glasig entgegen. Doch selbst der eben noch so seriös wirkende Pius gab mit seinem aus der Jeans hängenden Hemd eine lächerliche Figur ab. Da auch Astrid mehr als sonst getrunken hatte, nahm sie den Anblick der drei gelassen hin, sank auf das edle Traumsofa und ließ das Geschwätz an sich vorüberziehen. Ihre Mission war erfüllt. Der Besuch bei Kristina. Ein Stück Vergangenheit aufleben lassen. Dies hier war bloß noch der laue Nachschlag.

Zum Glück schienen auch die drei Herren irgendwann genug zu haben, und man beschloss, es für heute gut sein zu lassen. Es schien endlos zu dauern, bis alle Schlafplätze verteilt, die Betten bezogen und die Zähne geputzt waren, aber dann lag Astrid endlich auf einer wabbeligen Luftmatratze im Wohnzimmer – sie hatte Johann, Max und Lucie das Gästezimmer überlassen –, hörte Thomas weinselig neben sich schnarchen und war putzmunter. Eine Kirchturmuhr schlug; irgendwo kläffte ein Hund. Die zwei Stunden mit Kristina hatten sie viel zu sehr aufgewühlt, als dass sie jetzt einfach so einschlafen konnte. Bilder aus einer gar nicht mehr so fernen Zukunft stürzten auf sie ein. Sie und Thomas alt und unglücklich auf der petrolfarbenen Couch, das Wohnzimmer voller Kartons mit Sexspielzeugen, die sie nie losgeworden waren.

Astrid drehte sich auf die Seite und versuchte Thomas' Profil auszumachen, doch in der Dunkelheit zeichneten sich bloß seine breiten Schwimmerschultern unter der Decke ab. Der Anblick rührte sie. Ihr Mann war da, ganz selbstverständlich, was ihr an manchen Tagen Halt gab. Schade nur, dass alles so gekommen war und sie seit Jahren das gleiche lasche Alltagssüppchen kochten. Die Streitereien, bei denen es immer um dieselben Dinge ging. Das Geschäft, seine markigen Sprüche, die im Widerspruch zu seinen weniger markigen Taten standen. Seine schlechte Laune am Abend, wenn mal wieder keine Fistfun-Artikel und auch keine Dildos verkauft worden waren. Den Dreck im Flur, den er mit seinen Schuhen hereintrug und angeblich nicht bemerkte ... Astrid hätte eine ellenlange Liste erstellen können, nur was machte das besser? Eher brachte man Kontinente dazu, sich zu verschieben, als die eingefahrenen Verhaltensweisen des Partners zu ändern.

Aus einem teils zärtlichen, teils aggressiven Gefühl heraus streckte sie ihre Hand nach Thomas aus und ließ sie eine Weile über seinem Kopf schweben. Gerade so dicht, dass sie seine Wärme spüren konnte, ihn jedoch nicht berühren musste. Für einen kurzen Augenblick spielte sie mit dem Gedanken, ihn zu wecken und mit ihm zu schlafen. Wann hatte sie so etwas zuletzt getan – sich ihren Mann einfach genommen? Sie konnte sich kaum erinnern. Früher, in einem anderen Leben vielleicht. Ruckartig zog sie ihre Hand wieder zurück. Die Idee war Unfug. Nicht hier, nicht jetzt. Außerdem würde Thomas dadurch nicht der Mann werden, den sie sich an ihrer Seite wünschte.

Also zog sie die Decke bis zur Nasenspitze und begann, Schweizer Schäfchen mit Glöckchen zu zählen. Als sie bei zweihundert angekommen war, war sie immer noch die alte Astrid und Thomas der alte Thomas, aber sie konnte endlich einschlafen.

9.

Kurz hinter dem Gotthardtunnel begann der Motor zu stottern. Froh, alle heil durch die nicht endende Hölle aus Abgasen, schummrigem Licht und entgegenkommenden Fahrzeugen kutschiert zu haben, wollte Astrid nur noch eins: weiterfahren. Endlich in Italien ankommen.

Dennoch ließ sie sich dazu überreden, in der nächsten Parkbucht anzuhalten. Sie öffnete die Motorhaube und warf pro forma einen Blick hinein, Thomas schaute pro forma hinterher, Johann ging im Gebüsch pinkeln, die Kinder taten nichts, außer sich die Beine zu vertreten und immer wieder die Köpfe wie Busenfreundinnen zusammenzustecken. Was war geschehen? Sonst benahmen sie sich doch wie Hund und Katz.

»Lucie! Max!«, rief sie. »Wir können weiterfahren.«

Thomas sah sie überrascht an. »Du glaubst, der Wagen ist okay?«

»Keine Ahnung, aber ich tu jetzt einfach mal so als ob. Was bleibt uns auch anderes übrig?«

»Plötzlich so entspannt? Wie kommt's?« Er schnalzte leise mit der Zunge. »Hat Kristina was damit zu tun?«

»Wer weiß das schon?«, entgegnete sie geheimnisvoll. »Johann, alles klar?«

»Muss ja«, brummte ihr Schwiegervater und schob sich, mit

einer Tüte Gummibärchen knisternd, ins Auto, dann stiegen auch die Kinder ein und Astrid startete den Motor.

Als bedanke sich der Wagen für die kleine Ruhepause, schnurrte er ohne jegliches Spucken, Fauchen und Knötern dahin.

»Ja, brav, machst du gut«, sagte sie und tätschelte zum Dank das Armaturenbrett. Sie blickte zu Thomas hinüber, der mit einem Lächeln auf den Lippen in die bergige Landschaft blinzelte.

Bleigraue Wolkenkolosse schienen sich direkt auf sie zuzubewegen, und Astrid freute sich bereits auf den Moment, wo sie sich vor die Sonne schieben würden und die Temperatur im Wagen automatisch gedrosselt wurde. Mit geöffnetem Fenster zu fahren war tabu. Johann behauptete, durch den Zug bereits einen steifen Hals zu haben. Dass Astrid von der miefigen Luft müde wurde, schien ihren Schwiegervater weniger zu interessieren. Und wo war überhaupt sein Kissen zur Entlastung seiner Halswirbelsäule?

Dennoch hob sich ihre Stimmung mit jedem Kilometer, den sie zurücklegten. Bald würden sie in Italien sein, an der ersten Raststätte einen Cappuccino trinken, dazu eine Brioche mit Aprikosenfüllung essen, und vielleicht würde sich dann auch so etwas wie Urlaubsgefühl bei ihr einstellen.

»Kinder«, rief sie nach hinten, »wie war's denn eigentlich gestern noch bei euch?«

Im Rückspiegel sah Astrid, dass Lucie, wie üblich eins mit ihrem Handy, hochschreckte. Der Name Jonathan war länger nicht gefallen, und Astrid hoffte inständig, dass sich kein kleines oder auch größeres Drama anbahnte. Lucie ohne Liebeskummer war schwierig, Lucie mit Liebeskummer eine Katastrophe.

»Gut«, antwortete Lucie knapp.

»Was heißt *gut*?«

»Dass wir uns nicht gelangweilt haben.«

»Aha. Und was habt ihr gemacht?«

»Astrid-Schatz«, mischte sich Johann, Gummibärchen kauend, ein. »Was würdest du abends in einem Schweizer Dorf machen, wenn du jung wärst?«

»Keine Ahnung. Und du?«

»Ich würde erstens die nächste Kneipe ansteuern, zweitens ein kühles Bierchen zischen und drittens mit einem süßen Mädel schäkern. An Lucies Stelle selbstverständlich mit einem feschen Burschen.« Er seufzte. »Leider bin ich nicht mehr jung. Und werde es auch nie wieder sein.«

Ich auch nicht, dachte Astrid und wusste nicht, ob sie es bedauern oder sich darüber freuen sollte.

»Deswegen würde drittens bei mir schon mal entfallen«, setzte Johann schließlich noch hinzu.

Thomas blickte amüsiert nach hinten. »Und? Seid ihr in die nächste Kneipe und habt der Altdorfer Jugend den Kopf verdreht?«

»Was?« Max riss sich die iPod-Stöpsel aus den Ohren.

»Also habt ihr oder habt ihr nicht?«

»Affenhitze hier drinnen«, murmelte Max. »Kann mal jemand das Fenster aufmachen?«

»Aber nur einen klitzekleinen Spalt!«, verlangte Johann, woraufhin Astrid erleichtert das Fenster runterkurbelte. Die frische Luft belebte sie im Nu.

»Nö. Max und ich waren auf dem Spielplatz«, beantwortete Lucie endlich die Frage.

»Bitte was?«, entfuhr es Astrid. Vor ihrem inneren Auge zogen Bilder von Junkies vorüber, die sich nachts auf Spielplätzen Spritzen setzten.

»Spielplatz«, wiederholte Lucie.

»Was habt ihr da um Himmels willen gemacht?«

»Was man auf Spielplätzen eben so macht, Mami. Schaukeln, klettern, wippen.«

»Im Dunkeln?«

»Ja, im Dunkeln. Wieso, was ist dabei?«

»Nichts, solange ihr keine Drogen nehmt.«

»Wieso Drogen? Was haben Spielplätze mit Drogen zu tun?« Lucie lachte überdreht. »Wir haben ein ziemlich nettes Mädchen kennengelernt und Kräuterbonbons …«

»Halt ja den Mund!«, zischte Max ihr zu.

»Wieso denn?«

»Weil ich's gesagt habe, okay?«

»Jetzt benehmt euch doch nicht wie kleine Kinder!«, ging Johann dazwischen. »Also, ihr habt ein nettes Mädchen kennengelernt. Und dann?«

»Hab ich Max mit ihr allein gelassen«, sagte Lucie.

»Klingt doch fabelhaft.« Johann kicherte. »Und, Max? Ist es zum Äußersten gekommen?«

»Häh?«, machte Max, dann steckte er sich kopfschüttelnd die iPod-Stöpsel in die Ohren.

»Nun lasst ihn doch mal«, beendete Astrid die Diskussion. Zwar brannte sie insgeheim darauf, zu erfahren, was auf dem Spielplatz passiert war, aber sie wollte ihren Sohn nicht in Verlegenheit bringen. Sie nahm sich vor, ihn in einer ruhigen Minute darauf anzusprechen. Ebenso wie Lucie auf ihr Treffen mit Jonathan. Allerdings ohne den sensationslüsternen Rest der Familie.

*

»So von Mann zu Mann«, sagte Thomas und lenkte, damit es nicht spritzte, den Strahl in einem schrägen Winkel ins Becken. »Ist was mit dem Mädchen gelaufen?«

»Du nervst«, brummte Max. »Okay, ich hatte noch keine zehn Frauen im Bett – na und? Ich bin nun mal keine Mädchenaufreißmaschine. Was ist so schlimm dran? Angst, dass ich schwul bin? Bin ich nicht, falls es dich beruhigt.« Max warf ihm einen vernichtenden Blick zu, zog seinen Reißverschluss mit einem Ruck hoch und ging zum Waschbecken.

Es war die letzte Tankstelle auf Schweizer Boden, knappe zwanzig Kilometer vor Chiasso. Astrid hatte darauf gedrängt, erst in Italien einen Zwischenstopp einzulegen. Sie lechzte nach einem Cappuccino, einem echten italienischen, der ihrer Ansicht nach an den *Autogrill*-Stationen besonders gut schmeckte. Aber es war eben dringend gewesen, nach dem Kaffee und Orangensaft zum Frühstück. Pius und Kristina hatten sich alle Mühe gegeben, perfekte Gastgeber zu sein, doch die Unterhaltung war plötzlich verkrampft gewesen. Thomas wusste nicht, woran es gelegen hatte. Im Grunde genommen war alles wie am Vorabend, nur eben ohne Alkohol, Gegröle und plumpe Witze. Hatte Pius sich ihn und seinen Vater bloß sympathisch getrunken und merkte nun im nüchternen Zustand, was für einfach gestrickte Menschen er zu Gast hatte? Oder war er ein Morgenmuffel wie Opa Johann und empfand fünf Fremde um diese Uhrzeit in seiner Küche als Störenfriede? Das waren sie ja auch. Sie hatten schmutziges Geschirr, benutzte Handtücher, Haare in der Dusche und Unmengen an Bettwäsche zurückgelassen.

Astrid hatte beim Verabschieden eine Gegeneinladung ausgesprochen, vielleicht nur pro forma, denn wollte man diesen elitären Menschen tatsächlich ihr renovierungsbedürftiges Haus zumuten? Pius gefiel ihm ja – er hatte einen hintergründigen Humor, der nach ein paar Gläsern Wein zum Vorschein kam. Kristina hingegen war ihm zu hanseatisch korrekt, zu clean. Bestimmt hatte sie als Mädchen Söckchen zum Rock getragen. Seine Favoritinnen waren immer diejenigen gewesen, die ihre Socken beim ersten Sonnenstrahl ohne Rücksicht auf eine mögliche Erkältung oder Blasen an den Füßen ausgezogen hatten. Die hinfielen und nicht jammerten.

Max wartete vor der Toilette, die Hände tief in den Hosentaschen seiner Jeans vergraben.

Thomas klopfte ihm kumpelhaft auf die Schulter. »Na? Abgeregt?«

»Fang bitte nicht schon wieder an«, schoss Max gereizt zurück.

»Hast ja recht, Max. Unsere Gesellschaft ist völlig übersexualisiert. Immer geht's nur darum, wer hat mit wem und wie. Alles Quatsch. Mach mal, wie du denkst.« Er wollte tröstlich klingen, merkte jedoch, dass er Binsenweisheiten von sich gab, die nicht mal seiner Ansicht entsprachen. Sein Sohn hätte ihm schon die eine oder andere Freundin präsentieren dürfen. So wie das in seinem Alter normal war. Den eigenen Marktwert testen, Erfahrungen sammeln, sein Vater hatte es früher *sich die Hörner abstoßen* genannt.

»Ja, Paps, du hast wieder mal voll den Durchblick«, meinte Max bissig und ging zum Auto.

Astrid lehnte an der Wagentür und kratzte sich an einer verschorften Stelle am Ellbogen. »Wir halten aber trotzdem gleich an der ersten Raststätte nach der Grenze an«, verkündete sie, blinzelte in den Himmel, an dem sich bleigraue Wolkenberge türmten. »Was meint ihr? Wird's noch regnen?«

»Können wir jetzt mal weiter?«, drängelte Opa Johann.

Astrid reagierte nicht auf ihn, sondern blickte sich suchend um. »Wo steckt eigentlich Lucie?«

»Keine Ahnung. Auf der Herrentoilette war sie jedenfalls nicht«, bemerkte Thomas.

»Und ihr habt sie auch nirgends rumlaufen sehen?«

Thomas schüttelte den Kopf.

»Ich auch nicht«, sagte Max und verstöpselte sich sogleich wieder die Ohren. Manchmal, so dachte Thomas, tat er das nur, um sich den leidigen Diskussionen zu entziehen.

»Okay, ich suche sie.« Auf den Tasten ihres Handys herumtippend, lief Astrid los, doch schon kurz darauf kam sie zurück. Ein paar Strähnen hatten sich aus ihrer Hochsteckfrisur gelöst und fielen ihr ins Gesicht. »Auf dem Klo ist sie auch nicht. Und sie geht auch nicht an ihr Handy. Wo zum Teufel ...« Ihre Stimme überschlug sich. »Sie kann sich doch nicht in Luft aufgelöst haben!«

»Haben Menschen normalerweise nicht an sich«, stellte Johann sachlich fest.

»Mir ist jetzt nicht nach Scherzen!« Astrid war den Tränen nahe.

»Kein Grund zur Panik«, beruhigte Thomas sie. »Max, du läufst zur Tankstelle rüber, Vater, du siehst im Kiosk nach, und ich checke das Gelände.«

»Und ich?« Astrid krallte ihre Hände so fest ineinander, dass ihre Knöchel weiß hervortraten.

»Du wartest hier. Falls Lucie in der Zwischenzeit zurückkommt.«

So unorganisiert und chaotisch sie üblicherweise als Familie funktionierten, jetzt tat jeder von ihnen, was er angeordnet hatte. Thomas sah sich nach seiner Frau um und hatte für einen kurzen

Moment Mitleid mit ihr. Sie, die immer so stark war und alles managte, wirkte mit einem Mal verletzlich und schutzbedürftig wie ein aus dem Nest gefallenes Vögelchen. Und weil ihm dies in der Seele weh tat, nahm er sich vor, in Zukunft netter zu ihr zu sein.

*

Bitte, lass den Cappuccino nicht ins Wasser fallen, murmelte Astrid wie ein Mantra, während Max, Thomas und Johann ausschwirrten, um Lucie zu suchen. Seit Stunden freute sie sich viel zu sehr auf das Tassengeklapper, das Zischen der Espressomaschinen, den Duft frisch getoasteter *Panini*, um sich das jetzt von ihrer wieder mal aus der Reihe tanzenden Tochter kaputtmachen zu lassen. Wo in Gottes Namen trieb sie sich nur rum? Sie würde ja wohl kaum gekidnappt worden sein. Astrid tippte darauf, dass sie irgendwo mit ihrem Handy herumtrödelte und die Zeit vergessen hatte. Mit ihrer verträumt-schusseligen Art würde sie es später im Leben schwer haben. Selbst wenn sie irgendetwas *Cooles* mit Tieren machen würde – Disziplin und Zuverlässigkeit wurden in jedem Job verlangt.

Astrid zeichnete mit ihren Turnschuhen unsichtbare Muster auf die Steinplatten, und als sie wieder aufblickte, tauchte Thomas bei den Zapfsäulen auf, Lucie zerzaust und mit verschmiertem Augen-Make-up im Schlepptau. Zwischen Erleichterung und Wut schwankend, lächelte Astrid den beiden entgegen. Dieses zerbrechliche Mädchen sah ganz nach Liebeskummer aus. Nach richtig echtem Liebeskummer. Doch so froh Astrid war, sie wiederzuhaben, nach Ozeanen voller Tränen stand ihr jetzt nicht der Sinn. Sie mussten weiter Richtung Süden.

»Da bist du ja endlich!«, rief sie.

Sich mit dem Handrücken die Nase abwischend, kam Lucie auf sie zugetrottet. Das Handy, ihr Tor zur Welt, hielt sie nur mit zwei Fingern fest. Ohne ein Wort des Vorwurfs nahm Astrid ihre Tochter in den Arm und bedeutete Thomas, schon mal einzusteigen. Lucie ließ ihre langen, schwarzen Zotteln nach vorne fallen und fummelte darin herum, als suche sie nach Läusen.

»Was ist passiert, Spatz?«, fragte sie. »Ist irgendwas mit deinem Jonathan?«

»Ist irgendwas mit deinem Jonathan?«, äffte Lucie sie nach. »Warum lässt du mich nicht einfach in Ruhe?«

Astrid wollte ihr tröstend die Wange streicheln, aber Lucie drehte sich um, lief zum Wagen und verkroch sich auf der Rückbank. Max und Johann, die gerade zurückgekehrt waren, wechselten ratlose Blicke.

»Wir können weiter«, sagte Astrid, bemüht, das Gefühl von Hilflosigkeit beiseitezuschieben. Sie hatte sich selbst durch die Wirren der Jugend gebracht, doch bei ihren Kindern stand sie oft vor verschlossenen Türen und wusste nicht, wo sie nach den passenden Schlüsseln suchen sollte. Vielleicht gab es sie auch gar nicht. Am Ende war jeder mit sich allein.

»Los. Macht schon«, trieb Astrid Max und ihren Schwiegervater an. Immer war irgendwas, immer ging es um die anderen. Um Lucies unglückliche Liebesgeschichten, Thomas' Laden, Johanns Befindlichkeiten, Max' Misserfolg bei den Mädchen. Nur was beschwerte sie sich überhaupt? Erst gestern hatte ihr das Leben ein echtes Highlight geschenkt. Zwei Stunden mit ihrer liebsten Freundin auf dem Balkon. Zwei Stunden – das schien im Einerlei der vorüberziehenden Tage wenig zu sein, doch war es im Zuge dieser Reise mehr, als sie je erwartet hatte.

Sie fuhr los und hängte sich, da der Wagen immer noch schwächelte, hinter einen Laster mit *Barilla*-Produkten. Es dauerte nicht lange, bis die Mautstation auftauchte. Astrid scherte ihn die Spur mit der kürzesten Schlange ein, aber als ihr Citroën vor die Schranke rollte, reichte ihre Hand nicht an das Gerät heran, das den Zahlcoupon für die Autobahn ausspuckte. Fluchend öffnete sie die Wagentür und reckte sich hinaus. Hinter ihr hupte es.

»Ja, du kannst mich auch mal!«, schimpfte sie, entschuldigte sich jedoch sogleich in Gedanken, dass sie *bella Italia* derart unflätig begrüßte.

»Mum!«, beschwerte sich Lucie prompt. »So was sagt man nicht. Nicht in deinem Alter.«

»Bin eben gut im Training.« Ironisch lächelnd, drehte sie sich nach ihrer Tochter um. »Dank meiner Tochter.«

Die Schranke klappte hoch, und endlich waren sie in Italien. Auch auf die Gefahr hin, dass Johann sich gleich beschweren würde, ließ Astrid das Fenster offen. Schwüle, nach Dieselmotoren riechende Luft strömte ins Auto.

Ein paar Minuten war es ruhig, dann murrte Johann: »Zieht!«

Astrid hatte es geahnt, tat jedoch, als wäre sie taub. Im Land der blühenden Zitronen war sie die Chefin. Johann hatte es ja gewollt – das Abenteuer Zugluft, Durchfall, unbequem sitzen, Rückenschmerzen. Jetzt musste er sich damit arrangieren.

Auch auf der Südseite der Berge war der Himmel wolkenverhangen. Es sah nach Regen aus, was Astrid wenig störte. Der lang ersehnte Cappuccino rückte mit jedem Meter, den der Wagen zurücklegte, näher. Beim Blick in den Rückspiegel bemerkte sie, dass Lucie sich die Jacke über den Kopf gezogen hatte und sich ganz ihrem Kummer hingab.

»Spatz, nun guck doch mal raus. Wir sind in Italien!«

»Ja und?«, maulte sie zurück. »Ist doch voll ätzend hier.« Immerhin tauchte ihr Kopf für ein paar Sekunden aus der schwarzen Jacke auf.

Astrid schaute angestrengt nach vorn. Eine Karawane Laster blockierte die rechte Spur, es wurde überholt, gehupt, Gas gegeben, und ihr altersschwacher Citroën mittendrin. Aber sie ließ sich nicht aus der Fassung bringen, und nach einem waghalsigen Überholmanöver scherte sie hinter einem Golf mit deutschem Kennzeichen ein. Entspannt glitt ihr Blick ins Tal. In einiger Entfernung erhob sich auf einem Hügel ein verwittertes, von Zypressen umsäumtes Anwesen. Gerade trat die Sonne zwischen bauschigen Wolken hervor und brachte das Gebäude zum Leuchten. Einen kurzen Moment lang durchflutete Astrid ein wohliges Glücksgefühl. Vielleicht war es gut, dass Johann sie zu der Reise gezwungen hatte, allein um diesen Ausblick zu genießen und zu wissen, dass sie bald ihren wohlverdienten Cappuccino trinken würde.

Die Raststätte kam immer näher. Erst waren es noch zweittausend Meter, dann tausend, und der Wagen fing wieder leise an zu stottern.

»Komm, mein Süßer, mach bitte nicht schlapp«, redete Astrid ihm gut zu. Sie trommelte aufs Lenkrad, doch aus dem eben noch verhaltenen Geräusch wurde ein ächzendes Fauchen, das kurz darauf in einen schrillen, sirenenartigen Ton überging. Sekunden später stiegen Rauchwölkchen aus der Motorhaube auf.

»Scheiße, Mann, das Auto brennt!«, schrie Lucie, während sich Thomas, bekennender Atheist, bekreuzigte und Johann sie anherrschte, sie solle gefälligst rausfahren, aber subito.

»Wo denn?«, schrie Astrid zurück. »Es sind noch ein paar Meter!«

»Dann gib verdammt noch mal Gas!«

»Würde ich ja gerne, wenn ich könnte!«

»Ich will aber nicht sterben!« Lucie japste asthmatisch, während die Rauchwolke, die unter der Motorhaube hervorquoll, immer dramatischere Ausmaße annahm. Ein ätzender Gestank erfüllte mit einem Mal das Wageninnere.

»Keine Angst, Lucie«, meldete sich Max zu Wort. Neben ihm konnte die Welt untergehen, er blieb die Ruhe selbst. »Hier brennt nichts. Das ist garantiert nur das Kühlwasser.«

»Woher willst du das wissen?«, winselte Lucie, als wäre sie dem Ersticken nahe, und hämmerte gegen den Vordersitz. »Du kennst dich mit Autos gar nicht aus!«

»Aber mit Physik. Wenn der Motor brennt, stinkt es ganz anders.«

Die rettende Ausfahrt kam langsam näher, und doch war sie immer noch zu weit entfernt, um sich in Sicherheit zu wiegen. Astrids Hände klebten am Lenkrad, bitte, lieber Gott, lass uns heil ankommen, flehte sie stumm, obwohl sie weder an Gott glaubte noch es für möglich hielt, dass ihnen irgendeine fremde Himmelsmacht half. Sie zwang sich, ruhig durchzuatmen, und spürte gleichzeitig, wie sich Thomas neben ihr im Sitz versteifte, als wolle er bremsen. Lucie war gänzlich verstummt, dafür stieß Johann umso beängstigendere Laute aus.

Astrids Gedankenkarussell endete jäh, als sie die Abzweigung erreichte und den Blinker setzte. Einen Wimpernschlag später riss sie das Lenkrad herum und stieg auf die Bremse. Der Wagen rollte einige Meter aus, dann blieb er, von einer bleiernen Rauchwolke umhüllt, stehen.

»Raus!« Astrid riss die Wagentür auf, half Lucie und Max, Thomas kümmerte sich um seinen Vater, der nicht mehr behende genug war, um schnell genug aus dem Auto zu kommen.

Dann standen sie da wie Wachsfiguren, so als warteten sie auf etwas, das dann doch nicht passierte. Eine Riesenexplosion, vielleicht ein gigantisches Feuerwerk, das bis Mailand zu sehen sein würde. Autos fuhren im Schritttempo vorbei, die Leute gafften, zeigten mit den Fingern auf sie, bloß eine Italienerin ließ die Scheibe ihres blassblauen Fiat 500 runter und fragte etwas, das sie ohnehin nicht verstanden.

»Tutto okay«, rief Astrid ihr zu, woraufhin sie weiterfuhr.

»Ich guck mal nach, was mit der Karre ist«, erklärte Max und machte bereits einen beherzten Schritt auf den Wagen zu, aber Astrid hielt ihn zurück.

»Das lässt du schön bleiben. Du verstehst wirklich nichts von Autos.«

»Hast du vielleicht eine bessere Idee?«, konterte er. Sein Hemd war hochgerutscht und ließ seinen weißen, spärlich behaarten Bauch frei. Astrid erschrak. Viele Jahre hatte sie ihren Sohn nicht ohne Kleidung gesehen und erinnerte sich bloß noch an den spargeldünnen Sechsjährigen, der mit ihr in der Wanne geplanscht hatte.

»Nein, natürlich nicht.« Sie blickte zu Thomas hinüber, bemüht, den plötzlichen Druck im Magen zu ignorieren. Warum war er nicht einer dieser omnipotenten Männer, die in jeder Lebenslage eine klare Vorstellung davon hatten, was zu tun war? Bei den Finanzen, im Bett und eben auch bei einem Unfall. Doch er stand bloß da und strich sich bedächtig über die Nasenflügel, als würde er meditieren.

»Erst mal gucken, ob die Karre nicht noch in die Luft fliegt«, gab Johann zu bedenken. In seinem Blick flackerte Sensationslust auf. Für eine Dosis Abenteuer in seinem sonst so spannungsarmen Leben würde es ihm nicht mal etwas ausmachen, seine ausgeleierten Unterhosen in Flammen aufgehen zu sehen.

»Macht, was ihr wollt. Ich gehe einen Cappuccino trinken«, erklärte Astrid. »Kommt jemand mit?«

»Kaffee? Das ist jetzt nicht dein Ernst!«, regte sich Thomas auf, doch noch während seine Worte verhallten, steuerte sie bereits mit langen Schritten den *Autogrill* an. Der Groll auf ihren Mann vermischte sich mit einem Anflug von Schadenfreude. Vielleicht war es ja Schicksal, dass sie hier in der Pampa festsaßen. Den Wagen wieder flottzumachen würde Unsummen verschlingen, Geld, das sie nicht hatten. Amalfi war damit gestorben.

Astrid nahm die Stufen zur Raststätte mit wenigen Sätzen, dann tauchte sie in ein Duftparadies aus Kaffee und getoasteten Panini ein. Sie waren weiter denn je von ihrem eigentlichen Reiseziel entfernt, und doch hatte Astrid ihre persönliche Endstation erreicht. Eine Kaffeebar, in der die wuchtigen Espressomaschinen Tag und Nacht liefen. Stimmen schwirrten umher, Italienisch, Französisch, Deutsch, Schweizerdeutsch, Englisch. Die Leute standen dichtgedrängt am Tresen und an runden Stehtischen, aßen und tranken. Kreischend rannten ein paar Kinder herum.

Der Druck in ihrem Magen war verschwunden, als sie sich in die Schlange hinter der Kasse einreihte. Eine Touristengruppe vor ihr hielt den Betrieb auf, jeder wollte etwas anderes, es wurde hin und her bestellt, und als sie endlich an der Reihe war, tauchte Johann hinter ihr auf. »Will auch einen. Aber einen starken. Sag denen ja, dass er ja stark sein soll!«

»*Was* willst du?«

»So ein italienisches Teufelszeug.«

»Cappuccino? Espresso?«

»Letzteres. Ist doch stärker, oder?«

»Ja, ist er«, erklärte Astrid, als rede sie mit einem kleinen Kind, und bestellte einen Cappuccino und einen Espresso. Sie vergaß die Brioche, auf die sie sich die ganze Fahrt über so gefreut hatte. Sie fiel ihr erst wieder ein, als ihnen der *Barista* das Bestellte über den Tresen schob.

»Ich sag's ja immer, Frauen und Technik«, ereiferte sich Johann lautstark. »Welcher Idiot hat eigentlich erlaubt, dass Frauen ans Steuer dürfen?«

»Wahrscheinlich derselbe, der dafür war, dass Frauen wählen und ohne die Erlaubnis ihres Ehemanns arbeiten dürfen. Was für ein Dummkopf, nicht wahr?«

Er blieb gelassen und sagte: »Astrid-Schatz, der Wagen ist im Dutt.«

»Genau, und ich bin schuld dran. Weiß ich doch. Bin ja auch nur eine Frau.«

»Mein Reden.« Er knuffte sie, dann nippte er vorsichtig am Espresso. »Überleg doch mal. Vielleicht hast du irgendeinen Knopf gedrückt oder die Kupplung …«

»Ach, Johann!«, unterbrach sie ihn. »Das ändert jetzt auch nichts mehr.«

Ihr Schwiegervater lächelte milde. »War doch nur Spaß. Natürlich hast du nichts falsch gemacht.«

»Obwohl ich aus dem Osten bin?«

»Seid ihr wenigstens versichert?«, überging er die kleine Provokation. »Schutzbrief, irgendwie so was. Lass mich raten. Habt ihr natürlich nicht. Bestimmt um Geld zu sparen. Du sparst ja sowieso ständig am falschen Ende, Astrid-Schatz.« Er kippte den Espresso wie einen Schnaps hinunter. »Diese schaurigen Kartoffeln, die du immer kaufst, mehlige Dinger, kriegt ja kein Mensch runter, es sei denn, du machst Kartoffelbrei.«

Astrid trank ihren Cappuccino eilig aus, dankte ihrem nunmehr verdatterten Schwiegervater, dann hastete sie an riesigen Schinken, wuchtigen Parmesanstücken und bis an die Decke gestapelten *Baci*-Schachteln vorbei nach draußen. Schwülwarme Luft wehte ihr entgegen, als sie ins Freie trat. Die plötzliche Helligkeit blendete sie, und sie brauchte einen Moment, um sich zu orientieren. Johann gab selten Geistreiches von sich, jetzt hatte er ihr zufällig das richtige Stichwort geliefert.

Dunkel erinnerte sich Astrid an einen Jahre zurückliegenden Streit mit Thomas. Es stimmte, sie hatte sparen wollen, aber ihr Mann hatte sich mit einem Rundumpaket fürs Auto durchgesetzt. Auch wenn sie so gut wie nie ins Ausland fuhren. Einmal Toskana, einmal Rom, das war die Reise-Bilanz ihrer langjährigen Ehe. Nun hoffte sie, dass die Versicherungsunterlagen tatsächlich im Handschuhfach schlummerten.

Max und Thomas hatten die Motorhaube aufgeklappt, als Astrid zum Auto kam – der Qualm hatte sich verzogen –, und sie dokterten wie Chirurgen in den Eingeweiden des Autos herum. Lucie saß auf einem Steinvorsprung, das Handy zwischen den Knien festgeklemmt, und knibbelte an ihren Nägeln.

»Lasst den Quatsch, wir rufen die Versicherung an«, erklärte Astrid.

Die schwarzen Hände in die Luft gereckt, sah Thomas sie an, als wäre sie eine Erscheinung.

»Mach mal Platz!« Sie schob sich an ihm vorbei, ließ sich auf den Beifahrersitz sinken und öffnete das Handschuhfach. Bonbonpapiere, eingetrockneter Kaugummi, ein seit langem vermisstes Nickituch, Papierkram – ein heilloses Durcheinander. Noch während sie sich darüber ärgerte, dass jeder in der Familie seinen Abfall dort ablud, wo es gerade passte, schob sich Thomas' Hand schräg an ihr vorbei und fischte aus dem Chaos einen Briefumschlag heraus, der das Logo der Versicherung trug. Einen Moment war sie versucht, ihm einen Vorwurf zu machen – wieso war er eigentlich nicht darauf gekommen? –, aber sie schluckte ihren Unmut herunter und küsste ihn schmatzend auf den Mund.

10.

Zwei Stunden später war nichts mehr wie zuvor. Astrid saß am Steuer eines klimatisierten Mietwagens und mühte sich sowohl mit den vielen Bedienungsknöpfen am Armaturenbrett als auch mit ihrer widersprüchlichen Gefühlslage ab. Ihr alter Citroën, das Gefährt, in dem sie vor nunmehr sechzehn Jahren Lucie zur Welt gebracht hatte, existierte zwar noch, war jedoch todgeweiht und würde in absehbarer Zeit von einem Ungeheuer namens Schrottpresse zerquetscht werden. In der Werkstatt hatte der Automechaniker beim flüchtigen Blick unter die Motorhaube lediglich den Kopf geschüttelt, ein Deutsch sprechender Gutachter hatte kurz darauf den Schaden bestätigt – Motor kaputt, Kühler geplatzt. Reparieren wäre viel zu teuer, also trennten sie sich besser gleich von ihrem alten und offenkundig nicht mehr ganz so treuen Fahrzeug, die Verschrottung sowie die Kosten für den Mietwagen übernähme die Versicherung. Astrid hatte nicht an sich halten können und ein paar Tränen vergossen. Johann hatte sich auf einen Stapel Autoreifen setzen müssen, vielleicht der Kreislauf, nur Thomas und die Kinder waren entspannt geblieben. Recht hatten sie. Das bisschen Blech war kein Grund, sich aufzuregen. Die Versicherung zahlte, ihnen war nichts passiert – mehr gab es dazu nicht zu sagen. Und doch schmerzte Astrid der Verlust, als sei ihr ein Teil ihrer Vergangenheit abhandengekommen.

Immer noch lagen etliche Stunden Autofahrt vor ihnen, und nachdem sich alle an die Kühle des neuen Wagens gewöhnt hatten, kehrte nach und nach Ruhe ein. Thomas schien zu dösen, von Lucie kam ebenfalls kein Mucks, nur Johanns Geschnaufe übertönte das Brummen des Motors.

Sich der Flut ihrer Gedanken überlassend, tat Astrid das, was sie schon die ganze Zeit über hatte tun wollen, der altersschwache Wagen ihr jedoch verwehrt hatte. Das Gaspedal durchdrücken, schnell fahren, ein paar Minuten Freiheit und Abenteuer genießen. Doch ihr Ausbruch währte nur kurz, denn Lucie meldete sich mit einem vorwurfsvollen »Mami!« von der Rückbank.

Das rief nun auch Thomas auf den Plan, der sie sogleich in den Fängen der *carabinieri* sah, woraufhin Astrid, von den moralischen Anwandlungen ihrer Lieben entnervt, den Fuß wieder vom Gas nahm. Man gönnte es ihr einfach nicht, aber auch das Verkehrsaufkommen rund um Mailand machte ihr wenig später einen Strich durch die Rechnung. In Autokolonnen gefangen, zuckelten sie etliche Kilometer mit Tempo fünfzig dahin, bis mit einem Mal gar nichts mehr ging. Stau bis zum Horizont.

Johann fing an rumzunörgeln. Wieso es eigentlich so kalt im Wagen sei, eine Tiefkühltruhe sei nichts dagegen, und wenn er eine Lungenentzündung bekäme und ins Krankenhaus müsse, wäre Astrid schuld. Vielleicht müsse er sogar sterben. Und all das in diesem Land, wo der Kaffee so stark wäre, dass man davon einen Herzkasper kriegte.

»Johann, vorhin konnte dir der Kaffee gar nicht stark genug sein«, sagte Astrid geduldig, und weil sie mit der Regulierung der Klimaanlage noch nicht vertraut war, ließ sie das Seitenfenster herunter.

»Pfui Teufel, das stinkt ja!«, beschwerte sich Lucie, woraufhin Astrid drohte, sie und ihren Großvater beim nächsten *Autogrill* abzusetzen und ohne die beiden weiterzufahren. Auch wenn das meckernde Gespann den Einschüchterungsversuch nicht ernst nahm, wirkte er. Auf der Rückbank wurde es schlagartig ruhig, und Astrid fuhr im Schritttempo durch den Stau. Niemandem wurde schlecht, keiner musste auf die Toilette, und Thomas machte sich nützlich, indem er auf der Karte nachschaute, wo sie, falls sie hinter Mailand glatt durchkämen, übernachten könnten. Florenz oder Arezzo, schätzte er. Das wäre in etwa die halbe Wegstrecke bis Neapel.

Astrid war alles recht. Sie wollte nur ankommen. Irgendwann, irgendwie und am besten noch in diesem Leben.

*

Zitronenbäume, sanfte Hügel, Meer. Dazwischen Eisverkäufer mit Bauchläden, knatternde Vespas, dunkelhaarige Männer, die hauchdünnen Pizzateig auf der Spitze ihres Zeigefingers kreisen ließen, gefärbte Blondinen am Strand, Palmen. Das war Lucies Vorstellung von Italien. Umso überraschter war sie, dass das Land in Wirklichkeit ganz anders aussah. Kilometerweit erstreckte sich eine schnurgerade, mit Oleander bepflanzte Autobahn, links und rechts abgemähte Wiesen und Felder, mal tauchte ein kleines Städtchen in der flachen Landschaft auf. Das Meer war irgendwo, bloß nicht hier.

Kurz hinter Parma machten sie Pause. Wieder Autobahnraststätte. Wieder im stinkenden Toilettenvorraum anstehen. Wieder Cappuccino – diesmal für alle –, dazu gab es anstelle eines warmen Essens Brötchen mit Parmaschinken. Lucie konnte gerade noch verhindern, dass ihr der verpeilte Typ hinter dem Tresen auch eins mit Schinken reichte. Bitte Mozzarella und Tomate, und das goldgelb getoastet! Sie setzte alle Sprachen ein, die sie kannte, Deutsch, Englisch und Französisch, zudem unterstrich sie ihr Kauderwelsch mit den Händen, bis er endlich begriff.

Opa Johann stand an einem der Stehtische, die Ellbogen aufgestützt, und sah so aus, als würde er die schmutzigen, ineinandergestapelten Espressotassen bewundern. Dabei grinste er, irgendwie schon ein bisschen einfältig, in sich hinein. Vielleicht war er einfach nur glücklich, dass er nicht mehr im Auto sitzen musste, oder aber er träumte von irgendetwas Schönem. Nur wovon? Was hatte man in seinem Alter noch für Pläne, Hoffnungen, Wünsche?

Lucie räumte kurzerhand den Tisch frei, um für die fünf Tassen und den Teller mit den Brötchen Platz zu machen. Feriengeruch stieg ihr in die Nase. Bis in die Puppen schlafen, getoastetes Brot in den Kakao tunken. Auch das war Glück und hatte nicht mal was mit Jonathan zu tun.

»Lasst es euch schmecken!«, rief ihre Mutter. Es klang wie ein Fanfarenstoß, lächerlich affektiert, so als wolle sie um jeden Preis gute Stimmung verbreiten. Dabei musste man sich die beiden nur mal angucken, sie und ihren Paps. Die meiste Zeit machten sie sich doch bloß vor, glücklich zu sein. Es erinnerte an das aufgesetzte Happy-Feeling aus der Eiswerbung, das nichts mit echten Gefühlen zu tun hatte. Meistens stritten sie nämlich. Und das war dann echt. Manchmal taten Lucie ihre Eltern leid. Was war ihr Leben mehr als eine Aneinanderreihung unerfreulicher Momente. Zoff und Chaos, dazu noch Geldsorgen. So wollte ja nun wirklich kein Mensch leben, und ganz bestimmt nicht Lucie.

Unter dem Vorwand, sich die Beine vertreten zu wollen, schlenderte sie zu den Zeitschriften hinüber. Beiläufig ließ sie den Blick über Fernsehschönheiten, Models und Busen gleiten und überlegte, was sie machen sollte. Ihr Handy konnte unmöglich kaputt sein, eben noch hatte Hannah auf ihre SMS geantwortet. Die Alternative war, dass Jonathan wieder mal zwischen größtem Liebenden aller Zeiten und Arschloch Nummer eins hin und her switchte. Was er geschrieben hatte, war gemein. Andere Mädchen würden sich beim Sex nicht so anstellen. Eine knappe Stunde später war prompt die Entschuldigung gekommen. Ob sie eigentlich wisse, wie süß sie sei … Was sollte das? Warum tat er ihr diese Wechselbäder der Gefühle an? Eine Hand legte sich auf ihre Schulter, und Lucie fuhr herum. Es war Max, der sie mit zahnpastafrischem Atem anlachte. »Wie findest du das?« Er zeigte auf ein Titelbild mit Riesenbrüsten.

»Eklig«, stellte Lucie fest. »Und du?«

»Auch eklig«, echote Max. »Ziemlich eklig sogar.«

Es war schon absurd, wie sie hier mit ihrem Bruder stand und italienische Megabusen anglotzte. Max streckte seine Hand aus, als wollte sie nach einem der Tittenblätter greifen, doch dann zuckte sie zurück und wanderte in seine Hosentasche.

»Hat er Schluss gemacht?«, fragte er, ohne seinen Blick von den Zeitschriften zu lösen.

»Wer?«

»Na, wer schon!«

»*Na, wer schon* antwortet nicht auf meine SMS.« Sie verspürte ein unangenehmes Ziepen im Bauch.

»Kann viele Gründe haben.«

Lucie nickte und wunderte sich, dass diese vier Wörter ausreichten, sie zu trösten. Max sollte auf jeden Fall ein Doc werden. Vielleicht ein Psycho-Doc, falls er das andere nicht wollte.

»Nicht traurig sein.« Seine Finger kitzelten sie wie Ameisen im Nacken. »SMS-Beziehungen bringen's eh nicht.«

»Simst du dir denn nicht mit deiner Schweizerin?«, fragte sie ungläubig.

»Meine Schweizerin? Sie ist nicht meine Schweizerin.« Eine zarte Röte überzog Max' Wangen wie Zuckerguss einen Donut. Sie mochte die mit der rosaroten Glasur am liebsten, aber noch viel lieber wäre ihr ein Freund gewesen, in dessen Gesicht man wie in einem Buch lesen konnte. So wie das bei ihrem Bruder möglich war.

»Ja … doch … also …«, kämpfte er gegen sein Stottern an. »Zwei-, dreimal haben wir uns schon gesimst, aber das ist was völlig anderes.«

»Soso. Was völlig anderes«, stichelte sie.

»Ja! Wir haben uns schließlich nicht virtuell kennengelernt.«

»Nein, nur im Dunkeln. Auf einem Spielplatz. In einem Nirgendwo-Land.«

Max lächelte. »Vielleicht sind die Mädchen aus den Nirgendwo-Ländern auch nicht die schlechtesten.« Er schnappte sich eins der Busenhefte und begann hektisch darin zu blättern. »Lucie, kannst du dir vorstellen …«

Eine hereinplatzende Reisegruppe ließ seine Stimme ersterben. Peinlich berührt, legte er das Heft weg.

»Was soll ich mir vorstellen?«

»Dass Cosima eventuell oder sagen wir besser vielleicht …« Er hielt inne, um an seinem Bauch herumzutätscheln. »Wie jeder sehen kann, bin ich ja nun mal ziemlich … ähm … fett.«

»Nein, Dicki, du bist nur ein bisschen mopsig, aber das macht doch nichts.«

»Bisher schon.« Er sah sie aus großen, traurigen Augen an. »Ich will bloß nicht verarscht werden, verstehst du?«

»Und warum sollte Cosima das tun?«

Max drehte sich um, wohl um sich zu vergewissern, dass die Eltern und Opa Johann nicht lauschten. Doch seine Sorge war vollkommen unbegründet. Die Männer standen an einem der Stehtische, die Mienen eingefroren, ihre Mutter taxierte interessiert einen Typen am Nebentisch. Pilotensonnenbrille auf der Stirn, tätowierte Fingerknöchel, Oberarme wie Schenkel. Vielleicht war es ja ihr heimlicher Traum, mal mit einem italienischen LKW-Fahrer in die Kiste zu steigen oder besser gleich mit ihm durchzubrennen. Nur weg von Paps, Opa und ihnen, den beiden Quälgeistern.

Max kniff sie in den Oberarm. »Sei ehrlich, Lucie. Könntest du dir vorstellen, einen Freund wie mich zu haben?«

»Natürlich nicht! Du bist mein Bruder!«

»Du weißt genau, wie ich das meine.«

Lucie überlegte einen Moment, dann fragte sie: »Ehrliche Antwort?«

»Schon klar. Du kannst es dir nicht vorstellen.« Max klang enttäuscht, und dass sie jetzt, wenn auch nur ganz sachte, den Kopf schüttelte, schien die Sache nicht besser zu machen.

»Ist doch egal«, versuchte sie ihren Fauxpas auszubügeln. »Sie hat dich geküsst. Das sagt alles.«

»Was sagt das? Nichts. Gar nichts! Vielleicht war es bloß ein Versehen.«

»Quatsch, man küsst nicht einfach nur so.« Beim knappen

Blick zur Seite registrierte sie, dass sein Kinn bebte. »Sie hat dich doch auf den Mund geküsst, oder?«

Max zuckte mit den Achseln, dann sah er Lucie besorgt an. »Also offen gestanden, war's mehr hier als da.« Sein Finger beschrieb zwischen Wange und Mundwinkel ein Zickzackmuster.

»Klarer Fall von verrutschtem Kuss«, stellte Lucie fest. »Natürlich hatte sie vor, dich auf den Mund zu küssen.«

Max schwieg. Er hob seine molligen Arme, was aussah, als habe er Pinguinflügel.

»Wenn es stimmt, wär's toll. Wenn nicht, bin ich einfach nur …« Er senkte den Blick. »Dick. Und damit unattraktiv.«

Lucie lachte laut los. »Auf jeden Fall bist du lustig. Mädchen mögen das. Außerdem hast du eine tolle Synchronsprecher-Stimme, und du liebst klassische Musik. Lauter Pluspunkte!«

Max Hand fuhr durch die Luft, als wolle er sagen: *Und wenn schon*, dabei riss er ein Motorsport-Heft aus dem Regal. Schwerfällig bückte er sich danach. »Du siehst ja an deinem Bayern, dass man sich nie sicher sein kann.« Sein Handy gab einen dudelnden Dreiklang von sich.

»Max, Kröte, kommt ihr dann?« Opa Johann lief O-beinig auf sie zu. »Na, was guckt ihr euch denn Schönes an?« Seine Blicke huschten über die Busenblätter, wobei er keckernde Laute ausstieß. »Das sind aber ziemlich leckere Damen. Ganz nach meinem Geschmack.«

»Und die leckeren Damen wollen schön in ihren leckeren Heften bleiben.« Lucie zerrte ihn zum Ausgang, schob ihn durch das Drehkreuz und scheuchte ihn wie einen räudigen Hund davon.

Max checkte gerade schmunzelnd seine SMS, als sie zurückkehrte.

»Erzähl. Was schreibt sie?«

»Woher weißt du, dass es *sie* ist?«

»Man muss schon ziemlich blöd sein, um dir das nicht anzumerken.«

Um Max' Mundwinkel zuckte es. »Ist eigentlich ein Geheimnis.«

»Umso besser. Ich liebe Geheimnisse.«

Ihr Bruder zierte sich ein Weilchen, bevor er mit der Sprache rausrückte. »Sie will mit ihrer Freundin nach Italien fahren und fragt, ob ich einen Tipp für sie habe.«

»*Wann* fährt sie?«, entfuhr es Lucie sensationslüstern.

»Weiß nicht. In ein paar Tagen.«

»Ist doch klar, was sie von dir hören möchte.« Sie stieß ihn in die Seite, doch er blickte sie nur verständnislos an. »Dicki! Sie will dich wiedersehen! Die Reise mit der Freundin ist nur ein Vorwand oder zumindest ein willkommener Anlass. Ich an ihrer Stelle würde das ganz genauso machen.«

»Wirklich?«

»Logo. Simse ihr, dass wir nach Santa … wie heißt das Kaff noch gleich? … fahren.« Wäre Jonathan ihr mit dieser Frage gekommen, sie hätte nicht eine Sekunde gezögert und ihn, notfalls auch in Begleitung einer kompletten Fußballmannschaft, an ihren Urlaubsort bestellt. Ihr Bruder war vielleicht moppelig, aber ein echter Glückspilz. Lucie gönnte es ihm. Schon viel zu lange hatte er sich in seine tote Musik geflüchtet.

*

Johann spürte sämtliche Knochen. Vielleicht war er doch alt. Älter, als er bisher angenommen hatte. An den meisten Tagen im Jahr hielt er sich für einen recht fitten Burschen. Er lief wie ein

Wiesel, trank seinen Sohn locker unter den Tisch, und sein Hirn funktionierte wie bei jedem anderen Jungspund. Gedächtnislücken – Fehlanzeige. Selbst sein Kurzzeitgedächtnis lief immer noch wie geschmiert. Nur seine Knochen, die taten ihm hin und wieder weh, was im Moment gewiss auch an dem harten Bett lag. Seine herzallerliebste Schwiegertochter war ja immer aufs Sparen aus, daher hatten sie hinter der zugegebenermaßen kurvenreichen Strecke rund um Florenz gleich die erstbeste Pension genommen. Seiner kleinen Kröte war schlecht geworden. Kein Wunder bei Astrids rasantem Fahrstil. Um ihn selbst wäre es am Ende nicht schade, nur der Rest der Familie hatte schon noch ein paar schöne Tage verdient.

Nach einem Stück Pizza auf die Hand waren Max und Lucie in ihrem Geschwisterzimmer verschwunden, Thommilein und Astrid in ihrem Ehezimmer und er in seinem Opazimmer. Das kleinste, spartanischste, das auch noch zur Straße rausging. War ja mal wieder typisch! Er wurdc immer übervorteilt. Ein kühles Pils, das wäre jetzt was, doch ausgestreckt auf seiner Pritsche fühlte er sich wie in ein Korsett gezwängt. Arme, Beine und Rumpf schienen ihm kaum noch zu gehorchen. Er versuchte zu schlafen, aber auch das wollte ihm nicht gelingen. Die von draußen hereindringenden Autobahngeräusche wären noch zu ertragen gewesen, viel schlimmer war jedoch, dass sich die Pension in unmittelbarer Nähe eines Jugendtreffs befand. Geschrei, Gekicher, knatternde Vespas. Vor fünfzig Jahren hätte er sich mitten ins Getümmel gestürzt und die Schönste des Ortes umgarnt. Heute würde er dabei nur eine mehr als lächerliche Figur abgeben. Also blieb ihm nichts weiter übrig, als in das weiße Laken gehüllt – die kratzige Wolldecke hatte er zusammengeknüllt in die

Ecke geworfen – liegen zu bleiben und von seinen Erinnerungen zu zehren.

Giuseppina. Er besaß kein Foto von ihr. Nur ein ins Hirn gestanztes Bild war ihm geblieben, von dem er nicht mal wusste, ob es jemals der Wirklichkeit entsprochen hatte. Das lange wellige Haar … Der kleine Leberfleck zwischen ihren Schulterblättern … Die verwegen rot lackierten Fußnägel … Ihre Brüste … Wie hatten sie noch gleich ausgesehen? Er versuchte sich zu besinnen, doch die Busenbilder, die sich seine Enkel an der Tankstelle angeguckt hatten, überlagerten alles. Fast wurde er wütend auf die beiden kleinen Nichtsnutze, weil sie ihm damit das letzte bisschen Erinnerung gestohlen hatten.

Seine gute Hilde … Ein Glück, dass sie ihn jetzt nicht sehen konnte. Auf Freiersfüßen gen Süden. Dabei war er all die Jahre anständig geblieben – auch wenn es ihn schon das eine oder andere Mal gejuckt hatte … Na ja, mal schauen, was aus seiner kleinen Perle geworden war. Ob sie einen ganzen Haufen *bambini* hatte, kugelrund war und statt Pünktchenkleid Kittel trug. Vielleicht war aber auch alles ganz anders. Womöglich hatte sie sich ihre Schönheit bewahren können, war nur sanft gealtert, hier ein Fältchen, dort ein graues Haar, die Schenkel, mit denen sie ihn damals umklammert hatte, immer noch kräftig und prall.

Nein, das hätte er seiner Hilde nicht antun mögen, all die Jahre, in denen sie sich ihre Zukunft aufgebaut hatten, die jetzt schon – leider, leider – Vergangenheit war. Die Schwangerschaft, Baby Thommi erblickt das Licht der Welt, die schöne neue Waschmaschine, Thommi wird eingeschult, der erste Schwarzweißfernseher, schick sah er aus im behaglich eingerichteten Wohnzimmer. Später waren die Prechtels, die Beers und wie sie alle hießen, in die Nachbarschaft gezogen. Etwa zu dieser Zeit ging es mit den wilden Partys im Waschkeller los. Bowle floss jedes Mal in Strömen, sie hatten geschwoft, Toast Hawaii und Käseigel gegessen, und er hatte ein Auge auf die platinblonde Frau Prechtel geworfen. Marianne. So hatte er sie später auch nennen dürfen, nachdem sie sich heimlich wie die Teenager auf der Toilette geküsst hatten. Nur das eine Mal. Johann schwor es bei allem, was ihm heilig war – und das war herzlich wenig.

Giuseppina hatte in all den Jahren keine Rolle gespielt. Die Erinnerung an sie war erst zurückgekehrt, als die Party-Ära nach und nach verebbt war. Man wurde älter, einige Nachbarn zogen fort, bauten Häuser. Thommi entwickelte sich zu einem prächtigen Burschen und erfolgreichen Schwimmer, was zur Folge hatte, dass er kaum noch zu Hause war. In der Monotonie des Alltags hatte sich seine kleine Perle wieder angeschlichen. Erst war sie nur ein unklares Bild gewesen, später Projektionsfläche seiner wilden Phantasien. Keine Frage, Hilde war immer noch seine Königin, die unumstrittene Herrscherin in ihren vier Wänden, die Frau, die die besten Kartoffelpuffer in der ganzen Siedlung machte. Doch von einer sich wild im Sand wälzenden Giuseppina war sie ebenso weit entfernt wie die Erde von der Venus.

Später, als sein Hildchen krank geworden war, hatte er Giuseppina aus dem Ehebett hinausgeworfen, so anständig war er schon, zumal es um alles oder nichts ging. *Nichts* hatte gesiegt und ihn an einen Ort gebracht, wo er niemals hatte sein wollen. Alles fühlte sich nur noch dunkel, kalt und leer an. Erst der Gedanke an seine Perle hatte ihn nach und nach wieder aus dem Tief herausgeholt, und vielleicht war in diesem Moment die Idee geboren worden: noch ein einziges Mal zu Giuseppina. Jetzt oder nie.

11.

»Uhiii! Das Meer!« Lucies helle Mädchenstimme riss Astrid aus ihren träge dahinfließenden Gedanken. Seit Stunden saß sie hinterm Steuer, die Klimaanlage auf moderate zwanzig Grad gestellt, und genoss den Ausblick. Wie verschwenderisch hier alles wuchs! Palmen wechselten sich vor dem Hintergrund schemenhafter Berge mit Weinstöcken ab, dazwischen ragten Zypressen auf, dann wieder fuhren sie an Olivenhainen und wildwuchernden Kakteen vorbei. Nur die Ortschaften, oft aus gelbweißen, mehrstöckigen Flachdachhäusern bestehend, wirkten wie Fremdkörper in der harmonischen Landschaft. Hinter Neapel wurde es bergiger, ein Tunnel löste den anderen ab, und Astrid war heilfroh, dass niemand redete, meckerte oder auf andere Weise die Monotonie des Fahrens störte. Jeder von ihnen schien sich auf die in greifbare Nähe rückende Ankunft einzustellen, still und in sich gekehrt. Astrid selbst hatte Angst, den magischen Moment zu zerstören, irgendwas zu tun, das eine Kette unvorhersehbarer Ereignisse auslöste und die Ankunft womöglich erneut verzögerte. Bloß endlich ankommen. Die Tasche auspacken. Sich auf irgendetwas setzen, das kein Autositz war.

»Mami, nun guck doch!«, sagte Lucie in die Stille hinein.

Astrid blickte schräg an Thomas vorbei nach draußen. Durch das Autofenster gewahrte sie einen stahlblauen Himmel, der in ein türkisgrünes Meer überging, auf dem in der Ferne kleine Schaumkronen tanzten, als würden sie zur Begrüßung ein Ballett aufführen. Ihr Herz begann, in einem schnellen, aufgeregten Dreivierteltakt zu schlagen.

»Cool«, murmelte Max. »Aber auch irgendwie ziemlich kitschig, oder?«

»Das Meer ist nie kitschig«, widersprach Lucie.

»Wenn's eine Postkarte wäre, schon.«

»Das ist aber keine! Alles echt! Dicki, wir sind am Meer!«

Johann reckte und streckte sich hinter ihr, wobei er seine spitzen Knie in den Sitz bohrte. Er brummte etwas, das wie *Peppina* oder *Ina* klang.

»Ja, Vater?«, wachte jetzt auch Thomas aus seinem Dämmerzustand auf.

»Hab nichts gesagt, wieso?«, kam es noch eine Oktave tiefer von hinten.

»Doch, du hast Seppina oder Pina gesagt. Wer oder was soll das denn sein?«

»Niemand.«

»Ist das ein Frauenname, Opa?«, wollte Max wissen.

»Ihr habt euch verhört«, beharrte Johann. »Hab nichts gesagt. Und träumen wird man im Land der Spaghettis und Pizzas ja wohl noch dürfen.«

»Opa träumt von italienischen Frauen«, amüsierte sich Lucie. »Opi, das hätte ich jetzt aber nicht von dir gedacht.«

»Könnt ihr bitte ein bisschen leiser sein«, bat Astrid. Es war anstrengend genug, sich auf den Straßenverkehr zu konzentrieren. Gerade hatten sie die zur Rushhour verstopfte Stadt Salerno erreicht. Thomas hatte zwar die Karte auf den Knien ausgebreitet, tat sich jedoch nach wie vor schwer damit, sie zu lotsen. Im Schritttempo fuhren sie kreuz und quer durch die engen Straßen. Lucie jammerte, dass ihr schlecht wäre, doch Astrid konnte keine Rücksicht darauf nehmen. Ein Laster klebte hinter ihr, und als wäre das nicht schon genug, hupte der Fahrer auch noch wie wild.

»*Stronzo*!«, schimpfte Johann und zeigte ihm durch das Heckfenster den Stinkefinger.

»Opa!«, rief Lucie entsetzt aus. »Woher kennst du solche Ausdrücke?«

»Tja, da staunst du, was?« Er lachte heiser. »Von meinem Urlaub mit Hans damals. Wir haben viel Italienisch geredet, o ja! *Buongiorno …*, *grazie …*, *Pizza mangiare* und eben *stronzo*. Das am allerliebsten.«

Der LKW-Fahrer ließ sich nicht von Johanns Drohgebärde beeindrucken und zog bei der nächsten Gelegenheit, Schimpfworte durchs geöffnete Wagenfenster brüllend, an ihnen vorbei.

Eine Dreiviertelstunde später hatten sie die stickige Stadt hinter sich gelassen und fuhren auf einer schnurgeraden Küstenstraße – rechter Hand lag das Meer – Richtung Agropoli, dem letzten Städtchen vor ihrem Zielort Santa Maria di Castellabate. Thomas schrieb der Vermieterin, wie seinerzeit per Mail ausgemacht, eine SMS, dass sie zirka in einer bis anderthalb Stunden da wären.

Etwaiger Proteste zum Trotz schaltete Astrid die Klimaanlage aus, ließ das Fenster runter und die schwülwarme Spätnachmittagsluft hereinströmen.

»Johann, zieht's?«, erkundigte sie sich, wenn auch nur pro forma.

»Nein, Astrid-Schatz, *tutto paletti*«, säuselte Johann wie verwandelt. War es die Vorfreude, die aus ihm plötzlich einen geradezu liebenswerten Mitmenschen machte? Das gab Anlass zur Hoffnung, dass alles doch noch gut werden würde.

*

Sie waren da und doch nicht.

Das Meer imposant blau in knapp dreihundert Metern Tiefe, ein sanft abfallender Hang, von wildem Gestrüpp überwuchert, dazwischen Mohnblumen wie auf einem pointillistischen Gemälde hingetupft. Dahinter der Ort Santa Maria, ein kunstvoll angeordnetes Mosaik aus mattroten Dächern und einem Saum feinen Sandstrands. Was für ein Juwel, dachte Astrid, das sich nur ihr zu Ehren so herausgeputzt hatte. Den Anflug von Vermessenheit gönnte sie sich, bevor sie ihren Blick wieder auf die Straße heftete. Ein Dreiradauto kam ihr in einer langgestreckten Kurve entgegengeknattert. Für den Bruchteil einer Sekunde schob sich ein Silberpfeil in ihr Blickfeld, der Wagen schien direkt auf sie zuzurasen, Reifen quietschten, sie drückte die Hupe, durchlebte den Crash bereits in Gedanken, doch in allerletzter Sekunde scherte das Auto schlingernd wieder ein. Weder Thomas noch Johann noch die Kinder gaben auch nur einen Mucks von sich. Vielleicht hatten sie auf der Reise schon zu viel erlebt, um sich darüber noch aufzuregen, aber Astrids Beine zitterten wie Espenlaub. Das war knapp gewesen. Diesmal waren sie tatsächlich haarscharf am großen Nichts vorbeigeschrammt.

Kaum hatte sich ihr Herzschlag wieder beruhigt, signalisierte Thomas ihr, die nächste Straße rauszufahren. Auf den letzten Kilometern hatte er sich zu einem regelrechten Karten-Spezialisten entwickelt, er las, tat und dirigierte – und das alles in vorbildlicher Weise. Es war also nur eine Frage des Willens, und ihr Ehemann schien erst kurz vorm Ziel *gewollt* zu haben.

Astrid fuhr zirka hundert Meter, dann bog sie rechts ab. Überwältigt von dem Panoramablick, der sich ihr nun linker Hand bot, rollten sie im Schritttempo in die kleine Ortschaft hinunter. Sie passierten Villen mit Palmengärten, vielleicht waren es Hotels, dann wieder säumten schmucklose Steinhäuser die Straße. Am Ortseingang verdichtete sich die Bebauung, sie fuhren an Boutiquen sowie Geschäften mit Küchenbedarf und Badeartikeln vorbei und hielten schließlich an der mit unzähligen Caféstühlen bestückten *Piazza*. Thomas, im Land der Machos plötzlich selbst ganz der Macher, ließ das Seitenfenster ein Stückchen weiter nach unten fahren, winkte den erstbesten Passanten heran und erkundigte sich auf Englisch nach dem Weg. Der Mann verstand, antwortete jedoch in einem schwammigen Sprachenmischmasch. *Am Ende der Straße schräg links um die Ecke, einmal rechts, an den parkenden Autos vorbei, wieder links, ein kleines Stückchen geradeaus, um die Kurve, dann knappe zwanzig Meter geradeaus* – so reimte sich Astrid das zusammen. Es klang kompliziert und war letztendlich doch ganz einfach. Nur einmal bog sie falsch ab, fand aber ein paar Meter weiter die richtige Zufahrtsstraße, und schon kurz darauf hielt sie vor einem sandfarbenen, dreistöckigen Palazzo.

Hier musste es sein. Neun kleine Balkone klebten wie Schwalbennester an dem Gebäude. Der Treppenaufgang war, wie auf dem Foto, das sie sich auf der Website des Vermieters angesehen hatte, von farbenprächtigen Bougainvilleen und Oleanderblüten umrankt. Im Garten davor standen Palmen.

Sie hatten es geschafft – nach einer Höllentour waren sie wie zufällig im Paradies gestrandet. Alle lebten noch. Lediglich ihr alter Weggefährte, der Citroën, hatte sein Leben ausgehaucht.

»Papa, lass mich raus!« Lucie rüttelte am Vordersitz, und als Thomas ausstieg, um der kleinen Diva Platz zu machen, sagte sie nur: »Geil!« Ihre Übelkeit schien wie weggeblasen zu sein.

Max, der sich kurz darauf aus dem Auto schälte, staunte mit offenem Mund.

»Gefällt's dir, Vater?«, wollte Thomas wissen.

»Sicher, mein Junge. Schon famos hier.« Er blickte sich um. »Aber trotzdem, kein Vergleich zu Amalfi.«

»Nee, schon klar«, konnte Astrid es sich nicht verkneifen zu bemerken. »In Amalfi hängen sicher gebratene Tauben in den Bäumen.«

»Allerdings. Und ein Empfangskomitee steht rum und kredenzt dir Berliner Weiße.«

Während sich Lucic vor Gekicher nicht mehr einkriegen konnte, lehnte sich Astrid erschöpft an Thomas' Schulter. Sie waren angekommen. Endlich. Und sie lebten noch. Aber was das Beste war: Johann beklagte sich weder über seinen steifen Hals, noch raschelte er mit irgendeiner Gummibärchentüte herum, und er schwang auch keine großen Reden. Es fühlte sich gut an, einfach so mit Thomas dazustehen und seine warme Hand im Nacken zu spüren. Ein bisschen wie früher, als sie frisch verliebt waren.

Als er sich von ihr löste, lief Astrid die wenigen Meter zum Strand hinunter. Rechter Hand versperrte ihr eine Häuserzeile in verschiedenen Gelbschattierungen den Blick auf den Strand, linker Hand erstreckte sich die Bucht in einem Halbkreis. Kinder tobten im flachen Wasser und bewarfen sich mit Sand. Astrid guckte ihnen eine Weile zu, dann tauchte Lucie mit düsterer Miene neben ihr auf. »Mami, unsere Vermieterin ist nicht da!«

»Hat dein Vater geklingelt?«

»Ja! Sogar Sturm!«

»Vielleicht ist sie gerade einkaufen. Macht doch nichts.«

»Okay, macht nichts«, echote Lucie matt und kehrte um.

Astrid blieb in dem unbedingten Willen stehen, sich von nichts, aber auch gar nichts aus der Ruhe bringen zu lassen. Jede Sekunde, die sie an diesem Fleckchen Erde stand und aufs tiefblaue Wasser schauen durfte, war eine gute Sekunde. Die Anspannung der Fahrt wie einen alten Mantel ablegen, vergessen, dass sie das hier alles nicht gewollt hatte. Als sie sich wie zufällig nach ihrer Familie umdrehte, sah sie Thomas hektisch winken.

Notgedrungen schickte sie dem Meer einen Gruß und trabte seufzend zum Palazzo zurück.

»Astrid-Schatz, hast du denn nicht mal eine Telefonnummer von dieser Dame?«, rief Johann ihr zu, schien jedoch keine Antwort zu erwarten. Statt sich wie die Kinder und Thomas auf die Steinmauer zu setzen, bestand er darauf, das bereits ausgeladene Gepäck zu bewachen. Man wisse ja nie … Bei all den Gangstern und Ganoven hier.

Max stand auf und streckte sich. »Wer wollte denn unbedingt in Süditalien Ferien machen?«, entgegnete er. »Ich jedenfalls nicht. Außerdem sehe ich gar keine Gangster und Ganoven.«

Astrid schenkte ihrem Sohn ein dankbares Lächeln. Er war ohnehin der Einzige, der Johann ab und zu kritisierte. Lucie verzieh ihrem Opa ja alles – womöglich, weil er schon so alt war –, und Thomas rührte besser nicht an den seit seiner Kindheit schwelenden Konflikten. Vielleicht weil er fürchtete, dass es zum Knall kommen würde. Das unwiderrufliche Ende einer Vater-Sohn-Beziehung, die weder von gegenseitigem Respekt geprägt noch besonders innig gewesen war. Johann hatte immer mehr von Thomas erwartet – bessere Noten, bessere Abschlüsse, Titel und Berufsbezeichnungen, mit denen er beim Shopverkäufer an der Tankstelle und bei Frau Kleinschmidt-Mühlenthal hätte angeben können, doch Thomas war seinen Erwartungen nicht gerecht geworden.

»Max, willst du allen Ernstes abstreiten, dass es hier mafiöse Schurken gibt?« Wohl aus Angst, dass die *mafiösen Schurken* sich als Erstes seinen karierten Reisekoffer von anno dazumal schnappen würden, zog Johann ihn ein Stückchen näher zu sich heran.

»Natürlich nicht, Opa«, entgegnete Max und grinste mit zusammengekniffenen Augen. »Bestimmt ist unsere Vermieterin eine Oberschurkin. Gerade ist sie unterwegs, um einen blutigen Pferdekopf zu besorgen. Den legt sie dir dann heute Nacht ins Bett.«

»Vater hat recht, ich ruf da jetzt an«, beschloss Thomas. »Eine Frechheit, uns hier so lange warten zu lassen.« Er begann in der Provianttasche zu kramen.

»Was suchst du denn?«, wollte Astrid wissen. »Dein Handy?«

»Nein, verschimmelte Brote und matschige Bananen.« Er richtete sich auf und ließ die Arme baumeln. Bisweilen wirkte er wie ein hilfloser kleiner Junge. Astrid konnte sich in solchen Momenten nie entscheiden, ob sie Mitgefühl mit ihm haben oder sich aufregen sollte, weil sie einen so lebensuntüchtigen Mann an ihrer Seite hatte.

In der festen Absicht, keinen Streit vom Zaun zu brechen, griff sie in die Gesäßtasche seiner Jeans, wo sich das Handy abzeichnete. Anrufen musste er schon selbst. Die letzten drei Tage hatten sie mehr Kraft gekostet als der Halbmarathon, den sie im Frühjahr mitgelaufen war. Sie hatte aufs Gaspedal gedrückt, Streit geschlichtet, ihre halbwüchsigen Kinder getröstet und Johann ertragen.

»Die matschigen Bananen gehören aber in den Müll«, erklärte Thomas mit todernster Miene, und Astrid wusste nicht, ob er wieder mal gar nichts begriff oder sie einfach nur veräppelte.

Er ließ es ein paarmal klingeln, doch niemand schien abzunehmen. Dann klickte er die Verbindung wieder weg. »Die Mailbox ist nicht aktiviert.«

»Und jetzt?« Ihr Schwiegervater saß inzwischen auf dem Kofferberg und überwachte seine unermesslichen Schätze.

»Versuchen wir's gleich noch mal«, entgegnete Astrid gelassen. »Wird schon jemand kommen. Im Notfall suchen wir uns eben eine Pension.«

Johann pochte auf das Zifferblatt seiner Uhr. »Bereits sieben durch. Hab elendigen Hunger.«

»Ich auch«, schloss sich Lucie an.

»Da vorne ... zweimal um die Ecke.« Alle Blicke folgten Astrids Zeigefinger. »Da ist das Zentrum. Vielleicht findet ihr einen Pizzastand oder eine Snackbar. Thomas und ich halten hier inzwischen die Stellung.«

»Glaubst du allen Ernstes, ich lasse meinen Koffer aus den Augen? Keine einzige Sekunde!« Johanns Adamsapfel hüpfte auf und ab, seine Augenlider flatterten.

»Dann gehen eben Max und Lucie, herrje!«

»Herrje? Was heißt denn hier herrje? Ich bin ein alter Mann und will nicht auf den letzten Metern meines Lebens bestohlen werden!« Er erhob sich, schwankte leicht. Um sein Gleichgewicht wiederzufinden, hielt er sich kurz am Auto fest.

»Bitte komm mit, Opi!« Lucie streckte die Hand nach ihm aus, woraufhin Johann augenblicklich einlenkte und mitging. Lucie musste wundersame Kräfte haben, dass sie ihren Großvater immer wieder auf Spur brachte.

»Uff«, machte Astrid, als die drei endlich um die Ecke gebogen waren. »Dein Vater ist ja so furchtbar …«

» … anstrengend. Ich weiß. Aber wir werden ihn nicht mehr ändern. Du nicht, ich auch nicht.« Sein Handy anlächelnd, setzte sich Thomas auf den Mauervorsprung. »Allerhöchstens Lucie.«

Thomas probierte die Nummer ein weiteres Mal. Vergeblich.

Er ließ das Handy wieder in seine Gesäßtasche gleiten und sagte: »Bereust du's, dass wir gefahren sind?«

Astrid wusste im ersten Moment nicht, was sie antworten sollte. Ihr Blick wanderte, während sie sich neben Thomas kauerte, zum Meer. Die Sonne stand bereits tief. Nicht mehr lange und sie würde zwischen Himmel und Wasser in einem Nirgendwo verschwinden.

Thomas ließ nicht locker und wiederholte seine Frage.

»Nein«, sagte Astrid und dachte, dass diese wenigen Minuten – abgesehen von ihrer kleinen Auszeit in Bayern und ihrem Besuch bei Kristina – das Beste waren, das sie in den vergangenen drei Tagen erlebt hatte. Das Meer, die Stille, sie saßen hier als Paar, und es fühlte sich nicht mal verkehrt an.

Ein schwarzer Fiat 500 kam herangerollt, die Beifahrertür wurde aufgestoßen und ein perfekt pedikürter Fuß in einer zierlichen Sandalette sichtbar. Die sonnengebräunte Frau, die ausstieg, erinnerte in ihrem großblumigen Blazer und dem knielangen, sich um die Hüften schmiegenden Rock, an eine alternde Filmdiva. Die schwarz gefärbten Haare waren zu einem strengen Knoten im Nacken zusammengesteckt, die Lippen übermalt und ihre Augen, die hinter den Brillengläsern wie durch eine Lupe vergrößert wirkten, in allen Farben des Regenbogens geschminkt.

Auf der Fahrerseite sprang ein junges Mädchen in Jeans, T-Shirt und gelben Converse-Turnschuhen aus dem Wagen. Vielleicht die Tochter? Ihr Blick fiel auf das ausgeladene Gepäck, glitt zu der Frau, auf deren Stirn sich ein Unwetter zusammenzubrauen schien.

Bevor Astrid etwas sagen konnte, entlud es sich in einem Wortschwall, ihre manikürten Hände tanzten durch die Luft, ihr ganzer Körper war in Aufruhr. Doch anders als bei dem Mann, der ihnen den Weg gezeigt hatte, verstand Astrid kein Wort. »No italian«, sagte sie und hob beschwichtigend die Hände.

»No italian?«, wiederholte die Frau.

»No, we are from Germany«, kam Thomas zu Hilfe. Er war aufgestanden und seine imposante Größe von fast zwei Metern ließ die Frau verstummen. Jedoch nur für einen Augenblick, dann wandte sie sich dem jungen Mädchen zu, wechselte ein paar hastige Worte mit ihr und sagte: »My daughter. Please, my daughter. Listen.«

Sich in der Rolle der Dolmetscherin sichtlich unwohl fühlend, erklärte das Mädchen in gebrochenem Deutsch, dass sie ihr Auto und ihr Gepäck unmöglich hierlassen könnten, das sei Privatbesitz.

»Aber wir haben ein Apartment gebucht«, erwiderte Astrid. Sie deutete in den zweiten Stock hinauf. »Bei Frau Rossi.«

Die Signora schien einen Moment aus dem Konzept gekommen zu sein. Unaufhörlich versuchte sie sich eine lose Haarsträhne hinters Ohr zu stecken, bevor sie, auf ihr Brustbein deutend, meinte: »I am Signora Rossi.«

»Und wieso lässt die gute Dame uns hier ewig schmoren?« Thomas kniff die Augen zusammen. »Frag sie das mal. Oder ob sie die SMS gar nicht gekriegt hat?«

»Wieso ich? Ich kann auch kein Italienisch.«

Das Mädchen, das ja nun eigentlich zum Dolmetschen abkommandiert war, stand etwas abseits und kickte Steinchen von sich. Sie erweckte den Eindruck, als täte sie in diesem Moment alles lieber, als sich als Sprachrohr ihrer Mutter zur Verfügung zu stellen. Sich mit ihrem Freund treffen, für die Uni lernen, was auch immer.

»Eigentlich hätten wir schon gestern ankommen sollen«, setzte Astrid zu einer umständlichen Erklärung an. »Aber wir hatten einen Unfall. Das heißt, eigentlich waren es gleich mehrere Unfälle. Daher hat mein Mann Ihnen erst vorhin die SMS geschrieben.«

Thomas legte ihr die Hand auf den Unterarm. Das tat er bisweilen, um ihr zu signalisieren, dass sie zu ausschweifend redete. Zumeist machte es sie aggressiv, wenn er sich zum gütigen Oberlehrer aufschwang, doch im Moment war ihr jedes Wort zu viel, das sie an diese aufgetakelte Person richten musste.

Das Mädchen übersetzte, die beiden steckten die Köpfe zusammen, dann verschwand die Signora kopfschüttelnd im Palazzo.

»*Appartamento* voll«, sagte die junge Frau entschuldigend. »Meine Mutter geht schauen.«

Astrid streckte fordernd ihre Hand aus. »Thomas, wo sind die Unterlagen?« Mit der Hexe, die offensichtlich ihre Vermieterin war, würde es kein Leichtes werden, so viel stand fest.

Thomas hatte die Papiere anscheinend schon bei ihrer Abreise in der Toskana in die Provianttasche gestopft – vielleicht um sie griffbereit zu haben – und zog sie nun, verknickt und mit einem Fettfleck, hervor. Astrid verkniff sich einen Kommentar. Fahrig suchte sie in dem Zettelwirrwarr nach den Buchungsdaten und zeigte sie der jungen Frau. »Sehen Sie? Das Datum von gestern.«

»Ich mach nichts dieses Termine.« Automatisch wich sie einen Schritt zurück. »Meine Mutter macht dieses Termine. Ich studieren in Napoli.«

Lucie und Max tauchten mit prall gefüllten Plastiktüten am Ende der Straße auf. Johann schlenderte Eis essend hinterher.

»Conrady? Astrid Conrady?« Einen Aktenordner unter den Arm geklemmt, kehrte nun auch die Signora zurück. Eine Windböe fuhr ihr unter den Rock, ließ ihn hochflattern und entblößte ihre sonnengegerbten Knie.

»Mein Gepäck noch da?« Johann war auf den letzten Metern eilig gehumpelt, er keuchte und sein Eis tropfte. Doch als er die elegante Italienerin erblickte, verharrte er in der Bewegung und sah sie wie eine Erscheinung an. Seine Hand kippte zur Seite und die Eiskugel fiel mit einem Platsch zu Boden.

Das Mädchen kicherte, aber die Signora tat, als habe sie nichts mitbekommen, und wiederholte, sich eine Zigarette anzündend, ihre Frage.

»Ja, ich bin Astrid Conrady.« Unauffällig kickte sie die Eiskugel ins Gebüsch. »Hier ist meine Buchungsbestätigung.«

Mangels Aschenbecher deponierte die Frau den Glimmstängel im Mundwinkel, dann riss sie Astrid die Papiere aus der Hand, als wäre sie an dem ganzen Kuddelmuddel schuld. Mit nervös flackerndem Blick glich sie die Daten ab.

»Mami?« Lucie klammerte sich ängstlich an ihren Arm. »Meinst du, wir kriegen das Apartment nicht?«

»Natürlich, Spatz«, beruhigte Astrid sie, ohne selbst noch daran zu glauben.

Johann stieß hinter vorgehaltener Hand auf, er trat näher und erklärte gestelzt: »Astrid-Schatz, ich will dir beileibe nichts unterstellen, aber so wie ich dich und das Leben kenne, hast du bei der Buchung sicher was durcheinandergebracht, und jetzt hat die charmante Dame den Salat.«

»Du brauchst dich bei der charmanten Dame gar nicht einzuschleimen«, gab Astrid zurück. »Sie versteht dich nämlich nicht. Außerdem hat *sie* wohl eher was durcheinandergebracht, sprich *wir* haben den Salat.«

Die Signora sog an der Zigarette, als hinge ihr Leben davon ab. Rauch strömte ihr aus der Nase, vermischte sich mit heiseren Lauten, die aus ihrer Kehle kamen. »*Mi dispiace*«, wimmerte sie, »*mi dispiace*!«

»Tut ihr leid«, übersetzte das Mädchen.

»Was tut ihr leid?«

»Wohnen *Signori* aus *Inghilterra* in Apartment. Heute Nacht. Morgen alles frei für Sie.«

»Morgen frei, okay, und heute?«, fiel Astrid automatisch in den Duktus des Mädchens.

»Weiß nicht«, antwortete sie und zog den Kopf ein.

»Sie weiß nicht!«, höhnte Thomas. »Na fabelhaft! Wir fahren Tausende von Kilometern und hier weiß man nicht!«

Astrid fehlten die Worte. Das Apartment war belegt. Warum regte sich ihr Schwiegervater jetzt nicht über die Schlampigkeit der Mafiosi-Schurken auf, die nicht mal in der Lage waren, eine

Buchung korrekt durchzuführen? Vermutlich hatte er Gefallen an der bella Signora, dieser geschminkten Xanthippe, gefunden. Ein Lächeln huschte über sein Gesicht, doch in seinem Bemühen, gut auszusehen, wirkte seine Miene gezwungen.

Max, der sich die ganze Zeit über mit dem Umschichten der eingekauften Lebensmittel beschäftigt hatte, wickelte ein hauchdünnes Pizzastück aus und klappte es zusammen, bevor er gierig hineinbiss. Er bedeutete Astrid, dass es noch mehr davon gab, aber solange sie kein Bett in Aussicht hatten, konnte sie nicht mal an Essen denken.

»Wie stellen Sie sich das vor?«, schlug Thomas einen schärferen Ton an. »Sollen wir etwa hier draußen auf unseren Koffern nächtigen? Sie sorgen jetzt unverzüglich dafür, dass wir eine gleichwertige Unterkunft bekommen. Immerhin – oder wollen Sie das etwa in Frage stellen – haben wir die Bude bereits anbezahlt. Mit einer, sofern ich mich erinnere, nicht unerheblichen Summe.«

Das Mädchen schien mit den komplizierten Satzgebilden heillos überfordert zu sein. Nervös zuckte ihr Lid, als sie Thomas bat, das Gesagte zu wiederholen.

»Ihre Mutter soll sich darum kümmern, dass wir heute Nacht fünf Betten zum Schlafen haben. Haben Sie verstanden? Wir brauchen *fünf* Schlafgelegenheiten.«

»Fünf *persone stanotte.*« Sie nickte eilfertig und nahm ihre Mutter beiseite. Getuschel, Gewisper, die goldenen Armreifen der Signora klimperten.

»Wollt ihr wirklich nichts essen?« Max hatte seine Pizza verputzt und wischte sich die fettigen Finger in einem Taschentuch ab.

»Jetzt nicht, Max«, sagte Astrid.

Auch Lucie und Thomas wollten nicht, nur Johann verlor von einer Sekunde auf die nächste jegliche Contenance und wühlte mit schaufelnden Handbewegungen in den Tüten herum. Das Brot mochte er nicht, den Käse ebenfalls nicht, die Pizza schon gar nicht. Am Ende zog er ein Schälchen mit eingelegten Artischocken hervor, die er sich dann, eine nach der anderen, in den Mund steckte.

»Wird das hier bald mal was!«, empörte sich Thomas. »Schade, dass ich meinen Anwalt nicht dabeihabe. Ich würde die Dame auf der Stelle verklagen.« Schwer ausatmend lief er den asphaltierten Weg, der zum Strand führte, hinunter, machte vor einem kleinen Berg aus Plastikflaschen und Mülltüten halt und blickte aufs Meer.

Das Handy am Ohr, trippelte die Signora hin und her, bisweilen blieb sie stehen und bohrte einen ihrer Pfennigabsätze in den Asphalt. Wörter schwirrten durch die Luft, sie verhaspelte sich, setzte neu an, erhob ihre Stimme nur noch mehr, dann wieder klang sie sanft-bittend, bevor sie auflegte und eine andere Nummer wählte. Die Tochter stand unbeteiligt wie ein Zinnsoldat abseits, voller Widerwillen.

Die Minuten verstrichen, und auch Astrids Ungeduld wuchs. Warum konnte nicht mal eine Sache glatt laufen? Und wenn es nur das Einchecken im vorbestellten Apartment war. Thomas drosch auf einen armen, unschuldigen Busch am Straßenrand ein, nur Johann machte den Eindruck, als freue er sich über das Possenspiel, das ihm frei Haus geliefert wurde.

Die Signora beendete ihr Telefonat. Ihre Sonnenbräune schien verflogen zu sein, als sie ihrer Tochter mit gepresster Stimme ein paar Wörter hinwarf. Die übersetzte sogleich im selben atemlosen Stakkato: »Alle telefoniert im Ort. Nichts Wohnungen. Hotels auch *komplette.* Sie können aber bei uns. Wenn Ihnen wollen. Eine große Zimmer mit fünf … auf Erde schlafen … *materassini.* Bad dürfen uns zu Hause gehen.«

Astrids Blick wanderte zwischen Thomas und Johann hin und her.

»Sie meinen, dass wir zu fünft in einem Raum schlafen sollen?«, hakte Thomas ungläubig nach. »Quasi bei Ihnen zu Hause? Und es gibt nicht mal Betten?«

Das Mädchen nickte, nunmehr in ihrer gelangweilten, desinteressierten Art. »Meine Mutter gibt *sconto* für *appartamento.* Rabatt. Sie verstehen?«

Astrid verstand. Sie hatte längst verstanden. Ihnen blieb nur diese eine Möglichkeit. Anderenfalls mussten sie mit dem Mietwagen vorliebnehmen, was keine wirkliche Alternative war. Also nickte sie Thomas zu und dachte, dass sie vielleicht bloß Schauspieler in einem Film waren und der Regisseur den Dreh gleich abbrach, weil das Drehbuch jeder Beschreibung spottete. Oder aber dass sie träumte. Schlimmstenfalls war dies hier jedoch Realität und sie in einem neuerlichen Alptraum gefangen.

*

Die Hölle auf Erden. Genauso musste es sein. Sie fünf in einer muffig riechenden Kammer auf Matratzen. Ohne Bad. Ohne Toilette. Ohne Belüftung. Es gab nicht mal ein Fenster, lediglich eine winzige Dachluke, die – darauf hatte Johann bestanden – wegen seiner Anfälligkeit für Zugluft geschlossen bleiben musste. Jetzt schnarchte er keinen Meter von Astrid entfernt in einer

Lautstärke, dass sie ihn sich sonst wohin wünschte – Hauptsache weit weg. Am anderen Ende der Kammer sägte Lucie leiser und in gleichmäßigerem Rhythmus. Lediglich Max und Thomas lagen still da.

Seit sich Astrid im Gästebad der Familie in aller Eile die Zähne geputzt und sich notdürftig das Gesicht gewaschen hatte, dachte sie an Flucht. Auch wenn sie hundemüde war, alles schien besser zu sein, als hier zu liegen und doch nicht schlafen zu können.

Astrid schaute auf ihre Armbanduhr, deren Ziffern im Dunkeln phosphoreszierend leuchteten. Drei Uhr durch. Sie schlug das Laken zurück, strampelte die Wolldecke von den Füßen und erhob sich mit schmerzendem Rücken von der Matratze. Im ersten Moment wurde ihr schwindelig – der Kreislauf. Sie blieb ein paar Sekunden stehen, bis das Rauschen in ihrem Kopf abklang, dann tapste sie, angestrengt in die Dunkelheit blinzelnd, in die Richtung, in der sie die Tür vermutete. Sie schlich um die Schlafenden herum, ohne zu stolpern oder Lärm zu machen, und griff beim Hinausgehen nach einem Kleidungsstück, das über einem Stuhl hing. Schlimmstenfalls war es Johanns Hemd, aber selbst das war ihr egal. Sich an der Wand entlangtastend, fand sie nach einigen Fehlversuchen die Tür. Wenn sie jetzt rausging, das wurde ihr in diesem Moment bewusst, würde sie vorm Morgengrauen nicht zurückkehren können. Die Signora hatte ihr keinen Schlüssel ausgehändigt. Natürlich nicht. Warum auch? Welcher Tourist unternahm schon nächtliche Strandspaziergänge?

Die Luft war mild, als Astrid ins Freie trat. Eine Brise wehte vom Meer her, und sie legte sich das Kleidungsstück – zum Glück war es Lucies schwarzer Kapuzenpulli – um die Schultern. Vielleicht hätte sie Thomas Bescheid geben sollen, doch bereits im nächsten Moment verscheuchte sie den Gedanken wie eine lästige Fliege. Der Sauerstoff tat gut; sie fühlte sich wie von einer schweren Bürde befreit. Morgen würden die Ferien anfangen, endlich.

Kaum war sie ein paar Schritte gelaufen, huschte ihr etwas vor die Füße. Nur eine Katze, die sich maunzend ins Gebüsch verzog.

In knapp fünfzig Metern Entfernung plätscherte das Meer. Darüber spannte sich der Nachthimmel, schwarz mit einem bleichen, schmalen Mond. Sie überlegte, ob sie ihre Turnschuhe ausziehen und barfuß am Strand entlanglaufen sollte, als sich eine gedrungene Gestalt aus der Dunkelheit löste. Angst kroch in ihr hoch, bloß rasch weg von hier. Was, wenn sich wirklich finstere Gestalten herumtrieben? Sie drehte um, rannte keuchend den Weg zurück, den sie soeben gekommen war.

»Mum? Bist du das?«, gellte eine Stimme durch die Nacht.

Astrid blieb stehen und starrte angestrengt in die Ferne. »Max?«

Schnelle Schritte waren zu hören, dann tauchte Max vor ihr auf.

»Mum, was machst du hier?« Erschöpft wie nach einem Dauerlauf, stützte er sich auf seinen Oberschenkeln ab.

»Dasselbe könnte ich dich fragen!«

»Ich hab's nicht ausgehalten … mit Opa … und überhaupt.«

Astrid verwuschelte Max' samtweiches Haar. »Ich auch nicht. Wann hast du dich denn verdrückt? Hab dich gar nicht gehört.«

»Logo nicht. Du hast ja auch ziemlich lautstark vor dich hin geschnorchelt.«

»Ich?«, fragte sie empört.

»Ja, du!«

Um sich die Zeit zu vertreiben, schlenderten sie Richtung Meer. Max sammelte herumliegende Plastikflaschen auf und stellte sie zu dem verschnürten Müll an der Mauer.

»Meinst du nicht, Paps macht sich Sorgen, wenn er aufwacht und wir sind nicht da?«

»Wie ich ihn kenne, schläft er wie ein Murmeltier.«

Max nickte und deutete auf eine unbestimmte Stelle in der Dunkelheit. »Da vorne lässt sich's aushalten. Zumindest ist es windgeschützt.«

Astrid war alles recht. Sie ergriff die warme Hand ihres Sohnes und ließ sich mitziehen. Er half ihr über kleinere Felsbrocken, sie wichen Geröll aus, dann gab der Boden unter ihnen nach und sie waren am Strand. Im Schutz der Felsen ließen sie sich in den kühlen Sand sinken. In der Ferne verwuchs die dunkle Meerfläche mit dem schwarzblauen Nachthimmel. Ein paar Kilometer Südwest blinkte ein Leuchtturm. Einmal, zweimal, dann war es vier Sekunden lang dunkel, bevor es erneut zweimal blinkte.

»Bist du gar nicht müde?«, fragte Astrid.

»Ein bisschen.« Max malte mit seinen Sneakers Muster in den Sand. »Und du?«

Astrid rückte ein Stück an ihn heran, um sich an seinem molligen Oberarm zu wärmen. »Ich kann ja noch die ganzen Ferien schlafen.« Zudem hieß die Alternative schnarchen im Fünferpack, und das wollten sie beide nicht.

Eine Weile blickten sie schweigend aufs Meer. Max' Atem ging ruhig und regelmäßig. Vielleicht döste er, oder war er sogar eingeschlafen? Sollte er nur. Die anstrengende Reise, der Unfall – er hatte einiges zu verdauen. Womöglich auch die Sache mit der Schweizerin, von der Astrid bisher nicht mal etwas wusste. Außer dass irgendetwas Geheimnisvolles passiert war, worüber Max nicht freiwillig sprach. Er redete überhaupt kaum noch mit ihr. Früher war das anders gewesen. Bis zum Alter von etwa elf hatte er ihr jede Gefühlsregung anvertraut. Wenn er traurig war, hatte er auf ihrem Schoß geweint, wenn er fröhlich war, hatte er sie an seiner guten Laune teilhaben lassen, sogar von seiner ersten Liebe, der kleinen Lilli von gegenüber, hatte er ihr freimütig erzählt.

»Mum?« Max ließ sich gegen ihre Schulter sinken.

»Du schläfst gar nicht?«

»Quatsch, wie könnte ich! Mum ...« Er schnappte gequält nach Luft. »Ich muss dir was sagen.«

In der Hoffnung, nicht neugierig zu wirken, wandte Astrid sich ihm zu. Kam jetzt die Geschichte von dem Schweizer Mädchen? Eine Liebesgeschichte? Sie wünschte es so sehr. »Ja?«

»Aber nicht, dass du schimpfst.« Max setzte sich aufrecht, den Blick unverwandt aufs Meer geheftet.

»Warum sollte ich denn schimpfen?«

»Weiß nicht?«

Ein Gedanke durchzuckte sie wie ein Blitz. Mädchen geschwängert. En passant auf einem Schweizer Spielplatz. Unsinn, schalt sie sich sogleich. Selbst wenn er ungeschützten Sex gehabt hätte – in der Kürze der Zeit ließ sich eine Schwangerschaft überhaupt nicht feststellen.

»Raus mit der Sprache. Ich beiße nicht.«

Um Max' Mundwinkel zuckte es, dann stotterte er. »Ich glaube ... also so wie's aussieht ... ich schätze mal, zu fünfundneunzig Prozent ...«

»Was?«

»Der Studienplatz …« Seine Stimme klang tiefer als noch vor wenigen Sekunden. »Mum, ich hab ihn in der Tasche.«

»Ach«, machte Astrid.

Max zog die Beine an und legte das Kinn auf die Knie, dann fügte er hinzu, die ZVS habe ihm gemailt, damit sei die Sache so gut wie geritzt.

In dem plötzlichen Gefühl von Mutterstolz beugte sich Astrid zu ihrem Sohn hinüber und schloss ihn in die Arme. Er fühlte sich weich an und roch so vertraut nach Pfefferminz. Erst mit Verzögerung einiger Sekunden wurde ihr bewusst, dass er seltsam steif blieb.

»Mum«, sagte er und befreite sich aus ihrem Klammergriff.

»Was ist? Freust du dich nicht?«

»Schon.« Er machte eine knappe Kopfbewegung zum Meer hin. »Wird langsam frisch, oder?«

Max war kein Typ für große Gefühle, doch dies hier widersprach jeglicher Logik. Max hatte einen Treffer gelandet, sozusagen einen Sechser im Lotto. Andere an seiner Stelle hätten Luftsprünge gemacht, sich gebrüstet, die Nachricht in die Welt hinausposaunt, statt es zwei Tage für sich zu behalten und Angst zu haben, dass die Mutter ihn schalt.

»Muss mich mal bewegen.« Max sprang auf, dann schleppte er sich kraftlos zum Meer.

Astrid sah ihm eine Weile dabei zu, wie er etwas aufsammelte, schließlich ertrug sie die Ungewissheit nicht länger und pfiff ihn wie ein Hündchen zurück. Er ließ sich nicht lange bitten, kam mit hängendem Kopf auf sie zugetrabt und drückte ihr ein paar sandige Muscheln und einen ovalen Stein in die Hand.

»Danke, mein Schatz. Lieb von dir.«

Max blieb abwartend stehen und stemmte die Hände in die Hüften. »Mum, du wirst dich gleich ganz schrecklich aufregen, aber … sorry … ich kann's nicht ändern.«

»Was redest du denn da? Erst soll ich nicht schimpfen …«

»Mum, versprich mir, dass du dich nicht aufregst«, unterbrach er sie.

»Du wiederholst dich!« Sie verspürte einen unangenehmen Druck im Magen.

Eine Fledermaus schwirrte über ihre Köpfe hinweg, dann brach es aus ihm heraus: »Egal, was du sagst, ich verzichte auf den Studienplatz. Ich will nicht Medizin studieren. Ist so.«

Astrid fühlte Max' Blick auf sich ruhen, aber sie konnte nichts tun, außer ihren Schuh in den Sand zu bohren und zu hoffen, dass das Dröhnen in ihren Ohren nachließ. Doch es wurde im Gegenteil nur noch schlimmer. Nach und nach schwoll es zu so einem Grollen an, dass ihr der Kopf zu platzen schien. Weil sie fürchtete, gleich sterben zu müssen, schnellte sie hoch und rettete sich ans Wasser. Kleine Wellen rollten zu ihren Füßen aus, manche schwappten ihr auch über die Schuhe, aber sie spürte kaum die Nässe. Als ihr klarwurde, dass sie doch nicht gestorben war, löste sich ein Kloß in ihrem Hals und Tränen schossen ihr in die Augen.

Im nächsten Augenblick war Max hinter ihr. Sie spürte seinen Atem im Nacken, traute sich jedoch nicht, sich nach ihm umzudrehen. Er sollte nicht sehen, dass sie weinte.

»Mum?«

Verstohlen wischte sie sich die Nase mit dem Handrücken ab.

»Siehst du, jetzt regst du dich doch auf.«

»Nein, tue ich nicht.«

»Aber du heulst.«

»Schon vorbei.«

Max bückte sich nach einer Muschel, die gerade angespült worden war. »Du findest es blöd, hirnrissig und plemplem, oder?«

»Ja, ich finde es blöd, hirnrissig und plemplem«, wiederholte Astrid. »Aber, Schatz, es ist deine Entscheidung.«

»Du sagst mir nicht, ich bin ein Idiot, ich werfe mein Leben weg, meine Zukunft, alles?«

So schlimm das Ganze auch für sie war, nun musste sie doch lächeln. »Genau das denke ich. Trotzdem kann ich nichts dagegen tun.«

»Mum, du bist …« Er streckte seine Hand nach ihr aus und streifte ihre Fingerspitzen. Sag jetzt bitte nichts, dachte sie noch, als er bereits fortfuhr: »Du bist großartig. So als Mutter.«

Großartig als Mutter zu sein war immerhin etwas, reichte es jedoch aus, um sein Lebensglück darauf aufzubauen? Stets bemühte sie sich, die liberale, verständnisvolle Mum zu sein, aber vielleicht erwartete Max ja, dass sie autoritär auf den Tisch schlug und ihn zum Studium zwang. So wie sie Lucie seinerzeit ihre Flausen ausgetrieben und sie wieder in die Schule geschickt hatte. Doch Max war älter. Kein Kind mehr. Und es ging um mehr als einen Schulabschluss. Es ging um sein Leben.

»Kleiner Spaziergang?«, fragte sie und schnäuzte sich klammheimlich.

»Okay.« Lässig wie ein Cowboy lief Max voraus. Er schien erleichtert zu sein, es über die Lippen gebracht zu haben, vielleicht versuchte er aber auch bloß, ganz normal zu tun. Die Nacht war lang, und sie würden sie irgendwie rumbringen müssen.

Sie passierten den Palazzo, der inmitten der mannshohen Oleanderbüsche und den aufragenden Palmen zu schlafen schien, ließen ihn hinter sich und erreichten eine steile Treppe, die in den Ort hinaufführte. Linker Hand lag die Fußgängerzone, die selbst um diese Uhrzeit von Straßenlaternen beleuchtet war.

Heruntergelassene Rollläden versperrten ihnen den Blick in die Auslagen der Geschäfte und Lokale. Auf halber Strecke blieb Astrid vor einem Schuhgeschäft stehen, das sich nicht vor Dieben schützte, und starrte so gebannt ins Schaufenster, als müsse sie sich jede einzelne Sandalette, jeden Turnschuh genau einprägen. Plateauschuhe waren in diesem Sommer en vogue, golden und silbern glitzernde Sandalen, mit Perlen bestickte Riemchenpumps und Turnschuhe im Leopardenlook.

»Die sind ja echt grottenhässlich«, stellte Max fest, als wäre das jetzt ein wichtiges Thema.

»Weiß ich doch.«

»Warum guckst du sie dir dann an?«

Damit ich mir über deine vermutlich verkorkste Zukunft keine Gedanken machen muss, dachte Astrid, sagte jedoch: »Weil es manchmal guttut, sich scheußliche Schuhe anzusehen. So wie man sich auch gern hässliche Menschen anguckt und sich dann freut, dass man nur halb so hässlich ist.«

Max schnalzte mit der Zunge. »Ich wäre auch gern nur halb hässlich.«

»Bist du auch, glaub mir«, gab sie lachend zurück.

Sie schlenderten weiter, kamen an einer von hohen Pinien umgebenen Villa vorbei, einige Meter dahinter war die Fußgängerzone zu Ende und sie erreichten die Bushaltestelle des Ortes. Max' Schritte wurden mit jedem Meter schleppender, so als wäre er mit seinen Kräften am Ende.

»Müde?«

»Ein Bett wäre jetzt nicht übel.«

Astrid sah auf die Uhr. Es war kurz nach vier. Hier und da begann ein Vogel zu zwitschern.

»Okay, lass uns umkehren«, entschied sie, aber Max wollte einen anderen Weg nehmen. In westlicher Richtung lag das Meer, wenn sie also die Straße weiterverfolgten und sich bei der nächsten Abzweigung links hielten, würden sie irgendwann zur Promenade kommen. Dann wieder links, und in zehn Minuten, so schätzte Max, wären sie wieder am Palazzo.

Jeder seinen Gedanken nachhängend, traten sie den Rückweg an. Astrid hatte immer noch die Hoffnung, dass Max ihr sagen würde, das alles sei nur ein Scherz gewesen, zugegebenermaßen ein übler, doch er tat es nicht. Er ließ auch nichts über das Schweizer Mädchen verlauten, und sie beging nicht den Fehler, ihn darauf anzusprechen. Ihr stand nicht der Sinn nach einer zweiten, womöglich ebenso bösen Überraschung.

»Und jetzt?«, überlegte Astrid, als sie wenig später wieder am Palazzo waren. »Wir können ja wohl schlecht klingeln.«

»Warum nicht? Die dämliche Rossi hatte ja auch kein Problem damit, uns in das Horrorzimmer zu stecken.«

Max hatte recht, und vielleicht war es im Moment tatsächlich das kleinere Übel, sich noch einmal zum schnarchenden Johann aufs Matratzenlager zu bequemen. Sie drückte entschlossen, ja wütend auf den Klingelknopf. Warum hatte Max sie nicht einfach angelogen und ihr gesagt, dass es mit dem Studienplatz nicht geklappt habe? Die unehrliche Variante wäre um einiges besser zu ertragen gewesen.

Im Haus blieb alles ruhig. Erst nachdem Astrid mehrfach

Sturm geklingelt hatte, kamen klappernde Schritte die Treppe herunter und die Tür wurde langsam geöffnet. Statt der Signora oder dem Turnschuhmädchen stand Thomas im Türrahmen, die Haare wirr, die Augen verschlafen klein.

»Mein Gott, wo wart ihr denn? Ich bin vor Angst gestorben!«

»Dafür siehst du aber ziemlich lebendig aus«, erklärte Max nüchtern und schlüpfte an Thomas vorbei ins Haus.

Eine kleine Person im bodenlangen Morgenmantel trat aus einer der hinteren Türen des Flurs. Signora Rossi. In der fahlen Flurbeleuchtung hatte sie kaum Ähnlichkeit mit der von Kopf bis Fuß gestylten Diva vom Vortag.

»Sagen Sie jetzt nichts«, schnauzte Astrid die Frau auf Deutsch an. »Ihnen haben wir den Schlamassel schließlich zu verdanken!«

Als habe sie Astrid verstanden, hob sie bloß ihre manikürten Hände und ließ ihr mit einer galanten Geste den Vortritt.

Lucie und Johann schlummerten tief und fest, als sie – von den vielen Treppenstufen außer Atem – die ungemütliche Kammer betrat.

»Komm, Schatz«, sagte Thomas und schob seine Matratze neben ihre, damit sie Seite an Seite noch ein paar Stunden schlafen konnten. Astrid rührte die Geste; zudem war sie froh, eine Schulter zum Anlehnen zu haben. Warum tat Max ihr das bloß an? Erschöpft bettete sie den Kopf in Thomas' Armbeuge, und kurz darauf war sie auch schon eingeschlafen.

12.

Die Nacht ging vorüber, irgendwie, und nachdem sie ungeduscht und in den Kleidern vom Vortag ein Cornetto und einen Cappuccino in einer Bar an der Piazza gefrühstückt hatten, war es endlich so weit: Sie durften die heiligen siebzig Quadratmeter ihres Apartments betreten. Es war zwar noch nicht saubergemacht worden, aber die Signora versprach hoch und heilig, dass dies im Laufe des Vormittags nachgeholt werden würde, besser also, sie würden ihre Koffer noch nicht auspacken.

Ungeachtet der Tatsache, dass der Abfluss mit Haaren verstopft war und Zahnpastaflecken an den Kacheln einen unschönen Anblick boten, stellte sich Astrid unter die Dusche. Von kleinen Schönheitsfehlern abgesehen, war das Apartment ein Hauptgewinn. Dreieinhalb Zimmer, Wohnküche, drei kleine Balkone. Vom ersten Balkon, der von der Küche abging und von Palmenblättern gestreichelt wurde, blickte man auf das mittelalterliche Dorf Castellabate am Berghang. Vom Balkon der Kinder aus hatte man freie Sicht auf den Strand, auf bunte Sonnenschirme, Bikinischönheiten und Eis essende Kinder. Von ihrem und Thomas' Schlafzimmerbalkon aus schaute man sowohl auf den Strand als auch aufs Meer. Nur Johanns Zimmer hatte keinen eigenen Balkon, dafür ein großes Fenster zum Berghang hinaus.

Schleierwolken zogen am weißblauen Himmel auf und veränderten laufend ihre Formation, als Astrid, ihre nassen Haare mit der Bürste entwirrend, auf den Balkon trat. Das Meer glitzerte wie mit einer hauchdünnen Silberfolie bedeckt. Alles war wie in einem Traum, den man doch nie träumte, und für einen Moment vergaß sie die Sache mit Max. »Sag Papa nichts«, hatte er ihr kurz vorm Schlafengehen zugeraunt, eine Bitte, der sie selbstverständlich nachgekommen war – auch wenn es ihr unter den Nägeln gebrannt hatte, es Thomas sofort zu erzählen. Jetzt hoffte sie inständig, dass Max seine Meinung noch ändern würde. Ihr Sohn mit Doktortitel und im weißen Kittel – war es zu egoistisch, sich das zu wünschen?

*

Die ersten Ferientage verbrachten sie in scheinbarer Harmonie. Miteinander und doch nebeneinander. Jeder von ihnen war vollauf damit beschäftigt, die Umgebung zu erkunden und sich ein Plätzchen zu suchen, wo man es sich gutgehen lassen konnte.

Lucie gelang dies am schnellsten. Sie blieb am liebsten zu Hause auf dem Balkon, wo sie sich der prallen Sonne aussetzte, kleine, runde Kekse mit Schokofüllung aß, wie eine Verdurstende Anderthalb-Liter-Wasserflaschen leerte und simste. An den Strand bequemte sie sich nur, wenn sie baden wollte. Kurz den schwarzen Kaftan abstreifen, im Bikini zum Wasser huschen, mit den Zehen die Wassertemperatur prüfen, Gesicht nass machen, und rein ins kühle Nass. Drei Minuten später kam sie zumeist gleich wieder raus, am ganzen Körper zitternd. Das Mädchen war eben zu dünn; ohne schützende Fettschicht fror sie sogar im warmen Mittelmeer.

Max badete und sonnte sich an einer anderen Stelle. In seiner

Schamhaftigkeit eilte er gleich morgens nach dem Frühstück ein paar hundert Meter rechts den Strand hinunter, wo er sich, so vermutete Astrid, in einer menschenleeren Bucht verkroch. Überprüfen ließ sich das nicht, weil er stets darauf bestand, allein zu gehen. Selbst vor seiner Familie mochte er sich nicht in Badehose zeigen. Gleichwohl setzte er sich der Sonne ebenso fahrlässig wie Lucie aus und nahm schon nach kurzem eine ungesunde krebsrote Farbe an.

Thomas wiederum war trotz seiner schon viele Jahre zurückliegenden Schwimmerkarriere kein Freund vom Sonnenbaden und im Meer planschen. Ab und zu ging er schwimmen und zog dann wie früher als Leistungssportler diszipliniert seine Bahnen. In den vielen Stunden dazwischen steckten er und sein Vater die Köpfe zusammen, als würden sie ein Komplott schmieden. In Wahrheit erstellten sie Ausflugspläne inklusive An- und Abfahrtszeiten und Dauer des Aufenthalts.

Astrid empfand dies wie eine stille Drohung. Amalfi, Paestum, Salerno, hierhin, dorthin … von nichts anderem war mehr die Rede. Viel lieber hätte sie sich Lucie angeschlossen, ihre Tage faul, lesend und mit einem Glas Wein auf dem Balkon verbracht, statt sich von einem Freizeitprogramm unter Druck setzen zu lassen. Doch ebenso wie ihre Tochter nicht an trauter Zweisamkeit mit ihr gelegen zu sein schien und jeden ihrer Gesprächsversuche abblockte, beließen die Männer es zunächst beim Pläneschmieden und begnügten sich mit dem Örtchen, in dem sie nun mal logierten.

Jeden Vormittag liefen sie zu dritt, bisweilen auch zu viert oder fünft an den ehemaligen Markthallen *Porta delle gatte* vorbei, um über die Steintreppe in die Fußgängerzone zu gelangen, die sich zu den Ladenöffnungszeiten in einen Laufsteg für Jung und Alt verwandelte. Während Johann es vorzog, sich auf einer der Bänke niederzulassen und Frauen nachzugucken – einmal hatte er sogar Signora Rossi in eindeutiger Weise zugezwinkert –, und Thomas in einer Bar einen Espresso genoss, klapperte Astrid die Boutiquen ab, wohl wissend, dass die Ware im Großen und Ganzen Plunder war und sie sich, selbst wenn ihr das eine oder andere Teil gefiel, doch nichts würde leisten können. Flaute im Haushaltsportemonnaie. Ebbe auf dem Sparkonto. Sie spekulierte lediglich auf ein paar hübsche Sandaletten oder Pumps.

Um die Mittagszeit fand sich die ganze Familie wie auf ein geheimes Kommando zusammen, dann marschierten sie durch die Gluthitze zu ihrer Lieblingstrattoria, um Dorade, Spaghetti mit frischen Sardellen oder Büffelmozzarella zu essen. Die Gerichte waren einfach und doch so köstlich, dass selbst Johann nichts daran auszusetzen hatte, sondern selbstzufrieden vor sich hin lächelnd aß. Astrid probierte *acquasale*, die traditionelle Speise der Fischer aus vergangenen Zeiten. Das hart gewordene Brot wurde auf hoher See ins Wasser getunkt, dann mit ein paar Spritzern Olivenöl und kleingeschnittenen Flaschentomaten zu einem Salat vermischt. Heute stippte niemand mehr das Brot ins Meer, aber immer noch schmeckte das Gericht nach Freiheit und Abenteuer.

Als sie jedes Fleckchen am Ort zu kennen glaubten, wollte Johann ins mittelalterliche, auf dem Berg gelegene Castellabate. Astrid fuhr ihn und Thomas die Serpentinen hinauf. Doch die vielen Treppen und steil ansteigenden Gassen im Dorf waren eine Strapaze für den alten Herrn. Er keuchte angestrengt, was Astrid ja auch leidtat, aber konnte er nicht wenigstens jetzt mal still sein, wo sie den atemberaubenden Blick über den Golf und die Küste genießen wollte?

Die Hände in die Hüfte gestützt, jaulte er: »Hätten wir mal gleich in Amalfi Urlaub gemacht. Amalfi ist eben Amalfi, ein Traum! Da ist der Kaffee kräftiger, das Klima milder, die Frauenwelt schöner und …«

»Ich weiß«, unterbrach Astrid ihn. »Tut mir ja auch ganz schrecklich leid, dass hier kein Empfangskomitee mit Berliner Weiße bereitsteht.«

Johann nickte eifrig. »Und es gibt auch nirgends einen Kiosk, wo ich schnell mal Gummibärchen kaufen könnte.«

»Dann besorgen wir dir was anderes Lustiges zum Naschen. Ein Überraschungsei? Da hättest du auch gleich was zum Spielen.«

»Veräpple mich nicht, Astrid-Schatz. Ich habe achtzig mehr oder weniger anstrengende Jahre auf dem Buckel, und damals nach dem Krieg gab's gar keinen Süßkram. Also lass mir das kleine Vergnügen.«

Thomas enthielt sich eines Kommentars, es war, als würde er seinen Vater nicht mal hören, doch Astrid hatte langsam genug und bat ihn auf dem Weg zum Auto, Johann in Gottes Namen endlich nach Amalfi zu bringen – egal, ob liegend, stehend oder im Hubschrauber.

Aber am nächsten Tag – sie waren alle extra früh aufgestanden, um im Hafen von Salerno die erste Fähre zu erreichen – war ihr Schwiegervater unpässlich. Es ging ihm nicht richtig schlecht, aber auch nicht so gut, als dass man ihm den Ausflug nach Amalfi hätte zumuten können. Nachdem er ein paar Pillen geschluckt hatte, war er immerhin fit genug für eine Spritztour nach Agropoli, wo ein Markt stattfand.

Markt schien ein Zauberwort zu sein und lockte sogar Lucie von ihrem Posten auf dem Balkon. Von Stand zu Stand trödeln, billige Fummel shoppen, das war ganz nach ihrem Geschmack. Selbst Max ließ sich breitschlagen mitzukommen. Er wollte ein Hemd kaufen, am besten eins mit Längsstreifen, weil die angeblich streckten.

Den kurvenreichen Weg durch die Hügel des Cilento schlich Astrid hinter einem alten Fiat her. Nach der Begegnung mit dem Silberpfeil bei ihrer Ankunft stand ihr nicht der Sinn nach einem waghalsigen Überholmanöver. So ließ sie, wann immer es ihr möglich war, den Blick über die grün bewachsenen Hügel wandern und genoss es, dass niemand etwas zu nörgeln hatte. Das waren seltene, glückliche Momente, die sie wie auf einer Festplatte abzuspeichern versuchte.

Kaum hatten sie das Auto in Agropoli unerlaubterweise in einer Auffahrt geparkt, kippte auch schon die friedfertige Stimmung. Johann hatte keine Lust auf Kitsch und Krempel. Er wollte dorthin, wo es etwas zu essen gab, Lucie zu den Ständen mit Kleidung, Astrid zu den Schuhen. Max und Thomas standen unentschieden dazwischen, so als wäre ihnen alles egal. Eine Weile diskutierten sie, doch bevor es allzu hitzig werden konnte, traf Astrid eine Entscheidung: Sie würde mit Lucie und Max losziehen, Thomas mit seinem Vater. Ende der Diskussion.

»Aber passt ja auf, dass euch nichts gestohlen wird!«, gab Johann ihnen mit auf den Weg. »Ihr wisst ja … bei diesen Halunken hier … Die klauen dir das Klopapier aus der Einkaufstasche!«

In dem euphorischen Gefühl, die beiden Männer für einen Moment los zu sein, hakte sich Astrid bei ihren Kindern unter.

»Wer möchte zuerst?«, erkundigte sie sich. Sie war mit einem Mal ganz wild darauf, Geld zu verprassen. »Jeder von euch darf sich ein Teil aussuchen.«

»Echt?« Ein Ausdruck des Erstaunens glitt über Lucies Gesicht, dann sagte sie: »Wenn du schon so fragst, ich natürlich. Ich will ein neues Oberteil.«

Das hoffentlich nicht wieder schwarz ist, ergänzte Astrid in Gedanken und sah sich in dem Durcheinander der Wühltische mit Unterwäsche, T-Shirts, Nachthemden, Haarspangen, Kosmetik, Küchengeräten, Keramik, CDs, Taschen und anderem Plunder um. Bevor sie sich für eine Richtung entscheiden konnte, peilte Lucie bereits einen Stand mit Blusen, T-Shirts und flatterigen Kleidern an. Als Astrid und Max nachkamen, hielt sie ein knielanges Gewand mit V-Ausschnitt hoch. Schwarz – keine große Überraschung.

»Lucie, das ist schön, aber willst du nicht mal eine andere Farbe?«, wagte Astrid einen Vorstoß.

Ihre Tochter ächzte mit aller ihr zur Verfügung stehenden Verachtung. »Mami, entkrampf dich mal!«

Da der Verkäufer bereits nahte, reichte Astrid ihrer Tochter einen Fünf-Euro-Schein.

»Max, jetzt du. Streifenhemd?« Bemüht, jegliche Anspannung abzuschütteln, knuffte sie ihren Sohn.

»Mhm«, machte dieser.

»Was jetzt? Kein Hemd?«

Max zuckte mit den Schultern. Bisweilen war es schwer, seine plötzlichen Sinneswandlungen nachzuvollziehen. Fand er das Hemd auf einmal überflüssig? Oder fürchtete er, sich vor allen Leuten ausziehen zu müssen, falls er es anprobierte?

»Gut, dann eben nicht«, beschloss Astrid und schob ihren Sohn weiter.

Lucie erspähte einen Stand mit Schuhen und stürzte darauf zu. »Cool!«, rief sie und schnappte sich ein Paar Plateausandalen.

Viel zu vulgär für ein junges Mädchen, befand Astrid und probierte ihrerseits Ledersandaletten, Ballerinas und Mokassins. Max stand die ganze Zeit wie ein Ölgötze daneben und pulte mit der Zunge in den Zähnen.

»Wann willst du es eigentlich deinem Vater sagen?«, erkundigte sich Astrid, als Lucie einen Moment außer Hörweite war.

»Weiß nicht. Irgendwann.«

»Besser, aus diesem irgendwann wird möglichst bald ein sofort.«

»Mum!«, stöhnte Max. »Du hast es mir versprochen.«

»Ja, aber ich habe auch kein Schweigegelübde abgelegt.«

Während sich Max abwandte, schlüpfte Astrid in eine schwarze Riemchensandalette. Lucie kam angetänzelt – die Plateauschuhe hatte sie zum Glück wieder weggelegt – und sagte: »Hallo?! Mami?! Die sind voll Tussi!«

Astrid ließ sich nicht von ihrer Tochter beirren und zog eine weitere Tussi-Sandalette an, die ihr ebenso wie das erste Modell gefiel. In dem plötzlichen Bedürfnis, einmal im Leben etwas Unvernünftiges zu tun, entschied sie sich schließlich gleich für drei Paar Schuhe.

»Können wir uns das leisten?« Lucie zog skeptisch die Augenbrauen hoch.

Astrid erwiderte nichts. Natürlich nicht. Sie konnten sich nie etwas leisten. Nicht mal auf einem Ramschmarkt. Aber ihr war das in diesem Moment egal. Die Quittung für ihren Kaufrausch bekam sie bereits kurz darauf, als sie Thomas und Johann bei einem Stand mit Oliven aufgabelten. Die Stirn gekraust, deutete er auf die Einkäufe: »Was soll das denn sein?«

»Falsche Frage, Paps«, sagte Max. »*Was ist das denn?*, muss es heißen.«

»Was hast du gekauft?«, überging Thomas seine Bemerkung.

»Schuhe.«

»Schuhe?«

»Ja, Schuhe.« Astrid blickte einer älteren Frau nach, die bei der Hitze in silbernen High Heels über den steinigen Boden stöckelte.

»Zeig mal.«

Astrid hielt Thomas die geöffneten Tüten hin.

»Drei Paar? Nicht dein Ernst.«

Sich eine Handvoll schwarze Oliven in den Mund schüttend, trat Johann zu ihnen. »Sag an, was haben die gekostet?«

»Sechzig Euro«, kam Lucie ihr zuvor. »Voll das Schnäppchen.« Sie kicherte. »Aber Mami sieht darin aus, als würde sie zum Karneval gehen.«

Thomas enthielt sich eines Kommentars, doch Astrid bemerkte, dass er die Hände zu Fäusten ballte. Schuhe kaufte man, um sich darin fortzubewegen, nicht, weil sie schön oder aus Leder waren und man in sein wollte.

»Astrid-Schatz, heute ist dein Glückstag«, verkündete Johann und beugte sich so weit zu ihr rüber, dass sie seinen Oliven-Atem riechen konnte. Im nächsten Augenblick kramte er drei zerknüllte Zwanziger aus den Taschen seiner Sommerhose und drückte sie ihr in die Hand.

»Johann, was soll das«, wehrte sie ab.

»Wenn du sie schön findest … Ich schenk sie dir.«

»Aber …«, hob sie an und ergänzte in Gedanken: Du hast mir noch nie was geschenkt.

»Kein Aber. Ich sag doch, heute ist dein Glückstag. Und Glückstage muss man feiern, wie sie fallen.«

Astrid wechselte einen ratlosen Blick mit Thomas, der auch nicht zu begreifen schien, was in seinen Vater gefahren war. Johann war knauserig – immer gewesen. Sonst verschenkte er nicht mal ein Gummibärchen, selbst wenn ihm schon schlecht davon war. Dass er ihr jetzt gleich drei Paar Schuhe spendierte, kam einem Wunder gleich.

»Danke, Johann«, murmelte sie betreten, doch da war ihr Schwiegervater bereits am nächsten Stand und nahm verschiedenfarbige Hülsenfrüchte in großen Bottichen ins Visier.

»Opa ist echt cool«, kommentierte Lucie, und diesmal konnte Astrid ihrem Kind nur beipflichten.

Möglich, dass er sich bei ihr hatte bedanken wollen. Weil sie ihn bis hierher gefahren hatte. Vielleicht musste man die Menschen aber auch nicht immer verstehen. Selbst wenn man Tag für Tag mit ihnen zusammenlebte.

*

In seinen Träumen war Johann bereits auf dem Weg zu ihr, in einem schnittigen Ferrari oder Porsche. In der Realität zögerte er den Moment jedoch wie ein Pennäler hinaus, der dem ersten Stelldichein seines Lebens bange entgegensah. Schlimmer noch: Er hatte Fracksausen vom Feinsten. Schließlich konnte er nicht wissen, was ihn erwartete. Eine gealterte Giuseppina mit Wasser in den Beinen und ohne Zähne. Eine verschreckte Person, deren Gatte Johann augenblicklich zum Teufel jagte. Ein armseliges

Wesen, das ihn nicht erkannte, nicht erkennen wollte, im Rollstuhl saß, das weiße Haar zu einem Knoten im faltigen Nacken festgesteckt.

Vorerst schob er die düsteren Gedanken jedoch beiseite und begnügte sich mit der italienischen Luft, die ihm verschwenderisch um seinen von der Sonne geröteten Zinken wehte. Außerdem war da Signora Rossi, die seine Phantasie jeden Tag aufs Neue beflügelte. Sie war ein Frauenzimmer im besten Alter, vermutlich Anfang sechzig und damit etliche Jährchen jünger als Giuseppina, hatte jedoch eine gewisse Ähnlichkeit mit ihr. Diese Schönheit, diese Eleganz, diese Gelassenheit ... Nicht so wie seine Schwiegertochter, die verbissen wie ein Buchhalter durchs Leben ging. Das Astrid-Schätzchen nahm das Leben ja so bierernst, dass sie einem nur leidtun konnte. Und Thomas schaffte es partout nicht, sie aus der Reserve zu locken. Was wirklich ein Jammer war. Er hätte ihr schon längst einen Klaps auf das zugegebenermaßen wohlgeformte Hinterteil gegeben. Einfach damit sie aufwachte und das Leben mal ein bisschen genoss. Großherzig, wie er war, hatte er ihr ein paar hübsche Schuhe geschenkt. Weil er wusste, wie Frauen tickten. Schuhe hatten sie lieber als alles andere. Wie seine gute Hilde. Ob Sandalen, Slipper oder Stöckelschuhe, nahezu jedes Modell hatte ihr einen Schrei des Entzückens entlockt. Nur hatte er sie – und dafür schämte er sich noch heute – stets gebremst. Dieses Paar brauchst du doch gar nicht, und das da, ach, vielleicht später, wenn wieder mehr Geld im Portemonnaie ist, ganz nach dem Motto: Wir haben Zeit, so unendlich viel Zeit. Das Gleiche, wenn es um Ausflüge und Reisen ging, um Tanzveranstaltungen und Theater. Immer hatte es dieses vermeintlich unerschöpfliche Reservoir an Zeit gegeben.

Und dann war sie eines Tages nicht mehr da gewesen. Ihre Hand hatte er in dieser schweren Stunde gehalten, bis zum Schluss war er an ihrer Seite gewesen und hatte es doch nicht fassen können, als kein widerborstiges *Nicht jetzt, Johann!*, kein *Nun iss nicht so hastig!*, kein *Bärchen, Zeit schlafen zu gehen!* mehr über die Lippen gekommen war. Den Tod hatte er sich anders vorgestellt. Nicht so gemein. So hässlich. So endgültig.

In der ersten Zeit danach war er wie betäubt gewesen. Nein, seine Hilde hätte es nicht verdient gehabt, dass er, kaum dass sie unter der Erde war, seine Fühler nach einer vielleicht noch quicklebendigen Giuseppina ausgestreckt hätte. Darüber waren die Monate ins Land gegangen – einsame, traurige, stille Stunden und Tage. Und dann war da diese Reportage im Fernsehen gelaufen, die er sich gemeinsam mit dem Mehlwurm angesehen hatte. Amalfi … Der Dom … Zoom auf die Treppe und für den Bruchteil einer Sekunde auf ihren Balkon …

Ob sie vielleicht noch dort lebte? Er wusste es nicht. Möglich war alles. Vielleicht hatte Giuseppina einen schmucken jungen Mann aus Neapel geheiratet und hieß inzwischen Romano, Aricci oder Tucconi. Oder sie war einem Deutschen, einem Prachtburschen, wie er selbst mal einer gewesen war, nach Deutschland gefolgt und hatte ihre besten Jahre in Castrop-Rauxel in einer Pizzeria verbracht. Möglich auch, dass sie zwar in der näheren Umgebung von Amalfi geblieben war, aber in Positano, Salerno oder auf Capri lebte.

Doch seit er ihren Balkon im Fernsehen gesehen hatte, war ihm die Idee nicht mehr aus dem Kopf gegangen. Wie ein Draufgänger hinfahren und klingeln. Vermutlich war er auch einfach nur ein bisschen verrückt.

13.

Am darauffolgenden Tag blies ein wüstenwarmer Wind von Süden her und brachte das spiegelglatte Meer in Aufruhr. Scirocco. Astrid fühlte sich bereits beim Aufstehen matt, und auch der erste Cappuccino in ihrer Stammbar in der Fußgängerzone vermochte nicht ihre Lebensgeister zu wecken. Einer Unterhaltung englischer Touristen entnahm sie, dass der heiße Saharawind ein Naturschauspiel von exakt drei Tagen war. Nicht kürzer, aber auch nicht länger, was Astrid in diesem Moment als ebenso harte Strafe wie einen komplett verregneten Urlaub empfand.

Thomas meinte, dass das bedeckte Wetter ideal für einen Ausflug nach Paestum wäre. Die drei griechischen Tempel waren nach Amalfi Punkt zwei auf dem Ausflugsplan, den er und sein Vater ausgetüftelt hatten. Ausnahmsweise waren alle Feuer und Flamme. Sogar Lucie löste sich von ihrem Balkon, zog den neuen schwarzen Kaftan an und sprühte sich mit dem Eau de Toilette ihres Vaters ein. Max hatte zwar kein neues Hemd, das er hätte anziehen können, putzte sich jedoch zu Ehren der Ruinenstätte länger als gewöhnlich die Zähne.

Mit dem Auto brauchten sie eine gute halbe Stunde. Sobald die alten Mauern, die die Tempelruinen umgaben, sichtbar wurden, geriet Astrid in Verzückung. »Stellt euch nur mal vor, wie alt die Steine sind!«, rief sie. »Wann wurde die Stadt noch gleich gegründet?«

»Sechshundert vor Christus«, wusste Johann aus dem Effeff. »Aber da hieß sie noch nicht Paestum, sondern …« Er ruckelte am Vordersitz. »Irgendwas mit Po … Poseidon.«

Astrid bog rechts ab und stellte das Auto auf einem Parkplatz im Schutze hochgewachsener Pinien ab. Ein kräftiger Wind wirbelte ihre Haare durcheinander, als sie ausstieg. Vielleicht würde er die Wolken verjagen und der Sonne Gelegenheit geben, doch noch hervorzukommen.

Max und Lucie waren im Nu aus dem Wagen gesprungen und liefen tuschelnd zur Kasse vor. Astrid beeilte sich hinterherzukommen, doch beim Anblick der Eintrittspreise verging ihr augenblicklich die Lust.

»Geht nur«, forderte sie die beiden auf, »ich warte lieber im Café.«

»Platz da!« Johann drängte sich nach vorn. »Ich zahle! Und zwar für alle.«

Astrid warf Thomas einen überraschten Blick zu. Was war nur in ihren Schwiegervater gefahren? Erst schenkte er ihr drei Paar Schuhe, und jetzt zeigte er sich schon wieder von seiner generösen Seite.

»Danke, Vater«, sagte Thomas, bevor Astrid Protest einlegen konnte.

Sie nahmen die Tickets entgegen, dann betraten sie das von Steinmauern umgebene Gelände. Die Tempel glichen in dem diesigen Licht einer gigantischen Theaterkulisse. Unvorstellbar, dass sie aus echtem Stein waren und nicht mal vom stärksten Orkan weggepustet werden konnten. Während Johann munter vorausstakste, blieben Thomas, sie und die Kinder überwältigt stehen.

»Hammer«, platzte Lucie heraus, und Astrid hatte es gleich ganz die Sprache verschlagen.

»Na, das sind mal imposante Steinbrocken, was?«, rief Johann ihnen über die Schulter zu. Er war stehen geblieben und drehte sich mit ausgebreiteten Armen im Kreis.

Thomas beschäftigte vielmehr die Frage, ob nun jeder seiner Wege gehen oder sie besser zusammenbleiben sollten.

»Natürlich bleiben wir zusammen«, bestimmte Astrid, mit dem Kopf auf ihren übermütigen Schwiegervater deutend. Überall lag Gestein und Geröll herum, was, wenn er sich am Ende noch ein Bein brach? Um nicht darüber nachdenken zu müssen, was dann passieren würde, schloss sie sich Lucie und Max an.

»Was tuschelt ihr eigentlich die ganze Zeit?«, erkundigte sie sich, während sie den Poseidontempel ansteuerten. Zu Hause verkrochen sich die Kinder zumeist in ihren Zimmern. Keins wollte mit dem anderen mehr als nötig zu tun haben. Und hier, in der Fremde, machten sie plötzlich auf dicke Freunde?

»Los, Max«, drängte Lucie ihren Bruder, »sag's ihr schon.«

»Muss er nicht«, entgegnete Astrid. »Ich weiß es doch längst.«

Lucie blickte erstaunt, bevor sie erklärte: »Auch wenn du's nicht glaubst, Mami, Cosima ist echt hübsch.«

»Cosima? Ist das die Schweizerin?«

»Ups«, entwich es Lucie, dann lief sie zu ihrem Großvater. Max rief irgendwas hinter ihr her, das wie *dumme Nuss* klang.

»Tut mir leid«, entschuldigte sich Astrid. »Ich dachte, sie meint die Sache mit dem Studienplatz.«

»Nein, meint sie nicht«, entgegnete Max kühl, ließ jedoch nicht durchblicken, ob er seine Schwester eingeweiht hatte oder nicht.

Eine Weile gingen sie schweigend nebeneinanderher. Max nahm sein Handy aus der Hosentasche und knipste einzelne am Boden liegende Steine. Die Tempel hingegen schienen ihn nicht zu interessieren.

»Cosima ist also das Mädchen vom Spielplatz?«

»Sagenhaft, wie messerscharf du schlussfolgern kannst.«

Astrid überging die ironische Bemerkung. »Und?«, hakte sie nach.

»Was, und?«

»Max, du musst nicht gleich pampig werden, okay? Ich dachte nur, du könntest es mir netterweise auch erzählen. Aber wenn nicht, dann eben nicht.«

Max beulte seine Hosentaschen mit den Fäusten aus und sagte: »Da gibt's nichts zu erzählen. Cosima kommt her. Mit ihrer Freundin.«

Sein Tonfall verriet nicht, ob ihn das freute oder eher beunruhigte, und vor allem, ob sie *seinetwegen* anreiste.

»Und wann?«

»Morgen. Übermorgen. Keine Ahnung. Ist ja auch egal.«

»Wo werden die beiden schlafen?«

Seinen Blick in die Ferne richtend, zuckte er wieder bloß mit den Achseln. Wahrscheinlich tat er nur so gleichgültig und in Wirklichkeit war alles in ihm in Aufruhr.

»Na ja, es gibt sicher noch genügend freie Apartments und Pensionen«, erklärte Astrid in der Absicht, ihren Sohn nicht weiter in Verlegenheit zu bringen.

»Können wir jetzt bitte mal das Thema wechseln?«, fuhr er sie scharf an.

»Also gut. Wie gefallen dir die Tempel?«

»Wem sie nicht gefallen, ist ja wohl selbst schuld«, brummte Max und zog das Tempo an.

Astrid beeilte sich hinterherzukommen. »Tut mir leid, mein Schatz. Ich wollte dir wirklich nicht zu nahe treten. Du musst nicht mit mir über das Mädchen reden, wenn du nicht willst.«

Sie hatte gehofft, Max würde durch ihr Entgegenkommen auftauen, zumindest nicht mehr ganz so abweisend reagieren, doch er murmelte bloß: »Gut, dann sind wir ja einer Meinung.«

Ernüchtert musste sie sich eingestehen, dass ihre Kinder sie kaum noch als Beraterin, Mutter, Freundin, was auch immer, brauchten. Max viel weniger als Lucie. Er war ihr längst entwachsen.

Nachdem sie ihren Rundgang durch die drei Tempel, das kleine Amphitheater sowie einige öffentliche Gebäude der Römerzeit beendet hatten, begann Johann rumzuquengeln. Er sei von den anstrengenden Steinhaufen schon vollkommen unterzuckert, und ob man den Rundgang nicht langsam mal beenden wolle … Thomas stellte seine Ohren auf Durchzug und erklomm eine Anhäufung übereinandergeschichteter Steine. »Seht mal!«, rief er. »Ob das hier früher so was wie Toiletten waren?«

In der Absicht, dem Gejammer ihres Schwiegervaters zu entkommen, kletterte Astrid eilig hinterher. Just in diesem Moment brach die Wolkendecke auf, und die Sonne trat so jäh hervor, dass Astrid schützend die Hand vor ihre Augen legen musste. Sie kraxelte weiter, bemerkte dabei nicht die zwischen zwei Steinen klaffende Lücke und rutschte mit dem rechten Fuß in den Spalt.

Überrascht, keinen Widerstand mehr unter dem Fuß zu spüren, gelang es ihr nicht, den Schwung abzufangen, und sie sauste auf den steinigen Grund, wo sie im Gelenk umknickte. Ein nie zuvor erlebter Schmerz schoss ihr in den Knöchel, breitete sich sekundenschnell im ganzen Körper aus. Ihr wurde speiübel, und ihr Gesichtsfeld verengte sich, als würde sie durch einen Tunnel rasen. »Thomas!«, rief sie leise, da wurde es Nacht um sie und sie sackte zu Boden.

Vielleicht vergingen nur ein paar Sekunden, vielleicht waren es Minuten, dann kehrte sie ins Hier und Jetzt zurück. Vier Augenpaare blickten besorgt auf sie herunter.

»Mami!«, wimmerte Lucie.

»Astrid-Schätzchen, was machst du denn für Sachen?«, sagte Johann, und in seinem Blick lag etwas Zärtliches.

Astrid war nicht fähig, auch nur ein Wort von sich zu geben, denn der Schmerz, der ihr immer noch in Intervallen in den Fuß schoss, trieb ihr die Tränen in die Augen.

»Astrid, alles in Ordnung?« Thomas hockte neben ihr und strich ihr über die Wange.

»Es geht.« Sie versuchte, die Zähne zusammenzubeißen, doch der Schmerz war zu übermächtig.

»Komm, Mum.« Max half ihr beim Hinsetzen. »Meinst du, du kannst aufstehen?«

Sie schaffte es mit Mühe und Not, aber als sie endlich beide Beine auf dem Boden hatte und auch nicht mehr fürchten musste, erneut ohnmächtig zu werden, konnte sie den angeschwollenen Fuß nicht aufsetzen.

»Okay, dann tritt jetzt Plan B in Kraft«, erklärte Thomas.

Kurz entschlossen hob er sie hoch und trug sie zurück zum

Ausgang. Er keuchte zwar unter ihrem Gewicht, machte jedoch nicht schlapp. Astrid liebte ihn in diesem Moment. Weil er nicht klagte, sondern die Dinge in die Hand genommen hatte. Kaum dass sie den Wagen erreichten und er sie auf der Fahrerseite absetzte, brach sie in heftiges Schluchzen aus. Wer um Himmels willen sollte nun fahren?

*

In der Nacht tat Astrid kein Auge zu. Ihr Fuß puckerte, dann wieder fuhr ein spitzer Schmerz hindurch, als würde jemand mit der Nadel hineinstechen. Die Scirocco-Schwüle tat ihr Übriges. Schweiß brach ihr in Schüben aus, und es kam ihr vor, als würde der Fuß immer mehr anschwellen.

Um sich Linderung zu verschaffen, holte sie sich Lucies Colaflasche ins Bett. Mal legte sie sie gegen ihre Wade, mal stellte sie sie vorsichtig auf ihrem Spann ab, oder aber sie versuchte, die Fußsohle zu kühlen, was ein schwieriges Unterfangen war.

Erst im Morgengrauen fiel sie in einen leichten Schlaf. Vielleicht schlief sie auch gar nicht, denn sie hörte die Wellen plätschern, die ersten Vögel zwitschern, dann überlagerten Kirchengesänge, mit denen der kleine Ort am frühen Abend über Lautsprecher beschallt wurde, die morgendliche Geräuschkulisse. Das wiederum sprach dafür, dass sie träumte. Wenig später – oder waren Stunden vergangen? – schreckte sie aus einem Alptraum hoch. Ihr Fuß hatte eine schwärzliche Farbe angenommen und konnte, so flüsterte ihr ein Arzt mit Mundschutz zu, nur noch amputiert werden.

Angsterfüllt schlug Astrid das Laken zurück, aber die Zehen waren lediglich blau-lila angelaufen und so dick, dass sie in keinen Schuh mehr passen würden. Sie wollte kein Risiko eingehen und rüttelte Thomas in der Hoffnung wach, dass er Verständnis haben und sie ins nächstgelegene Krankenhaus begleiten würde.

Ihr Mann öffnete die Augen gerade so weit wie nötig, um etwas erkennen zu können, und murmelte schlaftrunken: »Astrid, du dramatisierst. Dein Fuß ist verstaucht, das braucht einfach seine Zeit.«

»Ein bisschen *sehr* verstaucht«, gab sie verstimmt zurück.

Wohl oder übel setzte sich Thomas auf, rieb sich wie ein kleines Kind die Augen. »Okay. Taxi, Bus, Max oder die Rossi?«

»Die Rossi? Also eher trampe ich noch!« Astrid betastete vorsichtig ihren Fuß. »Am besten Max.«

»Er wollte sich schon gestern nicht ans Steuer setzen.«

In der Tat hatte sich ihr Sohn so standhaft geweigert, dass sie ihren Wagen einem Taxifahrer für zwei Blaue anvertraut hatten, damit er sie zurück nach Santa Maria fuhr. Da Astrid wegen ihres Fußes vorn sitzen musste, hatten sich Johann, Thomas, Max und Lucie wie die Ölsardinen auf die Rückbank gequetscht.

»Aber okay, ich frag ihn noch mal.« Achselzuckend schälte sich Thomas aus dem Bett und schlich nach nebenan, um seinen Sohn zu wecken.

Astrid schaffte es indes humpelnd in die Küche und kochte in der kleinen Cafetiere Kaffee. Kurz darauf stand Max verschlafen und mit in den Kniekehlen hängenden Boxershorts im Türrahmen und nuschelte: »Okay, Mum, ich fahre dich. Aber kann ich noch Zähne putzen? Kurz duschen?«

»Alles, was du willst, mein Schatz.« Dankbar, dass er ihr zuliebe nun doch seine Ängste überwand, verwuschelte sie ihm die Haare. Vielleicht steckte ja auch das Mädchen dahinter, mutmaßte sie. Vielleicht würde sie ihn nach und nach zu einem selbstbewussteren Menschen machen.

Das Frühstück fiel mit dem angetrockneten Weißbrot vom Vortag und einem Rest Büffelricotta karg aus. Thomas gab seinem Vater Bescheid, Astrid ihrer Tochter – Lucie würde ohnehin auf dem Balkon bleiben –, dann brachen sie auf. Der Scirocco war abgeflaut, und die Sonne schob sich durch eine hellgraue Wolkenschicht. Am Horizont verschmolzen Meer und Himmel zu einer milchig-weißen Fläche.

Beim Aufschließen des Wagens sah Astrid prüfend zu Max rüber, nur für einen kurzen Moment, doch er ließ sich nichts anmerken. Er stieg ein und rückte den Sitz in eine für ihn angenehme Position. »Mum, wo ist Fernlicht? Abblendlicht? Scheibenwischer?« Er tat, als würde er sich jeden Tag an einen neuen Wagen gewöhnen müssen. Nichts Besonderes also. Kein Grund, nervös zu werden.

Dann fuhr er los. Lagen seine Hände in den ersten Kurven noch verkrampft am Steuer, wurde er, je weiter sie sich von Santa Maria entfernten und ins Tal hineinglitten, immer lockerer, ja entspannter. Selbst Fahrzeugen, die ihm bei dreisten Überholmanövern auf seiner Spur entgegengerast kamen, wich er mit kurzem Hupen aus, ohne gleich in Panik zu geraten.

Astrid schaute lächelnd in die hügelige Landschaft. Wenn es darauf ankam, konnte man sich auf Max verlassen. Dann war er der Fels in der Brandung, der Thomas gerne sein wollte, es jedoch – abgesehen von gestern, als er sie kurz entschlossen getragen hatte – nie gewesen war.

Knappe zwanzig Minuten später fuhr der Wagen die Auffahrt zum Krankenhaus hoch, und als Max vor der Glastür bremste, hatte Astrid mit einem Mal das sichere Gefühl, dass er das Studium aufnehmen würde. Vielleicht war es lediglich der Schock gewesen, seine Zukunft so präzise vorgezeichnet zu sehen.

»Geht schon rein«, sagte er. »Ich parke den Wagen in der Stadt.«

»Danke, mein Schatz.« Astrid gab ihm so schnell ein Küsschen, dass er sich gar nicht erst dagegen wehren konnte, dann stieg sie aus und humpelte, von Thomas gestützt, in das schmucklose Gebäude.

In der Notaufnahme herrschte reger Betrieb. Während Thomas in der Wartezone Platz nahm, zeigte Astrid bei der Anmeldung ihren Personalausweis sowie ihre Versichertenkarte vor. Im nächsten Moment eilte bereits ein Pfleger mit einem Rollstuhl herbei und verfrachtete sie ungeachtet ihrer Proteste da hinein.

»Vorschrift, Signora«, erklärte er auf Deutsch. »Ich will nicht kriege böse Spruch von meine Boss. Also, Madame, sitzen bitte.«

Astrid wollte bloß eins: die Sache so schnell wie möglich hinter sich bringen. Also fügte sie sich, wenn auch widerwillig. Nach einer kaum enden wollenden Irrfahrt durch triste Krankenhausflure hieß es Ruhe bewahren. Etwa fünf Patienten warteten bereits in Rollstühlen auf dem Gang, ein Notfall kam dazwischen, die Luft war zum Zerschneiden. Wieso hatte sie sich nur kein Buch eingesteckt? Jetzt konnte sie nichts weiter tun als dabei zusehen, wie ihr die kostbare Urlaubszeit zerrann. Nach und nach verlor sie jegliches Zeitgefühl – vielleicht war erst eine Stunde vergangen, vielleicht war es schon Mittag? –, dann endlich tauchte der Pfleger wieder auf und schob sie, in gebrochenem Deutsch über Politik faselnd, ins Arztzimmer. Ihr Fuß wurde untersucht, geröntgt, verbunden, und eine gefühlte Ewigkeit später entließ sie der junge Arzt, der kaum älter als ein Student aussah, mit der Diagnose *slogatura*.

Max und Thomas warteten draußen in der prallen Sonne.

Während ihr Sohn konzentriert sahnig herabtropfendes Eis von einer Waffel schleckte, breitete Thomas seine Arme aus, als wolle er sie umarmen, fragte dann aber nur: »Und? Was hat der Trip zum Weißkittel gekostet?«

»Nichts.«

»Nichts?«

»Nein, nichts. Sie haben bloß meine Karte eingescannt. Vielleicht kommt ja am Ende noch die dicke Rechnung.«

»Und was ist jetzt mit deinem Fuß?«, erkundigte sich Max.

»Keine Ahnung«, antwortete Astrid wahrheitsgemäß. »Vielleicht verstaucht.«

»Hab ich's nicht gesagt?«, ereiferte sich Thomas. »Aber du musst ja aus allem ein Drama machen.«

»Paps, es ist schon gut, dass sie das gecheckt hat«, kam ihr Sohn ihr zu Hilfe. »Stell dir vor, der Knöchel wäre gebrochen ...«

Auf dem Weg zum Parkplatz verschwand Thomas in einem *Sale e Tabacchi*, um Kaugummis zu holen. Sich die Auslagen einer Pasticceria ansehend, fragte Max: »Und? Wie lange muss der Verband dranbleiben?«

»Zwei, drei Wochen vielleicht. Ich soll auf jeden Fall zum Arzt gehen, sobald wir zurück in Deutschland sind.«

Als hätte sie sein Todesurteil verkündet, wurde er erst kreidebleich, dann fiel ihm die Eiswaffel aus der Hand. »Aber ... Mum ... Wie sollen wir dann wieder nach Hause kommen?«, stammelte er.

Astrid hatte die Frage befürchtet und leider keine Antwort parat. Dass Max die ganze Strecke allein fuhr, war ausgeschlossen. Schlimmstenfalls mussten sie den Wagen in Neapel abgeben und zurückfliegen.

So viel Wärme wie möglich in ihre Stimme legend, versuchte sie ihn zu beruhigen: »Mach dir darüber jetzt bitte keine Gedanken, okay? Wird sich alles finden.«

14.

Nur wenige Wochen bevor die Neapolitaner in Scharen in Santa Maria einfallen würden, war es, als würde der Ort in einen dösigen Sommerschlaf versinken, um sich gegen die vielen sonnenhungrigen Urlauber zu wappnen. Astrid ließ sich von dieser Trägheit anstecken. Entweder kühlte sie ihren Fuß mit provisorisch in Plastiktüten gefrorenem Wasser, lag in einem überdachten Liegestuhl am Strand gleich unten am Haus und las oder sah Lucie im Apartment beim Simsen zu. Ein paarmal gelang es ihr, sie zu überreden, in einem Café nebenan ein Eis essen zu gehen. Ohne Johann, der immer dann zur Stelle war, wenn man ihn am allerwenigsten gebrauchen konnte. Doch auch in trauter Zweisamkeit verlor Lucie kein Wort über Jonathan. Im gleichen Maße, wie dieser Junge weiterhin ein Phantom blieb, tat Max, als habe das Gespräch wegen seines Studienplatzes nie stattgefunden.

»Du sagst es deinem Vater aber schon noch«, bat Astrid ihn in einer stillen Minute, woraufhin sie ein mürrisches *Hm, klar* erntete. Wann, wie und wo dieses *Hm, klar* stattfinden sollte, präzisierte er jedoch nicht. Vielleicht gedachte er es auch erst im nächsten Leben zu tun, wenn er als Mohnblume oder Einzeller wieder auf diese Welt zurückkehrte.

Astrid tippte darauf, dass er in Wahrheit gar nicht vorhatte, es

Thomas zu sagen, weder als positiv noch als negativ verpackte Nachricht. Zurzeit schien ihn vielmehr die Frage der Rückfahrt zu beschäftigen, doch Astrid konnte nichts anderes tun, als ihn immer wieder zu vertrösten. Sie wusste nicht, wann ihr Fuß wieder abschwellen und belastbar sein würde.

So puderig blau der Himmel jeden Morgen beim Aufwachen auch war, so farbenfroh der Oleander unter den Balkonen blühte und die warme Luft sie von morgens bis abends auch streichelte, so spürte Astrid dennoch mehr und mehr einen Stachel der Enttäuschung. Grund war nicht allein Max, sondern auch Thomas. Statt ihre Unbeweglichkeit für ein bisschen mehr Zweisamkeit zu nutzen, ging er egoistisch seinen Interessen nach. Er streunte umher und fotografierte, verschwand stundenlang im Internet-Point in der Fußgängerzone oder fuhr mit Max und Johann in den Hafen von San Marco. Schiffe gucken, nannten die Männer das. Astrid hatte vielmehr den Verdacht, dass sie sich am Anblick italienischer Frauen ergötzten. Max verkaufte den Ausflug im Nachhinein als »in der Bar Torretta *dolci* essen«, doch als sich Astrid erkundigte, ob sie ihr und Lucie denn etwas Leckeres mitgebracht hätten, konnte er bloß bedauernd mit den Schultern zucken.

Trotz alledem wollte Astrid sich nicht nachsagen lassen, dass sie nichts für ihre Beziehung tat, und überredete Thomas zu einem Spaziergang an der Promenade mit anschließendem Drink in einer Bar an der Küstenstraße.

»Gerne, Liebes«, willigte er sofort ein, allerdings war seinem gleichgültigen Gesichtsausdruck nicht zu entnehmen, ob es ihn freute, ihm egal oder gar lästig war.

So zogen sie los. Astrid konnte wegen des dicken Verbandes nur Flipflops tragen und hakte sich sicherheitshalber bei Thomas unter. Wie sonderbar es war, dass sie etwas ganz Normales taten, wie spazieren gehen etwa, wurde ihr erst bewusst, als sie beim knappen Blick über die Schulter bemerkte, dass Johann, Lucie und Max ihnen vom Balkon aus nachgafften. Dabei waren sie seit etlichen Jahren verheiratet, teilten Tisch und Bett, kannten sich in- und auswendig. Es musste Lichtjahre her sein, dass sie – nur sie beide – etwas unternommen hatten. Astrid konnte sich kaum noch daran erinnern.

Die Blicke ihrer Lieben ignorierend, sprachen sie darüber, wann es denn nun endlich nach Amalfi gehen würde.

»Morgen?«, schlug Thomas vor. »Vater wird langsam kribbelig.«

»Warum nicht an seinem Geburtstag? Das wäre doch das schönste Geschenk.«

»Schon. Aber ehrlich gesagt, könnte ich mal ein bisschen Abwechslung vertragen.«

»Wie bitte?« Astrid glaubte, sich verhört zu haben.

»Na ja ...« Thomas begann hilflos mit den Händen zu rudern. »Auf Dauer ist es schon ein bisschen eintönig hier, findest du nicht?«

»O ja, wie recht du hast! Ständig Meer, Sonne, Palmen. Das ist schrecklich langweilig.«

Thomas wollte etwas entgegnen, doch Astrid ließ ihn nicht zu Wort kommen. »Du Armer!«, rief sie. »Wer um Himmels willen hat dich bloß zu so einem öden Urlaub gezwungen?«

In der nächsten Sekunde knisterte der Lautsprecher der Kirche, und die obligatorischen Mariengesänge, die ihr jeden Tag von neuem auf die Nerven gingen, plärrten bis zum Strand hinunter. »So habe ich das nicht gemeint.« Thomas hielt den Kopf gesenkt und kickte kleine Steine von sich.

»Okay, dann ist ja gut«, erwiderte sie. »Trotzdem würde ich gerne noch ein paar Tage warten. Vielleicht kann ich dann schon wieder besser laufen.«

Thomas blickte auf. »Du musst dich nicht gezwungen fühlen mitzukommen. Es fährt auch ein Bus nach Agropoli.«

»Stell dir vor, vielleicht möchte ich ja gerne mit.«

»Ich denke, du hasst touristische Orte.«

Astrid atmete schwer aus. »Dir ist anscheinend entgangen, dass wir *als Familie* im Urlaub sind.«

»Keineswegs.«

»Da sollten wir hin und wieder auch mal was *als Familie* unternehmen«, fuhr sie fort. »Denke ich zumindest.«

»Lass uns nicht streiten. Bitte, Liebes.« Thomas griff nach ihrer Hand, aber Astrid entzog sie ihm blitzschnell. Sie konnte das nicht – Romantik auf Knopfdruck. Zumal er es wieder mal geschafft hatte, mit seiner Unsensibilität die Stimmung zu zerstören. So überwältigend der Blick aufs glitzernde Meer war, Astrid nahm es nur teilnahmslos hin, als habe sie bloß eine x-beliebige Postkarte vor der Nase.

Thomas' Hand schlich sich nun doch in ihre, und eine Spur besänftigt erklärte er: »Also gut, dann fahren wir eben, wenn du wieder besser auftreten kannst. Spätestens an Vaters Geburtstag.« Er drückte ihr ein Küsschen auf den Hals. »Lust, was trinken zu gehen?«

Astrid nickte, und sie kehrten in die nächstgelegene Bar an der Straße ein. Ein paar Männer mittleren Alters dösten an leergeräumten Tischen. Einer las Zeitung, ein anderer pulte mit einem Zahnstocher in den Zähnen, ein dritter blickte den vorbeifahrenden Autos nach. Der Besitzer kam heraus und verscheuchte sie, damit Astrid und Thomas unter der Markise im Schatten Platz nehmen konnten.

Da saßen sie nun an einem der wohl schönsten Orte der Welt, und doch fühlte sich Astrid unwohl. Ihr nervöser Magen machte sich bemerkbar, aber das war nur ein Punkt von vielen. Warum mündete jede ihrer Unterhaltungen im Streit? Konnten sie vielleicht gar nicht mehr anders als aggressiv miteinander umgehen? Oder hatten sie sich einfach nichts mehr zu sagen?

Kaum standen die Getränke auf dem Tisch – Astrid hatte einen *Spritz* bestellt, Thomas einen Espresso –, verstummte Thomas vollends.

Es gab Tage, an denen beschlich Astrid das ungute Gefühl, dass vielleicht nichts mehr zu retten war, selbst wenn sie sich allergrößte Mühe gaben. Voller Wehmut dachte sie an Kristina, die mit Pius und ihrem Job das Glück gepachtet zu haben schien. Da war so ein Strahlen in ihren Augen gewesen, selbst wenn sie nicht lachte.

Den Weg zurück liefen sie dann schweigend. Wenn sie nicht redeten, gab es auch nichts zu streiten. Und wenn sie nicht stritten, löste sich die Verstimmung bestenfalls in Wohlgefallen auf. Schlimmstenfalls verhärteten sich aber die Fronten.

*

Cosima.

Nur noch wenige Stunden.

Oder war sie bereits ganz in der Nähe und würde plötzlich unten auf der Promenade stehen, die langen blonden Haare zurückwerfen und zu ihm hinauflächeln? Zu dem Fettwanst, der auf dem Spielplatz im Dunkeln eine wesentlich bessere Figur gemacht hatte, und sie würde sich fragen, wie geistig umnachtet sie eigentlich gewesen sein musste? Selbst wenn dieser Typ sämtliche Bach-Partituren rauf- und runterbeten konnte, er war und blieb nun mal ein Dickerchen.

Max wusste nicht, wie sich die Vorboten eines Herzinfarktes anfühlten, aber schlimmer als das, was er im Moment empfand, konnte es kaum sein. Seine Hände schwitzten, in seinem Magen stach es, als habe er einen Gecko verschluckt, der nun in Panik hin und her flitzte, weil er keinen Ausgang fand.

Seine nervige Mutter war zum Glück ausgeflogen. Sie machte ihn mit ihrem Gerede, *es* endlich seinem Vater zu sagen, noch wahnsinnig. Keine Ahnung, warum sie es so eilig damit hatte. Es waren Ferien! Und die wollte er ohne Gedanken an seine berufliche Zukunft verbringen.

Wohin sie gegangen war, wusste er nicht, auf jeden Fall hatte sie niemanden mitgenommen. Er konnte sie in diesem Punkt ja auch verstehen. Mit seinem Vater stritt sie dauernd, Opa Johann ging ihr mit seinem Gequatsche mehr und mehr auf die Nerven, Lucie war zwar ihr kleines Baby, aber von Liebeskummer geplagt nicht gerade die angenehmste Gesellschaft. Fortwährend starrte sie auf das Display ihres Handys, in der Hoffnung, dass eine SMS mit Liebesgesülze eintraf. Es kam aber keine. Für Max war die Sache klar: Dieser Jonathan hatte seine Schwester längst ausgemustert, sie unter der Rubrik *nicht mehr interessant* abgeheftet. Doch Lucie wollte es nicht wahrhaben. Sie versteifte sich regelrecht darauf, dass Jonathan, und nur er, ihre große Liebe war.

Max trat auf den Balkon und ließ seinen Blick über den Strand schweifen. Sein Vater war als winziger Punkt im Meer zu erkennen, vielleicht verwechselte er ihn aber auch und der Mann war ein anderer. Opa Johann stelzte wie ein Storch in den auslaufenden Wellen auf und ab; die karierten Badeshorts schlackerten nur so um seine Schenkel. Max hätte einiges dafür gegeben, nur einen Tag seines Lebens so mager wie sein Großvater zu sein.

Ein Auto kam die Promenade hochgefahren, das Motorengeräusch ließ Max' Herz für einen Moment höherschlagen, doch dann erkannte er das italienische Kennzeichen und sein Herzschlag beruhigte sich wieder. Zwischen Enttäuschung und Erleichterung schwankend, kehrte er in die Wohnung zurück. Um sich die Zeit zu vertreiben, ging er ins Bad, wo er sich zum zigsten Male die Zähne putzte. Man konnte ja nie wissen … Seine Zähne waren sein ganzes Kapital, und er wollte sie Cosima in Bestform präsentieren. Weil er schon wieder zu schwitzen begann, wusch er sich die Achseln, geizte danach nicht mit dem teuren Yamamoto-Deo, das er sich seit einem Jahr für besondere Anlässe aufhob. Danach trödelte er in der Küche herum, öffnete den Kühlschrank, schnupperte am Gorgonzola, am Parmesan, am Schinken, verkniff es sich aber, sich wie sonst nebenbei ein paar Happen in den Mund zu schieben. Alles wegen Cosima. Vielleicht schaffte er es ja, bis nachher noch ein paar Gramm abzunehmen.

»Max?«, ertönte Lucies Stimme. »Bist du da?«

»Ja! Hier. In der Küche.«

»Ich glaub, sie kommt!«

»Wer?«, fragte Max in einem Anfall von Stupidität und spürte sein Herz irgendwo in den Kniekehlen pochen. Auch der Gecko in seinem Magen machte sich sofort wieder bemerkbar.

»Beeil dich, Max!«, drängte Lucie. »Fährt Cosi einen Käfer? Einen grünen?«

Cosi. In Lucies Welt war alles so einfach. Anders als bei ihm.

Für ihn war der Gang zum Balkon beschwerlicher als die Besteigung des Kilimandscharo. Mit seinem plumpen, unförmigen Körper. Als er die wenigen Schritte durch die Wohnung schließlich doch geschafft hatte, klebte ihm das Hemd schon wieder am Körper. Wo war die nächste Dusche? Wirkte das Deo noch? Sahen seine Haare auch nicht verklebt aus? Die Gedanken wirbelten in seinem Kopf herum, aber da hatte Lucie ihn bereits auf den Balkon gezerrt.

»Ist sie das? Das ist sie doch, oder?« Ihre Stimme klang schriller als das Zischen der über ihre Köpfe hinwegfliegenden Schwalben, wenn die Familie am frühen Abend draußen auf den drei kleinen Balkonen saß und aß. Melone mit Schinken, Büffelmozzarella mit Tomaten, Parmesan, zählte Max in Gedanken auf, als wäre das jetzt von Bedeutung.

Da ihn die Sonne blendete, nahm er den grünen Wagen bloß schemenhaft wahr. Autotüren klappten, dann verschwand die Sonne, und er sah Cosima dort unten stehen: blond und schön, wie er sie in Erinnerung hatte. Max wollte sie rufen, aber die Worte blieben ihm auf halbem Weg in der Kehle stecken. Auf der Beifahrerseite war ein ebenso schönes Mädchen ausgestiegen. Wie Cosima hatte sie lange, blonde Haare, nur schien sie etwas wackelig auf den Beinen zu sein und musste sich am Auto abstützen.

»Cosima! Hier sind wir!« Lucie winkte aufgeregt, doch sie schienen sie nicht gehört zu haben. Cosima öffnete den Kofferraum und hievte einen sperrigen Gegenstand heraus. Im nächsten Augenblick wurde es klar: ein Rollstuhl.

»O shit«, entfuhr es Max leise.

»Nun geh schon runter«, blaffte Lucie ihn an. »Du kannst dich da mal nützlich machen.«

»Kommst du mit? Bitte!«

Wohl weil er so flehentlich klang, schob Lucie ihn aus dem Apartment. Seine Angst war mit einem Mal wie weggeblasen, als er kurz darauf an der aufgetakelten Signora Rossi die Steinstufen hinunterpolterte und nach draußen trat.

»Cosima!«, brachte er ohne zu stottern über die Lippen, und weil er sah, dass ein freudiges Lächeln über ihr Gesicht huschte, nahm er sie in die Arme. Einfach so. Sie war warm, roch nach Brombeerhecke im Sommer, nach frischem Brot, nach Meer und Wind.

Eine Weile hielten sie sich fest und drückten sich – Max kam es wie eine Ewigkeit vor –, dann löste sich Cosima mit sanftem Druck und fiel Lucie um den Hals. Die beiden Mädchen quietschten wie beste Freundinnen, die sich lange nicht gesehen hatten.

»Das ist Fiona«, stellte Cosima die Freundin vor. Sie deutete auf Max und seine Schwester. »Max. Lucie.«

Das Mädchen hob zaghaft die Hand. Sie rutschte im Rollstuhl hin und her, als versuche sie, eine bequemere Position zu finden.

»Wie war eure Fahrt?«, presste Max angestrengt hervor. Es war nicht nur Cosima, die ihn unsicher machte, sondern auch ihre Freundin. Schön und dieses Handicap – das ging in seiner Vorstellung irgendwie nicht zusammen. Er gab sich alle Mühe, normal zu tun, und wusste doch, dass er sich nur umso mehr verkrampfte.

»Ganz okay«, antwortete Cosima. »Bis auf einen kleinen Stau vor Neapel, aber na ja. Das war nichts gegen das, was wir schon hinter uns hatten.« Ihr glockenhelles Lachen stieg in den Himmel, dann erzählte sie, dass sie vor Rom in einer Art Jugendherberge übernachtet hätten. Ein rappelvolles Mehrbettzimmer, Ameisen, schmutzige Toiletten, aber was nähme man nicht alles in Kauf, um hier, im Vorzimmer zum Paradies, anzukommen. Ihr Blick wanderte zwischen Max und dem Meer hin und her.

Es beruhigte ihn in gewisser Weise, dass sie im grellen Tageslicht nicht sofort auf Abstand zu ihm ging. Vielleicht, so überlegte er, hatte man auch andere Sorgen, wenn die beste Freundin im Rollstuhl saß.

»Habt ihr schon eine Unterkunft?«, wollte Lucie wissen.

Cosima verschwand kurz im Auto. Kurz darauf tauchte sie, eine Handtasche mit Goldschnalle schwenkend, wieder auf. »Fionas Tante war schon öfter in der Gegend und hat uns ein kleines Apartment gebucht«, erklärte sie. »Muss auch irgendwo hier am Meer sein. Lungomare de Simone heißt die Straße.«

Selbst auf die Gefahr hin, aufdringlich zu erscheinen, bot sich Max spontan an, bei der Suche zu helfen. Cosima nahm die Offerte dankend an, ihre Freundin wollte indes in der Sonne warten. Zu dritt und mit dem Rollstuhl sei es wohl ein bisschen eng im Wagen. Lucie erklärte sich sofort bereit, Fiona Gesellschaft zu leisten, vielleicht ein Eis oder was zu trinken zu holen.

»Was hat deine Freundin?«, erkundigte sich Max, kaum dass die Autotüren zugeklappt und sie knöternd losgefahren waren.

»Sie will eigentlich nicht, dass ich es an die große Glocke hänge, aber gut … Es ist eine angeborene Muskel- und Nervenkrankheit.«

»Schlimm?« Weil es ihm unangenehm war, so direkt gefragt zu haben, hielt er den Blick stur geradeaus gerichtet.

Cosima nahm eine Hand vom Lenkrad und machte eine unbestimmte Geste. »Im Moment schlagen die Medikamente ganz gut an, nur …« Ihre Augen waren voller Trauer, als sie ihn anschaute. »Es ist nicht heilbar.«

Max überlegte nicht lange und strich ihr über den Arm. Cosima dankte es ihm mit einem Lächeln, bremste sanft ab. »Wo lang?«

»Erst mal gradeaus.«

Sie fuhr weiter, kaum schneller als dreißig.

»Wie lange kennt ihr euch denn schon?«, wollte Max wissen.

»Seit der ersten Klasse.«

Also eine Ewigkeit. Wie schön, dass sie mit der Freundin weiterhin durch dick und dünn ging und sie nicht einfach fallen ließ. Weil es vielleicht kompliziert war, mit ihr zu verreisen. Oder weil Fiona sie jeden Tag aufs Neue an ihre eigene Endlichkeit erinnerte.

Sie sprachen nicht weiter über das Mädchen, und Max dirigierte Cosima in die Richtung, in der das Apartment sein musste. Es lag an einer mäßig befahrenen Straße, keine zehn Meter vom Meer entfernt, von ihm aus in kaum sieben Minuten zu Fuß zu erreichen.

Cosima fand gleich eine Parklücke vor der Haustür. Sie stellte den Motor aus und sagte: »Übrigens schön, dich wiederzusehen.« Eine zarte Röte überzog mit einem Mal ihr Gesicht. War es die Wärme? Oder doch etwas anderes?

Finde ich auch, dachte Max, brachte die drei Wörter jedoch nicht über die Lippen.

Sie luden das Gepäck aus, holten dann Fiona ab, die sich über den ebenerdigen Zugang zum Apartment wie ein kleines Kind freute. Max zog sich diskret zurück, um die Mädchen erst mal allein zu lassen. Auspacken, etwas trinken, duschen – die beiden hatten sicher genug zu tun.

»Sehen wir uns später?«, erkundigte sich Cosima, und es klang wie ein Versprechen.

»Immer!«, platzte es aus Max heraus, woraufhin Fiona schallend auflachte.

Max spürte, wie nun ihm die Hitze in die Wangen schoss. Wann immer es euch passt, hatte er eigentlich sagen wollen. Jetzt stand er wie ein bis über beide Ohren verknallter Trottel da.

Kurz darauf im Apartment empfing ihn seine Mutter mit einem klebrig-süßen Lächeln. »Na? Ist sie da?«

»Ja, ist sie«, antwortete Max knapp.

»Du kannst sie auch gerne mal zu uns einladen«, schlug sie vor. »Beispielsweise zum Essen.«

»Auch zum Tee?«, gab Max zurück, weil er die Vorstellung, mit seiner Familie und den beiden Mädchen in der Mittagshitze Tee zu trinken und dazu englisches Gebäck zu knabbern, einfach absurd fand.

Doch seine Mutter hatte die Ironie nicht verstanden und erwiderte: »Auch zum Tee. Ganz wie du willst.«

»Ihre Freundin sitzt im Rollstuhl«, sagte Max, als wäre das eine angemessene Antwort.

Um die Mundwinkel seiner Mutter zuckte es, dann gab sie leicht eingeschnappt zurück: »Ist ja nur ein Angebot.«

Er bedankte sich der Form halber und wollte ins Bad – jetzt war eine Dusche fällig –, als sie ihm nachrief: »Max? Du denkst doch dran, oder?«

»Mhm«, brummte er.

Im nächsten Moment stand sie hinter ihm, und er konnte ihr Parfüm riechen. »Oder hast du's dir inzwischen anders überlegt?«

»Nein, ich will auf jeden Fall duschen«, fuhr er sie eine Spur zu heftig an und schloss sich im Bad ein. Er hatte im Moment weiß Gott Besseres zu tun, als sich Dinge anders zu überlegen, die er ohnehin nicht tun wollte. Das Medizinstudium zum Beispiel. Darauf hatte sie doch ganz sicher hinausgewollt.

Lieber ließ er seine Gedanken zu Cosima wandern. Vielleicht war tatsächlich etwas bei ihr drin. So wie sie ihn angesehen und umarmt hatte … Nur wie kam sie eigentlich dazu – ausgerechnet mit ihm, dem Dickwanst, der allenfalls eine schöne Stimme hatte?

Doch er verbot sich den Gedanken, dass er es wegen seiner Körperfülle nicht wert war, und konzentrierte sich vielmehr auf das Wann, Wie und Wo. In dem Zimmer, das er mit seiner Schwester teilte, würde es kaum gehen. Nicht bloß wegen Lucie, auch wegen seiner Mutter, die zwar immer so liberal tat, in Wahrheit jedoch mit Argusaugen über ihn wachte. In Cosimas Apartment war es ebenso wenig möglich. Oder sollte Fiona etwa die ganze Zeit im Rollstuhl danebensitzen, während er sich mit Cosima vergnügte? Also blieb nur der Strand. *Seine* Badebucht. Dorthin verirrte sich kaum ein Mensch, und spätabends schon gar nicht.

*

Italien war viel mehr als Zitronenbäume, sanfte Hügel und Meer. Es war auch nicht das Vorzimmer zum Paradies, wie Cosima es formuliert hatte, es war das eigentliche Paradies. Und weil es so schrecklich schön war, litt Lucie umso mehr. Vielleicht wäre ein hässliches, stinkendes Italien leichter zu ertragen gewesen. Dann hätte es nicht so weh getan, dass der E-Mail-Kontakt zu Jonathan nur noch auf Sparflamme köchelte. Er schrieb ja kaum noch, und wenn, waren es bloß nichtssagende Allgemeinplätze. Im Vergleich dazu klang jedes x-beliebige Spam gefühlvoller.

Neuerdings beschlich Lucie das unschöne Gefühl, dass er das Liebesgesäusel nur vom Stapel gelassen hatte, um sie rumzukriegen. Vielleicht war er ja so einer, der Eroberungen sammelte wie andere Leute Muscheln. Irgendwann – eher früher als später – warf man die Urlaubserinnerungen dann weg. Sie suchte nach Entschuldigungen, womöglich ging es ihm nicht gut. Wegen seiner kranken Tante, wegen seiner kleinen Schwester, die eine Klasse wiederholen musste, wegen … was auch immer.

Zwischen Neid und echter Anteilnahme schwankend, beobachtete Lucie, wie Max und Cosima miteinander turtelten. Seit die Schweizerin eingetroffen war, war ihr Bruder quasi über Nacht wie eine Butterblume an den ersten warmen Tagen des Jahres aufgeblüht und trug, ganz im Hormonrausch, ein Dauergrinsen auf den Lippen. Nicht dass Lucie es ihm nicht gegönnt hätte. Nach all den Jahren der Flaute hatte er das bisschen Liebesglück verdient. Vielleicht war dann endlich Schluss mit dem Gejammer, wie dick und unattraktiv er sei. Das war er nicht. Er musste es nur endlich mal begreifen.

Aber auch Lucies Stimmung war seit dem Eintreffen der beiden Mädchen auf ihrer internen Glücksskala um ein paar Punkte nach oben gerutscht. Cosimas Freundin Fiona war nicht nur sehr krank, sondern auch sehr nett. Überdies gelang ihr in ihrer fröhlichen, unkomplizierten Art etwas, das nur ihre Mutter unter Aufbietung ihrer ganzen Überredungskunst geschafft hatte: Sie lockte Lucie von ihrem Beobachtungsposten auf dem Balkon. Gemeinsam zogen sie von Bar zu Bar, lachten und lästerten, alles in der geheimen Hoffnung, dass Max und Cosima sich ungestört näherkommen konnten. Lucie durchblickte nicht ganz, warum Fiona so sehr daran gelegen war, dass aus den beiden ein

Paar wurde. Hatte sie nicht eher Grund, neidisch zu sein? Doch als bereitete es ihr ein ganz besonderes Vergnügen, heckte sie immer neue Verkupplungsstrategien aus.

An einem verregneten Nachmittag – Max und Cosima waren mit dem Käfer nach Acciaroli gefahren – erzählte Lucie ihrer neuen Freundin von Jonathan. Weil es Fiona große Mühe kostete, über die Steintreppe hinauf in den Ort zu kommen, saßen sie an der Promenade im *Café Jonathan* und aßen Zitroneneis. Fiona hörte konzentriert zu und stellte auch Zwischenfragen, jedoch ohne diesen sensationslüsternen Blick, den ihre Klassenkameradinnen, einschließlich Hannah, oft draufhatten.

»Schwein«, schlussfolgerte sie, als Lucie, nach Luft japsend, schließlich zum Ende kam.

»Wieso bist du so hart?«

»Weil es so ist! Er hat überhaupt keine Rücksicht auf dich genommen, und jetzt lässt er dich auch noch hängen. Ohne jede Begründung.«

Das Handy in Lucies Hand fühlte sich klebrig an. Fiona hatte recht. Und doch schmerzte es, dies in aller Deutlichkeit vor Augen geführt zu bekommen.

Eine Weile schwiegen sie, dann sagte Fiona, indem sie ihre blassen Lippen leicht öffnete: »Es ist dein gutes Recht, ihm die Pistole auf die Brust zu setzen. Soll er ruhig mal damit rausrücken, wie er sich das mit euch vorstellt. Ob er sich überhaupt noch was vorstellt.« Sie senkte den Blick. »Oder vielleicht längst in anderen Gewässern fischt.«

Als hätte Fiona einen Hebel umgelegt, schossen Lucie die Tränen in die Augen. Dass Jonathan womöglich eine andere hatte, war ihr noch gar nicht in den Sinn gekommen.

Tröstend strich Fiona ihr über die Fingerspitzen. »Lucie, er ist es nicht wert. Kein Kerl ist es wert.«

Lucie nickte und schluckte gegen einen Kloß in ihrem Hals an. »Trotzdem …«

»Trotzdem tut es elendig weh, ich weiß, und manchmal denkt man, es bringt einen um.«

Lucie sah Fiona erstaunt an. Sie wusste nicht, wie oft die neue Freundin schon unglücklich verliebt gewesen war, doch allem Anschein nach hatte sie mehr Erfahrungen gesammelt, als man ihr, dem Mädchen mit der unheilbaren Krankheit, zutraute.

Den Blick auf das dunkelgraue, leicht wogende Meer gerichtet, sagte sie: »Nagel ihn fest, Lucie. Am besten jetzt gleich. Wenn du es nicht tust, wirst du es später bitter bereuen.«

Lucie blickte beschämt auf ihre Hände. Unlackiert sahen ihre Nägel so schutzlos und nackt aus. Was sollte das heißen, später? Meinte sie den Showdown des Lebens, kurz bevor man der Welt tschüs sagen musste? Und zum ersten Mal wurde ihr bewusst, dass Fiona vielleicht nicht mehr lange zu leben hatte.

Wie banal ihr Liebeskummer dagegen war. Jonathan … Wer zum Teufel war dieser Schweine schlachtende Kerl überhaupt? Und weil sie ohnehin nichts zu verlieren hatte, nahm sie ihr Handy raus und tippte: *Hi J., wenn es aus ist, sag es mir, aber lass mich nicht länger schmoren. Das ist unfair! Lucie, immer noch in Italien.*

15.

Es war sieben Uhr morgens, Astrid hatte gerade die Fensterläden aufgeklappt, und milchiges Sonnenlicht schien durch die Scheiben. Als sie die Balkontür aufstieß, strömte die noch angenehm frische Morgenluft herein. Das Meer lag wie eine spiegelglatte Fläche da; es versprach ein herrlicher Tag zu werden.

Nur einer schien das nicht so zu sehen. Das Geburtstagskind. An seinem Jubeltag, den er ja auf Biegen und Brechen in Süditalien hatte verbringen wollen, stand er hager und blass da und zog ein Gesicht, als sei das Leben nichts weiter als eine Aneinanderreihung qualvoller Momente.

»Alles Gute, Opa!«

»Glückwunsch!«

»Gesundheit!«

»Happy birthday!«

Nacheinander traten Lucie, Thomas, Astrid und Max vor, doch er ließ das Getätschel und Geküsse nur widerwillig über sich ergehen. Ein Präsent hatten sie nicht – die Reise war Geschenk genug.

»Vater, alles in Ordnung?«, erkundigte sich Thomas besorgt. »Geht's dir nicht gut?«

Astrid hatte sich nach einer flüchtigen Umarmung hastig an den Herd geflüchtet. Kaffee kochen. Brot, Butter und Marmelade für ein schnelles Frühstück im Stehen hinstellen. Darauf hoffen, dass Johann endlich im Bad verschwinden würde, um sich frisch zu machen.

»So gut es einem mit achtzig gehen kann«, brummelte Johann und rieb sich das unrasierte Kinn. »Diese grauenhafte Matratze! Mein Rücken fühlt sich an, als hätte mir jemand ein Messer reingerammt.«

»Wir müssen ja nicht unbedingt nach Amalfi«, sagte Astrid, bemüht, ihrer Stimme einen sanften Klang zu geben.

»O doch! Amalfi ist Pflichtprogramm.« Johann stand plötzlich kerzengerade da. »Los, los, Kinder. Wer geht als Erster ins Bad?«

»Du. Aber beeil dich. Um acht müssen wir geduscht und angezogen sein.«

Sie betonte das Wort *geduscht* in der Hoffnung, dass sich Johann auch wirklich unter die Dusche stellen und nicht bloß eine Ladung Eau de Cologne an seine Haut lassen würde. Auf ihren Befehl hin schlurfte er ins Bad, die Tür klappte zu, kurz darauf hörten sie das Wasser rauschen.

Während der Kaffee in der Cafetiere zischend aufstieg, ließ Max den Kühlschrank ein paarmal auf- und wieder zuschnappen.

»Max!«, tadelte Astrid ihn. »Könntest du dich bitte mal entscheiden, was du willst?«

Er nickte. »Hab ich schon. Ich komme nicht mit.«

»Bitte, was?« Sie glaubte, sich verhört zu haben.

»Ich – komme – nicht – mit«, wiederholte er im Stakkato.

Thomas, der mit dem Packen des Rucksacks beschäftigt war, blickte auf. »Und ob du mitkommst! Da gibt es ja wohl gar keine Diskussion!«

»Es reicht doch schon, dass ich überhaupt mit nach Italien gekommen bin. Amalfi interessiert mich nicht die Bohne.« Er nahm ein Stück Käse aus dem Kühlschrank und schnupperte daran. »Ich dachte, Urlaub soll Spaß machen und nicht zur lästigen Pflicht werden.«

»Der Achtzigste deines Opas ist sehr wohl Pflicht.« Thomas fuhr sich nervös durchs Haar. »Er wird schließlich nur einmal so alt. Und deswegen sind wir ja letztlich auch alle hier.«

Lucie war neben ihren Bruder getreten und riss den Kühlschrank so heftig auf, dass die Flaschen darin klapperten. »Keine Milch da?«

»Falls Madame gestern keine mehr geholt hat, wohl nicht«, entgegnete Astrid gereizt.

»Okay, dann geh ich nachher einkaufen«, bot sie sich an.

»Wann nachher?« Vermutlich wollte sie sich ebenfalls drücken und versuchte es nur geschickter als ihr Bruder.

»Gleich wenn der *Buffalina*-Laden aufmacht.«

»Wenn der öffnet, bist du mit uns auf dem Weg nach Agropoli«, erklärte Thomas. »Ihr kommt nämlich beide mit. Und jetzt Ende der Diskussion.«

»Aber das geht nicht! Ich bin mit Cosima verabredet!«

»Cosima kannst du auch noch heute Abend treffen.« Thomas zurrte den übervollen Rucksack zu, dann wandte er sich an Lucie. »Und du deine Fiona auch, falls du gerade sagen wolltest, dass ihr auch verabredet seid.«

»Ja, sind wir.« Lucie zog ein beleidigtes Gesicht. »Darf sie wenigstens mitkommen?«

»Nein«, bestimmte Astrid und sah zu Thomas rüber. Der nickte ihr zu, indem sich die Andeutung eines Lächelns in sein

Gesicht schlich. Warum zogen sie nicht viel öfter an einem Strang? Das machte alles so viel einfacher.

Johann kam, in ein großes rosafarbenes Handtuch gehüllt, aus dem Bad. Der Duftwolke nach zu urteilen, hatte er nach dem Duschen und Rasieren in Aftershave gebadet.

»Opi, du siehst so was von verschärft aus!«, stellte Lucie kichernd fest.

»Danke, Kröte.« Das Badetuch gegen seine Hühnerbrust pressend, verschwand er in seinem Zimmer und kehrte nur wenige Minuten später angezogen und gekämmt zurück. Er trug eine sommerliche Hose, die Astrid noch nie zuvor an ihm gesehen hatte, dazu ein kurzärmeliges weißes Hemd und eine dezent gemusterte Krawatte. Anlässlich seines achtzigsten Geburtstages hatte er sich schick gemacht, was sie nun doch wieder liebenswert fand.

»Wow!«, rief Lucie. »Steht dir super, was du anhast.«

»Weiß ich. Bin ja auch ein schöner Mann und sozusagen im besten Alter.« Lächelnd goss er sich Kaffee ein und biss in ein Stück trockenes Brot. Mit der Verwandlung in einen gepflegten älteren Herrn war auch seine Übellaunigkeit wie weggeblasen.

Punkt acht blies Thomas zum Aufbruch. Sie stiegen die Steintreppen des Palazzos hinunter, wobei Astrid ihren Schwiegervater vorsichtshalber unterhakte. Ihm zu Ehren hatte sie einen luftigen weißen Leinenrock angezogen, doch sein fachmännischer Kommentar lautete lediglich: »Na, wie beruhigend. Eine Krankenschwester ist auch mit von der Partie.«

Lucie war als Letzte im Bad gewesen. Es hatte nur noch zum Zähneputzen und Haarekämmen gereicht. Jetzt jammerte sie, während sie ihre schwarze Tunika über den Jeans zurechtzupfte, über ihre angeblich fettigen Haare, die sie ja kaum jemandem zumuten könne.

»Deine Haare sind überhaupt nicht fettig«, widersprach Astrid. »So ein Unfug.«

Sie selbst hatte in der morgendlichen Hektik auch auf einiges verzichten müssen. Am meisten fehlte ihr jedoch der Morgencappuccino in ihrer Stammbar. Nachdem sie die kurvenreiche Straße nach Agropoli hinter sich gelassen hatte – mit ihrem verstauchten Fuß ließ es sich schon wieder einigermaßen fahren –, den Wagen am Bahnhof abgestellt und Fahrkarten besorgt hatte, holte sie ihr Cappuccino-Ritual in der kleinen Bar im Bahnhofsgebäude nach. Johann nutzte die Gelegenheit und schloss sich ihr an. Feierlich hob er seine Espressotasse und ließ sie gegen ihre klirren. »Astrid-Schatz, das wird ein fabelhafter Tag!«, rief er und zwinkerte der jungen Tresenkraft, die ein tief ausgeschnittenes T-Shirt trug, übermütig zu. Doch kaum standen sie wenig später auf dem Bahnsteig und warteten auf den Zug, kehrten seine Rückenschmerzen jäh zurück. Insgeheim tippte Astrid allerdings eher darauf, dass er sich über die Verspätung des Zuges ärgerte.

»Prinzip Schlendrian, ist ja mal wieder typisch«, schimpfte er, sich den Rücken haltend. »Und wer ist schuld, wenn wir die Fähre nicht kriegen? Der Italiener mit seiner *Kommste heute nicht, kommste morgen*-Einstellung.«

»Dann nehmen wir eben die nächste«, besänftigte Thomas ihn.

»Und wenn es keine nächste gibt?«

»Wiederholen wir den Ausflug morgen.«

Bitte nicht, flehte Astrid insgeheim. Nicht noch mal dieses ganze Tamtam.

Der Zug fuhr mit zwanzigminütiger Verspätung los, womit klar war, dass sie die frühe Fähre nicht mehr erreichen würden. Dennoch hasteten sie nach ihrer Ankunft zum Hafen hinunter. Johann fluchte unaufhörlich, doch Astrid scherte sich nicht darum und ließ ihn, Lucie und Thomas vorauseilen. Max trottete, gegen das gleißende Licht blinzelnd, neben ihr her. Dass er auf das Treffen mit Cosima verzichten musste, schien ihn mittlerweile nicht mehr aufzuregen. Und auch die Tatsache, dass die nächste Fähre erst in anderthalb Stunden ging und sie Amalfi in der prallen Mittagssonne erreichen würden, kümmerte ihn nicht weiter.

Astrid machte sich bereits darauf gefasst, dass Johann Zeter und Mordio schreien würde, aber er zog nur ein betrübtes Gesicht und suchte an der Steinmauer Halt. »Und jetzt?« Seine Lippen bewegten sich kaum.

Obwohl Astrids Fuß bei längeren Strecken immer noch schmerzte, wollte sie die kostbare Zeit keinesfalls im Hafen vertrödeln und schlug einen Bummel durch die nahe gelegene Fußgängerzone vor.

»O ja, yippie!«, rief Lucie.

»Aber ohne mich.« Johann ging in die Hocke und umklammerte wie zur Unterstreichung seiner Weigerung seine Beine.

»Vater, sollen wir besser zurückfahren?« Thomas kniete sich neben ihn. »Willst du dich lieber zu Hause hinlegen?«

»Wieso denn das? Heute ist mein Geburtstag!« Er rückte seine Krawatte zurecht, dann richtete er sich mit Thomas' Hilfe langsam wieder auf. »Geht ihr nur einkaufen. Ich warte hier so lange.«

»Aber *wo* willst du hier warten?« Astrid blickte sich suchend um. »Hier ist weder ein Café noch eine Sitzmöglichkeit, geschweige Schatten.«

Johanns Pupillen flitzten hin und her, er ließ seinen Blick in den Sommerhimmel gleiten, im nächsten Moment schaute er zur Mole hinunter, und sein Zeigefinger schnellte vor. »Da!« Trotz seines Alters hatte er immer noch Augen wie ein Adler. »Seht ihr? Die beiden Stühle da unter dem Schirm? Vielleicht hat die blonde Dame ja ein Plätzchen für mich frei.«

Die blonde Dame war die Wächterin im Hafen. Als eine Fähre angetuckert kam, legte sie einen Zickzacksprint entlang des Kais hin, bis sie die Taue gefangen hatte und am Poller vertäuen konnte.

Johann tat einen tiefen Seufzer und wollte bereits loszuckeln, als Thomas und Max sich spontan bereit erklärten, gemeinsam mit ihm zu warten. Bei Max lag der Grund klar auf der Hand. Er war einfach zu faul, sich in der Hitze mehr als nötig zu bewegen. Man verabredete, sich in einer guten Stunde wieder am Anlegeponton zu treffen, dann machte sich Astrid mit ihrer Kleinen auf den Weg. Lucie redete pausenlos von Plateausandalen. Als könne keine Frau ohne sie leben und sie schon gar nicht.

Als verantwortungsbewusste Mutter war Astrid zwar nach wie vor der Ansicht, dass ihre Tochter für diese Art von Mode zu jung war, aber sie sollte sich ruhig etwas gönnen. Sie machte gerade eine schwierige Phase durch. Mit Jonathan schien es alles andere als gut zu laufen, doch jeden ihrer vorsichtigen Versuche, mit ihr darüber zu reden, blockte sie nach wie vor ab. Astrids große Hoffnung war, dass sie sich vielleicht Fiona anvertraute. Zumindest konnte Lucie seit der Ankunft des Mädchens wieder lachen. Astrid hatte beinahe vergessen, dass Lucie zu so einer Gefühlsregung überhaupt fähig war.

Die Geschäfte öffneten gerade, als sie in der Fußgängerzone ankamen. Ungeachtet ihres verbundenen Knöchels, versuchte

Astrid, mit ihrer Tochter Schritt zu halten. Wie im Fieber hastete sie von Laden zu Laden, um schließlich vor dem Schaufenster eines Schuhgeschäfts stehen zu bleiben. Doch beim Blick auf die Preisschilder verfinsterte sich Lucies Miene.

»Hallo, geht's noch?! Spinnen die?!«, fauchte sie und zeigte den Schuhen einen Vogel.

»Wir finden bestimmt noch ein anderes Geschäft«, beschwichtigte Astrid sie. Notfalls würden sie am Markttag eben noch mal nach Agropoli fahren.

Gleich nebenan befand sich ein kleines Kaufhaus, und Lucie steuerte wie selbstverständlich den Eingang an.

»Heute noch gar nicht gesimst?«, erkundigte sich Astrid beiläufig, als sie mit der Rolltreppe in den ersten Stock fuhren.

»Nö.« Lucies Hand quietschte am Geländer.

Astrid dachte an die vielen Viren und Bakterien, die sich jetzt an ihrer Hand ansiedeln würden, und bohrte weiter: »Wie läuft es denn so mit Jonathan?«

»Ganz okay.«

»Ganz okay klingt aber nicht, als wäre es richtig toll.«

»Ganz okay ist okay, okay?«

Wie aufs Stichwort kramte Lucie ihr Handy hervor und schaute aufs Display.

»Ups. Saft ist gleich alle. Ich wollte doch Fiona simsen, wie Amalfi ist.«

»Du kannst auch mein Handy nehmen«, bot Astrid ihr an.

»Mal sehen. Aber danke.«

Sie durchstreiften die weitläufige Damenabteilung, doch Lucie konnte den Kleidern nichts abgewinnen. Nach einem Abstecher in die Haushaltswarenabteilung im obersten Stockwerk fuhren sie wieder ins Parterre und traten durch die sich surrend öffnende Glastür hinaus in die Gluthitze der Stadt. Bereits zu dieser frühen Stunde war es so heiß, dass kleine Rinnsale an Astrids Oberschenkeln herunterliefen. Lucie stöhnte in ihren dunklen Jeans nicht weniger, wollte die Zeit jedoch bis zur letzten Sekunde nutzen. Sie zogen weiter, Lucie tauchte in schrillen Ramschläden ab, Astrid suchte, auch wenn sie kein Wort Italienisch konnte, in der Kühle eines Buchladens Zuflucht. Sie genoss es, von Regal zu Regal zu schlendern, die hübschen Cover zu betrachten und den einen oder anderen Kunstband durchzublättern.

Als es Zeit war umzukehren, kam Lucie, eine pinkfarbene Tüte schwenkend, auf Astrid zugelaufen. »Wetten, du wirst gleich laut *yippie*! schreien?«, rief sie und packte ein Paar billig gearbeitete Plateausandalen aus. »Sind die nicht supersüß? Nur fünfundzwanzig Euro!«

»Ja, supersüß«, bestätigte Astrid. Sie wollte ihrer Tochter nicht die Freude verderben.

Glücklich wie ein Kind bei der Bescherung bestand Lucie darauf, die neuen Schuhe sofort anzuziehen. Egal, dass sie womöglich Blasen bekommen oder umknicken würde. Vorsichtig, als würde sie auf rohen Eiern laufen, stakste sie an Astrids Arm zurück zum Hafen.

Max starrte ihr entgegen, ein ironisches Lächeln umspielte seine Mundwinkel. »Gehst du jetzt anschaffen, oder was?«

Lucie ließ sich nicht provozieren, und an Max vorbeitrippelnd konterte sie: »Klar. Super Sache, um sein Taschengeld aufzubessern. Solltest du auch mal versuchen.«

»Bäh«, machte Max und knuffte seine Schwester, wenn auch liebevoll, dann schob er Astrid an Deck, wo Thomas und Johann bereits Plätze besetzt hatten. Johann schützte seinen fast lichten Schädel mit einer *Gazzetta dello Sport.*

»Wenn ihr euch einen Sonnenstich holen wollt, nur zu«, erklärte Astrid. »Ich geh besser rein.« Sie wollte ohnehin ein bisschen für sich sein. Ihren Gedanken nachhängen und die Zeit wie Sand durch ein Stundenglas verrinnen sehen.

Das Boot fuhr pünktlich ab. Erst tuckerte es eine Weile im Schutze der Küste entlang, doch als sie den Hafen von Salerno hinter sich gelassen hatten, entfernte es sich mehr und mehr vom Ufer, als wolle es weit aufs smaragdgrüne Meer hinaus.

Rechter Hand erstreckte sich die Amalfiküste. Begrünte Berge wechselten mit schroffen Felsen und von der Sommersonne ausgedörrten Hainen ab, dazwischen immer wieder blassgelbe Häuser wie hingetupft, kleine Badeorte, die unvermittelt in den Buchten auftauchten und an deren Schönheit sie sich kaum sattsehen konnte.

Lucie kam nach einer Weile zu ihr ins Schiffsinnere und schmiegte sich an ihre Schulter, doch statt aufs Meer oder auf die Küste zu schauen, betrachtete sie nur ihre Schuhe wie eine Trophäe. Das Privileg der Jugend, dachte Astrid und zog ihre Tochter enger zu sich heran. Momente wie diese waren wie kleine Geschenke und so rar, dass sie sie genießen und gut hüten musste. Schon bald würden sie ganz der Vergangenheit angehören.

Eine halbe Stunde später waren sie da. Schwankend, als habe er eine Pulle Whisky getrunken, kam Johann zu ihr rüber. »Na, Astrid-Schatz, hab ich dir zu viel versprochen?«

»Nein, das hast du ganz gewiss nicht«, erwiderte sie und konnte das erste Mal an diesem Tag entspannt lächeln.

*

Sie waren da, und sein Herz klopfte wie wild. Genau wie damals, als er jung war, das Haar voll, der Körper muskulös. Die Italienerinnen hatten ihm mit ihren begehrlichen Blicken Brief und Siegel darauf gegeben: Er war ein Bild von einem Mann, fesch von den tadellos frisierten Haaren bis zu den frisch mit Bimsstein behandelten Fersen. Im Zweifelsfall, da war er sich ganz sicher, hätte er es locker mit Clint Eastwood, Marlon Brando und/oder Marcello Mastroianni aufnehmen können – auch ohne den Nimbus des Filmstars. Mit seinen hellen Haaren war er jenseits der Alpen sowieso der Held. Der blonde Hüne aus dem hohen Norden ... Die Frauen hatten ihn geliebt und er sie. Die kokett Lächelnden. Die, die ihr langes Haar hochmütig in den Nacken warfen. Die Schlanken, die Kurvenreichen, die Draufgängerischen, die Schüchternen und besonders die eine: Giuseppina.

Noch am Morgen hatte er sich elend gefühlt. Nicht wegen seiner achtzig Jahre, die trug er wie ein echter Mann und pfiff auf all die Zipperlein, die sich im Laufe der Jahrzehnte eingestellt hatten. Es war allein ihretwegen.

Der Tag, dem er so lange entgegengefiebert hatte, war da, und nun fürchtete er sich wie ein Kind, das zum Kartoffelholen in den dunklen Keller geschickt wurde. Er wusste ja nicht, was auf ihn zukommen würde, und rechnete mit dem Allerschlimmsten.

Im Gänsemarsch verließen sie das Schiff, überquerten in einem Pulk von Touristen die Straße, die sich entlang der Küste schlängelte. Keine zwei Minuten später tauchten sie in den Ort mit seinen pastellfarbenen, wie in den Felsen gestanzten Häusern ein.

Es war genau wie früher und doch ganz anders. Der raue, morbide Charme war verschwunden. Nun sah sein geliebtes, zauberhaftes, ja betörendes Amalfi ganz nach Postkartenschönheit aus.

Der Himmel war blauer als damals, die Häuser leuchteten bunter, die Zitronen, Markenzeichen des Ortes, waren zu dickbauchigen Früchten mutiert, und an jeder Ecke gab es Touristenkitsch. Amalfi hatte sich in Schale geworfen. Irgendjemand war mit dem Schrubber über die Hausfassaden gegangen, hatte die Gassen poliert, den Müll weggeräumt und alle paar Meter einen Eis- oder Pizzastand aufgestellt. Er war sich nicht sicher, wie er den neuen Glanz finden sollte, und fühlte sich doch geschmeichelt, als habe sich das Städtchen extra ihm zu Ehren aufgerüscht.

Cafés hatte es schon damals rund um den Domplatz gegeben, aber so viele? Und wo waren die kunterbunt geflochtenen Stühle abgeblieben? Heute waren sie aus Aluminium, auf denen sich beleibte Menschen fläzten, die Cremetörtchen, Pizza und Chips futterten und das Ganze mit Cola runterspülten.

Wegen der Massen an Touristen kamen sie lediglich im Schneckentempo vorwärts. Johann blickte in sonnenverbrannte Gesichter, Ellbogen rempelten ihn, mit einem Mal kam eine lärmende Schulklasse auf die Piazza gestürmt. Der Lehrer hielt die Kinder zur Ruhe an, aber die frechen Dinger, überwiegend kleine, fette Sumo-Ringer, waren nicht zu bändigen. Als ein Junge mit einer Trillerpfeife knapp an seinem Ohr vorbeipfiff, flüchtete sich Johann in die *Pasticceria Andrea Pansa* und lehnte sich erschöpft gegen den Tresen. Als er aufblickte, hatte er ein Glas Wasser vor sich stehen.

»Danke«, sagte er auf Deutsch, weil ihm das italienische Wort dafür nicht einfiel.

»Vater, alles klar?« Thomas war ihm voller Sorge nachgeeilt. Der Rest der Familie stand unbeweglich in der Eingangstür.

»Ja, ja, alles paletti.« Er fuhr sich theatralisch über die Stirn und wischte sich Schweiß ab, der gar nicht vorhanden war. Schon auf dem Boot hatte er unaufhörlich gegrübelt. Er musste es geschickt anstellen, seine Lieben austricksen und fortschicken, damit er sich in aller Ruhe zu ihr schleichen konnte. Zum Glück war jetzt Mittagszeit und die Wahrscheinlichkeit, sie auch zu Hause anzutreffen – sofern sie überhaupt noch in der Wohnung am Dom lebte –, am größten.

»Johann, willst du dich nicht lieber setzen?« Astrid kam auf ihn zugehumpelt.

Froh, dass sie ihm das Stichwort lieferte, presste er hervor: »Ja, vielleicht sollte ich. Ist ja auch ganz schön heiß.« Er stützte sich an der Schulter seines Sohnes ab.

»Max! Lucie!«, rief seine Schwiegertochter. »Mittagspause.«

»Papperlapapp«, widersprach Johann. »Ihr macht jetzt keine Pause. Nur weil mir gerade ein bisschen blümerant ist …«

Astrid wollte etwas erwidern, doch Johann fuhr ihr über den Mund: »Ich ruhe mich aus, ihr guckt euch im schnuckeligen Örtchen um, und später ziehen wir noch mal gemeinsam los, verstanden?«

»Ich kann ja bei Opi bleiben«, bot sich Lucie an.

»Tut mir leid, Kröte, aber das kommt überhaupt nicht in Frage. Du bist jung, voller Tatendrang und solltest im Übrigen deine neuen hübschen Wackelschuhe einlaufen.« Geistesgegenwärtig zückte Johann seine Brieftasche und drückte seiner Enkelin einen Zehner in die Hand. »Kauf dir einen lustigen Kettenanhänger, irgendwas Nettes, woran du Freude hast.«

»Danke, Opi!«, sagte sie und steckte den Schein weg.

»Und nun zischt ab. Aber ein bisschen dalli!«

»Sicher, Vater?«, fragte Thomas.

»So sicher wie der Tod.« Er schob seinen Sohn zum Ausgang und gab ihnen in einer letzten Eingebung mit auf den Weg, dass sie sich die Besichtigung des Doms doch bitte für später aufheben sollten.

Um Zeit zu schinden, ging Johann zur Toilette, danach trödelte er in der Bar herum. Er guckte sich die Leckereien in der Vitrine an, trank einen Espresso, wobei er pro forma die Zeitung durchblätterte und den Wetterbericht studierte. Erst dann wagte er sich hinaus in die Mittagshitze. Sein Herz schlug laut und schnell, zwischendurch begann es auch noch zu stolpern. Das fühlte sich gar nicht gut an, aber Johann war froh, dass es überhaupt noch pumpte.

Er wankte ein paar Schritte geradeaus und erstarrte angesichts der Schönheit des Doms, der rechter Hand am Ende einer majestätischen Treppe wie in den Berg gemeißelt aufragte. Darüber stand der Sommerhimmel mit seinen weißen Wattewölkchen.

»Himmel, Arsch und Zwirn!«, stieß er hervor, was eine vorübergehende Touristin dazu veranlasste, ihn auf Deutsch anzublaffen, was ihm eigentlich einfalle, dies hier sei ein heiliger Ort.

»Ja, du kannst mich auch mal!«, schimpfte Johann hinter ihr her und begann, die Treppe hochzusteigen. Immer wieder musste er Pausen einlegen, um zu Atem zu kommen und seinem schmerzenden Rücken gut zuzureden, dass so ein paar Stufen ihn schon nicht umbringen würden. Er lenkte sich damit ab, die an Mosaiken reiche Fassade des Doms zu bestaunen, und irgendwann hatte er es geschafft. Wie der König von Amalfi stand er oben an der Balustrade und schaute auf den kleinen Balkon zu seiner Linken.

Hier hatte er Giuseppina zum ersten Mal gesehen. Sie hatte

auf einem wackeligen Küchenstuhl neben einer Schüssel grüner Bohnen gesessen, die Füße gegen das schmiedeeiserne Geländer gestellt, und sich die Nägel in einem leuchtenden Rot lackiert. Kleine Wattebäusche hatten vorwitzig zwischen ihren Zehen hervorgelugt, und als sie aufgeblickt hatte, war ein zunächst scheues, dann einladendes Lächeln über ihr Gesicht gehuscht.

Anders als damals war der Balkon mit Blumenkübeln dekoriert. Geranien, Margeriten und leuchtend lilafarbene Blumen, deren Namen Johann nicht kannte. Vor der angelehnten Tür stand ein Wäscheständer mit Handtüchern und Bettlaken. Ihre Handtücher? Ihre Bettlaken? Ein paar von ihnen machten in der Tat den Eindruck, als hätten sie bereits etliche Jahrzehnte auf dem Buckel. Um besser sehen zu können, beugte sich Johann vor, vielleicht würde es ihm gelingen, einen Blick ins Innere der Wohnung zu erhaschen, doch da klappte die Tür mit einem Knall zu und Gardinen bauschten sich vor dem Fenster. Der Schreck, womöglich ertappt worden zu sein, ließ ihn im ersten Moment wie gelähmt dastehen, dann ging er hinter einem Mauervorsprung in Deckung. Er schnaufte, spürte gleichzeitig eine Gänsehaut über seine Schädeldecke kriechen. Wie entwürdigend, falls Giuseppina ihn gesehen, vielleicht sogar erkannt hatte. Unsinn, schalt er sich bereits in der nächsten Sekunde. Sie würde ihn nicht erkennen. Weil sie nicht darauf gefasst war, dass er, so viele Jahrzehnte später, in Amalfi herumspazierte und wie ein Pennäler in ihr Fenster zu spähen versuchte.

Er wartete einen Augenblick ab und versuchte, seinen Pulsschlag unter Kontrolle zu bringen, dann stieg er die Treppe mit knirschenden Knien und schmerzendem Rücken wieder hinunter. Du bist achtzig, redete er sich gut zu, acht Jahrzehnte Lebenserfahrung. Also benimmst du dich auch so und nicht wie ein unreifes Bürschchen. Du gehst jetzt hin und klingelst. Schnurzegal, was danach passiert.

Exakt viereinhalb Minuten später stand er vor der Haustür, *ihrer* Haustür – er hatte das Verrinnen der Sekunden genauestens auf seiner Armbanduhr verfolgt. *Masili,* stand auf dem Namensschild. Das war nicht ihr Nachname, zumindest nicht ihr Mädchenname, und doch brachte er sein Herz zum Flattern. Bevor die Angst weiter von ihm Besitz ergreifen konnte, näherte er sich mit seinem Zeigefinger dem Klingelknopf und drückte darauf. Verflixt und zugenäht, seine Fingernägel! Sie waren viel zu lang, dabei hatte er versucht, an alles zu denken. Extra die flotte neue Sommerhose angezogen, dazu ein frisches Hemd, das durch die drei Tage im Koffer nur ein bisschen zerknittert war, seine Haare mit Thomas' Gel in Form gebracht, Max' japanisches Deo benutzt und sich verschwenderisch mit Kölnischwasser eingenebelt. Sogar seine hellbraunen Lochmusterschuhe hatte er in Deutschland noch besohlen lassen. Damit alles tipptopp war. Und nun das.

»Si?«

Ohne dass er es bemerkt hatte, war die Tür einen Spalt aufgegangen, doch, von der Sonne geblendet, konnte er die Person, deren Stimme eindeutig weiblich war, nicht erkennen.

»Hello. Bonjour«, stotterte Johann. Eben noch auf der Domtreppe hat er ein lupenreines *buongiorno* einstudiert, aber jetzt war ihm selbst dieses einfache Wort entfallen. »Prego, Tür aufmachen«, schob er mit zitternder Stimme nach.

»We don't buy anything«, kam es grantig zurück.

»Ich aber nichts ... nothing ...« Er versuchte, in seinem Hirn die Rubrik Englisch zu aktivieren. Was zum Teufel hieß verkaufen? »Nothing sell!«, stieß er in einer Stimmlage hervor, die ihn an seine Enkelin erinnerte. »Want see Giuseppina.«

Die Tür öffnete sich quietschend, und dann stand sie vor ihm. Giuseppina.

Vierzig Jahre jung, vielleicht auch fünfundvierzig, die Haare lang und lockig, wunderschön. Das war mehr, als er verkraften konnte, und er taumelte wie von einem Pfeil getroffen zurück.

»Signore!«, hörte er die junge Frau noch rufen, doch ihre Stimme klang plötzlich wie aus weiter Ferne. Einen Pulsschlag später war ihm, als würde jemand das seit achtzig Jahren brennende Lämpchen in seinem Kopf ausknipsen.

*

Er lag in einem abgedunkelten Raum auf einem Sofa, die Füße mit einer Häkelstola bedeckt. Über ihm eine quadratische Deckenleuchte, ein paar Zentimeter weiter döste ein Falter. Er drehte den Kopf, wobei ihm schwindelig wurde, doch der Anfall währte nur kurz. Vor ihm stand ein knietiefer Glastisch, seitlich daneben ein knallroter Gummisessel. Aus seiner Perspektive sah der Tisch schlierig aus, so als habe ihn jemand in aller Eile saubergemacht und vergessen, mit einem trockenen Tuch nachzureiben. Reife Pfirsiche waren in einer Schale übereinandergeschichtet und verströmten einen betörenden Duft. Um besser sehen zu können, hob Johann den Kopf etwas an. Die gegenüberliegende Wand war mit einem wuchtigen Sekretär zugestellt, auf dem ein Computer jüngeren Datums thronte. Johann kannte sich da aus; sein Enkel hatte immer schicke, moderne Computer.

Aber wo war er?

Er überlegte kurz, dann fiel es ihm wieder ein. Der Ausflug nach Amalfi … Giuseppina … Wie von der Tarantel gestochen fuhr er hoch. Sternchen tanzten ihm vor den Augen, also legte er sich besser wieder hin und lockerte seine Krawatte. Im nächsten Moment waren klackende Schritte zu hören. Giuseppina hatte stets Schuhe mit Pfennigabsätzen getragen. Schwarze, an den Rändern waren sie abgescheuert gewesen, das Leder an den Absätzen ausgefranst. Und doch hatten sie alles für ihn verkörpert: Weiblichkeit, Eleganz, atemberaubende Sinnlichkeit.

»Signore! Signore!«

Schwarze Haare fluteten ihm ins Gesicht, und ein Paar dunkle Augen blickte ihn an.

»Giuseppina!« Er war nicht in der Lage, das Wasserglas entgegenzunehmen, das sie ihm hinhielt.

»Perché …«, hob sie an, und ihre Augen weiteten sich erschrocken. »How do you know my name?«

»Io Johann«, sagte er und fand, dass er ganz fabelhaft Italienisch sprach. Auf seine Brust deutend, fuhr er fort: »Giuseppina and Johann … make love.«

»Decisamente no!« Sie wich zurück, dabei rutschte ihr das Wasserglas aus der Hand und fiel zu Boden. Eine Lache breitete sich auf dem Steinfußboden aus.

»Excuse me, what want I say …« Er rang nach Worten. Himmel! Alles, was er an Englisch je gelernt hatte, war ihm entfallen.

Die schöne Giuseppina – sie trug ein cremefarbenes Kleid, das sich perfekt an ihre Rundungen schmiegte – stand in Alarmbereitschaft da und taxierte ihn wie einen Schwerverbrecher. Jetzt, da Johann wieder klarer bei Verstand war, ging ihm auf, dass er keineswegs ein Wunder der Natur vor sich hatte, das in Zeitlupe gealtert war, sondern vermutlich Giuseppinas Tochter. Die Ähnlichkeit war frappierend.

»Not now love«, sprach er weiter.

Ein wütender, zischender Laut entwich ihren Lippen.

»1955«, sagte er rasch auf Deutsch, und weil sie weiterhin irritiert dreinschaute, fügte er hinzu: »Fiftyfive.«

»Fiftyfive?«

»Yes! Many years back … last Jahrhundert … Ich … I mean not this time … years two thousand.« Schwerfällig rappelte er sich hoch und schaffte es nach und nach auch auf die Beine. In der Angst, umfallen zu können, suchte er an der Sofalehne Halt.

»You mean 1955?«

»Yes!« Ein gerahmtes Foto auf dem Sekretär erweckte seine Aufmerksamkeit. Langsam, und er vergaß dabei ganz, auf jugendlichen Stenz zu machen, ging er darauf zu. Die schöne Frau verfolgte jeden seiner Schritte, immer noch argwöhnisch, dennoch hielt sie ihn nicht davon ab, die Fotografie in die Hand zu nehmen. Im nächsten Moment setzte sein Herz einen Schlag lang aus. Die Frau auf dem Foto war Giuseppina, *seine* Giuseppina. Sie mochte an die siebzig sein, das Haar grau meliert und streng nach hinten gebunden. Neben ihr stand ein weißhaariger Mann, der den Arm um einen jungen Kerl im Polohemd gelegt hatte.

»Giuseppina«, hauchte Johann. »Geliebte Giuseppina!«

Sein Blick glitt ins Nirgendwo. Er musste sich zusammenreißen, um nicht in Tränen auszubrechen.

»She is my mom«, hörte er die Frau sagen, ohne dass er sie danach gefragt hätte.

»Your mom«, wiederholte er, sein Mund war trocken. Er

stellte das Foto zurück, und während er in die traurigen Augen der jungen Giuseppina schaute, wusste er eigentlich bereits die Antwort. Trotzdem fragte er: »Is she here?«

Giuseppina schüttelte den Kopf, dann lächelte sie und sagte: »May be. I don't know.«

Johann verstand auch so.

Sie war tot.

Im ersten Moment fühlte er nichts. Weder Schmerz noch Trauer noch Enttäuschung. Dann durchrieselte ihn ein leises Glücksgefühl. Er hatte sie wiedergefunden. Das allein zählte. Nun konnte er gehen.

»Thank you«, sagte er und lief steifbeinig zur Tür. Obwohl es stickig warm war, hatte er plötzlich eine Gänsehaut. So wie damals am Strand, nachdem sie sich geliebt hatten. Minutenlang hatten sie sich im Arm gehalten und gewärmt. Etwas, das nun nicht mehr möglich war, nie mehr.

»Aspetti!«, holte ihn Giuseppinas Stimme in die Gegenwart zurück. »One Moment. Please sit down.« Sie deutete auf einen Hocker im Flur und verschwand im Nebenraum. Vielleicht war es die Küche, vielleicht das Schlafzimmer. Eine Weile saß Johann unschlüssig da und betrachtete das altmodische orangefarbene Telefon, das Lucie sicherlich cool gefunden hätte, da war sie auch schon wieder zurück. Ein Schuhkarton klemmte unter ihrem Arm.

»Would you like some coffee?«

Johann schüttelte den Kopf. Noch eine Tasse Kaffee, und der spontane Herztod war ihm sicher.

Sie kehrten ins Wohnzimmer zurück. Johann setzte sich in den quietschroten Gummisessel, jederzeit zur Flucht bereit, und sah Giuseppina dabei zu, wie sie den Schuhkarton durchwühlte. Schweißperlen standen ihr auf der gepuderten Nase. Er hörte es rascheln und knistern, aber er hatte das Gefühl, gar nicht anwesend zu sein, war wie gefangen in einem Kokon plötzlich aufsteigender Erinnerungen. Das Rauschen des Meeres ... ein sich bauschender Rock ... etwas Spitzes, Hartes, das sich in seine Fußsohle bohrte ... hummerrote Korallen an ihrem Hals ... Kuchen ... ja, sie hatte nach Kuchenteig gerochen. Oder war es frisches Brot gewesen?

Das Schreien eines Babys in der Nachbarwohnung brachte ihn ins Hier und Jetzt zurück. Giuseppina war tot. So vieles konnte er sie nun nicht mehr fragen. Wie ihr Leben verlaufen, ob sie glücklich gewesen war, ob sie manchmal an ihn gedacht hatte. Das war schlimm. Noch schlimmer war indes, dass er in all der Aufregung seine Familie vergessen hatte. Vielleicht irrten sie schon in den Gassen Amalfis umher und suchten verzweifelt nach ihm.

»Have not many time«, sagte er und pochte auf seine Armbanduhr.

»One moment please«, bat Giuseppina.

»My son here. And the son of my son. And the daughter of my son.« Astrid unterschlug er nicht böswillig. Falls er jemals das Wort für Schwiegertochter gewusst hatte, war es ihm sicher entfallen.

»Ah, you have two grandchildren?« Eine Haarsträhne fiel ihr ins Gesicht, und die Geste, mit der sie sie sich wieder hinters Ohr steckte, erinnerte ihn an Giuseppina.

»Yes«, bestätigte er. »Two nice grandchildren.« Trotz der Trauer um Giuseppina, die er zwar gefunden und doch gleich wieder verloren hatte, verspürte er einen Anflug von Stolz. Hätte ihr Vater ihn damals nicht bedroht und fortgejagt, dann gäbe es die vor ihm sitzende Giuseppina nicht, ebenso wenig wie Thomas und die beiden kleinen Nichtsnutze. Was ausgesprochen schade wäre.

»What you look?«, wollte Johann wissen.

Die schöne Frau blieb ihm eine Antwort schuldig, erzählte unterdessen, dass ihre Mutter vor drei Jahren verstorben sei. Wie meine Hilde, dachte Johann. Die beiden Frauen, die er am meisten geliebt hatte, hatten sich im selben Jahr auf und davon gemacht.

»In what … which month?«

»Aprile.«

Er nickte. Hildes Todestag war der 25. März.

»And your Daddy?«, erkundigte sich Johann.

Guiseppina blieb gefasst, als sie ihm eröffnete, dass er kurz nach dem Tod seiner Frau ebenfalls erkrankt und im Jahr darauf in einem Krankenhaus in Neapel verstorben wäre.

»Das tut mir wirklich sehr, sehr leid«, sagte Johann auf Deutsch. Sie würde ihn schon verstehen, und egal, wie seine Fingernägel aussahen, griff er nun nach ihrer Hand und streichelte sie tröstend.

»You have husband?«, erkundigte er sich. »Children?«

»Yes. My husband is a director in a museum in Ravello. My son studies in Napoli.«

Johann nickte beeindruckt. Das klang ganz nach Vorzeigefamilie, anders als sein chaotischer Conrady-Haufen.

Um weiter in dem Karton kramen zu können, entzog Giuseppina ihm ihre Hand. Perlenohrringe landeten auf dem Glastisch, alte beigefarbene Lederhandschuhe mit braunen Punkten, schließlich holte sie eine Dose hervor und klimperte damit. »My milk teeth!« Lachend öffnete sie die Dose.

Johann starrte auf die kleinen weißen Zähne und wusste nicht, ob er den Anblick amüsant oder eklig finden sollte. »You have a sister or a brother?«, fragte er und schob die Dose ein Stückchen von sich.

»No brothers and sisters. When I was born, my mom was very ill. So she was afraid to get pregnant again.«

Johann schielte auf die Uhr. Die Zeit drängte. Seine Schwiegertochter würde ihm kräftig einheizen.

»Just a second.« Nebenan machte sich das Baby erneut bemerkbar, und als sein Greinen in einen sirenenartigen Ton überging, lachte Giuseppina heiser auf. »Lo sapevo!«, rief sie und zog einen verknitterten Briefumschlag hervor, den sie im nächsten Augenblick auf dem Tisch auskippte. Es waren Schwarzweiß- und Farbfotos aus etlichen Jahrzehnten. Schwer atmend durchforstete sie den Stapel. Es dauerte eine Weile, bis sie gefunden hatte, was sie suchte: einen Schwarzweiß-Abzug mit gezacktem Rand. »Mister! Look. This man … is it you?«

Johann nahm das Foto. Seine Hände zitterten.

Ja, das war er. Die Haare aschblond, die Freizeithosen, die seine Mutter ihm umgenäht hatte, dazu die Tennisschuhe und das feinkarierte Hemd … Wie hatte er es nur vergessen können! An ihrem vorletzten Abend hatte Giuseppina dreist den Fotoapparat ihres Onkels stibitzt, damit sie sich gegenseitig am Strand fotografieren konnten. Zur Erinnerung. Es war ihr egal gewesen, was ihr Vater sagen würde, wenn ihm die Fotos eines Tages in die Hände fallen würden. Die Liebe zu ihm hatte ihre Angst ausgeblendet. So war diese eine Aufnahme von ihm entstanden.

»I remembered this foto«, drang Giuseppinas Stimme in sein Bewusstsein. »And when I saw you …«

Johann blickte auf. Sie hatte weitere Abzüge herausgesucht, hielt sie jedoch mit der Hand verdeckt, als müsse sie sie vor Johanns neugierigen Blicken schützen.

»Please«, bat er leise, und bevor er noch ein weiteres Mal Luft holen konnte, drückte sie ihm die sich leicht klebrig anfühlenden Fotos in die Hand.

Er wagte nicht, sie sofort anzusehen, doch als er es dann tat, schlug sein Herz Kapriolen. Giuseppina isst ein Eis … Giuseppina wirft ihm übermütig einen Luftkuss zu … Giuseppina posiert auf einem Felsvorsprung … Mit einem Schlag war alles wieder da. Die Verliebtheit, das Herzklopfen, der jugendliche Übermut. Eine warme Hand legte sich auf seine Schulter. »Take them with you. I don't want them any more.«

»Wirklich?«, fragte er auf Deutsch, aber die junge Frau nickte nur und lächelte ein wenig, wie Giuseppina es getan hatte, kurz bevor sie in den Sand gesunken waren, um sich zu lieben.

Es war Zeit zu gehen. Johann erhob sich und schlich, von der Last der Jahre gebeugt, auf den Flur. Warum war die Zeit nur so schnell verflogen? Warum hatte er die schönen Momente damals nicht greifen und in Weckgläser einkochen können? So wie Hilde das all die Jahre mit Bohnen, Roter Bete und Gurken getan hatte?

An der Haustür fasste er sich ein Herz und nahm Giuseppina in den Arm. Für den Bruchteil einer Sekunde vermischten sich die Zeitebenen. Er war noch einmal jung, die Tochter war die Mutter, und er hörte leise die Wellen gegen die Steine klatschen. Dann riss er sich los und kam wieder in der Gegenwart an.

»Arrivederci, Giuseppina.« Er schwenkte die Fotos. »Danke! Vielen Dank!«

»Niente«, erwiderte die schöne Frau, und er trat in die Hitze des Nachmittags.

*

»Opi, verdammt, nun warte doch mal!«

Johann war schon fast beim Café und wirbelte herum. Er war so glücklich, Lucie – nur sie – zu sehen, dass er auf sie zueilte und sie stürmisch in die Arme schloss. Tränen traten ihm in die Augen. Geweint hatte er nur wenige Male in seinem Leben, zuletzt bei Hildes Beerdigung. Dass er es jetzt wieder tat, war peinlich und befreiend zugleich.

»O Gott, Opi, was ist denn los?« Lucie befreite sich aus seinen Armen und sah ihn entgeistert an.

»Nichts, mein Krötchen, nichts.«

»Du lügst! Und was hast du überhaupt in dem Haus da gemacht?«

»Ach, Lucie«, wimmerte er und war schon versucht, sich seiner Enkelin anzuvertrauen, als er über ihre Schulter hinweg seinen Sohn, Astrid und Max bemerkte. Er schluckte den Anflug von Sentimentalität herunter und zischte Lucie zu: »Haben die etwa auch gesehen, dass ich da drin war?«

Lucie schüttelte den Kopf.

»Bitte, Lucie, kein Wort, zu niemandem! Ich erklär dir alles später.«

»Okay«, konnte seine Enkelin gerade noch sagen, dann waren sie schon alle um ihn herum und löcherten ihn. Wo um Himmels willen er gesteckt habe, sie hätten sich ja zu Tode gesorgt, das Café wäre doch als Treffpunkt ausgemacht gewesen, und was er die ganze Zeit über getrieben habe … Wie befürchtet, echauffierte sich seine Schwiegertochter an vorderster Front und schaffte es somit, den ganzen Zauber der vergangenen Stunde zu zerstören.

»Astrid-Schätzchen, reg dich bitte nicht auf«, versuchte Johann sie zu besänftigen. »Ich habe eine kleine Runde gedreht. Werde ich an meinem Jubeltag ja wohl noch dürfen. Also alles paletti, und falls ihr Hunger habt, nutzt es hemmungslos aus. Hab heute meine Spendierhosen an.«

*

Herrje, ihr Schwiegervater benahm sich aber auch wirklich wie ein kleines Kind. Hielt sich nicht an Abmachungen, spazierte trotz seiner vielen Wehwehchen in der Mittagshitze herum – wohlgemerkt ohne Kopfbedeckung –, und jetzt bekam er kaum die Zähne auseinander. In sich gekehrt saß er da und beschwerte sich nicht mal über die Pizza, obwohl er allen Grund dazu gehabt hätte. Der Teig war dick und matschig, Dosenchampignons schwammen in einer gallertartigen Masse, die vermutlich Käse sein sollte.

Dabei hatten sie und Thomas sich größte Mühe gegeben, anlässlich seines Geburtstags ein schönes Restaurant auszusuchen, doch im Umfeld der sich durch den Ort schlängelnden Fußgängerzone waren sämtliche Lokale auf Tagestouristen eingestellt. Mangiare, abkassieren, adieu, auf Nimmerwiedersehen.

Astrid beobachtete ihren Schwiegervater verstohlen. Schaufelte er das Essen üblicherweise heißhungrig in sich hinein, aß er nun bedächtig. Mancher Bissen wurde so lange auf dem Teller geparkt, bis er ganz kalt war. Am Ende schob er ihn an den Rand des Tellers und schichtete ihn auf weitere angeknabberte Happen. Den Großteil der Zeit jedoch starrte er, die Stirn in Falten gelegt, aufs Meer.

Thomas schien Johanns sonderbares Verhalten nicht aufzufallen oder gar zu beunruhigen. Er kaute mit gesundem Appetit und unterhielt sich mit seinem Sohn über Computer. Max, ganz Fachmann auf diesem Gebiet, zog seinen Vater immer mal wieder mit dessen Unkenntnis auf. Es war ein Spiel zwischen ihnen, das ihnen großen Spaß zu machen schien.

»Paps, du weißt wirklich nicht, was *bluetooth* ist?«, erkundigte sich Max, doch Thomas lachte nur und sagte, dass er kein Problem damit habe, ein Auslaufmodell zu sein. Seine Sonnenbrille ins Haar schiebend, fügte er hinzu: »Die technische Entwicklung schreitet so rasant voran … Wer weiß, Max, vielleicht bist du in deinem Job eines Tages auch nicht mehr up to date.«

»Noch ist ja kein Job in Sicht«, erwiderte Max kauend. »Und wenn ich mal einen habe, wer sagt denn, dass ich überhaupt am Rechner sitzen werde?«

»Egal ob als Chirurg oder Allgemeinmediziner«, fuhr Thomas fort, »ohne Computer läuft heutzutage gar nichts mehr.«

»Ach, echt?« Max klang ironisch.

»Natürlich. Das müsstest du doch am besten wissen.«

Max verstummte. Allerdings nur für einen Moment, dann ging er zum Frontalangriff über und fragte seinen Vater, wieso er sich eigentlich so sicher sei, dass es mit dem Studium klappen würde.

»Weil du mein Sohn bist«, antwortete Thomas.

Astrid stieß Max unter dem Tisch an. Es war genau der richtige Zeitpunkt, um endlich ein paar Dinge geradezurücken.

»Was denn, Mum!«, fuhr er sie an.

»Max, wolltest du nicht …«

»Opa ist heute die Hauptperson. Nicht ich.«

Thomas legte sein Besteck beiseite. »*Was* wollte Max?«

»Das würde ich aber auch gerne mal wissen.« Johann war aus seinem Dämmerzustand aufgewacht und blickte seinen Enkel wie elektrisiert an.

»Wieso weiß deine Mutter eigentlich Dinge, über die ich nicht informiert bin?«, erkundigte sich Thomas leicht schnippisch.

»Keine Ahnung. Hat sich so ergeben.« Max hob die Schultern.

»Also, ich höre?«

»Mann, ihr könnt so was von nerven!« Seine Schultern sackten wieder nach unten. »Okay, Paps. Aber wehe, du bist sauer.«

Astrid bohrte sich den Daumennagel in den Handrücken. Es lief nicht gut, es lief überhaupt nicht gut.

»Warum sollte ich denn sauer sein?«, hakte Thomas arglos nach.

»Weil … Manche Leute könnten denken, ich hab sie nicht mehr alle.«

Der Schalk blitzte in Thomas' Augen auf. »Du willst doch nicht etwa diese kleine Cosima heiraten und in die Schweiz übersiedeln?«

»Quatsch!« Die Konsonanten kamen zischend aus seinem Mund.

»Also gut, nicht Cosima. Was dann?«

»Na ja, dieser Medizinstudienplatz …« Max rutschte ein Stückchen tiefer, so dass sich sein Bauch automatisch vorwölbte. »So wie's aussieht, hab ich ihn gekriegt. Also jedenfalls zu neunzig Prozent.«

»Das ist ja großartig. Glückwunsch!« Thomas ließ seine Hände in die Luft fliegen, und Johann murmelte etwas, das wie »Nicht schlecht, Herr Specht« klang.

Max straffte sich und sagte: »Klar ist das super. Aber ich werde nicht studieren. Zumindest nicht Medizin.« Er hatte so schnell gesprochen, dass Thomas im ersten Moment nicht zu begreifen schien, was eigentlich Sache war. In Astrids Magen machte sich die Käsemasse als Klumpen bemerkbar, der nach und nach immer schwerer wurde. Sie hatte es befürchtet. Der Sinneswandel über Nacht, auf den sie so sehr gehofft hatte, war nicht eingetreten.

»So, jetzt weißt du's«, setzte Max hinzu und ließ das Kinn nach unten sacken.

Thomas erwiderte nichts. Konzentriert pickte er Pizzakrümel von seinem Teller und warf sie den Spatzen hin, die um sie herumhüpften. Sekunden, vielleicht Minuten verstrichen, in denen keiner etwas sagte. Astrid beobachtete ein sich streitendes Paar am Nebentisch. Völlig außer sich, hämmerte die Frau mit ihren langen Kunstfingernägeln auf die Tischplatte. Ihr Gatte schob ihr daraufhin ruppig eine Cola-Dose hin, woraufhin sie ihm mit der Faust drohte.

»Paps?« Max' Stimme klang dünn, kraftlos. »Was sagst du dazu?«

»Was soll ich dazu sagen? Ist doch okay. Dann studierst du eben was andres. Oder fängst bei mir im Laden an.« Thomas grinste schief. »Jetzt weiß ich wenigstens, warum du neulich bei den Schweizern so komisch warst.«

Astrid schob ihren Stuhl ratschend zurück, stand auf und flüchtete sich nach drinnen auf die Toilette. Enttäuschung kroch in ihr hoch, während sie über der Kloschüssel schwebte und nicht pinkeln konnte. Dass Max seine Entscheidung nicht geändert hatte, war eine Sache, eine andere, dass Thomas ihren Sohn und die Kondomerie in einem Atemzug genannt hatte. Sie konnte nur hoffen, dass dies bloß so dahingesagt war.

Thomas wartete auf dem stickigen Gang zur Toilette, als sie, ihre Hände trocken schüttelnd, aus der Tür trat.

»Das Herren-WC ist doch frei«, brummte sie.

Thomas hielt sie am Arm fest. »Astrid, was sollte das?«

»Was?«

»Du weißt es genau. Dein aggressiver Abgang. Max hat gemeint, du findest es auch okay, wenn er nicht Medizin studiert.«

»Hab meine Meinung eben geändert. Der Studienplatz ist wie ein Sechser im Lotto, gerade in Zeiten wie diesen. Wenn er darauf verzichtet ...«

» ... ist das sein Bier.«

Geschwächt lehnte sich Astrid gegen die Wand, von der sich die Farbe löste. »Vielleicht. Aber er verbaut sich damit seine Zukunft.«

»Es ist sein Leben.«

Astrid lachte höhnisch auf. »Ich war so dumm, ihm dasselbe zu sagen.« Sie stieß sich von der Wand ab und humpelte ein paar Schritte. Kurz vor der Tür, die den Gang vom Lokalbereich trennte, fuhr sie herum. »Ich warne dich, Thomas. Wenn du ihn im Laden einspannst ...«

»Was spricht dagegen? Zumindest übergangsweise.«

»Nein, Thomas!« Astrid brach der Schweiß aus, und ihr wurde übel. »Ich will nicht, dass er ...« Sie stockte.

»Dass er was?«

»Dass er so wird wie du!« Sie hatte es nicht so drastisch formulieren wollen, doch nun hingen die Worte in der Luft.

Thomas' Mund klappte auf, im nächsten Moment lächelte er, als habe sie ihm ein wunderschönes Kompliment gemacht. »Sag doch gleich, dass du nicht noch einen zweiten Versager im Haus haben willst. So einer, wie ich es bin.« Sein Lächeln gefror. »Eine Witzfigur. Ein Hanswurst.«

»Ja! Tu dir ruhig noch mehr weh.« Sie ging weiter, wohl wissend, wie sehr sie Thomas verletzt haben musste. Aber das war ihr in diesem Moment egal. Wie oft hatte er sie denn gekränkt, mit seinen hohlen Sprüchen, seinen kruden Ideen, seinem Desinteresse an ihrer Person.

Amalfi, adieu, mir reicht's, dachte sie, als sie, die Tränen unterdrückend, nach draußen trat. Sie musste einen erbärmlichen Anblick bieten, denn Lucie starrte sie erschrocken an, aber sie war jetzt nicht in der Verfassung, sich zu erklären. Also winkte sie ihr bloß zu und rief, sie würde schon mal vorausgehen und unten am Bootsanleger warten.

Die Rückfahrt verlief trostlos. Thomas hatte sich draußen an Deck in die erste Bankreihe gefläzt, den starren Blick auf die Küste geheftet. Lucie hockte mit einem Meter Abstand neben ihm und knibbelte an ihren Fingernägeln. Zum Glück hatte sie nicht nachgefragt, was los war. Vielleicht hielt sie es aber auch für überflüssig. So häufig, wie sich ihre Eltern stritten. Das war Normalzustand. Kein Grund, sich weiter aufzuregen.

Um nicht wieder mit Thomas aneinanderzugeraten, suchte sich Astrid mit Max und Johann ein Plätzchen im Schatten, doch auch die beiden waren nicht sonderlich gesprächig.

Später im Zug verteilten sie sich mangels freier Sitzplätze auf mehrere Abteile. Astrid saß einem Mann gegenüber, der unaufhörlich in ein zerfleddertes Taschentuch schnaubte. Sie ertrug den Anblick kaum und musste doch immer wieder hingucken. Ab und zu riss sie ihren Blick los und schaute über die mit mattrotem Klatschmohn überwucherten Felder. Er wuchs überall dort, wo keine andere Blume gedeihen wollte, und sie ertappte sich bei dem Gedanken, wie schön es wäre, eine davon zu sein.

16.

Natürlich war es mal wieder seine Schuld. Er, der Versager, der Buhmann, der Prügelknabe. Weil er Astrids verkniffene Miene kaum noch ertragen konnte, hatte sich Thomas bei ihrer Ankunft in Santa Maria bereit erklärt, im *Buffalina*-Feinkostladen ein paar Leckereien für die kleine Feier einzukaufen.

Eine Flasche Sekt, Limoncello, den Astrid so sehr liebte, Grapefruitsaft, Schinken aus der Region, geräucherter Büffelkäse, Mozzarella sowie Ricotta aus Büffelmilch, ein Stück Gorgonzola, geschmacksneutraler Käse für Lucie, Oliven, marinierte Meeresfrüchte und Artischocken, hausgemachte Zitronenkekse, *Perugina*-Schokolade, kleine knusprige Brötchen – all das landete schließlich in zwei bauchigen Plastiktüten, wobei Thomas großzügig darüber hinwegsah, dass der Einkauf ihr Tagesbudget sprengte. Wieder besserer Laune, warf er auf dem Rückweg einen Blick in die Enoteca zwei Häuser weiter und kaufte kurz entschlossen eine Flasche Tignanello für 68 Euro. Immer schon hatte er diesen Wein aus der Toskana probieren wollen. Außerdem war heute Geburtstag, und ihm lag viel daran, dass der Tag, der so chaotisch begonnen hatte, in Harmonie ausklang. Ungeachtet der Tatsache, dass seine Frau offenbar nichts von ihm hielt und Thomas sich mittlerweile fragte, warum sie sich nicht längst von ihm getrennt hatte. Er war nun mal nicht der erfolgreiche, wohlhabende Karrierist, den Astrid sich erträumt hatte. Und er bot ihr auch keine Schulter zum Anlehnen, obwohl sie diese vielleicht brauchte. Auch wenn sie immer vorgab, so stark und emanzipiert zu sein. Nichts als Phrasen. Wenn es ans Eingemachte ging, lösten sich ihre hehren Ideale ganz plötzlich in Wohlgefallen auf. Am Ende standen doch die Macker mit den dicken Brieftaschen ganz hoch im Kurs. Das konnte und wollte er ihr nicht bieten. Er war eben, wie er war; das bisschen Chaos hatte sie mitgeheiratet.

Als er ins Apartment zurückkam, flitzte Astrid in ihren quietschenden Badelatschen hin und her. Sie räumte Sachen weg und deckte gleichzeitig den Tisch, fortwährend bemüht, ihm nicht in die Augen sehen zu müssen. Thomas stellte die Einkäufe auf der Spüle ab.

»Wo ist mein Vater?«, fragte er so sanft wie nur möglich. Manchmal funktionierte es. Man tat, als habe es keinen Streit gegeben, und dann war tatsächlich wieder alles in bester Ordnung.

»Schläft.«

»Und die Kinder?«

»Max wollte sich mit Cosima treffen, und Lucie …« Astrid deutete mit dem Daumen Richtung Balkon. »Fiona hat wohl erst später Zeit für sie.«

»Dann isst sie mit uns?«

Astrid nickte.

Thomas betrachtete die feingeschwungene Linie ihres Nackens. Er liebte es, wenn sie ihre Haare hochgesteckt trug und die Nackenhärchen in der Sonne rotblond schimmerten. In einer Aufwallung von Zärtlichkeit tat er einen Schritt auf sie zu und hauchte ihr einen Kuss auf den Nacken. Sie wehrte ihn nicht ab – ein gutes Zeichen. »Alles wieder gut?«, fragte er leise.

»Mhm.«

Er wusste nicht, ob das ja oder nein heißen sollte, doch dann nickte Astrid. »Wir sollten trotzdem noch mal mit Max reden. Wer weiß …« Sie sah ihn bittend an.

»Nun lass ihn erst mal in seinem neuen Leben ankommen.«

»Was meinst du mit neuem Leben?«

»Schulfrei! Die erste Freundin! Sex statt Bach!«

Lucie kam barfuß in die Küche getapst. »Was gibt's zu futtern?«

»Lauter leckere Sachen«, sagte Thomas. »Auch deinen Lieblingskäse.«

Er begann, die Lebensmittel auszupacken, und bat Lucie, ein paar Teller und Schüsseln aus dem Schrank zu nehmen. Opa zu Ehren würden sie heute alles schön anrichten und nicht wie sonst gleich aus der Verpackung essen.

Kaum hatte er seinen Satz beendet, machte Astrid auf dem Absatz kehrt und verschwand ohne ein weiteres Wort im Schlafzimmer.

»Was ist denn mit der los?«, fragte Lucie.

»Keine Ahnung«, erwiderte Thomas. Die unvermittelten Stimmungsumschwünge seiner Frau waren ihm nicht neu. Nur hatte er es langsam satt, etwas dazu zu sagen. Weil es auch nichts dazu zu sagen gab.

»Und jetzt?«

»Wir decken den Tisch zu Ende. Was sonst?« Er knuffte Lucie. »Mach dir nichts draus. Deine Mutter kommt sicher gleich zurück.«

Sie fuhren mit den Vorbereitungen fort, bemüht, keine schlechte Stimmung aufkommen zu lassen. Amalfi war Thema.

Die schöne Altstadt mit ihren verwinkelten Gässchen, das bunte, nie eintönig werdende Treiben. Lucie erzählte gerade, dass sie eine Zitrone, so groß wie eine Honigmelone, gesehen habe, als unheimliche Geräusche von nebenan zu ihnen drangen. Es war irgendetwas zwischen Wimmern, Schimpfen und Fauchen. Lucie hielt in der Bewegung inne und lauschte. »Paps, willst du nicht mal nach ihr sehen?«

Vermutlich hatte sie recht, doch bevor Thomas sich dazu durchringen konnte, wurde die Schlafzimmertür aufgerissen und Astrid kam stampfenden Schrittes heraus. Ihr Haar war zerzaust, die Wimperntusche verschmiert.

»Lucie, lässt du uns bitte allein«, bat Astrid mit bebender Stimme.

Sie nickte, tapste allerdings nur bis zur Balkontür, wo sie reglos stehen blieb.

»Astrid, was ist denn los? Ich versteh jetzt gerade überhaupt nicht …« Er schnappte nach einem vorbeischwirrenden Insekt.

»Ach nein, tatsächlich nicht?«

»Nein!«

»Dann denk mal scharf nach!«

»Das würde ich gerne tun, wenn ich nur einen Anhaltspunkt hätte.« Sein Tonfall nahm ungewollt an Schärfe zu. »Also, was ist los?«

»*Das* ist los! Und *das*! Und *das*!« Astrid hob nacheinander die Teller mit den Köstlichkeiten hoch, am Ende nahm sie den sündhaft teuren Tignanello in die Hand. »Hast du beim Einkaufen mal nachgedacht? Nur ein klitzekleines bisschen?«

»Heute ist Vaters Geburtstag, und da wir schon nicht ins Restaurant gehen …«

»Na großartig, und das ist dann also ein Freifahrtschein, einen Wein für achtundsechzig Euro zu kaufen?« Sie schnaubte. »Thomas, das können wir uns nicht leisten!«

Er wollte etwas entgegnen, doch sie ließ ihn nicht zu Wort kommen.

»Und weißt du, warum wir uns das nicht leisten können?«, sprach sie gehetzt weiter. »Deinetwegen! Weil du in den letzten zwanzig Jahren nicht einmal an uns, an deine Familie, gedacht hast! Dir war es immer nur wichtig, deine spinnerten Ideen umzusetzen, die sowieso zu nichts führen!« Um wieder zu Atem zu gelangen, griff sie nach der Wasserflasche und nahm einen gierigen Schluck. Thomas beobachtete sie dabei, sah, wie ihr Kehlkopf beim Schlucken rauf- und runterhüpfte. Was um Himmels willen sollte das? Heute war ein besonderer Tag. Vaters Geburtstag. Und er wünschte ihn sich so schön und harmonisch wie in einer TV-Schmonzette.

»Lucie, Max und ich«, fuhr sie aufgebracht fort, »wir waren dir doch immer egal. Sonst hättest du nie im Leben diesen irrsinnigen Laden aufgemacht.«

»Das stimmt nicht, Astrid!«

»Und ob das stimmt! Auch wenn du es nicht gerne hörst, im Grunde existieren wir gar nicht für dich. Wir sind nichts weiter als Komparsen, die du nach Belieben herumkommandieren kannst! An erster Stelle deine Ehefrau, immer gut für Hilfsarbeiten und Sklavendienste jeglicher Art. Putzen, waschen, bügeln, kochen, Kondome einsortieren …« Sie hielt inne, sah zu seinem Vater hinüber, der herangeschlurft kam, zu Lucie ging und schützend den Arm um sie legte.

»Thommilein!«, ermahnte er ihn leise, wohl damit er sich

verteidigte, aber Thomas fühlte sich ausgelaugt, vollkommen kraftlos.

»Ja, Thommilein, erzähl doch mal«, griff Astrid den Faden wieder auf. »Oder siehst du das vielleicht anders?«

»Astrid, muss das hier sein, vor den beiden …« Er deutete auf seinen Vater und seine Tochter in der offenen Balkontür.

»O ja, das muss es! Stell dir vor, es gibt gar keinen besseren Zeitpunkt!«

»Hör doch auf, Mami!«, bat Lucie, aber Astrid kannte kein Halten mehr. Wie im Wahn schleuderte sie ihm ihre Vorwürfe entgegen, bespuckte ihn mit galligen Worten, während er bloß dastand und sich aus dem Hier und Jetzt ausklinkte. Was sollte er auch entgegnen? Wozu sich immer wieder aufs Neue zur Wehr setzen? Er hatte genug von den zermürbenden Auseinandersetzungen. Der Erotikshop war eine Sache, und dass er in Krisenzeiten nicht florierte, ja nicht sein Verschulden. Mittlerweile glaubte Thomas auch nicht mehr, dass der Laden tatsächlich der Grund für ihre Auseinandersetzungen war. Astrid hatte sich ihren großen Traum, Ärztin zu werden, nicht erfüllt. Das nagte an ihr. Ihre Freundin Kristina hingegen, die hatte es geschafft! Vielleicht sah sie sich sogar selbst vor dem Panorama der Schweizer Berge an der Seite eines erfolgreichen Mediziners. Ohne ihn, ohne Lucie, ohne Max. Und natürlich auch ohne seinen Vater.

Keifende Laute drangen an sein Ohr, es war beinahe egal, was sie sagte, jetzt schien sie nur noch darauf aus zu sein, ihn zu verletzen. Thomas hatte genug. Endgültig. Seine Frau warf ihm vor, nicht an sie und die Kinder zu denken, und was tat sie? Warum ließ sie es zu, dass Lucies kleine Seele nur noch mehr Risse bekam?

»Jetzt ist es mal gut, Astrid!«, unterbrach er ihr Wortbombardement, um sich im nächsten Moment wahllos Essen in den Mund zu stopfen. Ein paar Oliven, eine Artischocke, ein Stückchen Brot. Nicht weil er Lust darauf hatte, sondern weil er irgendetwas tun musste, um seiner Wut Herr zu werden. Aus dem Augenwinkel sah er, dass sein Vater Lucie die Ohren zuhielt.

»Gleich, mein Schatz. Nur noch eins.« Astrid trat dicht an ihn heran; ihre Nasenflügel bebten. Dann sagte sie, und ihm war, als würde das Fallbeil einer Guillotine auf ihn heruntersausen: »Mit dir zu leben, Thomas … das ist, als würde man nur noch auf den Tod warten.«

Im nächsten Moment war es gespenstisch still. Selbst die Schwalben schienen aufzuhören, ums Haus zu schwirren.

Nüchtern, als würden sie lediglich die Einkaufsliste durchsprechen, erwiderte Thomas: »Okay. Dann ist es wohl das Beste, wenn wir uns trennen.« Er atmete tief aus.

Astrids Gesichtszüge waren für einen Moment wie erstarrt, aber dann erklärte sie gelassen: »Ja, du hast recht. Von mir aus können wir uns auch gleich scheiden lassen.«

Sein Vater meldete sich von der Terrassentür aus zu Wort: »Also, Kinder, wirklich … Müsst ihr euch so aufführen … an meinem Geburtstag!«

»Aber echt mal!«, schluchzte Lucie auf. »Ihr seid so was von …« Sie winkte ab, suchte nach ihrem Handy, das fiepend eine SMS ankündigte. Für die Abscheu, die sie für ihre Eltern empfand, existierte in ihrem Vokabular wohl gar kein Wort.

Astrid schien es erst jetzt bewusst zu werden, dass ihre Tochter tatsächlich Zeugin dieser unschönen Eskalation geworden war, und sie sagte eine Spur leiser: »Tut mir leid, Lucie. Ich wollte das nicht. Nicht so … aber …«

»Aber was?!« Ihre Augenbrauen ärgerlich zusammenziehend, klickte sie die SMS auf. Nur einen Wimpernschlag später wurde sie leichenblass und taumelte, leise Neins vor sich hin murmelnd, auf den Balkon.

Thomas folgte ihr in einer unguten Vorahnung, sah jedoch nur noch, wie sie das Handy im weiten Bogen von sich schleuderte. Es schlug krachend auf dem Steinweg auf, und Lucie jaulte in tiefster Verzweiflung auf. Ein Windhauch kühlte seinen Nacken, dann schob sich Astrid an ihm vorbei und nahm Lucie, als könne nur sie die Tochter trösten, in den Arm.

»Spatz … Was ist denn passiert?«, raunte sie ihr zu, aber Lucie brachte kein Wort heraus, weinte lautlos an ihrer Schulter.

»Irrenhaus«, kommentierte Johann das Ganze. Er lehnte bleich und erschöpft am Kühlschrank, als habe Astrids Wutanfall all seine Kraft verbraucht.

Thomas nickte ihm zu. Es war unverzeihlich, dass alles so gekommen war, ausgerechnet an diesem Tag, dem eigentlichen Höhepunkt der Reise. Trennung … Scheidung … Gestritten hatten sie sich immer, nur diese beiden Wörter waren bisher noch nie gefallen. Ihm selbst war es im Zuge der hitzigen Auseinandersetzung mehr aus Versehen herausgerutscht, aber was war mit Astrid? Meinte sie es wirklich ernst?

Eine Weile war ihm zum Heulen zumute, in der nächsten Sekunde hätte er loslachen mögen, so albern kam ihm das alles vor. Dann tat sich wieder ein gähnendes, schwarzes Loch vor ihm auf.

»Lucie, Liebes«, riss er sich aus seiner Starre. Er streckte seine Hand aus, um ihr über den Kopf zu streichen, doch sie machte sich energisch los, stolperte über die Türschwelle in die Wohnküche und verließ mit polternden Schritten das Apartment.

»Da habt ihr den Salat!« Sein Vater war mit einem Satz auf dem Balkon. Wieder und wieder rief er nach seiner Enkelin – vergeblich. Als die Stille in der Küche kaum noch zu ertragen war, kam er, noch eine Spur gebückter als sonst, zurück. Er taxierte Astrid und Thomas mit stummem Vorwurf, dann verschwand er in seinem Zimmer.

Da standen sie also vor den Trümmern ihrer Ehe, und weil Thomas nicht nach neuen Wortgefechten zumute war, er aber auch das Schweigen nicht länger ertragen konnte, machte er sich daran, die hübsch arrangierten Leckereien wieder einzupacken. Erst den Schinken, danach die vielen Käsesorten, schließlich die eingelegten Artischocken und Meeresfrüchte. Astrid war die ganze Zeit dicht neben ihm und schob mit dem verbundenen Fuß einen Krümel auf dem Boden von links nach rechts.

*

Max hatte Hunger. In seinem Magen kniff und zwickte es, aber er dachte an alles, bloß nicht ans Essen.

Cosima hatte kalten, moussierenden Weißwein mitgebracht, den sie gleich aus der Flasche tranken, dazu salziges Knabbergebäck, von dem jedoch nur sie naschte. Kichernd gestand sie ihm, dass sie gleich betrunken sein würde, wenn sie nichts in den Magen bekäme. Max erging es nicht viel anders, und doch konnte er nichts anrühren. Es war viel zu aufregend, neben ihr in seiner Badebucht zu sitzen und die Wärme ihrer Schulter zu spüren. Wie profan wäre es gewesen, jetzt etwas zu futtern.

Ein frischer Südwestwind kam auf und trug kleine, sich kräuselnde Wellen heran. In der Ferne tuckerte ein Fischerboot übers Meer.

Max erzählte von dem Ausflug nach Amalfi, wie überflüssig das alles gewesen wäre, viel lieber hätte er mit ihr …

»Psst«, machte Cosima und legte ihm den Finger auf die Lippen. »Dafür bist du ja jetzt hier.«

Sie schwiegen, tranken und beobachteten, wie die Dunkelheit nach und nach das Meer verschluckte. Es war so schön, so kitschig, und dazu noch zum Nulltarif.

Unsicher blickte er zu Cosima hinüber. Erwartete sie, dass er irgendetwas tat, um die Dinge voranzutreiben? Vielleicht ja, vielleicht nein. Womöglich wollte sie aber auch einfach nur dasitzen und den Abend genießen. So wie gute Freunde das nun mal taten. Heimlich befühlte er seine Hosentasche. Er war gut vorbereitet. Ein paar Gummis, die er auf Englisch stammelnd und mit hochrotem Kopf in der Apotheke in der Fußgängerzone gekauft hatte, warteten auf ihren Einsatz.

»Nimmt es dir dein Opa nicht übel, dass du einfach abgehauen bist?«, wollte sie wissen und umschlang ihre Knie mit den Armen.

»Ach was«, wiegelte er ab. »Ich hab mich breitschlagen lassen, diese Reise hier zu machen … und wir waren den ganzen Tag zusammen. Noch mehr, das wäre schon der Overkill.«

Cosima lächelte in den Abendhimmel. »Außerdem denken wir ja jetzt an ihn.« Sie nahm die Weinflasche, für die Max eine Kuhle in den Sand gebuddelt hatte. »Auf deinen Opa!«, rief sie gegen den Wind und trank. »Jetzt du.«

Max tat, wie ihm befohlen. »Auf Opa!«, rief er eine Spur zaghafter und nahm ebenfalls einen Schluck.

Kaum hatte er die Flasche wieder in die Kuhle geschoben, kamen Cosimas warme Finger angekrabbelt und berührten ihn ausgerechnet dort, wo er besonders speckig war. An der Hüfte und oberhalb des Hosenbundes. Automatisch wich er zurück.

»Max?« Ihre Hände gruben sich in den Sand.

»Ja?« Er traute sich kaum, sie anzusehen.

»Willst du nicht?«

»Doch. Und wie!«

»Und worauf wartest du dann?«

Auf ihr heiseres Lachen hin fackelte er nicht lange und zog sie an sich, um sie zu küssen. Er war beinahe erstaunt, wie leicht es ging. Ohne es jemals geprobt zu haben.

»Warum ich?«, fragte Max, als sie wieder zu Atem kamen.

»Warum nicht du?«, gab Cosima zurück.

»Weil …« Er blickte aufs Meer, das jetzt wie mit einer blauschwarzen Folie überzogen aussah. »Du weißt schon.«

»Nein, weiß ich nicht.«

Er deutete auf seinen Bauch und seine Hüften, nur ganz flüchtig, doch lange genug, dass sie es auch registrierte. Prompt lachte sie auf. »Max, stell dich nicht so an! Ist der Taillenumfang denn alles, was zählt?«

»Es stört dich nicht?«

»Hör auf zu quatschen und mach einfach weiter, okay?«

Er glaubte ihr, als er sie zu sich heranzog und ein neues Kapitel in seinem Leben aufschlug.

*

Astrid saß auf dem Balkon und versuchte, das ungute Gefühl, das sie mehr und mehr beschlich, zu ignorieren. Die Zeit verging, aber Lucie ließ sich nicht blicken.

Es war still in der Wohnung. Thomas und Johann hatten sich in ihre Zimmer zurückgezogen. Insgeheim hoffte sie, dass Thomas zur Toilette gehen oder sich etwas zu trinken holen würde, vielleicht würde sie dann über ihren Schatten springen und sich für die unschönen Worte entschuldigen. Im Nachhinein wusste sie kaum noch, welcher Teufel sie geritten hatte. Der teure Rotwein natürlich. Er hatte das Fass zum Überlaufen gebracht. Thomas hatte in der Vergangenheit häufiger über seine Verhältnisse gelebt, doch niemals war Astrid so weit gegangen. Außerdem hatte sie sich selbst drei Paar Schuhe gekauft und dabei nur an ihr eigenes Wohlbefinden gedacht. Arme Lucie. Astrid hätte ihr die hässliche Szene gerne erspart. Aber vielleicht, so kam es ihr erst jetzt zu Bewusstsein, war ihr Ausbruch vielmehr ihre kleine persönliche Rache an Johann gewesen. Die Reise, die er so selbstverständlich eingefordert hatte, sein Gemecker, seine Allgegenwärtigkeit, seine Verbohrtheit.

Der Mond kam zwischen mächtigen schwarzen Wolken hervor. Astrid dachte daran, wie sie mit Kristina, eingekesselt von hohen Bergen, auf dem Balkon gesessen hatte. Ihr Leben schien so leicht, so perfekt zu sein. Bloß ein Bruchteil davon und sie wäre schon zufrieden. Nur wusste sie nicht, ob dies mit Thomas überhaupt noch möglich war.

In der Ferne grummelte es; ein Gewitter zog auf. Wie spät mochte es sein? Halb elf? Elf? Ihre kleine Lucie ganz allein da draußen und ohne Handy. Hoffentlich war sie mit Fiona unterwegs, bestenfalls hatten die beiden Mädchen auch Max und

Cosima im Schlepptau und saßen alle vier irgendwo in lustiger Runde zusammen. Oder aber ihre Kinder waren bereits auf dem Nachhauseweg und die Haustür würde jeden Moment aufgeschlossen werden.

Astrid nahm ihr Wasserglas und ging in die Wohnung zurück. Kein Geräusch war zu hören. Ob Thomas und Johann schon schliefen? Sie schlich zur Schlafzimmertür, die nur angelehnt war, und wollte sie gerade vorsichtig aufstoßen, als jemand mit dem Schlüssel im Schloss stocherte. Wie ertappt zuckte sie zurück.

»Mum? Paps?« Max betrat die Wohnung, die Haare verwuschelt, das Hemd hing ihm aus der Hose. »Eure kleine Party schon vorbei?«

»Hier gab's keine Party. Hast du Lucie gesehen?«

»Lucie?« Er blickte verdutzt drein, als wisse er den Namen nicht einzuordnen.

»Deine Schwester!«

»Ich weiß, dass Lucie meine Schwester ist. Aber vielen Dank, dass du mich erinnerst.« Sand rieselte aus seinen Turnschuhen, als er sie abstreifte.

»Warum rufst du sie nicht auf dem Handy an?«

»Geht nicht. Sie hat's vom Balkon geworfen.«

»Bitte, was?«

»Ja!« Astrid schloss kurz die Augen und öffnete sie wieder. »Vorhin ging es hier etwas … sagen wir … drunter und drüber.«

Max blickte sie voller Sorge an. »Hast du's mal bei Fiona versucht?« Bevor sie etwas erwidern konnte, hatte er sein Handy in der Hand und drückte flink ein paar Tasten. »Cosi?« Anders als noch vor ein paar Tagen klang seine Stimme selbstbewusst. »Sind Fiona und Lucie …« Im nächsten Augenblick hielt er inne, lauschte. »Okay, alles klar.« Er kehrte Astrid den Rücken zu und säuselte etwas in den Hörer, das sie nicht verstehen konnte, dann beendete er schnell das Gespräch und wandte sich ihr wieder zu. »Die beiden waren verabredet, aber Lucie ist nicht gekommen.«

»Nicht gekommen«, wiederholte Astrid und sank gegen die Wand.

»Was ist hier eigentlich los? Und jetzt sag nicht *nichts*, denn das kaufe ich dir nicht ab.«

»Dein Vater und ich ...«, sie stockte, »wir haben uns gestritten.«

»Ja und? Ist das so ungewöhnlich? Macht ihr doch ständig.«

Als hätten Johann und Thomas gelauscht, kamen sie beide gleichzeitig in die Küche. Astrids Blick fiel auf die Füße ihres Schwiegervaters, und plötzlich schämte sie sich nicht nur für die Szene, die sie Thomas wegen der Lebensmitteleinkäufe gemacht hatte, sondern auch dafür, dass sie sich nicht mehr um Johann kümmerte. Seine Socke hatte ein Loch, und ein Zeh mit einem viel zu langen, gewölbten Nagel lugte daraus hervor.

»Ich geh sie suchen.« Sie nahm ihre Jeansjacke vom Haken. »Kommt jemand mit?«

»Ich«, sagten Thomas und Max wie aus einem Munde, und schon traten sie in die Nacht hinaus.

17.

Was für ein Tag! Er war achtzig, sein Leben stand kopf und jetzt war auch noch seine kleine Kröte verschwunden. Johann lehnte am Balkongitter und sah, wie sie in alle Richtungen ausströmten. Astrid ging Richtung Ortschaft, Thomas eilte links den Strand hinunter, der Mehlwurm nahm die entgegengesetzte Richtung.

Ein Blitz zuckte über den Nachthimmel, der Donner, der knapp zehn Sekunden später folgte, war dröhnend. Arme Lucie! Sie ängstigte sich bei Gewitter und lief jetzt womöglich ganz alleine da draußen rum. Und wer war schuld an allem? Die gute Astrid natürlich! Sie hatte wieder mal ihre Zunge nicht im Zaum halten können. Was sie über Thomas dachte, war ihre Sache, vielleicht hatte sie in mancherlei Hinsicht sogar recht, aber ausgerechnet an seinem Geburtstag einen so hässlichen Streit vom Zaun zu brechen, war wirklich nicht die feine Art.

Wieder blitzte es, einundzwanzig, zweiundzwanzig, dreiundzwanzig, zählte Johann, und der Donner grollte wie ein Seeungeheuer über die Bucht hinweg. Kurz darauf fielen die ersten Tropfen.

Damals mit Giuseppina … In ihrer dritten Nacht – vielleicht war es auch die vierte gewesen – hatte es ebenfalls ein Gewitter gegeben, doch seine Liebste hatte sich kein bisschen gefürchtet. Lachend, als wäre das alles ein riesengroßer Spaß, hatte sie ihn über glitschige Steine in eine Strandbar gelotst. Dort, vor dem Panorama des aufgewühlten Meeres, hatten sie sich auf den Holzbohlen geliebt und gehofft, dass das Gewitter niemals enden würde.

Auf einmal wusste Johann, was zu tun war. Er eilte in sein Zimmer, zog seine guten Sommerschnürschuhe an, einerlei, ob sie nass werden würden, nahm seinen Knirps, den er hier im Süden noch kein einziges Mal gebraucht hatte, und verließ das Apartment.

*

Sein Rücken schmerzte und seine Füße waren nass, als er die Strandbar erreichte. Aus Angst vor den Blitzen, die den Himmel im Sekundentakt erleuchteten, hatte er nicht den Weg über den Strand, sondern den kleinen Pfad auf der Rückseite der Bretterbuden gewählt. Der Sand war aufgeweicht, und immer wieder platschte er in tiefe Pfützen. Sehen konnte er nichts; der Weg ließ sich allenfalls erahnen. »Lucie!«, rief er gegen das Peitschen des Regens an. »Lucie, bist du hier irgendwo?«

Vielleicht irrte er sich ja auch und sie hatte sich nicht hierhergeflüchtet, aber es lag auf der Hand. Einmal waren sie zum Eisessen hergekommen, nur sie beide, und Lucie hatte ihm wieder mal von Jonathan erzählt. Von seinem Engagement in Sachen Tierschutz, von seinen warmen weichen Händen und dass sie kaum glauben konnte, dass er ihr so gemeine Sachen schrieb. Lucie war von der Bar mit der hellgelben Markise und den farblich passenden Liegestühlen entzückt gewesen. *Ihr kleines Paradies* hatte sie das Plätzchen genannt, und Johann hatte ihr versprechen müssen, nur mit ihr hierherzugehen.

Eine schmale Person saß zusammengekauert auf einem Stuhl im Schutz des Verkaufshäuschens, die Beine angezogen, den Kopf auf den Knien.

»Lucie?« Johanns Herz hämmerte.

Wieder blitzte es, die kleine Gestalt fuhr hoch, und im fahlen Licht des Mondes konnte er erkennen, dass sie ebenso wirres Haar wie Lucie hatte. Sein Krötchen! Dem Himmel sei Dank!

»Opi?« Ihre Stimme klang dünn, im nächsten Moment sprang sie vom Stuhl und flüchtete sich in seine Arme.

Seine Enkelin fühlte sich kalt an und weinte zudem gotterbärmlich.

»Krötchen, ist doch alles gut«, tröstete Johann und schob sie zurück zum Stuhl. Er selbst zog sich einen Hocker heran.

»Nein, ist es nicht!«, wimmerte sie. »Überhaupt nichts ist gut!«

Er wollte nach dem Handy fragen, wieso sie es vom Balkon geschleudert hätte, aber sie ließ ihn nicht zu Wort kommen, japste lediglich, dass Jonathan ja so ein Mistkerl wäre, ein Blindgänger, einfach nur ein Riesenarschloch. Aufschluchzend beugte sie sich vor und presste ihr tränennasses Gesicht an seinen Hals. Vermutlich beschmierte sie mit ihrer Schminke, die sie ja immer so übertrieben auftrug, sein schönes Sommerhemd, aber eigentlich war das auch nicht weiter schlimm. Jetzt, da Giuseppina tot war, brauchte er keine schönen Hemden mehr.

»Soll ich mir den Halunken mal vorknöpfen?«, fragte er. »Mach ich glatt. Aber so was von! Was hat er getan, dieser halbgare Flegel?«

Statt zu antworten, schluchzte Lucie nur noch heftiger. Vermutlich war es aus. Um darauf zu kommen, musste man weder Seelenklempner noch Doktor sein.

Er griff nach Lucies kalter Hand und knetete sie. Nur allzu gut konnte er nachempfinden, wie sie sich gerade fühlte. Ihm ging es ja so gesehen nicht viel anders. Auch mit Giuseppina war es aus. So endgültig, wie eine Liebe nur zu Ende sein konnte.

»Jetzt hör mir mal zu«, sagte er und beugte sich zu ihr herunter. »Der Kerl ist es nicht wert. Hast du verstanden?«

»Der Kerl ist es nicht wert. Hab ich verstanden«, echote Lucie, dann blickte sie zu ihm hoch. »Opi, das Leben ist so …« Sie schniefte leise. »So brutal … und gemein … und überhaupt nicht lebenswert!«

»Sag so was nicht, mein Krötchen.«

»Guck dir nur Mami und Paps an!« Tränen liefen ihr über die Wangen. »Wie können die so was nur tun? Nach so vielen Jahren! Das ist einfach unfair!« Sie wischte sich wütend mit dem Ärmel ihrer Bluse übers Gesicht.

Was war schon fair im Leben? Kriege zu erleben? Krankheiten? Den Tod der Frau? Der Geliebten? Johann drückte seine Enkelin fester an sich. Auch wenn Astrid nicht gerade seine Traumbesetzung als Schwiegertochter war, wollte er ebenso wenig, dass Thomas und sie sich trennten. Doch es stand nun mal nicht in seiner Macht, dies zu entscheiden.

»Vielleicht … also ich glaube ja, dass deine Eltern das mit der Scheidung in ihrer Wut nur so dahingesagt haben«, murmelte er dicht an ihrem Ohr und mochte doch selbst kaum daran glauben.

Ein Blitz ließ ihn zusammenfahren, dann donnerte es in rascher Folge, und Lucie flüchtete sich ängstlich wie ein kleines Kind auf seinen Schoß. Wie lange noch …, dachte Johann wehmütig. Wie lange noch würde er als Trost spendender Großvater gefragt sein? Vielleicht war dieses Kapitel hier schon das letzte in seinem Leben. Eine Weile schauten sie, eng aneinandergekuschelt, aufs schwarze Meer, das irgendwo in einen ebenso schwarzen Himmel überzugehen schien.

»Und was diesen hirnverbrannten Dummbatz betrifft«, sagte Johann gedämpft. »Er hat wirklich Pech. Ist sozusagen doppelt gestraft.«

»Wieso?«, wollte Lucie wissen.

»Dass er so ein fabelhaftes Mädchen wie dich im Regen stehen lässt. Da kann man doch nur sagen, selbst schuld.«

Lucie zog die Nase hoch, dann lächelte sie so flüchtig wie der Flügelschlag eines Schmetterlings.

»Opi, versprich mir eins.«

»Alles, was du willst, mein Schatz.«

»Sag diesen widerlichen Namen, der mit J anfängt, nie wieder. Bitte!«

Johann hob die Hand. »Ich schwöre!«

Als wäre damit tatsächlich alles wieder gut, krabbelte Lucie von seinem Schoß herunter, setzte sich ihm gegenüber und schnäuzte sich energisch. »Arschgesicht«, trompetete sie in ihr Taschentuch.

»Sei froh, dass du das Arschgesicht los bist. Er hat dich doch gar nicht verdient.«

»Nee. Hat er nicht.«

Wie zur Bekräftigung trommelte Johann auf die Lehnen seines Liegestuhls. »Kröte ... Das klingt jetzt vielleicht einfältig, eben wie der Ratschlag eines alten, senilen Knackers ... Aber es gibt noch mehr Jungs auf der Welt. Unser Planet ist sozusagen voller großartiger Kerle.«

»Ach, echt? Ist mir noch gar nicht aufgefallen.«

Johann zwickte seine Enkelin. »Na, doch! Stell dir bloß mich als jungen Mann vor. Ich war wirklich fesch.«

»Opi!« Lucie entwich ein Glucksen, irgendetwas zwischen Weinen und Lachen. »Du bist voll schräg.«

Er kicherte. »Weiß ich. Aber ich fühle mich gut damit.«

»Sag mal, kann es zufällig sein, dass du auf unsere Vermieterin, diese Rossi, scharf bist?«

»Nee, kann gar nicht sein«, brummte Johann.

Lucie nickte nur und wandte nachdenklich den Kopf ab. »Opi, wieso warst du heute in dem Haus?«, fragte sie schließlich.

»Ach, meine kleine Kröte, das ist eine lange Geschichte.«

»Dann erzähl sie mir!«

Er machte eine uneindeutige Geste und schwieg.

»Opi, du hast es mir versprochen! Du wolltest mir alles erklären!«

Das Gewitter war längst nicht vorüber. Es blitzte zwar seltener, doch immer wieder wurden neue Wolken vom Meer herangeschaufelt und entluden sich ohne Rücksicht auf die armen verirrten Seelen, die sich gerade im Freien herumtrieben. Johann kramte in seiner Hosentasche. Er fand eine angebrochene Tüte Gummibärchen und reichte sie Lucie.

»Danke, Opi, du bist …« Was er war, sagte sie nicht mehr, weil sie vollauf damit beschäftigt war, sich über die bunten Bärchen herzumachen.

Auch wenn es in seinem Magen vor Hunger grummelte, verzichtete er generös. Er war nur glücklich, seiner kleinen Kröte so nahe zu sein. Und da er nicht wusste, ob sie jemals wieder so vertraut beieinandersitzen würden, gab er sich einen Ruck und zog die Fotos aus seiner Hosentasche. Sie waren durchweicht, aber seine Liebste sah wunderschön wie eh und je aus.

»Wer ist das?«, wollte Lucie wissen.

»Giuseppina«, antwortete Johann, und dann erzählte er ihr die ganze Geschichte.

*

Astrid war die Fußgängerzone rauf- und runtergegangen, sie hatte die Seitenstraßen abgegrast, die Piazza mit den Cafés und Restaurants – von Lucie keine Spur. Das Gewitter verlor langsam an Kraft, aber es regnete immer noch in Strömen. Astrids Turnschuhe quietschten, ihre Hosenbeine waren klitschnass. Aus ihren Haaren troff das Wasser und lief ihr in kleinen Rinnsalen übers Gesicht. Sie konnte kaum etwas sehen vor Regen – und vor Tränen.

So schlimm das hier alles auch sein mochte, es tat gut, den ganzen Kummer herauszuweinen. Ohne Rücksicht auf Leute, die gucken könnten, ohne Rücksicht auf ihre Wimperntusche.

Lucie ... Thomas ... Die ganze Reise ... Es erschien ihr wie ein Alptraum, wobei die unschönen Zwischenfälle auf der Herfahrt augenscheinlich nur laue Vorboten auf das große Finale gewesen waren.

Weil sie nicht wusste, wo sie sonst noch suchen sollte, beschloss sie, ins Apartment zurückzukehren. Vielleicht hatten Thomas oder Max ja mehr Glück gehabt und saßen längst mit Lucie im Trockenen. Sie kehrte um, stieg die glitschig-nassen Stufen hinunter, die in den unteren Teil des Ortes führten, und wenige Meter vor der Kirche traf sie auf Thomas. Er stand einfach da, war ebenso durchnässt und blickte ihr traurig entgegen.

»Hast du sie gefunden?«, fragte Astrid überflüssigerweise.

»Wonach sieht's denn aus«, gab er schroff zurück.

»Vielleicht hat Max ja …«, setzte sie an, aber er schnitt ihr sogleich das Wort ab: »Er hätte mich angerufen. Hat er versprochen.« Wie ein Hund schüttelte er das Wasser aus seinen Haaren. »Wohin gehst du jetzt?«

»Zurück ins Apartment.«

»Okay. Wie du meinst.« Er klang kühl.

»Und du?«

»Was schon? Weitersuchen. Oder glaubst du, ich kann mich jetzt einfach so schlafen legen.«

»Dann komme ich mit«, beschloss Astrid. Sie war darauf gefasst, dass er sie nicht dabeihaben wollte und wegschicken würde, doch zu ihrem Erstaunen willigte er ein.

Sie liefen los, einfach dem Gefühl nach, wobei Thomas alles daransetzte, dass sie sich nicht näher kamen als unbedingt nötig.

»Was macht dein Fuß?«, erkundigte er sich.

»Geht so. Schätze mal, der Verband ist nass.«

»Dann musst du ihn später abnehmen.«

»Thomas?« Sie streifte seinen Arm, und er blickte flüchtig zu ihr herüber.

»Ja?«

»Ich hab Angst.« Sie kam sich so erbärmlich vor, zumal sie wusste, dass sie das Desaster zu verantworten hatte. Zumindest zum großen Teil. Weshalb Lucie ihr Handy vom Balkon geschleudert hatte, konnte sie sich jedoch nur zusammenreimen. Vermutlich steckte Jonathan dahinter. Er hatte sie betrogen, eben auf die Schnelle per SMS Schluss gemacht, irgend etwas in der Art.

Thomas hob beschwichtigend die Hände. »Sie ist kein kleines

Kind mehr. Bestimmt hat sie vorm Gewitter Schutz gesucht und steht jetzt irgendwo herum und wartet darauf, dass es endlich aufhört.«

Astrid nickte ihm zu, dankbar, dass er sie zum einen beruhigte und ihr zum anderen keine Szene machte. Denn er hätte allen Grund dazu gehabt.

Thomas stiefelte voraus, Astrid folgte ihm, geduckt vor Scham und auf quietschenden Sohlen. Am Restaurant *Arlecchino* blieb er mit einem Mal stehen und drehte sich nach ihr um. »Warum«, begann er, und seine Stimme klang blechern, »warum wartest du eigentlich nicht drinnen auf den Tod? Das wäre doch viel bequemer.«

Ein Blitz erleuchtete den Himmel, doch der Donner ließ sich diesmal Zeit. Als er endlich grollte, verhalten und ein bisschen holprig, sagte sie leise: »Weil er hier im Regen schneller kommt.« Sie schüttelte ihren Turnschuh aus, aber eigentlich war es auch egal, er war ohnehin vollkommen durchnässt. »Sofern ich vom Blitz getroffen werde oder später eine Lungenentzündung kriege.«

Thomas' Mundwinkel wanderten wenige Millimeter nach oben. Es war dieses spöttische Nicht-halb-nicht-ganz-Lächeln, in das sie sich damals verliebt hatte. Erst an zweiter Stelle in seine Augen, in seine Hände und in die Art, wie er sie in den Arm genommen hatte. Zärtlich und bestimmt zugleich.

Wo waren diese warmen Gefühle, die sie einst füreinander gehabt hatten, geblieben? Wo die langen Nächte, die sie mit hitzigen Diskussionen zugebracht hatten? Die Küsse, von denen sie nie hatten genug kriegen können? Vielleicht war ja doch noch etwas davon übrig, so dachte sie in diesem Moment, ein unantastbares Fundament, das tief im Innern verschüttet war und bloß darauf wartete, wieder freigelegt zu werden.

Thomas, es tut mir leid, lag es ihr auf der Zunge zu sagen, doch irgendetwas hinderte sie daran, es laut auszusprechen.

Sie kämpften sich weiter durch den Regen, immer wieder Lucies Namen rufend. Aber es kam keine Antwort, nur der Regen pladderte auf den Asphalt. Mit jeder Sekunde, die verstrich, wuchs Astrids Sorge um ihre Tochter.

»Tom, nicht so schnell!«, bat sie.

Thomas blieb abrupt stehen. »Warum nennst du mich so? Ausgerechnet jetzt.«

Er hatte recht. An die zehn Jahre hatte sie diesen Kosenamen nicht mehr benutzt, und sie wusste auch nicht, wieso er ihr auf einmal in den Sinn gekommen war.

Den Blick wieder aufs Meer richtend, fügte er hinzu: »Ich denke, es ist so unerträglich mit mir. Dann nenn mich bitte auch nicht so.«

»Kommt nicht wieder vor. Versprochen.«

»Dann ist es ja gut«, erwiderte er gallig.

Astrid legte beim Gehen ihren Kopf in den Nacken, spürte, wie der Regen ihre Haut kühlte. »Und was ist mit dir?«, fragte sie. »Findest du es auch so unerträglich mit mir?«

»Was soll das?«, schnaubte Thomas. »Sofern ich mich erinnere, habe nicht ich diesen Streit vom Zaun gebrochen. Und dann noch vor Johann und Lucie. Das war … mit Verlaub … das Allerletzte!«

Eine Vespa kam um die Ecke geknattert, Scheinwerfer blendeten auf, und schon war sie an ihnen vorbei.

»Ich weiß. Und es tut mir auch leid«, brachte Astrid die Entschuldigung schließlich über die Lippen.

Thomas lief unbeeindruckt weiter. »Und das soll ich dir jetzt glauben?«

»Es stimmt aber. Tut mir wirklich leid.« Sie senkte beschämt den Kopf. »Ich weiß auch nicht … Aber als ich diesen teuren Wein gesehen habe … Achtundsechzig Euro! Und dann noch den Limoncello …«

»Der war für dich. Den liebst du doch so.«

Sie brauchte ein paar Sekunden, bis sie sich wieder gefasst hatte. »Und dass du das mit Max so locker siehst«, fuhr sie fort, »und ihn womöglich für deine Zwecke einspannen willst …«

»So hab ich das nicht gesagt. Natürlich soll er nicht bei mir im Geschäft anfangen. Aber jobben in den Semesterferien … Da bricht er sich auch keinen Zacken aus der Krone.«

»Klar, das könnte er schon mal machen«, räumte sie leise ein.

Thomas ging weiter, nunmehr gemächlich, als würden sie einen netten, kleinen Abendspaziergang machen. Um ihm nicht davonzulaufen, verlangsamte auch Astrid ihren Schritt.

»Oder«, begann sie und spürte einen Kloß in ihrer Kehle. »Oder willst du nicht mehr … mit mir …« Wie zufällig streifte sie seine Hand. »Ich könnte es schon verstehen … nach allem, was war.«

Thomas ließ sich Zeit mit seiner Antwort. Vielleicht genoss er es, sie schmoren zu lassen. Vielleicht aber zweifelte er auch ernsthaft daran, dass sie ihren Weg weiterhin zu zweit würden bestreiten können. Erst nach einigen Minuten sagte er: »Wir haben diese Reise hierher geschafft. Mit meinem nörgelnden Vater im Gepäck. Mit Lucie und Max, die bald ihrer Wege gehen werden. Also sollte der verdammte Rest doch wohl ebenfalls noch irgendwie hinzukriegen sein.«

»Ja, das denke ich auch«, murmelte sie, erleichtert darüber, dass Thomas diesen Schritt auf sie zumachte. Der Gedanke, dass sie kurz davor gewesen waren, das Projekt Familie nach so vielen Jahren als gescheitert zu erklären, kam ihr mit einem Male vollkommen irrsinnig vor.

»Sofern du es erträgst, mit einem Versager wie mir zusammen zu sein«, fügte er hinzu.

Das grausame Wort hing in der Luft, aber Astrid tat nichts, es ihm auszureden. Wenn schon Neuanfang, dann ohne Lügen. Und der Versager, der außer einer schlecht laufenden Kondomerie nichts Bedeutendes auf die Beine gestellt hatte, war eben ein Teil davon.

»Tom, es ist okay so«, sagte sie und griff nach seiner Hand. »Lass uns lieber Lucie suchen.«

*

»Was macht ihr denn hier?«

Die Stimme kam so überraschend aus der Dunkelheit, dass Astrid zusammenfuhr. Sie wirbelte herum, blickte die glänzend nasse Straße entlang.

»Lucie!«, rief sie und fiel dem nassen, dünnen Bündel Mensch, das ihre Tochter war, um den Hals. Johann stand mit zusammengepressten Lippen hinter ihr. Sein spärliches Haar klebte ihm wie ein verrutschtes Toupet auf der Stirn.

»Ist ja gut«, wehrte Lucie ihre Mutter ab, doch Astrid schämte sich nicht für ihre Emotionen. Sie nahm die kleine Hand und drückte sie an ihre Wange. »Spatz, das war nicht nett von dir, einfach abzuhauen.«

Lucie entzog ihre Hand und erwiderte in einem nölenden

Ton: »Ja, ich weiß. Ihr habt euch tierisch Sorgen gemacht. Hätte ja sonst was passieren können. Serienkiller, Raubtiere, was hier eben so alles unterwegs ist. Leute, ich bin schon groß!«

»Lucie, jetzt ärgere deine Mutter nicht«, mischte sich Thomas ein.

Das Gewitter war vorüber, es nieselte nur noch leicht, also traten sie schnellstmöglich den Heimweg an.

»Und bei euch wieder Friede, Freude, Eierkuchen?«, fragte Lucie provozierend. Um sich zu wärmen, umschlang sie ihren klitschnassen Oberkörper mit den Armen.

»Das ist jetzt ja wohl nicht das Thema«, wich Astrid aus, griff aber, vielleicht um Lucie und auch sich selbst zu beruhigen, nach Thomas' Hand. »Wo warst du eigentlich die ganze Zeit?«

»In einer Bar am Strand. Musste mal ein bisschen auslüften.«

»Auslüften?«

»Genau. Und Luft schnappen. Bei euch hat man ja manchmal das Gefühl, zu ersticken.«

»Aber deswegen hast du doch nicht dein Handy vom Balkon geworfen«, sagte Astrid, bemüht, ihrer Stimme einen freundlichen Klang zu geben.

Johann geriet auf den glitschigen Blättern ins Rutschen, und Thomas hielt ihn am Arm fest. »Vielleicht ist mal jemand von euch so nett und bedankt sich bei mir?«, beschwerte er sich. »Ohne meine Wenigkeit, also das Geburtstagskind, würdet ihr immer noch umherirren und nach eurer kleinen Kröte suchen.«

»Danke, Vater.« Thomas sah auf die Uhr. »Das mit dem Geburtstagskind hat sich übrigens gleich erledigt. Es ist fünf vor zwölf.«

»Besser als fünf nach«, brummte Johann und warf Astrid einen missbilligenden Blick zu. Seine Augen glänzten in dem trüben gelben Licht der Straßenlaterne.

Weil ihr Knöchel plötzlich wieder schmerzte, ließ sie Lucie und Thomas vorausgehen und humpelte langsam neben Johann her.

»Wieso bist du eigentlich bei dem Gewitter rausgegangen?«, erkundigte sie sich.

»Das fragst du mich allen Ernstes, Astrid-Schatz?« Er schniefte leise, vielleicht eine Erkältung, die im Anzug war. »Ich bin zwar alt und vielleicht nicht immer der Hellste. Nichtsdestotrotz bin ich nicht einfach so aufs Geratewohl in die dunkle italienische Nacht rausgestürmt. So wie ihr beide und der Mehlwurm.«

»Sag nicht immer Mehlwurm.«

»Gut, dann eben Max, wenn dir das lieber ist.«

»Dann wusstest du, wo Lucie steckt?«, wollte sie wissen.

Johann schnalzte mit der Zunge. »Natürlich! Ich kenne doch meine kleine Kröte.«

Astrid ersparte es sich nachzufragen, wieso, warum, weshalb. Auch wenn es schmerzlich war, musste sie sich eingestehen, dass sie in den letzten Tagen viel zu sehr mit sich selbst beschäftigt gewesen war, um von dem Seelenzustand ihrer Tochter allzu viel mitzukriegen. Eigentlich hatte sich nur das eine Bild in ihr Hirn gestanzt: Lucie, ganz in Schwarz auf dem Balkon, simsend.

»Hat sie dir gesagt, warum sie das mit dem Handy gemacht hat?«

»Ja.«

»Und?«

»Na, hör mal, ich bin keine Petze! War ich schon als kleiner Steppke nicht.«

»Ich oder Jonathan?«, ließ Astrid nicht locker.

»Ich denk mal, ihr beide. So, und ab jetzt sind meine Lippen versiegelt.«

Astrid versetzte die Antwort einen Stich. Dass etwas mit Jonathan war, lag auf der Hand. Insgeheim hoffte sie jedoch, dass das Wortduell, das sie sich mit Thomas geliefert hatte, nichts mit Lucies Verschwinden zu tun hatte.

Max war bereits da, als sie wenig später das Apartment betraten.

»Ich hab dich überall gesucht!«, überfiel er seine Schwester. »In der Badebucht, oben an der Bushaltestelle, bei der Villa Matarazzo ... Mensch, ich dachte schon ...«

»Reg dich ab, Dicki. Bin ja wieder da. Und lebe noch.«

»Das sehe ich. Aber was sollte das? Wo warst du?« Er schnappte nach Luft.

»Nur ein bisschen spazieren.«

Max' Augen verengten sich, doch er hakte nicht weiter nach. »Okay, ich hol mal Handtücher.«

Er trabte los, und Astrid folgte ihm auf dem Fuß. Sie wollte nur eins: ihre nassen Sachen ausziehen, den juckenden, klitschnassen Verband entfernen und heiß, sehr heiß duschen.

Als sie wenig später krebsrot und bereits in ihrem Schlaf-T-Shirt aus dem Bad kam – ihr Fuß war immer noch geschwollen, die blaulila Färbung langsam verblasst –, saßen alle um den Küchentisch, aßen von den Leckereien, tranken den Tignanello und spielten Karten. Wie eine Bilderbuchfamilie. So als wäre nichts weiter vorgefallen.

»Komm, Astrid-Schatz, trink einen Schluck mit uns«, rief Johann. Er wirkte schon ein wenig angeschickert. »Der Luxuswein ist eine wahre Gaumenfreude.«

»Nein, danke, bin müde«, wehrte sie ab, aber Thomas schenkte ihr bereits ein kleines Glas ein.

»Keinen Appetit?«, fragte er.

Sie schüttelte den Kopf, doch beim Anblick der vielen Käsesorten, des Schinkens und der Oliven verspürte sie mit einem Mal einen unbändigen Heißhunger. Lediglich um noch einen Rest Stolz zu wahren, nahm sie nur ein paar Oliven, dann prostete sie ihrem Schwiegervater zu. »Noch mal alles Gute für dich, Johann. Gesundheit, Glück und Zufriedenheit. Auf ein paar schöne Jahre.«

»Die werde ich haben«, grummelte er, indem er am Gorgonzola schnupperte. »Ist der nicht verschimmelt?«

»Nein, das gehört so«, erklärte Thomas, aber Johann entgegnete mit angewiderter Miene: »Freu mich schon wieder richtig auf meinen Gouda und Tilsiter.«

Astrid leerte ihr Glas zügig, konnte nicht widerstehen und aß doch ein paar Happen – selbst den vermeintlich verschimmelten Gorgonzola schmierte sie sich großzügig aufs Brötchen –, dann bat sie Thomas um ein Glas Limoncello. Johann wurde schließlich nur einmal achtzig.

»Gerne«, sagte Thomas und öffnete, sie zunächst misstrauisch beäugend, die Flasche. Beim Eingießen bekam sein Gesicht jedoch etwas Weiches, und er schenkte ihr ein kleines Lächeln. Möglicherweise würde es doch wieder gehen. Eines Tages. Oder auch schon heute Abend, wenn sie sich nur ein bisschen Mühe gab.

»Willst du nicht mitspielen?«, fragte Lucie, während sie die Karten neu mischte.

»Weiß nicht. Vielleicht. Vielleicht auch nicht.«

»Mami, was ist das denn für eine Antwort!«

Astrid drehte ihr Glas eine Weile in den Händen, bevor sie an dem Likör nippte. »Spatz, ich kann nicht einfach so zur Tagesordnung übergehen, ohne zu wissen, warum du weggelaufen bist. War es wegen Papa und mir? Oder wegen Jonathan?«

Lucie erwiderte nichts. Sie legte die Karten ab und schnippte mit gelangweilter Miene einen Olivenkern auf ihrem Teller von links nach rechts.

»Ist es aus?«

»Ja!«, blaffte sie.

»Und weiter?«

»Nichts weiter! Er ist ein Arschloch. Und ich hätte ihn gar nicht treffen sollen. Du hattest recht. Aber können wir jetzt bitte über was andres reden?« Sie zog ein Gesicht, als habe sie Essig getrunken. »Zum Beispiel über euch und eure blöde Scheidung.«

»Scheidung?«, echote Max. »Wer lässt sich scheiden?«

»Niemand«, erwiderte Johann. »Deine Eltern sind vorübergehend nur ein bisschen durchgedreht, was man ja irgendwie auch verstehen kann.«

»Nein, das verstehe ich jetzt überhaupt nicht«, sagte Max nervös blinzelnd.

»Hör zu, Max«, fuhr Johann fort. »Deine Nerven würden auch blankliegen, wenn du mit zwei Nichtsnutzen, wie ihr es seid, gestraft wärst. Und dann auch noch mit meiner nicht ganz unanstrengenden Wenigkeit.«

Er zwinkerte Astrid zu, die kaum wusste, wie ihr geschah. Seit wann hatte ihr Schwiegervater derart lichte Momente der Selbsterkenntnis?

»Also ich kapier jetzt gar nichts mehr«, warf Lucie ein. »Dann bleibt ihr also doch zusammen?«

»Spatz, es ist so …«, begann Astrid, und sie spürte ihr Herz hämmern. Wie sollte sie das, was sie fühlte, nur in Worte fassen? Noch vor wenigen Stunden hätte sie es als Befreiungsschlag empfunden, sich von Thomas zu trennen. Endlich frei sein. Endlich ein neues Leben beginnen. Nun, nach dem Schrecken mit Lucie, schien es, als wären die Karten neu gemischt worden, und in einer diffusen Sehnsucht nach dem alten, vertrauten Leben legte sie ihre Hand auf Thomas' Knie.

»Was ist *so*?«, hakte Lucie nach.

»Deine Mutter und ich«, meldete sich Thomas mit rauer Stimme zu Wort. »Wir wollen es noch mal miteinander versuchen.«

Einen Augenblick blickten alle andächtig auf ihre Hände, dann platzte Lucie heraus: »O Mann, ihr seid so was von daneben! Ich hab echt die bescheuertsten Eltern auf der ganzen Welt!«

»Ja, das hast du in der Tat«, bestätigte Astrid. Sie lächelte Thomas zu, und nicht nur, weil sie etwas angeheitert war, lehnte sie sich für einen Moment an ihn.

Sie gingen spät in dieser Nacht schlafen. Astrid hatte einige Gläser Likör getrunken, und als sie sich auf dem Bett ausstreckte, begann sich alles in ihrem Kopf zu drehen.

»Tom?«, fragte sie.

»Ja?«

»Ich glaub, ich bin sturzbetrunken. Von deinem Limoncello.«

»Jetzt ist es deiner.« Er lachte leise.

»Was die Sache nicht wesentlich besser macht.«

»Dann komm her.«

Sie robbte zu ihm rüber und bettete sich in seine Armbeuge. Es war das erste Mal seit vielen, vielen Jahren, dass sie so dalagen.

Wie ein Paar – das sie ja eigentlich auch waren. Thomas roch gut, seine Körperwärme war so wohlig, ja vertraut, und Astrid fragte sich mit einem Mal, warum sie nicht öfter einfach ihren Stolz über Bord warf und, egal was gerade vorgefallen war, seine Nähe suchte. Früher hatten sie sich ja auch im Bett versöhnt, damals, als sie noch nicht die Last, aber auch die Fülle des gemeinsam Erlebten zu tragen hatten.

»Tut dein Fuß noch weh?«

»Nicht mehr als der ganze Rest«, sagte sie und wandte ihm den Kopf zu.

»Mach dir keine Sorgen, alles wird gut.«

Er küsste sie, erst zart, bald gieriger, und dann passierte es einfach, dass sie miteinander schliefen.

18.

Nach und nach holte Astrid der leise Wellenschlag aus dem Schlaf. Ihre Hand tastete nach links, das Laken war zurückgeschlagen, Thomas also bereits aufgestanden. Ihre rechte Hand schälte sich unter dem Moskitonetz hervor und sie langte nach ihrer Armbanduhr: 9:30 Uhr. Elektrisiert fuhr sie hoch. Seit Max und Lucie auf der Welt waren, also seit etlichen Jahren, hatte sie keinen Tag länger als bis sieben geschlafen. Weder sonntags noch feiertags, nie.

Mit einem Satz war sie aus dem Bett und lief in die Küche rüber. Max, Lucie und Johann saßen bereits am Küchentisch und frühstückten Brötchen mit Butter und Zitronenkonfitüre sowie ein bisschen Obst. Seit ihrer Ankunft hatten sie sich alle – von Johann mal abgesehen, der zumindest Schinken brauchte – umgestellt. Kein Müsli, keinen Käse, keine Wurst. Lediglich süßer Aufstrich und *Mulino-Bianco*-Kekse, ganz nach italienischer Art.

»Wieso habt ihr mich nicht geweckt?«, beschwerte sich Astrid.

Nebenan rauschte die Dusche.

»Guten Morgen, Astrid-Schatz«, sagte Johann lächelnd. »Nun zieh nicht so ein Gesicht. Der Tag ist herrlich!«

»Warum sollten wir, Mum?«, meinte Max. »Sind doch Ferien.«

Astrid konnte lediglich mit den Schultern zucken. Ihr fiel keine Begründung ein.

»Kaffee?« Lucie hielt die Cafetiere hoch.

»Ja, danke, Spatz.«

Der Boiler knackte, im nächsten Moment wurde das Duschwasser abgestellt. Astrid nutzte den Moment und huschte zu Thomas ins Bad, um sich die Zähne zu putzen. Als sie zurückkam – Thomas hatte sie mit einem zarten Morgenkuss begrüßt –, reichte Max ihr einen Teller mit Keksen und einer Scheibe Brot, großzügig mit Zitronenmarmelade bestrichen. Lucie hatte Astrids Lieblingstasse, die mit den Mohnblumen, abgewaschen und Kaffee eingegossen.

Ihr Schlaf-T-Shirt in die Länge zupfend, starrte Astrid auf das Gedeck. »Wäre nett, wenn ihr mir mal erklärt, was hier eigentlich los ist.«

»Ferien«, wiederholte Max stereotyp.

»Aber wir sind schon die ganze Zeit in den Ferien und noch nicht einmal ...«

»Astrid-Schatz«, mischte Johann sich ein, »hock dich hin und entspann dich. Urlaub, Ferien, Dolce Vita, alle viere von sich strecken.«

»Ihr seid ja wohl verrückt«, sagte Astrid und nahm einen Schluck. Der Kaffee schmeckte gut, viel besser, als wenn sie ihn in der Cafetiere zubereitete.

An einem Keks knabbernd, beobachtete sie Max und Johann, die wie verwandelt wirkten. Lucie machte dagegen einen abwesend-traurigen Eindruck. Vermutlich hatte sie das Kapitel Jonathan erneut eingeholt. Was ja auch nur allzu verständlich war. Astrid nahm sich fest vor, sich ihre Kleine noch heute zu schnappen und mir ihr zu reden. Jetzt war dafür nicht der richtige Zeitpunkt.

»Lucie, du solltest später mal nach deinem Handy suchen.

Falls du es irgendwo im Gebüsch findest und die SIM-Karte noch okay ist …«

»Längst passiert.« Wie zum Beweis fischte sie das kleine Metallplättchen aus ihrer Hosentasche und hielt es hoch.

»Prima, dann brauchst du bloß ein neues Handy. Wie sieht's aus … Wollen wir später nach Agropoli fahren?«

»Nicht nötig«, entgegnete Lucie lethargisch. »In der Fußgängerzone gibt's doch auch einen Handyladen.«

»Ganz wie du willst, Spatz.«

Sich eine Aprikose in den Mund schiebend, sagte Max: »Lucie, du kannst mit mir und Opa mitkommen. Wir wollten später ein paar Besorgungen machen.«

Lucie nickte mit plötzlich glänzenden Augen. Offenbar bereitete es ihr mehr Vergnügen, mit ihrem Großvater und ihrem Bruder loszuziehen, als mit ihrer Mutter eine kleine Spritztour zu unternehmen.

»Was denn für Besorgungen?«

»Astrid-Schatz, wieso bist du nur so schrecklich neugierig?«, meinte Johann. »Ist das irgendwie angeboren? Aber gut … Ich brauche dringend Badeschlappen.«

»Das heißt Flipflops«, verbesserte ihn Lucie.

»Wie auch immer. Ist doch schnurz.«

»Aber wozu? Du warst nicht mal baden!« Astrid beäugte ihren Schwiegervater misstrauisch.

»Was nicht ist, kann ja noch werden, nicht wahr?« Er belegte einen Keks mit Schinken und biss hinein. »Wenn ich erst mal Badeflops habe, wird das Leben so richtig schön!«

Lucie kicherte und Astrid war nur froh darum. So heftig ihr Liebeskummer wegen Jonathan auch sein mochte – sie hatte ihren heißgeliebten Großvater, und der tat ihr sichtlich gut. Warum Johann, seines Zeichens Miesepeter und Sprücheklopfer, einen so besonderen Draht zu Lucie hatte, erschloss sich ihr nicht. Aber vielleicht musste sie es auch nicht begreifen. Es war gut so, wie es war.

Kurz darauf gesellte sich Thomas in frischen weißen Hosen und gepunktetem Hemd zu ihnen und aß alles, was er auf dem Frühstückstisch vorfand, mit großem Appetit. Die Brötchen vom Vortag, die Kekse, selbst vor Max' Aprikosen machte er keinen Halt. Seine Welt schien nach der unverhofften Liebesnacht wieder vollkommen in Ordnung zu sein. Das war sie aber nicht. Sie hatten sich zwar einander angenähert, und Astrid war unbeschreiblich froh darüber, dennoch konnte man den Unfrieden, der all die Jahre geherrscht hatte, nicht einfach wie mit dem Tafelschwamm abwischen.

Johann stand auf und verschwand wortlos in seinem Zimmer.

»Ziehst du dir schon die Schuhe an?«, rief Lucie ihm hinterher.

»Nein, mein Krötchen.«

Es raschelte, polterte und rumste, dann kam Johann, die Geburtstagskrawatte nachlässig umgebunden, wieder. Rasch verbarg er etwas hinter seinem Rücken, wobei ein schelmisches Grinsen über sein Gesicht glitt. »Habt ihr mal eine Sekunde für mich?«

»Na klar«, sagte Thomas und nahm sich einen Keks.

Johann trat an die Balkontür, um sie weiter aufzustoßen und die Morgenluft hereinzulassen. »Meine Lieben«, verkündete er, indem er seine Arme wie Flügel ausbreitete, »ihr wundert euch sicherlich über diese kleine Ansprache, aber … Ich möchte euch danken. Jedem Einzelnen von euch.«

»Wieso? Wofür denn?«, fragte Lucie dazwischen.

»Dafür, dass ihr das hier alles auf euch genommen habt. Die lange Reise. Inklusive der vielen Un- und Zwischenfälle. Ich weiß es sehr zu schätzen. Das hätte nicht jede Familie …«

»Lass gut sein, Vater«, schnitt Thomas ihm das Wort ab. Er hasste feierliche Reden, schlimmstenfalls noch in Reimform, und auch Astrid konnte dem nichts abgewinnen.

»Also gut, dann fasse ich mich kurz.« Johann räusperte sich. »Astrid-Schatz, Thommilein, Kröte, Max, nehmt das hier als kleinen Dank.«

Drei mit ihren Namen versehene Briefumschläge landeten zwischen Butter, Konfitüre und Krümeln.

»Häh?«, machte Max. »Was soll das denn jetzt werden?«

»Wonach sieht's denn aus, hm?«

»Keine Ahnung.«

Johann zupfte seine Krawatte zurecht, bis sie endlich tipptopp saß. »Astrid-Schatz, was meinst du denn, was das ist?« Winzige Lichtpunkte tanzten in seinen Augen.

»Woher soll ich das wissen?«

»Na, kommt schon! Seid ihr wirklich so phantasielos?«

»Kohle«, stellte Lucie nüchtern fest, um ihrem Großvater im nächsten Augenblick zuzuzwinkern. »Oder hast du uns was gedichtet, Opi?«

»Nun macht schon auf. Aber zacki. Sonst nehm ich's euch wieder weg.«

Lucie ließ sich nicht lange bitten und angelte nach dem Umschlag mit ihrem Namen. Max zögerte einen Moment, dann langte er ebenfalls hin.

Ein dritter Umschlag war noch übrig. *Für meinen Sohn und*

seine werte Frau Gemahlin, stand oben links in krakeliger Schrift. Thomas wollte Astrid den Vortritt lassen, doch sie wehrte ab.

»Mach du«, sagte sie, und ihre Stimme hallte dumpf in ihren Ohren. »Du bist der Sohn.«

Während Lucie einen grunzenden Laut von sich gab, grabschte Thomas nach dem Briefumschlag, schob ihn dann jedoch zu Astrid rüber.

»Ich bin mal eben auf dem Klo«, erklärte Johann und verschwand.

Astrids Hände zitterten, als sie mit spitzen Fingern nach dem Umschlag griff. Sie sah zu Max rüber, der ebenso entgeistert wie seine Schwester einen Scheck anstarrte. Was sollte das? Woher hatte Johann plötzlich Geld? Und wieso gab er es ihnen jetzt, wo er sich noch bester Gesundheit erfreute?

»Na los«, ermunterte Thomas sie flüsternd, und obwohl ihr Mund trocken wie nach der Durchquerung der Sahara ohne Wasser im Gepäck war und sie eigentlich dringend etwas zu trinken brauchte, riss sie den Umschlag auf.

Dreißigtausend Euro. Das war mehr, als sie im Moment verkraften konnte. Sie ließ den Scheck zu Boden segeln, als habe sie sich an ihm verbrannt.

Noch im Nacht-T-Shirt und in Badelatschen stürmte sie aus dem Apartment. Sie brauchte frische Luft, dringend. Signora Rossi, die gerade die Treppen heruntergestöckelt kam, sah sie wie eine Erscheinung an, aber sie stieß nur ein knappes *buongiorno* hervor und huschte an ihr vorbei nach draußen. Vielleicht war sie ja auch längst an einem anderen Ort und dummerweise die Letzte, die das begriff.

*

Die rot-weiß-gestreifte Badetasche untergeklemmt, stapften Astrid und Thomas durch die Gassen. Es war heiß, nur ein paar Schleierwolken trübten das Tuschkastenblau des Himmels, und wenn Astrid nicht Zeugin des Unwetters der vergangenen Nacht geworden wäre, hätte sie kaum glauben mögen, dass es tatsächlich über Santa Maria di Castellabate hereingebrochen war.

Lucie hatte ihnen den Weg zur Strandbar mit den hellgelben Liegestühlen und Sonnenschirmen genau beschrieben. Sie sollten sich dort unbedingt einen Liegestuhl für acht Euro mieten und später, im Schatten der Bambusmarkise, Eis essen. Das mit der dunklen Schokolade, das wäre unschlagbar.

»Baden? Sonnen? Cappuccino? Eis?«, erkundigte sich Thomas gentlemanlike, als sie die noch menschenleere Bar erreichten. Am Strand hatten sich bereits die ersten Sonnenanbeter eingefunden und setzten ihre ohnehin verbrannten Körper der Sonne aus. Reglos wie Ölsardinen lagen sie da, und falls sie zwischenzeitlich aus ihrer Totenstarre erwachten, nutzten sie den Moment, um sämtliche Körperteile mit Sonnenmilch einzucremen. Eine Gruppe Kinder stand bis zu den Knien im Wasser und spielte kreischend Ball.

»Cappuccino«, sagte Astrid. Sie war noch nicht ganz wach und musste überdies den Schock vom Morgen verdauen.

Dreißigtausend Euro. Das war eine Summe, die sie kaum zu denken imstande war, ohne dass ihr die Knie weich wurden. Den Kindern hatte Johann je fünftausend Euro vermacht. Woher hatte er vierzigtausend Euro? Gespart, hatte er nur knapp erklärt. Doch wie viele Jahre musste er gegeizt und geknausert haben, um dieses kleine Vermögen anzuhäufen? Und warum hatte er nie ein Wort darüber verloren? Aus Angst, sie würden sich als miese Erbschleicher entpuppen?

»Thomas, wir können das nicht annehmen«, meinte Astrid, als der Cappuccino, mit einem lachenden Kakaogesicht versehen, vor ihr stand.

»Vater hat gesagt, wir sind ihm nichts schuldig, falls du das befürchtest.« Thomas kippte seinen Espresso hinunter.

Astrids Blick glitt über den Strand. Wie glücklich und unbeschwert die Kinder spielten! Max und Lucie hatten, von dem unverhofften Geldregen überwältigt, ähnlich gejuchzt und gejubelt. Und auch Astrid war versucht, all ihre Bedenken über Bord zu werfen, Johann zu danken und den Scheck einzulösen. Sie konnten das Geld nur allzu gut gebrauchen. Das Minus auf dem Konto ausgleichen, Schulden bezahlen, ein neues Auto musste her, überdies reizte es Astrid nach wie vor, ohne Familienanhang zu verreisen. Zu ihrer Freundin in die Schweiz.

Thomas griff nach ihrer Hand, knetete bedächtig jeden einzelnen Finger. »Wenn du's nicht nehmen willst … ich tu's. Für uns beide.« Er lächelte schief. »Macht zwar nicht den Versager wett, aber ich würde dir auf jeden Fall versprechen, das Geld nicht sinnlos zu verprassen.«

Astrid verrührte den Schaum und zerstörte damit das lachende Gesicht. »Tom, nun lass bitte den Versager.«

»Aber das denkst du doch über mich.« Er klang nicht böse, vielmehr amüsiert.

Astrid erwiderte nichts und trank ihren Cappuccino in kleinen Schlucken. Er schmeckte nach Glücklichsein. Auch wenn es nur ein ziemlich flüchtiges Glück war.

Eine Weile sah sie dem Spiel der auslaufenden Wellen zu, dann schob Thomas seine Hand rüber und kitzelte sie in der schwitzigen Armbeuge »Sag was, Liebes. Wieso sagst du nichts?«

»Was denn?«, entgegnete sie matt. »Ich bin ja selbst nicht viel besser.«

»Das stimmt nicht. Du warst immer eine gute Mutter.«

»Vielleicht. Das sollen andere beurteilen. Meine Kinder zum Beispiel.« Auf dem schmalen Grat zwischen Verzweiflung und Erleichterung balancierend, stieß sie hervor: »Ich weiß nicht, Thomas. Manchmal denke ich ... Wenn es mir mit dem Studium wirklich ernst gewesen wäre, dann hätte ich es trotz Max und Lucie auch durchgezogen. Ich hätte Himmel und Hölle in Bewegung gesetzt. Aber ich hab's nicht getan. Warum auch immer.« Sie entdeckte eine kleine Muschel auf den Holzbohlen, hob sie auf und barg sie in der hohlen Hand. »Vielleicht war es ein Fehler, der größte meines Lebens, aber ich kann es nicht mehr ändern. Und ich will mich auch nicht länger damit quälen. Das macht mich nur unglücklich.«

Thomas nahm ihr die Muschel weg und betrachtete sie wie ein großes Wunder. Dann blickte er auf, und seine Augen waren von einem wunderschönen Grünbraun. »Ich weiß ja nicht, Liebes«, murmelte er, »aber du könntest ja immer noch was ändern ... Wenn du willst ... Ich helfe dir gerne dabei.«

Sie wusste zwar, dass es nur Worte waren, denen sehr wahrscheinlich keine Taten folgen würden, doch dankbar für sein Angebot, lächelte sie ihn an. Vielleicht war Johanns Finanzspritze gerade zum rechten Zeitpunkt gekommen. Jetzt, da sie sich vorgenommen hatten, sich noch mal eine Chance zu geben. Sie ließ den Blick über den weißen Sand, das spiegelglatte Meer bis zum Horizont schweifen, und zum ersten Mal ging ihr auf, dass sie ihrem Schwiegervater sehr viel ähnlicher war, als es ihr behagte. Auch er hatte beruflich nicht das erreicht, was er sich vorgenommen hatte. Womöglich war die Unzufriedenheit darüber Quelle seiner ständigen Nörgelei.

Nach dem Essen – sie hatten schließlich auf das dunkle Schokoladeneis verzichtet und lieber Spaghetti mit frischen Sardellen gegessen – kehrten sie ins Apartment zurück. Die Tür war nicht verriegelt, doch aus den Zimmern kam kein Geräusch.

»Lucie! Max!«, rief Astrid. »Wir sind wieder da! Seht mal, was für eine schöne Muschel wir gefunden haben!«

Niemand antwortete.

»Vater?« Thomas stand noch draußen auf der Fußmatte, bemüht, seine sandigen Seglerschuhe bis aufs letzte Körnchen auszuklopfen.

»Merkwürdig«, wunderte sich Astrid und stellte die Strandtasche am Eingang zur Küche ab. »Wie kann man nur so lange Flipflops einkaufen?«

»Vielleicht sind sie noch was essen gegangen.« Thomas dämpfte seine Stimme. »Oder Johann macht ein Mittagsschläfchen und die Kinder sind bei Cosima und … wie heißt das arme Mädchen noch gleich?«

»Fiona. Und sie ist nicht arm. Ich glaube, von ihr können wir alle noch was lernen.« Astrid lief den Flur zurück und stieß die nur angelehnte Tür zur Johanns Zimmer auf.

»O nein!« Sie taumelte zurück.

Thomas war sofort bei ihr und sah es nun auch: Das Zimmer war leer, von Johanns Sachen keine Spur. Astrid riss den Kleiderschrank auf: nichts als nackte Kleiderbügel. In einer unguten Vorahnung schob sie Thomas beiseite und humpelte ins Zimmer der Kinder, wo sie ebenfalls Schränke und Schubladen aufriss. Auch hier bot sich ihr dasselbe Bild.

»Thomas!«, schrie sie. »Sie sind weg! Keiner mehr da!«

Ermattet wie nach dem Halbmarathon – der einzige, den sie je in ihrem Leben gelaufen war –, ließ sich Astrid auf Lucies Bett sinken. Es fühlte sich an, als stünde die Welt kopf. Der Boden war oben, die Decke unten, und sie hing irgendwo dazwischen, ohne jeglichen Halt. Sie hörte Thomas durch die Wohnung stapfen, dann kam er zu ihr zurück und wedelte mit einem Blatt Papier. »Ein Brief. Von Lucie. Soll ich ihn vorlesen?«

Astrid nickte schwach.

»Liebe Mami, lieber Paps«, begann Thomas tapfer, doch seine Stimme kippte.

»Gib her.« Astrid nahm ihm den Brief aus der Hand, dann lasen sie stumm, Schulter an Schulter:

Liebe Mami, lieber Paps,

macht euch bitte, bitte keine Sorgen um uns. Es ist alles in Butter. Mehr als in Butter! Wir freuen uns nämlich tierisch, dass ihr … na ja, ihr wisst schon. Und deswegen haben wir … also Max, Opi und ich, beschlossen, dass ihr ruhig noch ein bisschen länger in bella Italia *bleiben sollt. Also nur ihr beide. Liebes-Ferien, falls ihr versteht … Übrigens, Mami, Dein Fuß soll vernünftig ausheilen, damit Du später auch zurückfahren kannst.*

Jedenfalls … wenn ihr diese Zeilen hier lest, sind Opi Johann und ich schon auf dem Weg nach Berlin. (Max hat heute Morgen einen supergünstigen Flug nach Berlin geschossen, und die Tochter von der Rossi, die Blonde (remember?), fährt uns zum Flughafen.) Jetzt fragt ihr euch natürlich, was mit Dicki ist, aber um den müsst ihr euch keine Sorgen machen. Er ist vorhin mit Cosima und Fiona losgedüst, Richtung Sizilien. Die drei wollen es noch mal richtig krachen lassen (bevor er mit seinem Studium anfängt, ruft Max mir grade zu). Ich wäre auch total gerne mitgefahren, klar, aber erstens bin ich ja nicht volljährig (leider, leider), und zweitens muss ja irgendjemand auf Opi aufpassen. Sonst … na ja, ihr wisst schon, dem alten Schwerenöter ist alles zuzutrauen. (Womöglich baggert er noch Frau Kleinschmidt-Mühlenthal an.) So, jetzt wünschen wir euch viel Spaß, streitet euch nicht so viel, und falls ihr Sehnsucht nach uns habt, ihr kennt ja unsere Telefonnummern.

Eure Lucie

PS. Schöne Grüße von Opi und Max.

PPS. Hab mir von Opis Geld ein neues Handy gekauft. Schwarz und supercool. (Ist aber noch Kohle übrig.)

PPS. Hab euch ganz doll lieb.

Astrid ließ den Brief sinken, und um sich vor ihrem Mann nicht als gefühlsduselig bloßzustellen, kämpfte sie gegen die aufsteigenden Tränen an.

Minutenlang saßen sie einfach bloß da, schwiegen. Thomas' Hand fuhr ihr den Rücken rauf und runter. »Lust auf einen Aperitif am Lungomare?«

»Ist es dafür nicht viel zu früh?«

Er lächelte. »Auf jeden Fall nicht zu spät.«

Dann standen sie auf und verließen Hand in Hand das Apartment.

Danksagung

Ich danke Ryszard, Katja & Elke, Andrea Bausch, Anja Beyer, Christiane Deledda, Tina Hohl, Iris Kannenberg, Almuth Klumker, Moritz Lange, Daniela Lütz, Christiane Martensen, den Müllings, Nina Petrick, Martina Röben, Eva Rumpelt, Annette Schmidt, Christine Vogeley und Conny Widmaack für Inspiration, Hilfe und Freundschaft, Melanie Böge und Bruno Hächler für die Überarbeitung der italienischen und schweizerischen Dialoge, meiner Webmasterin Bine Endruteit, meinem Agenten Michael Meller, den Pressestellen der ZVS und des ADAC sowie der Bar Lido Azzurro in Santa Maria di Castellabate für die köstlichen Spaghetti mit frischen *Alici*.

Susanne Fülscher
Leben, frisch gestrichen

Roman. www.list-taschenbuch.de
Originalausgabe
ISBN 978-3-548-60801-3

Annas rebellische Mutter zählt sich mit Mitte sechzig noch lange nicht zum alten Eisen. Und ihre beiden widerspenstigen Töchter, Anfang zwanzig, machen Anna das Leben auch nicht gerade leicht. Dabei wünscht sie sich nichts als ein bisschen Ruhe und Frieden. Doch daran ist erst mal nicht zu denken, denn Großmutter will das Haus renovieren lassen und hat dafür einen polnischen Handwerker engagiert. Tomasz ist Anna sehr suspekt, erweist sich aber bald als Glücksgriff.

Elisabetta Severina
Der Duft von zu Hause

Deutsche Erstausgabe
Roman. www.list-taschenbuch.de
ISBN 978-3-548-60885-3

Elisabetta hält das Rezeptbuch ihrer Familie in den Händen. Als ihre Mutter mit nur 43 Jahren starb, war sie selbst noch ein kleines Mädchen. Beim Blättern spürt sie den Düften ihrer Kindheit nach und erinnert sich an die Geschichte ihrer Familie. Und versteht schließlich, was ihre Mutter ihr mit auf den Weg geben wollte: ein glücklicher Mensch zu sein, ein eigenes Leben zu führen, also neue Rezepte zu erfinden und dem Buch der Familie hinzuzufügen.

»Eine berührende Familiengeschichte, aufgespürt mit Zartheit, Leidenschaft und erzählerischem Können.«
Il Sole, 24 ore